汪曾祺全集

汪曾祺
全集

主 编／季红真

① 小说 卷

小说卷主编／李光荣　李建新

人民文学出版社

图书在版编目（CIP）数据

汪曾祺全集：全 12 册/汪曾祺著. —北京：人民文学出版社，2018
（2022.6重印）
ISBN 978-7-02-014341-2

Ⅰ. ①汪… Ⅱ. ①汪… Ⅲ. ①中国文学—当代文学—作品综合集
Ⅳ. ①I217.2

中国版本图书馆 CIP 数据核字（2018）第 121097 号

责任编辑　郭　娟　刘　伟　李玉俐　周墨西
装帧设计　刘　静
责任校对　杨益民　王筱盈　韩志慧　刘佳佳　王　璐
责任印制　王重艺

出版发行　人民文学出版社
社　　址　北京市朝内大街 166 号
邮政编码　100705

印　　刷　三河市中晟雅豪印务有限公司
经　　销　全国新华书店等

字　　数　4010 千字
开　　本　710 毫米×1000 毫米　1/16
印　　张　306.75　插页 48
印　　数　14001—16000
版　　次　2019 年 1 月北京第 1 版
　　　　　2021 年 1 月北京第 2 版
印　　次　2022 年 6 月第 7 次印刷

书　　号　978-7-02-014341-2
定　　价　1280.00 元（全 12 册）

1947 年 5 月　上海

1948 年冬　与夫人施松卿

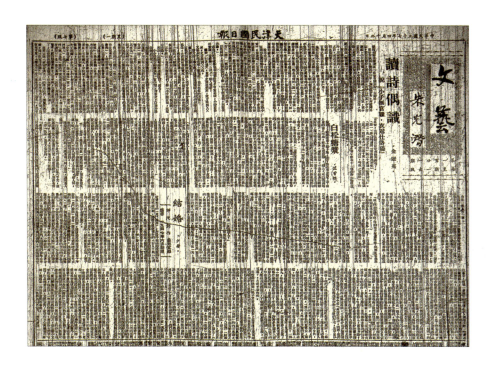

小说《白松糖浆》原载报纸

画作

# 出 版 说 明

　　汪曾祺(1920—1997)，江苏高邮人，中国现当代著名作家。他从1940年开始发表作品，其创作生涯历经半个世纪，跨越两个时代。他前承五四新文化传统、师从沈从文，后启寻根文学回归民族传统的思潮。他的创作，小说、散文、戏剧、文论、新旧体诗等诸体兼备，皆取得很高艺术成就，堪称文体家；又兼及书画，多有题跋，以博雅名世。他的作品，深受中外读者喜爱，也是文学研究者普遍关注的对象。为此，我们发动社会力量、组织专家学者，钩沉辑佚、考辨真伪、校勘注释、编辑出版这部《汪曾祺全集》。

　　全集收入迄今为止发现的汪曾祺全部文学作品以及书信、题跋等日常文书，共分12卷：小说3卷，散文3卷，戏剧2卷，谈艺2卷，诗歌及杂著1卷，书信1卷，并附年表。

　　按照学术惯例，全集中的文学作品，以最初发表的报刊版本为底本（少量未发表作品以手稿、油印本为底本），以作者生前自己或他人编订出版的、比较优良的作品集或手稿作为参照校本，进行校勘，改正文字的错、漏、衍、倒置及标点错误。少数不能判定正误而存疑处，予以标示：误字用〔〕，排仿宋体；漏字用〔〕，排仿宋体；原稿漫漶无法辨认的字，用□替代。保留异体字，保留带有作家个人风格与时代印记的用语。

　　文学作品每篇皆有题注，交代原载及收入作品集、文本改动、笔名等版本信息。保留作者原注；其他少量必要的注释，皆标明"编者注"。书信题注，介绍收信人简况；信中注释力求简约。

　　全集以写作时间排列文章顺序，写作时间不详则按发表时间排序。如写作时间与发表时间均不详，则编入"未编年"。文末写作时间如非作者自属,加括号以示区别。

　　《汪曾祺全集》自 2019 年 1 月出版后,深受广大读者喜爱。本版增补了两年来新发现的散文 4 篇、谈艺文章 3 篇、诗歌 9 首、书信 10 封及题词、书画题跋若干条;以新发现的较早版本替换底本的有:小说《猎猎》《磨灭》,散文《蔡德惠》;补充题注中的出版信息;改正错讹。

　　出版全集不仅是一项艰巨的编辑工作,也是艰深的学术工作,我们倾力打造的全集,肯定还存在种种不足之处,敬请读者指正。

人民文学出版社编辑部

2021 年 2 月

# 小说卷说明

　　此三卷是汪曾祺小说总集，收入作者自 1940 年创作的小说 162 篇（《故里三陈》记为 1 篇，《虎二题》记为 2 篇，以此类推）。同题小说，如内容改动少，仅收入创作发表在先者，在题注中说明情况，如《最响的炮仗》；如内容改动大，则统统收入，题目以序号提示，如《职业》(二)。

人民文学出版社编辑部

# 目　录

# 1940 年

## 钓[①]

晓春，静静的日午。

为怕携归无端的烦忧，(梦乡的可怜的土产)，不敢去寻访枕上的湖山。

一个黑点，划成一道弧线，投向纸窗，"嗡"，是一只失路的蜜蜂。也许正眷怀于一支尚未萎落的残蕊，匆忙的小小的身躯撞去。习于播散温存的触须已经损折了，仍不肯终止这痴愚的试验，一次，两次，……"可怜虫亦可以休矣！"不耐烦替它计较了。

做些甚么呢？

打开旧卷，一片虞美人的轻瓣静睡在书页上。旧日的娇红已成了凝血的暗紫，边沿更镶了一圈恹恹的深黑。不想打开锈锢的记忆的键，掘出葬了的断梦，遂又悄然掩起。

烟卷一分分的短了，珍惜的吐出最后一圈，掷了残蒂，一星红火，在灰烬里挣脱最后的呼吸。打开烟盒，已经空了，不禁怅然。

提起瓷壶，斟了半天，还不见壶嘴吐出一滴，哦，还是昨晚冲的，嚼着被开水蚀去绿色的竹心，犹余清芬；想后园的竹子当抽了新篁，正好没渔竿，钓鱼去吧，别在寂寞里凝成了化石。

小时候，跟母亲纠缠了半天，以撒娇的一吻，换来一根绣花的小针，就灯火弯成钩子；到姐姐的匣内抽一根黑丝线，结系停当，捉几只蜻蜓；怀着不让人知道的喜悦，去作一次试验。学着别人的样，耐心的守着水面"浮子"（那也是请教许多先辈才晓用蒜茎做的最好）。起竿时不是太急，惊走了；便是太慢，白丢了一只蝇矢；经过了许多次的失望，终于

1

钓得一尾鲢鱼,看它在钩上闪着银光,掀动鲜红的鳃,像发现了一件奇迹,慌乱的连手带脚的捉住,用柳枝穿了,忘了祖父的斥骂,一路叫着跳回去。

而今想来,分外亲切,不由得不跃跃欲试了。

昨晚一定下过牛毛雨,看绵软的土径上,清晰的画出一个个脚印,一个守着油灯的盼待,拉快了这些脚步,脚掌的部分那么深,而脚跟的部分却如此轻浅,而且两个脚印的距离很长,想见归家时的急切了。你可没有要紧事,不必追迹这些脚印,尽管慢点儿。

在往日,便是这样冷僻的小村,亦常有古旧的声音来造访的。如今,没有碎布烂铁换糖的唤卖;卖通草花的货郎的小鼓;走方郎中踉跄的串铃;即本村的瞎先生,也暂时收起算命小锣的咠咠,没有一个辛苦的命运来叩问了,正是农忙的时候呀!

转过一架铺着带绿的柳条的小桥,有一棵老树,我只能叫它老树,因为它的虬干曾做过我儿时的骏马,它照料着我长大的乡下的替它起的名字,多是字典辞源上查不着的。顽皮的河水舔去覆土,露出隐秘的年青的一段,那羞涩的粉红的根须,真如一个蒲团,不妨坐下。

也得像个样儿理了钓丝,安上饵,轻轻的抛向水面。本不是为着鱼而来的,何必关心"浮子"的深浅。

河不宽,只消篙子一点,便可渡到彼岸了,但水这么蓝,蓝得有些神秘,你明白来往的船只为甚么不用篙子了吧!关于这河,乡下人还会告诉你一个神奇的故事,深恐你不相信,他们会急红了脸说:县里的志书上还载着。

也不知是姓甚么的做皇帝的时候,——除了村馆里的先生,这村里的人都是只知道"民国"与"前清"的,顶多还晓得朱洪武是个放牛的野孩子,则"不知有汉,无论魏晋"何足为怪。这儿出了个画画的,一点不说谎,他画的玩意儿就跟真的一般,画个麻雀就会叫,画个乌龟就能爬,画个人,管少不了脸上一粒麻子。天下事都是这样,聪明人不会长寿的,他活不上三十岁,就让天老爷给收去了,临死的时候,跟他的新娶的媳妇说:"我一不耕田,二不种地,死后留给你的只有绵绵的相思……"取张素绢,画了几笔,密密卷好,叫她到城里交给他的师傅,送到京师的相爷家去,说相爷的老太太做寿,寿宴上甚么东西都有了,但是还缺少一样东西,心里很不快活,因此害了症候,若能如期送到,准可领到重赏,并且关照她千万不要拆开来看,他咽了最后的一口气,媳妇便上城去了。她心里想到底是个甚么呢?耐不住拆开来望望,一看是一片浓墨,当中有一块白的,以为丈夫骗了她,便坐在田岸上哀哀的哭起来。一阵大风,把这卷儿吹到河里去了,我的天,原来是一轮月亮啊!从此这月亮便不分日夜的在深蓝的水里放着凄冷的银光。

你好意思追问现在为甚么没有了?看前面那块石碑,三个斑驳的朱字"晓月津",一个多么诗意的名儿。

"山外青山楼外楼,

我郎住在家后头,

…………"

夹着槐花的香气,飘来清亮的山歌,想着甚么浪漫的佳话了?看水面上泛起一个微笑。她们都有永不凋谢的天真,一条压倒同伴们的嗓子的骄傲,常常在疲乏的梦里安排下笑的花蕾的。

一片叶子,落到钓竿上来,一翻身,跌到水面上,被微风推出了视野。还是一样的碧绿,闪耀着青春的光辉。你说,便这样无声的殒折,不比抖索着枯黄的灵魂,对残酷的西风作无望的泣求强些?且不浪费这些推求,你看这叶片绿得多么可人,若能以此为舟,浮家泛宅,浪迹江湖,比庄子那个大葫芦如何?

远林漏出落照的红,像藏在卷发里的被吻后的樱唇,丝丝炊烟在招手唤我回去了。咦,怎么钓竿上竟栖歇了一只蜻蜓,好吧,我把这枝绿竹插在土里承载你的年青的梦吧。

把余下的饭粒,抛到水底,空着手走了。预料在归途中当可捡着许多诚朴的欢笑,将珍重的贮起。

我钓得些甚么?难得回答,然而我的确不是一无所得啊。

二十九年四月十二日昆明

注　释

①　本篇原载 1940 年 6 月 22 日昆明《中央日报》。

# 翠　子①

夜，像是蹿藏在墙角的青苔深处，这时偷偷的溜了出来，占据了空空的庭院。天上黑郁郁的，星一个一个地挂起来，乍起的风摇动园里的竹叶，这里那里沙沙的响。

家里只有我和大丫头翠子，在屋中玩着，等待父亲回家。

翠子扬起头，凝望着远远的天边，抱在膝上的两手渐渐松了下来。

"又来了！看你那呆样子。翠子，你跟我说个故事好不好？要拣顶顶美丽的。可是你不要再说磨子星和灯草星子，今儿晚上天河里没有多大的风，雾倒挺不少，你看哩，白朦朦的，甚么也看不出。我怕他们星子也都会迷了路。"

像是没有听见似的，她的眼睛还是睁得那么大，但是我自己听得很清楚，连掠过檐前的蝙蝠一定已都偷听了一两句去了，在她的眼睛里，我看出我有点生气，默默地，我盯着廊下两个淡淡的影子，心里想：不理我，好！看我的比你的也短不了多少。

终于，她跟我讲和了。站起身来，伸手理一理被调皮的风披下来的几丝头发，（用黑夜纺织成的头发！）她说：

"不早了，我给你弄晚饭去。爷大概不会回来吃了。"

爷？爷又不是你的爷，为甚么你也这么叫呢？不害羞！叫人家的爷做爷。我心里笑过多少次了，不过我也没有说甚么，转进堂屋里去了。堂屋好像比那天都空洞，壁虎在板壁上水渍处慢慢的爬过，但我一点儿都不怕。母亲的棺柩停在这儿时，我还一个人守着一盏长明照路灯（怕被老鼠们喝干了，让妈在黑地里摸索），现在更不怕了；只是桌底下的大黑猫，咕噜咕噜的"念佛"叫人听得真不好受。我连声地喝："去！去！"它像聋了个耳朵，睬也不睬。想叫声翠子，听厨房里铲子正

5

响得紧,大概加点火,马上就要来了,便想起翠子来的时候黑黑的样子,还穿上双鲤鱼脸的花鞋,带个大红"舌头",怯生生的,"锅边秀!"于是跟自己笑起来。

吃饭时,我一手拿着筷子,一手拿根纸捻,蘸点儿水,又在灯盏里滚一滚,就火头上必必剥剥地烧起来,非常好玩。

"看油点子溅到眼里去,怎么这么皮!"

"哟,真真像个妈?"我想着,小猫儿似的咕咕的笑着。

"爷一早就出去了,这会还不回来,老不肯呆在家里,把我一个人撇下!"

其实我知道,爷疼一晚上比别人疼我一天都强。而且有翠子伴着我也并不寂寞,但我仍巴巴盼他回来。晚上的风专门往人颈子里钻,邻居王家的那条大花狗,一听到脚步声音就向黑中狂叫,爷难道不怕狗?不怕我因为担心他怕狗而怕狗?

我嘟起了嘴。

"……大白天爷一定又是到你娘的坟上去了。你这个人!看每天衣上都沾了些泥斑,早上的露水多重!"

对了。父亲每晚回来都带着一支白色的花,这花城里是没有的。人家说是鬼种出来的。母亲的墓园里满开的全是这种花,听爷说过,"这坟地是你娘生前亲自看定的。"风水先生都说这不是吉地,但父亲可坚持要葬在这儿。只是这花是经不起霜打的,白菜渐渐甜了起来,怕这花也没多少日子好活了。我希望明天要父亲带我去看看,花叶的尖尖有没有发红,要是红了,那就快了。

等花都完全憔悴死了,只挂上一些干叶子在风里摇,狗尾草也在风里摇,看父亲还再天天到坟上去不去?

格格,一只褪了绿色的小蚂蚱,振翅向灯焰飞来,翠子一挥手把它赶去了。翠子嘴里咕咕着:"你为甚么不在青草窠里玩着,却迷在这亮亮的一团火里?"

大家都不说话,风掀起壁上的条幅,划划地响,我想起父亲近来画也不画,字也不写,连话也不多说,便问翠子:

"爷近来是不是又老了些？下巴的须子长得那么长，刺在人脸上，痒痒的，嗯。怎么回事？想娘，娘不想他也不再想我，睡在地下安安静静。甚么也不想。"

"你爹……哦，你明儿早上醒来，叫他莫出去。明儿是他的生日，今年三十了吧。……快吃，看菜都冷了！"

咦！我不是吃完了吗？她一定又想着甚么了。连我放下筷子都不晓得，痴痴的真好玩。今晚上我还要告诉父亲，翠子这两天像丢了魂。她的魂生了翅膀，把翅膀一举，就被风吹到远远的地方去。是一阵甚么风？我不知道，翠子也不知道。

翠子收了碗，把折好的爷的衣裳压在衣砖底下，便做起针线来。我倚在她身上，随着她胸前的起伏，我轻轻地唱：

"小白菜呀

点点黄啊，

小小年纪

没了亲娘。

……

……"

"翠子，底下是甚么的？"

"——听，叫门，你爹回来了？"

翠子打了风雨灯，走到黑黑的过道里，我站在可以看到大门的地方等着，看烛火一步步的近了，却是父亲提着的。翠子静静的跟在后面。

父亲一把抱起了我，在颊上亲了我一下，问我为甚么还不睡。

"等你！你不疼我，只疼别人家的孩子！"

父亲轻轻叹了声，进到房间里去了。一进房门，便听见屋角矿、矿的声音，他问我：

"五更鸡上煮的甚么？"

"莲子。翠子在柜子里找出来的，说上好的建莲，再不吃要坏了。天也冷了，爷该吃点滋润清补东西，所以煨了它。让我关照爹，糖在条几上玻璃缸里。"

"哦,——家里,几时还有莲子?"

"谁知几时的……"

"二宝,你睡吧!"

"你呢?"

"我也就要睡了。我很累。"

"我这么大了,自己还不会脱衣裳么?不要你,不要你!"当父亲要替我解纽子时,我连忙闪开。脱了衣裳,"进窝了,进窝了,进窝啰,"便往被窝里一钻,被盖是翠子新浆洗的,非常暖和,有一点太阳气味,一点米浆气味,和一点(极少一点点)香粉味。

爷只吃几颗莲子,其余的都给我吃了。他叫我不用起来,拿小银匙子一颗颗地喂我。我一边吃,一边看着他的瘦脸:黑了,更瘦了,头发长得那么长,下巴全是青的。这么大的人了,自己不晓得打扮,还要人来照应,呕……

想起一件事,赶忙告诉爷:

"高家伯伯今儿来过了,饭前,一个人坐在客房里等了你老半天,跟我谈了很多话:问我想不想妈?要是想,教爷替你再娶个妈。又把你那支挂着的笛子拿下来吹了半天,他说吹的叫甚么《汉宫秋》。爹爹,——你吹的好还是他好?后来翠子给他送上茶,他便不吹了,一个人走来走去的笑笑,还拿纸写了些甚么教我拿给你看,字那么草,它认识我,我可一个也不识得它。"

父亲看看那张字条,哈哈地笑起来。笑些甚么呢?还那么大的声音。

父亲随后也脱了衣裳睡下,点起一支烟,烟一丝丝的卷起来,满帐子里都是烟雾。

"二宝,你今儿晚上吃的甚么菜?"

"青菜虾圆汤。"

"可好吃?"

"好吃,好吃,虾子又新鲜。买来时还活蹦活跳,青菜是到园上现挑的,在薛大娘园上挑的。翠子说,这样有起水鲜。——喂,爹可晓得薛大娘？翠子新认了她做干妈。今儿大清早，我跟翠子上那儿去，草上露水还没有干，她把鞋都湿透了。我没有，我走道儿挺小心。到那儿薛大娘底儿子大驹子正在浇水，看见我们来了，便笑吟吟地把剩下的半桶水往埂上一摘，替我们下园挑菜去。翠子坐在埂上跟他谈话。薛大娘给了我两个新摘的沙胡桃，我便一个人去找蟋蟀儿去，我蹑着脚走了半天，连个油葫芦的叫声都没听见，才过了白露啊，难道它们就哑了翅子，不好意思再大胆的'呼雌'？爹，你不是告诉过我，蟋蟀儿的叫是呼雌的？找不到，我便掐了几片芦叶，编成个小船，把她们一只只的送到河中流水里，看那个流得最远。呜，一阵风把我的船全翻了，河下已经有人淘中饭米，我想已经来了老半天了，便回到园上找翠子去。

"我一去，他们都没看见，翠子还那么坐着，睁着大眼睛望着天，天上不见雁鹅：喏，就像我这样子，大驹子呢，站旁边，看定翠子的脸。菜篮子里只有两棵。我一叫翠子，他们都不看了，一块儿下园挑菜，大驹子还替我们下河把菜洗得干干净净。

"喉，爹，你说翠子为甚么老呆呆的，望着天，天上有甚么？人家说，天上有时会开天门，心里想甚么，天门里就有甚么！可是这要有福气的人才看得见。翠子是不是个有福气的人？你说。看天门开要在七月初七的晚上，早过了时！翠子一发呆，便不爱说话，不跟我说故事，也不教我唱'白果树，开白花，南面来了个小亲家'了，也不爱跟我来'板凳板凳歪歪，菊花菊花开开'了。我想哭，又怕她笑我。爷，你说说她，要她同我玩玩，不许发呆。"

嗯，父亲不知为甚么，这时不理我了，也呆呆的，好像从帐顶可以透过屋顶，看到翠子白天发呆的那个。怎么回事？

"喉，爹，你怎么的？看落了一枕的烟灰。你快睡在灰里了，翠子今天洗枕头时说你烧了那么大一个焦洞，赶明儿甚么烧了也不知道。"

父亲对我笑了笑，把灰拍去了些。

"翠子真好，又好看，又待我好，跟妈一样。爹，我们再也不要让她走，教她永远在我们家里！"

"……十九岁了；……明年四月……一个跛子男人……哦，二宝，让她回到自己的家里去吧,她妈就要来带她了,这件事,我不能管!"

爷又叼上一支烟,划了一根火柴,半天都不去点。等火把指头灼痛了,才把火柴扔了。我真不明白,为甚么父亲的魂也生了翅膀,向虚空飞。便记得要跟他说,先前翠子提起的话。

"爹,你是不是三十岁了? 翠子让你明儿别出去,为你做生日,她办菜!"

"三十了? 三十了! 为甚么是三十呢? 管翠子甚么事? 你也不用管,我不做生日了的。二宝你睡吧,明儿要早点起来,跟我到你妈坟上去拜坟。你记不记得,明儿是你妈的忌辰。我要翠子回家,她长大了,留不住。"

为甚么要让翠子走呢? 我觉得鼻子很酸,忍受不住,我哭了。

父亲把我抱在怀中,脸贴着我的脸:"睡罢,半夜了! 你听豺狗叫。……"

灯油尽了,火头跳动了几下,熄了。满屋漆黑,柝声敲过三更了。我不知道父亲甚么时候方睡。我醒来时,父亲已起了床出院中作深呼吸去了。翠子站在我床边,眼睛红红的。

十一月一日—二日,联大

**注 释**

① 本篇原载 1941 年 1 月 23 日昆明《中央日报》。

# 悒　郁①

秋天生长在淡淡的稻花香里，成熟于戟指的稻芒上。秋天总不免有些悒郁，成熟的稻穗也低垂了头！

时近黄昏，夕阳在西天烧起篝火，地面一切都薄薄的镀了一层金。在卷发似的常青树梢上勾勒起一道金边，蓬松松的，静静的。

银子像是刚醒来，醒在重露的四更的枕上，飘飘的有点异样的安适，然而又似有点失悔，失悔蓦然丢舍了那些未圆的梦；甚么梦？没有的，只不过是些不可捕捉的迷离的幻想影子罢了。一个生物成熟的征象。

——青青的远树后冉冉的暮霭。

银子漫不经心的走着，沿着恬静的溪流，轻轻地叫唤着自己名字：

"银子，银子，……痴丫头！要真是宝贝，为甚么你娘不叫你做金子？"

她心里藏着一点秘密的喜悦，不愿意给人知道。并且像连自己都不给知道似的，一涡浅笑镶上她的脸。

她走着，眼睛跟着自己的脚尖。这脚尖，小小的，可以把她带得多远！究竟能走多远？她想问问自己，但是她不愿意自己回答，默默地，她又笑了。说了她怕人知道，也怕自己知道。还不是走到——那个坪里！

脚下是带绿的浅草，有的也已经红了心，茸茸的，被西风剪得平齐，朝露洗得很干净。

她很耐心的寻找，看看有没有马齿咬过的印子。仿佛觉得有一匹浑身柔润如天鹅绒的长脚俊物，嚼着草，踢着前蹄，悠然拂着修齐的尾巴。马在那儿呢？她乐意有那么一匹马。

陌头躺着一头倦乏的牛，她心里想：笨东西，我不欢喜看见你啰，你太笨，太懒，太……让你早上自己走出来，晚上再自己走进栏里去，甚至还想拾一块青鹅卵石扎它一下，因为牛角上正栖了两只八哥儿，那么从容自在，那么得意，竟想甜甜地做一个梦。但是她没有这么作。这草里一坦平，不会有石卵儿。也许有吧，可是她不再找了，多费事。

草坪四近都没有人影，洗净了泥腿的人早给高挑的酒旗儿招去了。咦，连马号的声音都不听见，世界这样清静，究竟是甚么意思？

这已经出了庄了，银子左手在前，勒住缰辔，右手在后，抓住鞭儿，嘴里一声"哈—嘟"马来了，得得得……一气跑了不知多远。她停住了。唉，不像！怎么两脚总不腾空？

马累了后得息息，饮点水，于是她大步走下土坡，坐到最下一级，今儿这坡忽然像是嫌宽了些。比往常宽，也比往常静。

河水清极。水里一处有两只黑晶晶的大眼睛，怔怔的对着她。

嗨，这胸前为甚么起伏得这么剧，跳甚么？春天的花过去了，夏天的云过去了，秋天的一把白了头的狗尾草在风中摇，谁家葡萄园不采摘葡萄酿酒？无意又似有意的，她的手触到自己的胸脯边，忽然无端的红起脸来。心子飞到甚么天上去？人都说有三十三重天！飞去了怎么回来，多远的路！

——嗯，银子，很害羞的往坡上草里一伏。

"嚇，嚇，"一只青桩儿飞过去了，它笑银子。有甚么可笑的？银子知道。

银子回去了，她听得妈妈叫"银子，银子，——回—来—啵！"的声音，渐渐归去了，妈也晓得银子一定会听见的，她只是不答应罢了。其实她正心中想到好笑：一天银子银子的叫，应当发一百万财！可是一个金戒指还换掉了。

隔山有人吹着芦管，把声音拉长，把人的心也好像拉长了，她痴了一会儿，狠想唱唱歌，就曼曼的唱着：

第一香橼第二莲，

第三槟榔个个圆，

> 第四芙蓉五桂子,
>
> 送郎都要得郎怜。

好像又有谁在接口唱:

> 天上起云云重云,
>
> 地下埋坟坟重坟,
>
> 娇妹洗碗碗重碗,
>
> 娇妹床上人重人。

"狗嘴里说人话,不像人。"

门外场上被风儿扫得平平的,除了一两片落叶掠过留下的线条外,只有几个脚印,那是妈妈底,银铃儿将撷来一把狗尾草,不高兴似的恨恨的一撒。她高兴?她怎么不高兴?快吃饭了。

饭已经摆到矮桌上,爸爸喝着一小杯酒,银子呆呆的注视着爸喝一口酒,吮一吮胡子。她不说一句话,像是拿不动筷子。

"银子成人了。"爸跟妈看看,默默的笑笑。妈微攒一攒眉。若在往常,她非得往爸爸怀里一扑,问他"笑些甚么"不可。但是今天她不想问。她心里想:"你们笑我,不回来了,明儿!我会跑,跑到远远的天边,看妈再会不会叫'银子——回—来—啵!'银子一走,你们找金子去。"

突然,她把筷子往下一放,飞奔的跑出门外去了。外面的天宽宽的,罩着大地,地面一切都在成熟。

得得得……明明听见的嗬?

银子向林子里跑去,今天好像甚么都欺负她。她要去林子里哭一会儿。她要看看那匹马。

二十九年十一月二十一日草稿

**注　释**

① 本篇原载《今日评论》1941 年第五卷第三期;又载 1947 年 2 月 16 日天津《益世报》,文字有较大改动。

# 1941 年

## 寒　夜①

一个大车棚,靠近村子唯一通口的石桥。

车棚,在夏天,本是牛的天地,它在里面拉水车的轮子整天的转。现在,冬天来了,它该有一份休息,卧在温暖牛房的温暖稻草上咀嚼些往事去,(谁知道是些甚么事呢。)车棚到这时候也应该让流浪的西北风来寄寓了。但是今年,人们在它四周的带皮的弯扭的柱上络起草索,里里外外又涂上从河底搅起的稀泥,一切车水的设备,可以挪出去的也都没有了。于是车棚变了样子,我们还能再叫它车棚么,看它巍然独立的样子(车棚比普通茅房要高些走进去用不着低头。)在黄昏淡烟给人的眼睛以遐想的神力的时候,你要不以为那是一个藏着许多故事的墅楼才怪!然而乡下人长于保守,他们还是叫它车棚。

夜,雪后,这儿没有大得吓人的雪,但也足够遮去一切土黄苍青而有余了,一片银光在荡漾,因为是年底,没有月亮,要是有,那不知要亮成甚么样子。怕有窗子的人家也不容易知道天甚么时候明。风,从埋伏的芦叶间起了,雪结上一层膜子,又打着呼哨。茅檐下的冻铃子(冰箸)像钟乳石一样,僵成透明的,不分明的环节。狗也不大叫。在家的人一定把被角拉得更紧,也许还含含糊糊说两句甚么,马上又把头缩到被窝里去。

车棚中心烧了一大堆火,火领受人们的感谢,烧得更起劲了,木柴使足了力气,骨节儿毕毕直响。风用嫉妒的力量想摸进棚里,只能从泥草的隙缝间穿进一丝,且一进来便溶化在暖气里。棚边积雪绷得更紧,像生气。

火光照红了一棚,柱上挂枪。形式甚多,奇奇古怪的名目,听都没听见过。有的似乎只能吓麻雀,却也像剑的闪着青光。除了枪,还有盛酒的葫芦,装锅巴的竹篮,及其他什物,都干净利落,好像日常必经过一只手摸抚过,拂拭过。

围着火,坐着几个汉子,他们的称呼是:老爹,二疙瘩,大炮,蛤蟆,海里蹦,这几位都是名不虚传的人物,在乡下,哪儿都听得到,我相信,如果他们有儿子,他们的儿子一定也如此叫唤。乡下人对于取名字这一道是另具天才的,这几位,不必去请教,看一眼便知道谁是谁,甚么名字属于甚么主人。年纪也不用问,因为他们各有一颗永远年青的心,死去时也还是带着青春走的。就是老爹除了有把胡子,哪点能说是老,不信比比手臂看,小伙子都敌不过,不过他已经没有被称为更好的名字的荣幸了。这是他大不愿意的。

火光照红了深浅颜色的脸,也照亮一样精神的眼睛,火边伸着七八只大脚(因有人只伸出了一只),大概还有两个人,睡熟了吧,只有哼声还随着火苗起落。

风更大了,把冻结的雪又撼起,飞起一天花。呜——呜。

还有一个人,年青的,他是这里最出色的一个,他出去了。

啊,他回来了,推开门,带进一股逼人的寒气,又砰的把门带上了,扣上绳扣,摔摔脚下少少沾了一点的雪,搓搓手,坐到火边,又伸手抹一抹脸,掏出了竹杵子,拿出手枪(他有一支手枪的)端详了一下,又掖上了。他是巡更去的。巡更,谁高兴去,谁去,这里没有甚么指派的规矩,大家可心里明白,他不比任何人的次数少。"妈的,鸡巴都冻小了。"他伸手向火。

好家伙,异口同声,二疙瘩,蛤蟆,大炮,连海里蹦,都怕话给别人抢去似的:

"花儿不要你了!"

年青人正提起火上煮着的大紫泥壶,壶嘴送近嘴边,一听见,马上把壶嘴挪开,睁大了眼睛,向四面搜寻。

"哈哈哈……她不要你,我要你!"老爹笑了,黑色的胡子飞起来了。他这笑,笑得真好。许多笑也跟着起来了,盖去老爹的话的尾声。壶嘴也便得了救,你听"骨都",热水如愿以偿的下了他的喉咙。其实这也不过是闹着玩儿的。当真,他还好意思提起拳头打人?老爹一笑,更不能那个了。眼睛虽然还睁得不小(他的眼睛从来就没合过),可是那点不太真实的恼气都没有了,里面亮着满意与骄傲,——花儿是老爹的女儿呢!

老爹带笑巴上烟,烟锅里闪着高兴的光。二疙瘩等带笑取下篮里的锅巴嚼着,年青人随手取了根木柴,拨拨火,又把它丢进火里,也带着笑,是不是想着花儿腻人的歌呢?火烧得更旺,紫泥壶已经重坐到火上去,冒着白色的水汽,颇颇的响。

年青人,是一个道道地地的年青人呢,年龄,是一生最美丽的,心恐怕比年龄更年青些的。他有不许人叫不好看的(即使好听的)名字的权利,再则别人也不好意思给这么一个苗壮漂亮的小伙子加上"二疙瘩""蛤蟆"之类的封号。他叫太保并不是还拥有别的名字而被人忘了,从一生下来起,爹妈便如此叫他了。看,可不像个太保,就凭两道浓淡适中,长短合度的眉毛。这近处的年青的姑娘的心上,差不多都有太保的影子,姑娘们兜面遇到时,常常说"啊,我替苍蝇担心呢,这么光的头发,不滑闪闪了?"底下接着便是"是不是给太保看的?"照例这句是低低的,因为说话的人自己的头发也有点……而对方的回答,一例却是"呸!"和一个红脸。

火光熊熊,有人连衣扣都松了一两个。温暖会使人懒洋洋的,大伙儿的眼皮渐渐搭了下来。

"嗨,怎么都打盹了,这样还守甚么夜!"太保一呼叱,全睁开了眼。那两个本来就睡熟了的,仍旧睡的很香甜。

"他妈的,这么冷的天气,这么暖的火,抱着个精光的老婆,真不愁睡死过去。"二疙瘩"笃"的把一口不平吐到火里去。

大炮说:"你老婆在哪儿呐?别他妈不要脸了!"

蛤蟆说:"你呢?"

哈哈哈……

全是光棍。

"喽啰喽啰,闹些甚么!喝酒吧。"老爹摘下了葫芦。没有菜,嚼锅巴下酒。

大家就着葫芦嘴儿喝,一个一个的传下去。

突然,太保一回身,拉开门儿走去了。空气顿时紧张,大家都站起身来,有的已经拿住了枪。

门又开了,太保走进来,望望他们,把手里捧的一大团雪放进水壶里去,原来壶里水已经快光了。

没事,天下太平,大家又坐到火边来。

"太保,你冷不冷,怎么出手去捧雪?快来喝喝酒,通通血脉,葫芦里剩得不多了。"老爹的话像是对儿子说的。

"不冷,"太保一手接过葫芦,"你们怎么解手都不讲规矩,看雪地画了一条条黄龙,回头——"底下的话随着酒咽下肚去了。

"回头怎么?这会儿谁还来。"这事大家都有份,所以也差不多是同时说。老爹笑笑,又巴上了烟,他心里想他们像是存心对付太保呢。

太保拔出手枪,用手摸着微温的发着蓝光的枪壳子,把子弹一个一个的跳出了膛,又一个一个的装进匣里,然后再上了膛,保上险,看了又看,他自己也不知道一个庄稼人怎么爱上了这玩意。

"喉。蛤蟆,看老爹的眼睛都快笑成一条缝,真是丈人看女婿,越看越有趣。"海里蹦轻轻的说。

"有趣,就有趣罢了,干我们鸟事?我们算是完了,你那,还年青,模样也还像个样子,怎么也不想娶一个标致媳妇儿,尽跟这些杆子成天胡闹!"

"他要娶甚么媳妇,有嫂子欢喜他哩。他那痨病鬼的哥哥还不是早晚的事!"

"你胡说,你胡说",海里蹦贼人心虚似的,因为他的确常常想到这件事情。在乡下这是普通事!他一手抓过葫芦,把剩下的酒,一口喝完了,喝得太猛,都喷到火里去。火堆上了阵青光。

"听!"二疙瘩手一摆,大家都屏住了气。嚼锅巴的停止了牙齿的运动,怕妨碍了听觉。老爹的烟锅里也不再丝丝的响。

静默。

"见鬼,是雪压断了树干子,大概是桥那边的。"太保耸耸肩,把落在火外面的木柴踢进火里去。

"天该不早了,大家睡一下罢,有我一个人也够了!"老爹把烟又巴上了。

"再出去走一下罢。"太保说着,便一手拉开了门,一脚跨出去,正跟一个人撞个满怀。

"冒——嗨。你还那里去啊,天都亮了!"花儿跨进了门,"爹,我来带你了。"

"你是来带我的么?——花儿,人家说你不要太保了!"

"谁说的?"花儿冲冲的说出这句话,话一出口,便觉得很难为情,忙低头拾起地上的竹篮。

太保不让人看出他的脸上的颜色,便走到门外去。天虽然明了,也还很朦胧。

老爹连忙高声的说:"太保,你慢走,上我们家吃团子去。花儿走吧。回见,回见。"

"回见,回见。"

"爹,我不依,——我做的团不给他吃。"花儿扭扭头,拉拉老爹的衣角,轻轻的说。

…………

"爹,你教花儿走慢些,你看她身上的雪,必是来的时候跌了一交。她生我的气呢。——把葫芦跟篮子都给我拿罢。"

沙沙的步声远了,风掠着地面一切,只有人的心除外。——

火堆子的火已渐灭。

二疙瘩,大炮,蛤蟆,海里蹦,相互看看,嘴张得大大的,有点呆相。

"谁说的?"蛤蟆学舌学得倒很有几分像。

睡熟了的两位,依旧睡得很香甜。

## 注　释

① 　本篇原载 1941 年 2 月 13 日昆明《中央日报》。

# 春　天①

"故乡依旧有春天,杨柳又抽芽了,这一点生机是寂灭不了的。"

我慢慢地,有点迟疑,(谁知道这点迟疑如何生长的,)把一叠信纸投入拆开的信封里。

"——又是春天来了,——春天。"遮住我的记忆的是一片明净的蓝色,是故乡的天,真的,我走过多少地方了,总觉得别的地方的天比不上故乡,也许有比故乡更蓝的天吧,然而蓝得不跟故乡一样。还有呢,那是许多得意的散落在蓝天里的风筝,带着一种轻柔,静静的。

可不是春天了么:衣裳似更轻些,更暖些了。坐在太阳里,一闭眼,(很自然的闭上眼了,)一些带有奇异彩色的碎片便在倏忽变化的衬景上翻腾起来。——你没有这个经验么?我希望你试一试,在太阳里闭上眼睛,你就会明白我的话了,我决不弄甚么玄虚。而这些碎片,又幻出些黑而大的眼睛,晶晶发光,依旧在翻腾,使我有点昏晕了,不成,睁开了眼,更晕得厉害,怎么办呢?

我不是告诉过你许多次了么,我的童年是不寂寞的?

许是在一个春假里罢,(不是春假也就算春假,何必顶真,春假是不是所有假期里最好的一个,你说?)我们两个,玉哥儿和我,——

"你是谁?"

"——嗯,别打岔,你听我说下去。好,我那时叫春哥儿。告诉你,又要不离口的叫了,还当着人。"

我们在梨树下用木板替白兔造一个新窠,它在我们身旁安闲的吃着菜叶。忽然我停住了,看看自己的手。

"怎么了,是不是,木刺戳了?"

他把我的手拿起来看看,到香橼树上折到一根荆针,一挑,又对着

20

吹吹气,虽然很疼,可是倒挑出来了。随着望一望那歪歪斜斜的未完成的建筑,拍地一脚踢倒了。我不觉得可惜,反而有点复了仇的快意。

"弄不好,还让它住住旧房子,等生了小兔子请伯伯给我们再做一个新的。走,我们上老败家那儿去。"

"胡说!上王大爹那儿去,你说老败家,教英子听见要生气。"

"老败家"就是王大爹。我们的姑姑说起他来总是预先摆下一付鄙夷的眉眼,"老败家"这名字也是她们给取的。说是他祖上很有钱,还做过大官,父亲也还好,到他手里,把家业糊里糊涂的就花光了。老了,还是不治生业。她们说起来还愤愤地,好像人家败去的是她们自己的家业似的。

哼,老败家?多刻薄的嘴!王大爹又不抽大烟,像大姑夫,又不成天赌钱,像二姑父,就算王大爹少年时候不正经罢,我想他也不会像三姑夫,把日子都耗在堂子里,说人家不会过日子,你们好,表弟要钱买丁丁糖,每回都挨一顿好骂,钱就是命,只恨钱没有眼,要有眼,你们早钻进去了,(我也不知道这是甚么意思,妈这样说过。)至少,至少,你们就修不到英子那样标致的女儿。

玉哥儿也学着说,说王大爹是败家子,我真想不理他了,我想替他告诉英子,不——回头英子要是哭了呢,——还是不告诉的好,她一哭就是老半天,把眼睛哭红了,王大爹会说我们欺负了她,而且,我想玉哥儿也是偶尔说一两回,他难道不爱王大爹么?

上王大爹那儿去,好,我眨眨眼,把手上灰土拍去一些。(我倒不怕别人笑话。只是因为英子非常爱干净,王大爹也看不下孩子们污黑的手,回头他会打水给你洗,还用胰子擦了半天才放手)我说:

"走。"

王大爹正在铺子里。

这铺子是一个钱庄的旧址。从前也是王大爹开的。后来改开过酱坊、杂货铺,现在只卖一点香烟洋火,有时候,有人拿一点古玩字画来寄卖,(那是因为别人说王大爹眼睛好,甚么东西到他手里,都会订出个恰当的价钱,对于鉴赏书画,尤为精到。)铺面大,货物少,显得非常空阔,但空阔的地方又常被孩子们的欢笑填满,没有一点凄凉的意味,虽然椽子都黑了。柜台外面,被称为店堂的地方,太阳里睡着一只玳瑁猫,一条哈叭狗,哈叭狗正舔着玳瑁猫的颈毛。

王大爹在做甚么呢?他用一只架戥,在称着鸡毛的分量,聚精会神的觑着戥杆子轻微的上下。(那鸡毛是用来做蜈蚣的脚的,必须两边一样轻重放上天才稳,这,说也说不明白,顶好你去见识见识蜈蚣风筝就知道了。)一面不时拈一颗花生米做成的丸子,随手抛给架上的鹦鹉,虽然他眼睛看着戥子,但鹦鹉很准确的用红色的大嘴接了过去,每吃一颗,把嘴在架子上磨磨,振一振翅子。同时他嘴里还唧唧啾啾声的逗画眉叫,我觉得他的声音好像比画眉更好听些,因为画眉是跟他学的。

他一扭头,看见两条影子映在店堂里,便高声说:"英子,别弄甚么宝宝人儿了,快出来。你的朋友来了,也不招待招待人家。"

英子由那个挂着"聚珍"的扇匾的套房奔奔跳跳的出来,手里拿着根针,我想,刚刚手上的刺要是她给我挑,一定不疼。

"喓,我昨天看见王老师了,她让我们三个人明天到她家去玩去,——喓,我昨天去上妈的坟去,蚕豆都开了花,紫微微的,还有一种花,乡下人叫做癫痫椀子,白的,还有几点红,跟你去年头上那块癣一样,哈哈。"

我真怕人提起我那块癣,尤其怕英子说,可是她专门借故提起,我脸又红了。

"不作兴,不作兴。嗯,一毛六,——短二个铜板?没关系,没关系,"王大爹把一包香烟交给一个人。"春哥儿,你爸爸曾问我要黄雀,我这儿又下了一窠,有一个凤头,一个龙爪,毛色很好,回头你给带了回去。"

"嗯。"我答应着,眼睛却望在墙上。

"你们呆在这儿干甚么呢?看着猫儿的眼睛,该有两点多钟了吧,去放风筝罢,就拿这'四老爷打面缸'去,明儿等这蜈蚣糊好了,我跟你们一块去。"说着他给我们取下那名叫"四老爷打面缸"的风筝。"英

22

子,线在第二个抽屉里,你跟他们一块去玩玩,不要再给宝宝做衣裳了,看把手指头戳破了。"

"回头我给你们煮桂花山芋吃。——春哥儿,跟你爸说,说我问他要点枫叶芦花②的枝儿,枫——叶——芦——花——记住呀。"

我们接了风筝,头也不回,一直跑向"学田"里。玉哥儿拿着线槌子、风筝,我跟英子挽着手走在后头。

"春哥儿,我爸爸要你做他的儿子呢,你愿意么?"

"好,我爸也要你做他的女儿呢,你答应做我爸的女儿,我就给你爸做儿子。"

到"学田"了。遍野都绿透了,把河水映得红艳艳的,风吹到我们的身上,我觉得自己在长大。

"我放,你撮,英子,你在那边杨柳树下等着我们。"玉哥儿分排着。

丝,丝,丝,线槌子放开了,拖了几丈长。

"就那个,喺,你站到那个坟顶上,那个,那个顶高的,举起来,举起来哟!"

"嗷,一,二,三——,我松了。跑,玉哥儿,跑,快跑啊。"

"呕——"风筝摇摇摆摆地升到天心里去了,我拍手大叫,英子远远的也拍手大叫。

天空飘着无数风筝,可是都没有我们的好看,所有放风筝的人,也没有我们快活。

田塍上开了许多淡黄的花,那颜色跟爸爸的那种蜜色的月季花一样好,我采了不少,结成一个花球,想送给英子,结成了,便跑向了玉哥儿那边去。

"往上攒了,高,高,你把我拿一下,可以不可以?"我说。

"不行,劲太大。"

"给我拿一下。"

"不行,不行,你看,肚子都没有,线一直上去,你不能拿,不要把风筝走了。"

"给我拿一下!"我一边说,一边去夺绕线的杆子。

"不行！"他用右手把我一推，我脚底下没有站得稳，跌了一个元宝翘，他反而哈哈的笑起来，我气极，他看不起我，地上抓一个砖头就掷过去，正丢在他腿上。

一场争斗开始了，我们连野话都骂了出来。

"喂，喂，怎么回事？打起来了！"英子由那边跑了过来。

我们一有纠纷，大概都是英子来解决，大家对于她的话总是听从的，谁教她是女孩子呢。

"他用砖头扎了我，你看这块斑。"果然一大块青斑，英子看看那斑，又看看我。

"你先打我的。"

"…………"

"…………"

英子说："他先打你，你就打人了？"

"当然，谁打我也不依他！"我理直气壮。

"真的？"英子一伸手，拍，一掌打在我的脸上，"我打你，看你打我不？"

"哈哈哈"她和玉哥儿全笑了，玉哥儿尤其得意。

我当然不能打她，可是鼻子一酸，好，你向着他！我两颗眼泪在眼眶里转了，不愿让她看见，一转身拔腿便跑，把刚才结的花球狠狠的一丢说：

"玉哥儿好，他还说你爹是老败家呢。"

一阵风把我的话吹散了，我头也不回，甚么也不管。

"之后？"

后来，后来，——

我一手捏着张照片，心不在焉地在信封上画成一个人脸，大大的眼睛，两条辫子，又斜斜的写上一行字：

"春风吹又生。"

——也是有大大的眼睛的，大大的，也黑黑的，不梳辫子，有个酒涡哩！我一回头，"怎么啦，瞪瞪的，一句话也不说。"

"这，——哈，你小时候不许有要好的男朋友么？长大了，又能不怀念么？"

"呸，我才不管你的事哩。"

"可是你的眼睛瞒不过我。好，你听我念：

　　我们很好，英子已经喜欢吃酸东西了，她很记挂你，很希望见见你的夫人，这张照片是我们送给她和你的，希望你们能寄一张照给我们。

——人家都说我们已经结了婚呢。"

"啧——"一种声音遮没了话。

春天，——我们明天也买个风筝去放放。

二月十七日初稿

**注　释**

① 本篇原载 1941 年 3 月 13 日昆明《中央日报》。

② 是一种菊花的名字，菊花大都是春天插枝，枫叶芦花，紫色的长瓣子，上面洒有白色斑点。

# 复  仇[1]

## ——给一个孩子讲的故事

一缶客茶，半支素烛，主人的深情。

"今夜竟挂了单呢"，年青人想想颇自好笑。

他的周身结束告诉曾经长途行脚的人，这样的一个人，走到这样冷僻的地方，即使身上没有带着钱粮，也会自己设法寻找一点东西来慰劳一天的跋涉，山上多的是松鸡野兔子。所以只说一声：

"对不起，庙中没有热水，施主不能洗脚了。"

接过土缶放下烛台，深深一稽首竟自翩然去了，这一稽首里有多少无言的祝福，他知道行路的人睡眠是多么香甜，这香甜谁也没有理由分沾一点去。

然而出家人的长袖如黄昏蝙蝠的翅子，扑落一点神秘的迷惘，淡淡的却是永久的如陈年的檀香的烟。

"竟连谢谢也不容说一声，知道明早甚么时候便会上路了呢？——这烛该是信男善女们供奉的，蜜呢，大概庙后有不少蜂巢吧，那一定有不少野生的花了啊，花许是栀子花，金银花，……"

他伸手一弹烛焰，其实烛花并没有长。

"这和尚是住持？是知客？都不是！因为我进庙后就没看见过第二个人，连狗也不养一条，然而和尚决不像一个人住着，佛座前放着两卷经，木鱼旁还有一个磬，……他许有个徒弟，到远远的地方去乞食了吧……

"这样一个地方，除了做和尚是甚么都不适合的。……"

何处有丁丁的声音，像一串散落的珠子，掉入静渚的水里，一圈一圈漾开来，他知道这决不是磬。他如同醒在一个淡淡的梦外。

集起涣散的眼光，回顾室内：沙地，白垩墙，矮桌旁一具草榻，草榻上一个小小的行囊，行囊虽然是小的，里面有萧萧的物事，但尽够他用了，他从未为里面缺少些甚么东西而给自己加上一点不幸。

霍的抽出腰间的宝剑，烛影下寒光逼人，墙上的影子大有起舞之意。

在先，有一种力量督促他，是他自己想使宝剑驯服，现在是这宝剑不甘一刻被冷落，他归降于他的剑了，宝剑有一种夺人的魅力，她逼出年青人应有的爱情。

他记起离家的前夕，母亲替他裹了行囊，抽出这剑跟他说了许多话，那些话是他已经背得烂熟了的，他一日不会忘记自己的家，也决不会忘记那些话。最后还让他再念一遍父亲临死的遗嘱：

"这剑必须饮我底仇人的血！"

当他还在母亲的肚里的时候，父亲死了，滴尽了最后一滴血，只吐出这一句话，他未叫过一声父亲，可是他深深的记得父亲，如果父亲看着他长大，也许嵌在他心上的影子不会怎么深。

他走过多少地方，一些在他幼年的幻想之外的地方，从未对粘天的烟波发过愁，对连绵的群山出过一声叹息，即使在荒凉的沙漠里也绝不对熠熠的星辰问过路。

起先，燕子和雁子还告诉他一些春秋的消息，但是节令的更递对于一个永远以天涯为家的人是不必有所催促的，他渐渐忘记了自己的年岁，虽然还依旧晓得那天是生日。

"是有路的地方，我都要走遍，"他曾跟母亲承诺过。

曾经跟年老的舵工学得风雨晴晦的智识，向江湖的术士处得来霜雪瘴疠的经验，更从荷箱的郎中的口里掏出许多神奇的秘方，但是这些似乎对他都没有用了，除了将它们再传授给别人。

一切全是熟悉了的，倒是有时故乡的事物会勾起他一点无可奈何的思念，苦竹的篱笆，络着许多藤萝的，晨汲的井，封在滑足的青苔旁的，……他有时有意使这些淡淡的记忆淡起来，但是这些纵然如秋来潮汐，仍旧要像潮汐一样的退下去，在他这样的名分下，不容有一点乡愁，

27

而且年青的人多半不很承认自己为故土所萦系，即使是对自己。

甚么东西带在身上都会加上一点重量（那重量很不轻啊）。曾有一个女孩子想送他一个盛水的土瓶，但是他说：

"谢谢你，好心肠的姑娘，愿山风保佑你颊上的酡红，我不要，而且到要的时候自会有的。"

所以他一身无长物，除了一个行囊，行囊也是不必要的，但没有行囊总不像个旅客啊。

当然，"这剑必须饮我仇人的血"他深深的记着。但是太深了，像已经溶化在血里，有时他觉得这事竟似与自己无关。

今晚头上有瓦（也许是茅草吧）有草榻，还有蜡烛与蜜茶，这些都是在他希冀之外的，但是他除了感激之外只有一点很少的喜悦，因为他能在风露里照样做梦。

丁丁的声音紧追着夜风。

他跨出房门，（这门是廊房）。殿上一柱红火，在郁黑里招着皈依的心，他从这一点静穆的发散着香气的光里走出。山门未闭，朦胧里看的很清楚。

山门外有一片平地，正是一个舞剑的场所。

夜已深，星很少，但是有夜的光，夜的本身的光，也够照出他的剑花朵朵，他收住最后一着，很踌躇满志，一点轻狂围住他的周身，最后他把剑平地一挥，一些断草飞起来，落在他的襟上。和着溺爱与珍惜，在丁丁的声息中，他小心地把剑插入鞘里。

"施主舞得好剑！"

"见笑，"他有一点失常的高兴，羞涩这和尚甚么时候来的？"师父还未睡，法兴不浅！"

"这时候，还有人带着剑。施主想于剑上别有因缘？不是想寻访着甚么吗，走了这么多路。"

和尚年事已大，秃头上隐隐有剃不去的白发，但是出家人有另外一副较难磨尽的健康，炯炯眸子在黑地里越教人认识他有许多经典以外的修行，而且似并不拒绝人来叩询。

"师父好精神，不想睡么？"

"出家人坐坐禅，随时都可以养神，而且既无必做的日课，又没有经讖道场，格外清闲些，施主也意不想睡，何妨谈谈呢。"

他很诚实的，把自己的宿志告诉和尚，也知道和尚本是行脚来到的，靠一个人的力量，把这座久已颓圮的废庙修起来，便把漫漫的行程结束在这里，出家人照样有个家的，后来又来了个远方来的头陀，由挂单而常住了。

"怪不道，……那个师父在那儿呢？"他想问问。

"那边，"和尚手一指，"这人似乎比施主更高一些，他说他要走遍天下没有路的地方。"

"哦——"

"那边有一座山，山那边从未有人踏过一个脚印，他一来便发愿打通一条隧道，你听那丁丁的声音，他日夜都在圆这件功德。"

他浮游在一层无端怅惘里，"竟有这样的苦心？"

他恨不得立即走到那丁丁的地方去，但是和尚说"天就要发白了，等明儿吧。"

明天一早，踏着草上的露水，他走到那夜来向往的山下，行囊都没有带，只带着一口剑，剑是不能离弃须臾的。

一个破蒲团，一个瘦头陀。

头陀的长发披满了双肩，也遮去他的脸，只有两只眼睛，射出饿虎似的光芒，教人触到要打个寒噤。年青人的身材面貌打扮和一口剑都照入他的眼里。

头陀的袖衣上的风霜，画出他走遍的天涯，年青人想这头陀一定知道许多事情，所以这地方比任何地方更无足留连，但他不想离开一步。

头陀的话像早干涸了，但几日相处他并不拒绝回答青年人按不住的问讯。

"师父知道这个人么？"一回头伸出左腕，左腕上有一个蓝色的人名，那是他父亲的仇人，这名字是母亲用针刺上去的。

头陀默不作声，也伸出自己的左腕，左腕上一样有一个蓝字的人名,是年青人的父亲底。

一种异样的空气袭过年青人的心,他的眼睛扑在头陀的脸上,头陀的瘦削的脸上没有表情,悠然挥动手里的斧錾。

在一阵强烈的颤抖后,年青人手按到自己宝剑柄上。

——这剑必须饮我仇人的血。

"孝顺的孩子,你别急,我决不想逃避欠下自己的宿债——但是这还不是时候,须待我把这山凿通了!"

像骤然解得未悬疑问,他,年青人,接受了头陀底没有丝毫祈求的命令,从此他竟然一点轻微的激动都没有了。

从此丁丁的声音有了和应,青年人也备得一副斧錾,服膺在走遍没路的地方的苦心下,但他似乎忘记身旁有个头陀,正如头陀忘记身旁有一个带剑的年青人。

日子和石头损蚀在丁丁的声里。

你还要问再后么?

一天,錾子敲在空虚里,一线天光,第一次照入永恒的幽黑。

"呵",他们齐声礼赞。

再后呢?

宝剑在冷落里自然生锈的,骨头也在世纪的内外也一定要腐烂或凝成了化石。

不许再往下问了,你看北斗星已经高挂在窗子上了。

注 释

①  本篇原载 1941 年 3 月 2 日、3 日重庆《大公报》,署名"汪曾旗"。1944 年作者以同题重写这篇小说,1946 年改定,参见《复仇》。初收《汪曾祺全集》第一卷,北京师范大学出版社,1998 年 8 月。

# 灯　　下①

一天还是那么过去的。西天又烧过了金子一样的晚霞。

陈相公（学徒的）在屏门后服伺着新买来的礼和银行师子牌汽油灯。近来城里非常盛行汽油灯，起初只一两家大铺子用，后来，大家计算计算，这比"扑子灯"贵不了多少，可是亮得多了，所以像样一点的铺子也都用了，除了根本没有晚市的。他像是跟灯赌了气，弓着个身子，东扒扒，西戳戳，眯起一只眼睛研究研究，又撮起嘴唇吹吹，鼻涕在鼻孔里，一上一下，使他不时要用油污的手去掠一掠。已经是秋凉了，可是小伙子阳气旺，汗兀自不住的滴着。

柜台里有三个人：姓陶的和姓苏的是"同事"身份，陶先生坐在靠"山架"的凳上翻阅从甚么报上剪集起来的章回小说，（也许丢掉了一页，不接头，找来找去找不着）。一面还摸着脸上酒刺，看来不是用手去摸脸，而是以脸去就手，似乎很专心，偶尔有一只苍蝇甚么的影子飞过眼前，他也只是随意用手一挥，不作理会。苏先生把肘部支在柜台上，两手捧着个肥大下巴，用收藏家欣赏书画的神情悠然的看着滴水檐下王二手里起落的刀光。王二摆一个熏烧卤味摊子，这时正忙得紧，一面把切好的牛肉香肠用荷叶包给人，一面用油腻腻的手接钱，只一瞥，即知道数目，随便又准确的往"钱笼"里一扔，嘴里还向另外一个主顾打招呼，"二百文，肚子？"又一瞥，哪样东西快完了，便叫儿子扣子去拿。扣子在写着账，（熟人可以暂赊），很用心的画着码子，要是甚么人的姓写得不大像，便歪着头，咬咬笔杆，很像一些文雅人作诗的样子。柜台里另一位，姓卢，在来往信札上被称为"执事先生"，若是在大公司之类当是经理，这里，是"管事"，所以常常坐在账桌边。正校核着"福食"，每看完一笔，用小木戳子印一个"过"。他叫了一声陈相公，陈相公没有答应，于是又大声叫"陈——相——公——"！这回不但陈相公听见，连苏陶二位也听见了，回头一看，都扑嗤笑了，陈相公一脸胡子，垂手侍立。"今天买了几个铜板酱油？""五个。"又各归原位，各执其事，继续未竟的工作。

他们似乎都在等待着甚么。等待着甚么呢？

多少声音汇集起来的声音向各处流着，听惯了的耳朵不会再觉得喧闹，连无线电嗡着鼻子的唱歌说话的声音及铁钉头狠狠的划在玻璃上的开关声，也都显得非常安静。叫卖的拼着自己的嗓子喊，如极深的颜色掺入浓浓的灰色里，一经搅混，甚么痕迹也留不下。你何必喊呢？不要买的你招不来，要买的自会来找你。这些声音都要到沉默之后才会有人觉得。

时间在人们的眼睛里过去了。

陈相公又有了点小小得意，汽油灯毕竟亮了。他站到柜台上挂了起来，灯咝咝的响着，许多小飞虫子便在光底下闹成一大团，哪里来的这许多啊？

一个顾客懒懒的走近了柜台。"要甚么？""丝妈糖。""没有。""昨天还有的？""十个铜板起码！"柜台外的人眨眨眼睛，只得向袋里又挖挖，柜台里的把钱接过手，一看，只有八个，不再说甚么，丢入"钜万"里，包了一包带丝带粉的甚么。八个铜板买不到十个铜板的，大家明白。可是倒教苏陶二位想起来晚上还有几个必到的主顾，知道他们要甚么，要多少，便一一包好，在纸上折角作了个记号，放在固定的处所，以便来拿。

卢先生核完了账，把簿子挂到派定的钉上，伸了个懒腰，心里想：不早了。走到门口去看天天来往的人，站了一会。今天没有花轿子抬过，足供负手半天。天天下操回去的驻军，也早吹着号过去了。觉得生活乏味，便想回去，却一眼看见了一个人拄着拐杖走来了。这个人（不单这个人）是除了大风大雨，小病小痛，都要来铺子里坐坐谈点"新闻"的。

"哦，陆二先生，二舅太爷——呸，走呕，你怎么不打个灯笼要饭！"

卢先生让一个叫化子哭丧着一副不变的脸等着，不去理他。"您怎么今儿来晚了？我打算您的小肠气又发了。"

"没有，没有，今儿放学放得晚一点，嗯——又拢焦家巷吃了碗划水面。"这算是他的解释，其实这解释该用在"如果晚了"之后，他自己明白，并不晚，虽然也不早。

店堂里摆一张方桌，左右各放两把椅子，陆二先生拣了一把靠桌的坐下，（这是他的老地方，其余，应当留给别人）。放下拐杖，拧了拧鼻子，把手在鞋帮上抹抹，看看"真不二价"、"童叟无欺"心里有了点感慨：而今能写得这样一笔字的很少了，拿春联"抱柱"来一比，就分出个高下老嫩来。他是个蒙馆先生。——世界变了，就是写得这样字的也没用了，人家招牌上都画上红红绿绿的甚么美，美术字，从大学校学来的，看的不认识，写的也不认识，好处就是不像字，像画。

"一蟹不如一蟹，全是甚么洋笔弄坏的，当先，我们的时候——喏，陶翁，你的花又开了两朵了，——"

"啊？——也不过是随便插在盆子里玩玩的，我连水都不记得浇，还是厨房老朱天天挑水回来浇一点，不想他竟开了花。"陶先生说着，捧了水烟袋走了出来。

"——时人——不识——余心乐，——将谓偷闲——学——少——年——，风雅，风雅。"陆二先生素来很赞赏陶先生。

"二舅太爷，今儿在东家太太家吃了甚么来了？"又进来一个人，见了陆二先生就照例问这句话，他是店主的本家，每天到店里来吃饭，这时正是他该来的时候。

"虾子炒虾子！"

大家全笑了起来，连走过门口的也都带了一个笑走过。

进来的人有点驼背，大家都叫他虾二爷。

陆二先生按俗例每天临着到一个学生家去吃饭，周而复始，所以常常夸说某东家太太人大方，铲子好，并且还说了些蒙馆先生不应当说的话，涉及大方铲子以外的事，供大家笑乐，无伤大雅。

虾二爷装作姿势要拿拐杖打陆二先生，陆二先生说，"你来，你来，我有话告你!"虾二爷带笑骂了句甚么,也就算了。

张汉叼着旱烟袋进来,连声叫着"年兄,年兄!"这是一个老童生,曾往外县做过幕。

老炳到王二摊上拣了根卤得通红的猪尾巴,一条鞭似的舞着,到里去拿了个茶杯,又出去打酒去了。

卖鱼的疤眼收完了鱼钱,也走了进来。

还有些不上名姓的熟人,也都来了,坐的坐,站的站,各有各的风格,于是店堂里便热闹起来。

老炳打了酒,还没有进门,便嚷着,"我的尾巴,我的尾巴。"

"你自己摸摸看! 谁见过你的尾巴! 我见到,倒想拿了喂狗呢。"

"卢三哩,你这个坏人,定是你藏了。你老婆又不在这儿,干甚么吵!"

"自己的尾巴都管不住,谁拿了,看,不还在着!"

"——还就是万顺的好一点,掺的水不多,他妈的。"老炳坐到一旁自得其乐去了。他呷了一口酒,带着津液咽下了喉,忽然很严重的问:"他妈的陆二,你说,唐伯虎有几个太太?"

陆二先生虽然不太满意他这个"他妈的"口风,可是对于别人的问题,只要能解答的,都很乐意解答,读书人第一要渊博。满腹经纶,才像个读书人。于是陆二先生不但告诉他九美的名姓,还原原本本的说起四杰传来。听过的,没听过的,都很诚心耐心的听着。陈相公本来在读着《应酬大全》,这时也放下了书,呆呆的听着,又想着。

陶先生抽完一根纸媒子,把水烟袋递给虾二爷,态度很诚恳恭敬。

"好,垂头驴子会拐缰,你也跟我来起来了。"烟已经没有了,虾二爷掏了个空,但他到柜台里翻了半天,终于翻到了。"佛——笃",笑笑的一口吹着了媒子。骨都骨都喝了一阵,哺的一吐,把烟灰远远吹去。

"烟啊,一共有几种? 有五种:水,旱,鼻,雅,潮。这内中,唯有潮烟这一样,我们这带没有。我见过,香。"张汉把自己丢在回忆里,一面把自己的"超等"打开,装上一袋,闭上眼睛细细品味。

"喂,虾二爷,大太爷的田,买成了没有? 听说水口庄屋全不坏,是旱潦不怕的,你不是已经下去看过了么?要不是死了老子,等着葬,肯卖,人家?这么块好田,哼!"

"没有!那方面非草字头(萬)不卖,我们大太爷也忒辣点,晓得人家急等钱用,更有意'拿桥',别人家想这块田的多着哩,像孙家就等着买了好'成方',可是因为大太爷谈了,也不便再问津。"虾二爷言下殊不平,倒不是别的,成了,他少不了有点好处。别人也觉得大太爷太精明了。心想"难怪,越是有钱啊,——"

"虾二爷,这几天打牌了没有?"

虾二爷大概是打了牌,并且还小小的进几个,得意的讲起牌经来,说到怎样在最后一圈做庄时拦和了下家一副不现面的清三番,真够紧张。

"婊子不害×,走局呕!"

陆二先生摇摇头"酒色财气,酒,色,财,气……"

喔——呜,一条野狗教柜台里的苏先生一棍子打了出去,好几个人抢着说"不孝,不孝,"苏先生打完狗,仍是支着两肘,不声不响。

"马家线店的寡妇媳妇,瞎子婆婆,——嘿,他妈的!"老炳吮完了最后一滴,捶了一下柜台,站起身子,走了,有人补了他的座位。陈相公望望他的背影,"啧!"了一声,把杯子收进去了,"老是拿了不放回去!"大家全笑了,老炳背上贴了个纸剪的乌龟。

谈话还是继续下去,不知是为何开头的,不知怎么又转换了话题,也不知到甚么时候才会停止,一切都极自然,谁也不肯想想。大家都尽可能的说别人的事情,不要牵涉到自己。(自己的甘苦,顶好留到在床上睡不着的时候一个人说说去。)各种姿势,各种声调,每个人都不被忽略,都有法子教别人知道自己的存在。

卖鱼的一面听着,一面于点头楞眼之余计算着"二百四,四百八——",算错了,又回头重算。有人叫了一声"疤眼——"是他的老婆。

"疤二娘,天还早呢!"店堂里又是一片哈哈。

"啐"疤二娘走过了,又回来:"吴老板找你哩!"

疤眼本想也可以回去了,可是这一来倒不得不大声的说"等下!"等甚么呢?他等别人笑完之后!便走了。虾二爷连忙赶到门口"喴——,明儿送十斤蟹到大太爷宫(小公馆)里去,疤眼——!"

"晓——得!"

大家都觉得该回去了。在"明儿见","明儿见"声中铺子里便清冷了一大半。张汉睁开眼睛,叫了一声"年兄",伸手摘下帽顶上拖了好半天的花翎(也许是草制的,也许是纸制的)望了一望丢了。"嚇嚇",也走了。王二本想来店堂里头坐坐,趁现在稍微闲一点的时候。他叫了一声"扣子",可是回头一看,只好又说"没有甚么,你别打盹"。陆二先生也觉得很怅惘,大有"酒阑人散得愁多"的感味,望望若有其事的小飞虫子,心里哼出一句甚么,忽然四下一摸,不好,拐杖不见了,也不说甚么,明儿来拿好了,丢不了的。即使丢了,也不可惜,这拐杖越过越短了,快不能再用了。

说真的,这回街上可真寂静得可以,阴沟里的沉积畅畅快快的吐着泡沫,像鱼戏水。卖唱的背了松了弦子的二胡,踽踽走过。一天星斗。

"二舅太爷,回去来",一个小女孩子一手拿着个面捏的戏装小人,一手的食指含在嘴里。这个"二舅太爷"是真的,小女孩是他的外孙女。二舅太爷等着的是这一声,每天,这个柔嫩的声音都在叫他。二舅太爷不紧不慢的站起身来,可是身后有甚么拉住了他,不得不再回头,一看,衣角被谁用钱串子(小索)结在桌腿上,他恨恨的恨了一声。

陈相公把行李卷放到柜台上来。苏先生擦擦肘部关节。陶先生打了个呵欠,卢先生也打了个呵欠。虾二爷看着自己架在左腿上的右腿,脚尖息息的颤动,心想怎么都倦了?又想想:怎么还不开晚饭啊?……

三月十八日写成

**注　释**

①　本篇原载《国文月刊》1941 年第一卷第十期。

# 猎 猎[①]

## ——寄珠湖

将暝的夕阳把他的"问路"[②]在背河的土阶上折成一段段屈曲的影子,又一段段让它们伸直,引他慢步越过堤面,坐到临水的石级旁的土墩上,背向着长堤风尘中疏落的脚印;当牧羊人在空际振一声长鞭,驱饱食的羊群归去,一行雁字没入白头的芦丛的时候。

脚下,河水渐渐的流过:因为入秋,萍花藻叶早连影子也枯了,遂越显得清浏;多少年了,它永远平和又寂寞的轻轻唱着。隔河是一片茫茫的湖水,杳无边涯,遮断旅人底眼睛。

现在,暮色从烟水间合起,教人猛一转念,大为惊愕:怎么,天已经黑了!甚么时候开始的呢?像从终日相守的人底面上偶然发现一道衰老的皱纹一样,几乎是不能置信的,然而的确已经黑了,你看湖上已落了两点明灭的红光(是寒星?渔火?),而且幽冥的钟声已经颤抖在渐浓的寒气里了。

——而他,仍以固定的姿势坐着,一任与夜同时生长的秋风在他疏疏的散发间吹出欲绝的尖音:两手抱膝,竹竿如一个入睡的孩子,欹傍在他的左肩;头微前仰,像是瞩望着辽远的,辽远的地方。

往常,当有一只小轮船泊在河下的,你看白杨的干上不是钉有一块铁皮的小牌子,那是码头的标记了。既泊船,岸边便不这般清冷;船上油灯的光从小窗铁条栏栅中漏出,会在岸上画出朦胧的,单调的黑白图案,风过处,撼得这些图案更昏晕了,一些被旅栈伙计从温热的梦中推醒的客人,打一盏灯笼,或燃一枝蘸着松脂的枯竹,缩着肩头,摇摇的走过搭在石级上的跳板(虽然永远是飘泊的,却有归家的那一点急切)。跨入舱中,随便又认真地拣一个位置,安排下行囊,然后亲热的向陌生的人点一点头（即使第一个进舱的人也必如是，尽管点头之后，一看，向自己点头的只是自己的影子，会寂寞的笑起来），我们不能诬蔑这一点头里的真诚，因为同舟人有同一的命运，而且这小舱是他们一夜的家。

旅行人跨出乡土一步，便背上一份沉重的寂寞，每个人知道浮在水上的梦，不会流到亲人的枕边，所以他们都不睡觉，且不惜自己的言语，为了自己，也为了别人，话着故乡风物，船上是不容有一分拘执的。也许在奉一枝烟，借一个火中结下以后的因缘，然而这并不能把他们从寂寞中解脱出来：孤雁打更了，有人问"还有多少时候开船？"而答话大概是"快了吧？"并且，船开之后，寂寞也并不稍减，船的慢度会令年青人如夏天痱子痒起来一般的难受，于是你听："下来多少里呢？""还有几里？"旅行的人怀一分意料中的无聊。

而他，便是清扫舱中堆积的寂寞者。

轮船上吹了催客的唢呐，估量着客人大概都已要了一壶茶或四两酒，嚼着卤煮牛肉，嗑着葵花子了，他，影子似的走入舱里，寻找熟习的声音打着招呼，那语调稍带着一点卑谦：

"李老板，近来发财！"

"哦，张先生，您还是上半月打这儿过的，这一向好哇！"

听着冲茶时的水声的徐急，辨出了那茶房是谁，于是亲狎的呼着他的小名，道一声辛苦。

人们，也都不冷落他。

然后，从大襟内摸出一面磁盘，两支竹筷，玎玎珰珰的敲起来。我不能说这声音怎么好听，但总不会教你讨厌就是了，在静夜里，尤能给你意外的感动。盘声乍歇，于是开始他的似白似唱的歌，他唱的沿河的景物，一些苗蔓在乡庄里的朴野又美丽的传说，他歌唱着自己，轻拍着船舷的流水，做他歌声的伴奏。

他的声音，清晰，但并不太响，使留连于梦的边界的人听起来，疑是来自远方的；但如果你浮游于声音之外，那你捕捉灯下醉人的呢语去，它不会惊破一分。

并且他会解答你许多未问出的问题,这些问题在生客是有趣味的,而老客人也决不会烦厌:

"这儿啦,古时候不是这样的:湖在城那边,而城建立在现在湖的地方。前年旱荒时,湖水露了底,曾有人看见淤泥里有街路的痕迹,还有人拾到古瓶,说是当年城中一所大寺院的宝塔顶子。你瞧这堤面多高,哪有比城垛还高的堤?要不是刘伯温的九条铜牛镇住啊,湖水早想归到老家这边来了。"

"这会大概是子下三刻了吧,白衣庵的钟声渐渐懒了。"

"船慢了,河面狭了呢。开快了伤了堤,两岸的庄稼人老不声不响的乱抢砖头石块儿,一回竟开枪伤了船上的客人,所以一到这段,不敢不放慢了,这年头……"

"不远便是二郎庙,你听,水声有点不同是吧,船正在拐弯儿呢。"

"船到清水潭要停的,那儿有上好的米酒,糟青鱼的味道就不用提,到万河一带的,可以往王家店一住,明儿雇个小驴儿上路。……"

船俯身过了桥洞,唢呐儿第二次响起,不管有无上下的客人照例得停一下的,他收起盘子里零散的钱,掖了盘子,向客人们道一声珍重,上了岸了,踏上迢迢的归路。长堤对于每个脚履的亲抚都是感谢的,何况他还有一根忠实的竿儿,告诉他前面有新掘的小沟,昨天没有的土塚。夜对于他原是和白昼一样,龙王庙神龛下的草荐又在记忆中招诱着他,所以,虽然处处有秋风作被,他仍旧要返到他的"家"里去。他走着,如走在一段平凡的日子里。

他的生涯的另一方面是围在小孩们短短的手臂里:教他们唱歌,跟他们说故事,使他们澄澈的眼里梦寐着一些缥缈的事物,以换取一点安慰,点缀在他如霜的两鬓间。记得我小的时候,曾经跟他学会唱:

"巴根草,

绿萋萋,

唱个歌儿姐姐听。"

而"秋虎妈妈"的故事,还似一片落在静水里的花瓣,微风过有时会泛上一点鲜红(祝福它永远不要腐烂)。

（如今怕要轮到我们的子侄辈来听他的了）。

你要问他为甚么如此熟习于河上的风物，河又为甚么对他如此亲切吧？他是河之子，把年青的一段日子消磨在这只小轮上，那时他是个令同辈人羡嫉，老年人摇头的水手啊，而那时候，船也是年青的。

他本有一个女儿，死了，死在河那边的湖里（关于他女儿的事容我下回再告诉你吧）。

他的眼睛是甚么时候瞎了的呢，我不知道，而且我们似乎忘了他是个瞎子，像他自己已经忘了不瞎的时候一样。但是他本来有一对善于问询与答话的美丽的眼睛，也许，也许他的瞎与眼睛的美丽有关系的吧？年青的人，凭自己想去吧！

荒鸡在叫头遍了，被寒气一扑又把声音咽下，仍把头缩在翅膀里睡了，他还坐在猎猎的秋风里，比夜更静穆，比夜的颜色更深。

轮船今夜还会来吗？它也如一个衰颓的老人，在阴天或节气时常常要闹闹筋骨酸痛甚么的。

你还等甚么呢，呵哟，你摸摸草叶子看，今夜的露水多重！

脚下，流水永远平和又寂寞的唱着，唱着。

**注　释**

① 本篇原载 1941 年 1 月 6 日香港《大公报·文艺》，又载 1941 年 4 月 25 日桂林《大公报》。

② 盲人手中的竹杖。

# 河　上<sup>①</sup>

在乡下住了这些日子,甚么都惯了。在先有些不便,就原谅这是乡下,将就着过去,住了些时,连这些不便都觉不到了,对于乡下的爱慕则未稍减一分,而且变得更固执,他不断在掘发一些更美丽的。

清晨真好,小小的风吹进鲜嫩的叶子里,在里面休息一下,又吹了出来,拂到人脸上,那么顽皮的,要想绷起脸,那简直是不可能,他把嘴唇这么舔了舔有点无可奈何的望着它们。

田埂上干干净净的,但两旁的草常常想伸头到另一边去看看,带了累累的露珠,脚一碰到,便纷纷的落下来,那么嫩,沾到鞋上不肯再离身,他的脚全湿了,但他毫不注意,还有意去撩拨撩拨。

"山外青山楼外楼",

他笑了,不知是为了这声音,还是因为这声音所唱出的歌,还是低着头也照样用假嗓子接唱下句:

"情郎哥哥住在村后头。"

"哈哈,李大爹,好嗓子,教你儿媳妇听见不怕笑话吗?"

"城里人还唱这个呢。早,少爷,恁早,敢是?"

"一早上麻雀打架就醒了。下田? 小秧子都绿得要滴了,今年年成好,该替你娶二媳妇了。"

"我那二小子才十五哩,噢——,取笑取笑,嚇嚇,回见,少爷。昨晚上在秧池里又弄到两尾鲫鱼,过会儿跟你送来吧?"

"今儿我上城去一趟,你养在水缸里吧,晚上我自己来拿。你要点甚么我给带来,怎么样,还是酒我知道!"

"不敢领,不敢领,谢谢了。"

他回头看看,老头子笑着走了,还拾起一块石头往河里一丢,又撮起嘴吹起嘹亮的哨子,逗那歇在柳梢上逞能的画眉。

"老东西,你当心跌进河里去,水凉着哪。"

"你!"

他放过老头子,在老头子笑着回头时转了湾。

…………

"是甚么时候来的现在连那个瘫子王八都认识我了。要不是医生说我神经衰弱我怎么会来呢,这一住真不知到甚么时候才回去,我现在才知道乡下人为甚么那么看重他们的家。可是他们还一直叫我城里人,城里人城里人!"

"蛇,蛇,蛇,一条大土谷蛇!"

他猛地吓了一跳但很快的辨出这是谁的声音,便不怕了。

"你才是蛇,蛇会变个好看的女人迷人,三儿。"

"城里人怕蛇,喝喝,……"

三儿不理他,跳蹦着家去了。

迎出来的是王大妈。

"早,少爷,我们马上就要下田了。早饭这就好了,吃了跟我们一块车水去。"

"谁跟他踩,笨手笨脚的,乡下生活他甚么也干不好,就学会了唱歌!"

三儿在里面摆着碗筷,大着声音说。

"不给你们去了,白做了一天,工钱也不给,还硬逼人吃豆油炒鸡蛋! 王大妈,我今儿要上城去一趟呢。"

早饭摆在桌上,两碗烫饭,一碗清汤蛋。三儿一听他说完那句话,便把鸡蛋抢过来吃。

"不吃蛋,我吃!"

"这死丫头,看噎住了。"

"王大妈,你藏着这么个大姑娘在家里,家神灶神都不得安宁。也不怕人恨你。"

王大妈笑着坐下了,她心里脸上有许多话。

"王大妈，我上城去，问你借两样东西，你把那条双舞剑借给我——"

"不借，不借，船是妈的，妈是我的，我不借！"

"不借，我划了就走。"

"我叫乡长拿你。"

"乡长替你做媒呢。"

"呸！"三儿摔了筷子进她自己的房里去了。妈的早饭还没吃完，她又出来。

"妈，我先下田去了。"

"下田干吗要换身新衣裳，嗨。"

不理，一溜烟走了。

王大妈到屋后湾头找船，船不在了，岸上还有新渍的水。

"死丫头，把船划到哪儿去了。三儿——三——儿——"

"三儿。"

转过村头，三儿在哩，一个人，把船摇在河中央，自由自在一身轻，头也不扭，只当甚么也没听见。

"我要到越娃沟去采野蔷薇去，不等到船上装不下时不回来！"

"三儿！再不划回来妈要生气了。"

三儿知道妈不会生气，如果妈会生气，三儿就不会把船划了走。

岸上人互相笑笑。

他一直由河岸上赶着，赶到快到越娃沟，才找个地方跳上了船。三儿托地把桨往下一搁，坐到船头上去了。他拾起荡在船尾的两支桨，嚫着笑划起来。船渐渐平稳的前进了。

两岸的柳树交拱着，在疏稀的地方漏出蓝天，都一桨一桨落到船后去了。野花的香气烟一样的飘过来飘过去，像烟一样的飞升，又沉入草里，溶进水里。水里有长长的发藻，不时缠住桨叶，轻轻一抖又散开了。

"三儿，你再不理我，我要跳河了。"

"跳河，跳河，你跳河我就理你。"

他真的跳了。

三儿惊了一下，但记起他游水游得很好，便又安安稳稳的坐着。本来也并未生甚么气，不过略有点不高兴，像小小的雾一样，教风一吹早没有了，可是经他一说出生气，倒真不能不生气了。她装得不理他。他知道女孩子在这些事情上不必守信用。

她本想坐到后稍来划桨，但觉得船仍旧行着，知道有人在水里推着呢，于是又不动身。

水轻轻的向东流，可是靠边的地方有一小股却被激得向西流，乡下人说那是"回溜"。三儿想着一些好笑的事情，她知道自己笑了。一些歌泛在她的心上，不自觉的，她竟轻轻的唱出声了。

"三儿，让我上船吧，你唱得那么低，不靠近你的嘴简直就听不见。我浑身都湿透了，再不上来到城都晒不干。"

"我唱了么，我唱了么？不许上来，上来我拿桨打你。"

她不免回头看看，他已经爬上船舷了，船身侧了过来。赶紧到后面来抵住他。

小船很调皮的翻了，两个人都落在水里。

再把船翻正了，谁也不上船。

在水里的人就忘了水上面的事情，三儿咬着嘴唇笑了。

"你看！"

"你看！"

"我们到那边草滩上把衣服晒干了再走吧。"

"你把船拴在草窝里人家认得那是我家的船。"

滩上的草长得齐齐的，脚踏下去惊起几只蚂蚱，格格的飞了，露出绿翅里红的颜色。

衣裳都贴在身上了，三儿很着恼地用手挤出衣上的水，又抹平了。

"不行，你背过脸去，不许看我。"

"好。"

他折下一根蟋蟀草，把根儿咬在嘴里，有点甜，他知道嚼到完全绿的地方便有点苦，但是不嚼到那儿。一根一根的换着嚼，只嚼白里带红的地方。

“喂,你在那儿干甚么?”

“我在吃草。”

“吃草,哈,你有甚么病,大概是吃草吃出来的,那么粗的胳臂,夹得人直叫妈,脸也晒得跟乡下人一般黑,舞起锄头来比谁也不弱,还成天唱不长进的歌,你,你有病!”

“我本来没有甚么病。可是在乡下住了这些时倒真害上一些病,三儿,你不信摸摸我的胸脯,我的心跳得厉害呢。喝,一条大鱼,好大一个水花儿。”

“不早了罢,锣鼓声都找不到了,是午饭时候了。你饿不饿?我不饿。”

“我也不饿,因为你不饿。三儿,你说我这回上城干甚么,我几乎有点厌恶城里,既然?”

“我哪知道!”

“你知道!”

“你,哼,你是去看有没有信,那个人的!”

“谁的?”

“那个相信你那些傻话和谎话的人的!”

“谁?”

“谁!谁!谁!那个挂在你桌子前面的那个大照片的人的。”

“随你说罢!”

三儿看他那平板板的脸像腌过一般,忍不住笑了,她的身子随转过的头转过来,用手指往他鼻子上一戳。又笑了。

“衣服都快干了,那一点湿也不要紧了。五月的太阳真够厉害的,上船罢,一会儿叉蛤蟆的该来了。再迟就赶不到城了,还有一半路呢。”

两个人都坐向船尾。互相望了望,坐在左边的用左手划右边的桨,坐在右边的用右手划左边的桨。桨的快慢随着大家呼吸的快慢。一路上非常安稳平静除了谁的头发拂上谁的脸,谁瞪一瞪眼,用自己的身体推一推别人的身体。推不开别人,却推近了自己。

他们互相量着自己和旁人凸出的胸部的起伏也量着自己的。

绿柳,蓝天,锣鼓,歌声,风,云,船,桨,都知趣的让人忽视他们的存在。

嚇,城楼的影子展开了,青色。平凡又微丑的。

"三儿,到我家,我掐许多花给你。现在能开的花我家的园里都有。"

"我不要,你家那条大黄狗也看不起乡下人我不去。小姐们会说我要是换上旗袍多好,我不愿而且你家里知道你成天跟我们乡下女孩儿玩,一定要骂你,他们会马上要你搬回去。啊,到码头了,你到前面去插上船桩。我的脸红不红?"

"不,不要插上船桩,划回去,我不要回家了。"

"唔?"

"你等等,我跳上去买一点吃的来。"

"唔?"

码头上有各色的颜面与计谋,有各种声音与手势,城里的阴沟汇集起来,成了不小的数股流入河里。一会儿是屠宰户的灰红色,一会是染布坊的紫色,还有许多夹杂物,这么源远深长的流着使其出口处不断堆积起白色的泡沫。三儿看着想这些污水会渐渐带到乡下去的,是的会带去……

"这是甜瓜,这不是你喜欢的牛角酥么?你划船,我替你剥去瓜子,剥了瓜皮。三儿,你看月亮已经上来。浮萍上有萤火虫在住家了。"

小船刺破了流银的梦。

"三儿,我将永远不回城里。"

"永远住在乡下。妈会煮了新剥的茆豆等我们,还有茄子,还有虾,还有豆油炒鸡蛋哈哈。"

纳凉的扇子下有安逸。

拴上船,三儿奔向妈的怀里。

"三儿,你的新衣裳怎么皱成这样子?"

"李老爹来过一趟,送来两条鲫鱼我给你们清炖了。"

"哦酒忘了。……"

"王大妈,我明儿不再教三儿认字了。认了字要变坏的,变得和城里女人一样坏。她已经会逼人,逼得人差点儿想哭——啊,你看柳条,拖在水里,直扫得浮萍们不得安身呢。"

七月二十日

**注　释**

①　本篇原载 1941 年 7 月 27 日、29 日昆明《中央日报》,署名"西门鱼"。

# 匹　夫①

## 一、太重的序跋

橙黄——深褐——新锻的生钢的颜色。

星星，那些随意喷洒的淡白点子，如一个教早晨弄得有点晕晕的人刷牙的时候忽然想到一件甚么事（并没有想到甚么事，只是似乎想了一下）把正要送进嘴里的牙刷停住，或是手臂微惝的一颤动，或是从甚么方向吹来一点风，而牙刷上的牙粉飘落在潮湿的阶砌间了。

"我这一步踏进夜了，黄昏早已熟透，变了质，几乎全不承受遗传。但是时间的另一支脉。唔，但是清冷的，不同白天。白天，白天！"

今天晚上应该有点雾才好。有雾，可不是有雾么？

"——我？怎么像那些使用极旧的手法的小说家一样，最先想点明的是时间，那，索兴我再投效于懒的力量吧，让我想想境地，——夜，古怪的啊，如此清醒，自觉。但有精灵活动我独自行在这样的路上，恰是一个。我与夜都像是清池里升起的水泡一样破了的梦的外面。"

脚下是路。路的定义必须借脚来说明。细而有棱角的石子，沉默的，忍耐的，万变中依旧故我的神色，被藏蕴着饱满的风尘的铺到很远的东方，为拱起如古中国的楼一样的地方垂落到人的视野以外去。可怜的，初先受到再一个白天的蹂躏的还是它们。

辅助着说明路的是树，若是没有人，你可以从树来认明。两排有着怪癖的阔叶杨树笑着。

"树——"

这一个字在他的思想上画了一条很长的延长虚线，渐渐淡去如一颗流星后面的光,如石板道上摔了一交的人的鞋钉留下的痕迹,直到他走了卅步才又记起他刚才想过树,于是觉得很抱歉,又继续想下去。

(卅步够我们来认清一个人了,你可千万别看不起星光,它比你我的眼睛更该歌颂哩。)

他走在路的脊梁骨上,(你可以想象一条钉在木板上的解剖了一半的灰色的无毒蛇。)步履教白天一些凡俗的人的嚣闹弄得怠懈了,于是他的影子在足够的黑阴中一上、一下,神秘有如像猫一样的侦探长,装腔作势也正如之。装作给人看,如果有人看;没人看,装给自己看。影子比人懂得享受的诀窍。(这一段敬献给时常烧掉新稿的诗人朋友某先生。)这种享受也许是自觉的,也许不,不过在道德上并无被说闲话的情由。

他脸上有如挨了一个不能不挨的嘴巴的样子,但不久便转成一副笑脸,一个在笑的范围以外的笑,我的意思是说那个笑其实不能算是笑,然而又没法否认它是笑。他笑了,他如何笑,我简直无从形容了,于是我乃糊里糊涂的说他笑得很神秘,对,很神秘。

他为甚么笑:

"我从那里归来,那个城,那个荫覆在淡白的光雾底下的城,那边,那就是我毫不计代价的出租了一天的地方。——我这么想,如果教每日市民思想检查官看见,岂不要误会我是个包身工?——如果给每人的脑子里装一付机器,这机器能自动记录下思想,如滚动气压计的涂黑油烟的纸表上的线纹,岂不好玩?——不,那定复杂紊乱得无从辨识恐怕辨识这线纹比发明那机器须要更多的聪明,——我不是说我做了一天工,是说与那些人厮混了一天。

"那些人,那些人,说话做事都那么可笑可笑可笑?我的朋友中有一个姓巫的曾慨乎言之'万事万物都要具庄严感令人失笑便不妙。而今的人活着大都像一群非常下流的丑角一样,实在令人痛心'若是过后想想好笑比当时失笑如何呢;只怕也不好。然而谈笑的可能太多,时间会变了一切具体与抽象的东西。谁也不能设计一秒钟乃至千万年以后的事情。——毫无作用,然而每一次筋肉与神经的运动都有其注定的意义(我决非宿命论者。),何从追问起,真是!

且说风吹草动,叶落惊秋,谁能解其奥秘?我刚才想起那树来,看么,那树!总是哗啦的响真令我莫明其妙。要说风是向一个方向吹,叶子应当向一个方向动。哦,叶子承风有先后,而动得快慢之间受极复杂的意念的支配,于是乎摇摆碰击,许多原因构成一个事实,于是乎悉里哗啦。然而——

"然而我算懂了么?我这才是自讨苦吃。我认得一个可尊敬的人,他常常喜欢在看过的书上写'某日,校读一遍,天如何,云如何,树如何,如有所悟',这一悟真是可贵,我毕竟年事尚小,知识不够,曾记得写信给一个女孩子,也假装着说'如有所悟,'回信来,骂下来了:'悟些甚么,原来宝二哥哥一只大呆雁!'实在该骂。

"思想会使人古怪,我孤独的时候便是个疯子。我常说过人的最大用处在使别人不疯,不论疯是好是坏。

"思想多半是浪费生命。你越是想推解,越觉得事实瞻之尚远。没有一件事实可以由人来找出一个最近的原因,虽然原因是存在的。循环小数九与整数一间的距离简直不可以道里计。"

他的脑子有点疼了,他忽峇啬起来,不再想了。

——然而他还是要想的,生之行役啊!

路。细而有棱角的石子。

他的眼睛由醉而怒了。


## 二、反刍的灵魂


他继续走他的路。

路总还是那一条,并且天下的路的分类也很简单,归纳起来开不了一篇流水账,这是不容捏造的事。而致成这些路的性格的无非是人,人惯于相同中现出不同,使纷歧复杂以填塞大而无外的日子。现在他是回去,于是这路在他的名下是短暂的归途了。

——说到归途,你我便生出许多联想,而一些好言语便在记忆里流出一片鲜明的颜色！甚至使人动了感情,欲仙欲死。然而这很妨碍我的叙述,且一一搁过。你只须记着这是归途,留一个不生不灭完整的印象,待晚上没事睡到床上想着玩去,此刻请先听故事。不过我告诉你,你之所想者一定与事实无关,与归途二字亦非直系亲属,此亦犹山上白云,只堪自娱悦而已。我说句老实话,所谓联想也者多半归于制造,由于自然之势者甚少。(唉,你瞧我够多贫气!)

他,——我忽然觉得"他"字用得太多,得给我们这位主人公一个较为客气的称呼。于是我乃想了一想。我派定他姓苟,得他姓苟了。我居然能随便派定人家姓氏,这不免是太大的恣意。文章千古事,得失寸心知,你似乎没有理由来查问一个写写文章的为甚么拣这么一个姓来送给他灵府间的朋友吧。他就是姓苟了吗!而且,你大概也不反对这个苟字,山鸟自唤名,苟字的鸣声并不难听。唔,你有点鬼聪明,你会撇撇嘴,说我喜欢一个姓苟的女孩子,那实在是令人难以置答的一封信了。

在这里要顺便表一表姓苟的身份:

姓苟的是个年青人,而且是个学生。(一个相当令人伤感的名词)他是吴越一带的人,却莫名其来源的染上一点北方气质,能说好几种方言,而自己又单独有一部《辞源》,所以说话时每令人费解,但那本《辞源》尚未到可以印刷的时候,有几个想到他的精神领域里去旅行的人也不难懂得说得。

在五年前他被人一口诬定是聪明人,这个罪名一直到如今还未洗刷干净,且有被投井下石,添枷落锁的危险,聪明大概也跟美一样,须得到老了,谢了,然后可得脱于籍中。

说了半天,姓苟的学生真有点遗世而独立的丰采了,他可以去做和尚。然而不然,他是一个非常入世的。

现在他就想到他这一天的交往酬酢了。

他已经不容易记得他今天点过多少头,每一次点头垂到多深的感情里却大概知道。他未读过《交际大全》之类的书,但他几乎对这方面有很好的天才,他能在大商店里当一个得体的店员,若是他高兴,一般朋友都喜欢他,他们恭维他有调节客厅里的空气的本领,因为他以为和一个朋友在一块时只能留三分之一的自己给自己,和两个朋友在一块至多只能留下四分之一。用牺牲自己来制造友情,这是一句很值钱的话。诸位记得:

"我又出租了一天。"

你不要怀疑他这句话里有话,他只是叙述,并无批评的意思,恰如一个人说"我今天吃过三餐饭"的态度一样。

风吹得很有意思,一个久未晤面的朋友称赞过姓苟的一句甚么"动的风,静的风"的诗,他忽然想起,觉得这事很有趣味,又自己欣赏了一阵子,认为诗其实没有甚么奥妙。作这句诗的一定不比发明甚么定理的科学家值钱。

一片树叶打在他的额上,逗起他的沉呻。他沉呻的与树叶子,与打,与额,与甚么也没有关系,这其实在化学作用的公式书找不出来的。正如一个人忽然为了一桩甚么事烦疼,也许是屋角一根蛛丝飘到他的脑膜上,也许是一个人鼻子上的一点麻子闪的光苦了他的睫毛,于是乎烦了,但这些外在原因与烦的事实并没有逻辑因果关系,既烦之后则只有烦而已矣。即使自己说,或者别人说出这原因,甚或除去了这原因,怕疼的人仍是烦,决不像小孩子跌了跟头随便打了附近的石头几下就完事的。而想象也大半是这样的。虽然这么就是要遭百科全书派的心理学家的不好看的眼色的,然而这实是透过经验的良心话。

他现在想的大概是个人主义这个名词。

于是起先我们看见这四个字在他的眼睛里排开八卦了,转了又转,太极无极,弄得他晕了。他想:

"个人主义真也跟一切主义一样,是个带有妖性的呼唤,智者见智,愚者见愚,否认天才者见出沉闷的解释。一个姓耳的大学教授会大声疾呼的说自从五四以来个人主义毒害了中国的文化,有是乎,有是乎。诸子百家,各有千秋,王尔德话与纪德的话最有意思:

"——朋友,你可千万不要再写'我'了。"

"风,你吹罢,只要是吹的,不论甚么风。"

人家没有把你的心接受了去之前,费尽千言万语来证明也还是徒然,写文章者其庶几乎。然而写文章也大多是没有办法的办法,某外国批评家曾说过不是文章赶不上你,就是你落在文章的后面,读者作者很少有站在一条水平线上的。自然这是抽象的水平。要像寒暑表一样的刻下度数则要坑杀万把人。甚者,写文章不令人了解必会造成很大的误会,呜呼。而我们可敬的朋友荀遂深叙其眉了,他窘得比教员演不出算题立在黑板前面还难看。

"我还是看看风景吧,这夜,啊——"

> 当星光浸透;小草的红根。
>
> 一只粉蝶飞起太淡的影子,
>
> 夜栖息在我的肩上,它已经
>
> 冻冷了自己,又轻抖着薄翅。
>
> 两排杨树栽成了道道小河,
>
> 蒲公英分散出深情的白絮……

他又在做甚么诗了么,正是。底下想也想不出来,他又明明记得下面应该是甚么,只是想也想不上来,如一个小孩子在水缸里摸一尾鱼,摸也摸不到,而且越是摸不到越知道这缸里一定有一尾鱼的。

他心里感到空栖栖的,有从一个翻得老高秋千上飞下来的感觉。像一个沉溺人想抓住一点东西得救。

## 三、不成文法的名义

"十七八,杀只鸭,十八九,且得走……唔,不对!"

荀的故乡的小儿们对于月亮很有好的感情,十七八也者是他们在等月亮上来时拍着手唱的。不过十八九底下的词儿似乎不太靠得住,此地此时,无故乡人在,也无从对证,奈何他不得。其实也难怪,他离家不少年了。小时候的事情越是情切就越是辽远,令人愈是常想回去,但也许真的回去了，那些事又一古脑儿忘了，人真不乏许多令自己悲哀的材料，幸而会排遣，不然这世界上的林姑娘就太多了。且慢，方才说到月亮。为甚么说到月亮呢，因为现在月亮升上来了，他抬头望明月，大有即兴吟诗之恶兆了，荀先生说不定将来是个文学家哩。

自从阴历废去原名改称农历，他的身份也只有从农人来证明，念书人没法断定今儿格是甚么日子，不过月亮上来这么迟，大概总是月半以后了。月半以后，月亮自然不圆，而且很不圆了，是个月牙儿。

月牙儿真像一般俗人们说是挂着的呢，你入神一看，真不能不相信那两个尖儿上吊着一根线，不过那线如大晴天放得太高的风筝的线一样，明知是有，而越看越没有。（我们近来惯用这种语法，斯为抄袭自己，没出息其实与不脱他人窠臼一般。甚是可叹。）

——嘻，真菇蘼，你看有就是有，你看没有，就没有，谁也没有权利来干涉你呀。你说，你说。

月亮像风筝，我一提起风筝，就觉得它是个风筝，而且不许像别的。诸位几乎要怀疑我与姓荀的是个十七八岁的大姑娘，爱撒娇，这叫我们没法否认，不其然乎，男子汉大丈夫不免有时脱出甚么看不见的绳捆，要撒个娇，不过大都在没人的时候。

月亮照出他的影子，很淡，又长得太不像话，他每走一步路，他的影子好像就伸长一点，如一小股水湿着平铺的沙一样，可是又似乎长了之后还缩回来，这么一伸一缩，犹如尺蠖毛毛虫走路一样。不太好看。

毛毛虫走路是先紧收身体后段的环节，次第向前，然后放开，慢慢挪动，那样子比一个唱不准音阶可又偏偏爱唱电影歌曲的学生一样令人没法喜欢。这个城里今年毛毛虫特多简直比做官做生意的还多，住的房子里满处都是，一踩一包汁，还颠动几下，难怪年青小姐们见了要尖声怪气的叫，这叫，一半是表明"我是个女孩子呢"，一半倒确是真怕，这东西会掉到颈领里，痒得令人寒噤。

"嗨。"

他真觉有一条毛毛虫掉到脖子里了，用手摸了又摸，掸了又掸，弄得一身鸡皮疙瘩，一个恐怖钻进他的静脉管里了。

毛毛虫的风暴差不多已经过去了，他在衬衫领子上摸到一根头发，便不论青红皂白赶紧说"原来是这个！"这时又忽然前面有两条黑影闪过，尚未辨清是人是鬼头上嗖嗖一冷，再定眼一看，摆摆手，摇摇头，"没有甚么，没有甚么，"再不自觉恐怕连"莫怕莫怕"都要说出来了。他想嘲笑嘲笑自己。

"这路也实在够荒芜的。半年前这儿有的是野狗啃骷髅，晚上谁上这儿来呀，再有深秋凉夜往上一处，下点毛雨子，——"

说到这儿，他又不禁摇摇头，回头看看。

"是的，人常常越是怕就越是不断给自己再加点怕的材料，吓死自己的多半是自己。这条要命的路，若是冬天，下了雪，比夜还黑的黄昏，远近不时有大树倒下来，一个人握着一根铁棍子等着他的仇人从这里过，愈等愈不来，酒也完了，火又不能烧，雪有埋死人的恶意，大风。他倒宁愿他的仇人来大家一同走，忽然甚么声音，甚么影子重重的挑一下他的神经，他大叫一声，死了。"

"这倒真是一篇写小说的好材料。"

他想到我得这个材料犹如拾得一般，觉得很高兴。这一高兴叫他不怕了，而且学校大门口的灯已经迎接着他了。

时候还不太晚，学校的灯还没有灭呢，而且那边，一个人走进校门口。这人他是颇熟识的，但此时没有招呼他的必要，看他进去了，他有欣赏他一下的心情。

上下动着的是一个油头，唔，一天总得梳拢不少回。一面假做的方肩膀，笔挺三件头的西服，西服领子上别一个甚么章，左上角小口袋里有一条小花手绢，脸虽不合格，但刮得很勤，不失为一个小生，走路非常不"帅"，可是也瞒得过女孩子，单靠脚上那双鞋。自然，浑身的乡气是洗不了的。

"没有问题，是送你那位所谓爱人的回女生宿舍的了。"

他想到时嘴角没法抑止的浮上一点轻蔑的笑。

"这算爱上——不是你需要她，不是他不能没有你，是她需要一个男的，你需要一个女的，不，不，连这个需要也没有，是你们觉得在学校好像要成双作对的一个朦胧而近乎糊涂的意识塞住你们的耳朵，于是你们，你们这些混蛋，来做侮辱爱字的工作了！写两封自甚么萧伯纳的情书之类的纸上抄来的信，偷偷摸摸的一同吃吃饭，看看电影，慢慢地小家小气的成双作对的了，你们去暗就明，嗳赫！

"你们爱着的人必需每人想一想，我这是不是爱，《雷雨》里的周萍还有进天堂的资格。

"维系你们的是甚么？

"你们随时都可以拆散，而且应该拆散。"

"你说，你们的所谓爱是不是懒？懒！任何事情你们不往深处去，是可耻的下流！"

"维系你们的是一个不成文法的名义，这名义担住你们这些糊涂的罪犯。"

"你们必须知道，你们玷污了这个字令别人多么伤心？哼！"

姓荀的莫明其妙的动了肝火，不择词句的向自己数说一通。那位小生早已进了房间算他今天用了多少钱去了。

## 四、方寸之木高于城楼

——谨以此章献与常以破落的贵族的心情娱乐自己（即别人）的郎化廊先生

记得小时候在一张包花生米的外国杂志上看见过一幅照像，照像的样式于今已不大记得起来，只见那人是躺着的，头在远处，脚在近处，那脚掌全部看见，简直比整个身体还大，觉得非常奇怪。长大了些，中学时有美术课，看见先生画一张静物，一个板儿栗居然比一个花瓶大，盖前者在前而后者在后，忠实则有训练的眼睛便见出如此情景。见怪不怪，其怪自败，我似乎已经领会得，比读到庄子上的话也竟然与科学方法触类旁通起来，虽然知道庄生的意思大概不必与我所见略同。郎化廊先生是个颇有意思的人物，常画莫明其妙的画，总不外一个头发极长的人，那人不说话，于是让他嘴里有一只烟斗，免得他太寂寞。画来画去，只在头发的曲直，烟斗的方圆上来翻花样。说句良心话，画实在没有甚么奥妙，不过能令主客快乐，倒是人生里闪光的一点东西。郎化廊先生的功夫大半花在画题上，画只是可有可无的。画题真有好的，我那天陪荀先生到郎先生的残象的雅致的画室里去看郎先生的画展，我不明白他二人相识不，礼多人不怪，替他们介绍一番，大家似乎有点宿缘，一见就很投机，郎先生当场画了一张画送给荀先生，题曰"方寸之木，高于城楼"，不知是甚么道理，就一直记着，他咀嚼这两句话的声音简直如别人吃口香糖一样。并且一记起这两句话，就想起咫尺天涯的友人，就记起他吞食波特莱尔的样子。

波特莱尔，一头披着黑毛的狮子。

诸位将说我有点神情恍惚，把前头的线索忘了，随便撩几句，又引导一条支流了，不然，荀现在的确又想到草木城楼了，这是眼前实物，是他走进校门后看见的。

他们的学校在城外，每当夕阳无限好，北门的望京楼像一幅剪影的站在彩云上，气概犹如曹孟德。现在城楼不大看得见，摩擦他的知觉的是护城河的涛声。护城河老了，早就干枯了感情，如一个僵木的老人了。若是有一点流活的，那是园丁郝老老浇的：这城河如今改成农业改良所的苗圃了，下面种了不少树子秧，尤加利与马尾松都有，虽然年事不大感慨可特别多，一有风吹，便作涛吟，颇能振撼脆弱的人的心魂。

说到草，他是随便想起，至于他为何想起，不知。

这学校的草比甚么都多，青赭黄绿宣传着更递的季节。蓊蓊郁郁，生意盎茂得非常荒凉。"城春草木深，"这句好诗写在这里。狗尾草，竹节草，顽固得毫不在情理的巴根草，流浪天涯的王孙草，以不同的姓名籍贯在这里现形。一种没有悲哀与记忆的无枝无叶的草开着淡蓝的小星一样的花，令人想起小寡妇的发蓝耳环。秋蓼在子子的家乡栖侧，开了花，放了叶，全如营养不足的人失眠后的眼白与眼窝，叫一个假渔人放不下无钩的钓竿。紫藕在劣等遗传的蜘蛛的乱网间无望的等待自己的叶子发红。紫地丁，黄地丁，全是痨病。喇叭花永远也吹不出甚么希望。一个像糊涂打手的无礼貌的三尺高的植物的花简直是一些充脓的痂疤。还有一种叶片上有毒刺的蜂螫草，晨晚都发散一种怪气味。……

多着呢,说也说不清,这里像个收容所,不拒绝任何品性的来寄居。

这里的草一小时以前与一小时之后不改甚么样子,但如果一个人离开这儿三天,再回来一看,你会记起一句沧桑的古话。旧的去了,新的来了,也总还是那个样子,它能盘踞了这些日子了,想澈底芟夷又似乎不可能,管这片草的园工又是一个爱说空话毫无气力的人,他除了弄几个钱把自己打扮打扮(他的年纪并不大)外,甚么道理也不懂。其实真要这些草像样,必需草儿们自己来,它们似乎要记得这么一块广地不能让它们来平白糟蹋,连一朵像样的花都不生长!

荀停立于一座木桥上想了不少时候,自己忽然觉得非常惭愧。

"临表涕泣,不知所云。"

他走上那条在明明德的路了。

## 五、图案生活

四堵长墙围住一块大地。八尺宽的大门开在两棵活了十年左右的大树下面。那门就是荀刚进去了,门是极菲的木板钉成的,推敲的次数太多了,常有破滥摧散的情事发生:"关上,比开着看见的太多"在这门上写得非常自然现实。墙是土墙,砌法至为原始,就地取泥倒在四块活动的木板夹起来的方匣儿里捶压而成的,不淋雨,不吹风,而晒太阳就是天衣无缝,否则一倒四五丈。但是你打量打量进出其间的人脸,都染有点书香剑气,在战国时代当得起"士"的称呼。不是你重行看看那块黑地白字的招牌就不得不觉得黑的愈黑,白的愈白了。

荀走进大门,看过那样"小生",踏上正路,觉得心里有点甚么,小立半响,令人无从会心,他自己也不明白了。回头看看那两棵树,很看不起的想:不开花,不结实,不能为栋梁,为车辐,倒长得扶疏挺拔的。生命给你们生存的理由。当下他似乎悲天悯人的原谅它们了。觉得自己平素气量太窄,很过意不去了。

这一想使他心里平衡清洁。再也拿不起屠刀,走在路上也文质彬彬,与草木虫鱼都和气。

眼前一黑,并非头晕,是熄灯号之后关灯之前的警号,再有明文上的十五分钟,表现上的卅分钟的时候便该真黑了。不过他用不着赶忙。现在距离他的床至多也没有三十步,而每步怎样也用不了一分钟是他不用想就知道的。

刚打开被窝,一想,我今天有没有信,在尚未寻找与询问之前先想,还是先想没有的好。若真没有是意中事,若是有,岂不出乎意料之外。人常作如是想便免了许多失望的苦恼。想完了这一段话,着手找了。

“你没有信。”

说话的人竟不知道自己比一个报丧的更不讨喜。

“唔。”

摆摆两手,还耸耸肩,这一唔的含意数不清了。足见免得失望的方法不是放开希望。在这一唔的声音尚未完全播出窗子的时候,一个笑脸后面堆上许多笑脸了:

“荀,麻烦,大笔一挥。哪儿?就这儿,我给研墨,纸。”

“麻烦了,嚇。”

荀一皱眉。笑着的脸视而不见,不理会。

这几副笑脸的主人将于暑假中找事,现在已是暑假的前夜了。谁都知道,需要最多,薪津最多,事务最无支蔓的是会计人员。诸同学都有志会计,但学校里不发“该生已修会计,可以发卖”的证件,这是疏忽的地方。但他们都很聪明,有人找到四年前某上海私立会计学校的肄业证件,找熟铺子镌个印,照样发他几十张好了。而缮写证件是早就看上了荀的,荀的字不坏,且在他们眼里他是个极随和的人。

“放着,等下写。”

“蜡烛,谁有,捐一两根?火柴。你喝水?”

又皱一皱眉。抓起笔,在砚台上蘸了蘸又滚了滚,看看。

“还好?还好,还好。”笑脸其一自说自答。

“好!是有一手,这字,唉。”

“唉,这字,好!”

"大方。"

"唉。"

"唉。"

"谢谢。"

"谢谢。"

"明天请客,一人一块钱。"

"等我们找到事,请客,请客,没有问题。主任。股长。"

"主任,主任吗!"

…………

荀铺了床,想看点书,找了一本,是一本关于古墓的发掘的。这书是他喜欢的,但拿上手一会,巴——一下摔了。在没有觉得生气之前已经生气了。

他立在床前,两手叉腰,气势俨然,闭起上下唇,呼了几口气之后,用力一捺手,像在一个恐怖之前的镇静的跨开步子,很快的走出宿舍的门,他的步子又重又大,像是让人知道。

踏着踏不乱的树影,(校舍里也有树,半是松树,当是昔日植在石马翁仲间的;半是榆槐,是新近栽的。)踢着踢不破的草上风,一路上没有理智情感只有动作的到了图书馆前的那片广坪上,往萋萋绿草上这么一睡,曲肱而枕之,并不颓唐。

他闭上眼睛又睁开,(也可能是睁开了又闭上,这个周期很难结算。)闪亮像一个大雷。

泻进他的襟子里,跟我们把小麦收进仓一样。

"唉图案呀。

"我们这校舍,五六十个等量面积,日月星斗,三辰之光,投射一片等重的阴阳,马牛鸡犬乱不了角度方寸,它们只是一两滴不知趣的颜色而已。不依规矩,自成方圆。

"我倒想掇拾一点昨天的呼哨,隔宿鞭声,不管是鞭石鞭羊。你说,难道是我扯且拍在电影上不是一个美国牧场么?风吹草动见牛羊,平凡的人不禁有胡风塞马之思,然而眼前没有,有,看也是令人伤心的事：被牧的是猪,牧之者其为牧猪奴？

"图案,图案,不是织在布上的图案,不是印在纸上的图案,是一张刚着了第一遍颜色的成稿,匠心工具都不精良,图案之不美原是难怪的。

"现在,灯黑了,煤炉的烟囱飞出些无人理睬的神秘了。有人点蜡烛,日暮汉宫传蜡,青烟散入五侯家。呸! ——

"谈生意经的该收拾起满口行话了。那些上海人。

"姓徐的与姓卜的两个人的政论该急转直下的归于一点才好,不然他们要彼此难堪了。

"考会计员的诸兄也停止计算一百八加五十减六十元伙食尚余多少吧,真辛苦了。你们该在尚未来得及说'我要睡了'之前便钻进梦里去。

"还有鲁先生,你年高书厚的,别人费灯油哇。我告诉你一个故事:从前有家农户,兄弟两个,一般谨慎,长大了各娶了妻子,也一样懂得尊敬钱钞,后来他们分了家,当然一切都上天平称过,公平得没法再公平了。几年之后,老大比老二多买了一条牛。为甚么,因为老大每晚点灯只用一根灯草,而老二则用二根。你想想吧,一根灯草,一条牛哩!

"鲁先生,你该把你存的鸡蛋一个一个,仔仔细细检验一遍,再一个一个,仔仔细细放入坛子里,封好,藏好。你也该拿镜子照照脸,照照牙证明牙用盐刷的确比用牙粉更会白的快。而最后你该在床头下拿出一个罐子,端详端详,揭开盖子,用筷子在里拣了又拣,拣出一块方方正正的红烧肉,很惋惜的吞入口里,你煮了这肉是想吃进一块长出两块的。你该安排被褥睡了吧,哦,哦,我哪能忘了,你有件大事没做哩,你得出去,到四处走一遭,把墙上的日报,旧布告,一切可撕的纸撕下来,裁成小方块儿,用铁丝穿起来,挂在桌角,起草,揩鼻涕,都甚方便。鲁先生,我那位自命老牛皮条子(榨不出一点油水)的大伯父如果见了你也一定会佩服。你也该睡了吧。你梦到一条航空奖券捏在你手里,我祝你。

"嗯。一个五颜六色奇臭奇熏的池子不断发酵了,你们的鼾声煮

61

熟你们的志气了,煮,煮,一锅腐肉,一瓮陈糟,阿门!"

一只知更鸟衔来一声汽笛的嘶叫,枕木、钢轨咬着牙等待着,火车过去了,却又留给他们一片回音。

"火车,火车,火车过去了,沙宁,勇敢地,英雄,你跳下月台!

"可是,天还是黑朦朦,月亮只使它更黑了。

"天亮了。天亮了又怎么,更坏,更坏。

"没有一片金黄的草原来迎接我。我想点起火,一篝圣火。然而没有,没有,火在零下卅度的地方发不出光,火,在遥远的地方!"

苟疲倦了,他抓住一把野株兰合上了眼睛,一群小仙女用吻给他合了,从明天起,他只有一半活在时间与空间里了。

# 六、故事的主人公致作者的信

敬爱的朋友西门鱼先生:

我仿佛是注定了要写这封信给你。不过在写下第一个字时便已知道我这信一定把我要说的话走了样。不论是较好或较坏,都不是原来的样子。有些话起初想说而没有说,有些话本不想说却又墙头草一样的不知是怎么风吹来了,有些话想说,也说出来,而且生理上起了变化令人有见了别离了二三十年的儿子的母亲的心情。这是动笔人的常事,我相信,先生写完了《匹夫》不能不与我有同感。

我们谢谢你,你用我来做这个故事的连锁关节,虽然你无心为我作起居言行录,我也正不希望你那样。所以我不送我的日记给你作参考就无庸遗憾了。

前两月我认识一位"新诗"时代的老年青诗人,我们真有点一见如故,我很喜欢他的脾气。我们大家都会聊天,一聊就忘了时间的生灭。一回他谈起我的一位先生,说他人极可爱,却有一点不好,每每把相熟的人写到他的小说里去,一写进小说,虽然态度很好,总不免有点褒贬存在其间,令人不感快活。诗人的话我不同意。当时却也没有跟他辩论。

我也感谢你不用太史公夹叙夹议的笔法，但如果你真这样，我并不反对。

第一，你动手描画那个人，必须对他了解，即使并不了解，也至少具有了解的勇气与诚心。这，还不值得感谢吗？对于一个人性的探险者我们必须慰问。因此写小说实在是个高贵的职业，如果写小说也算得是职业。我们这个国度的气候真不佳，了解的温情开不了花，多有几个想写小说的，哪怕，写小说的呢，我们的国度将会美丽些。

再说，写小说不在熟人里讨材料，难道倒去随便拉两个陌生人来吗！这一点起码是我们应该给一个作家的。

写得像，是你，忠实。写得不像，不是你，算他本领差。

恭维得当，聪明，奚落几句能恰到好处，大家应相视一笑方算得朋友。叫拍照的不要拍出脸上的麻疤那不免是乡下大姑娘的小气，不足取法。而且，对不起，正因为要使他像你，那个麻疤或许要夸大一点渲染一下。你要是计较这些，那是寻找错了人。

被写的人通常最怕人讽刺。关于讽刺，鲁宾孙的心理的改造上有一段说得极好，原文记不清，不具引，现在但说我一点意思。

有人说一切小说都是自传，这是真话，没有一个人物是不经过作者的自己的揉搓而会活在纸上的。作者愈尖刻，愈表示作者了解的深精，作者必先寄以同情，甚至喜欢，然后人物方会有人间烟火气，甚至，没有人间烟火气。字典上所以同时有骂人与讽刺两个词汇是不难明白的。

再者，若是有些人一直是以被讽刺为生活的，那更该感谢讽刺的人，因为你们必须依赖别人的讽刺才能活下来。他给你们一个生活的口实。不然你们必须自杀以谢人类的理由更大了。我教给你们，如果下次有人问你们就你们凭甚么也以人类的名分来吃这份粮食，"没有你们世界不更好些吗？"你们可以说："我们可以给人讽刺。"

好了，我好像是知道你要将我的信发表乘机来宣教了，我知道这事瞒不过先生慧眼。

已经糟蹋了不少篇幅，有话也不能再说，何况没有话，所有的话都在题目里了。再见。

荀 一二年八月底

## 注　释

① 本篇原载 1941 年 8 月 31 日和 9 月 6 日、7 日、8 日、10 日、25 日昆明《中央日报》，署名"西门鱼"。

# 待　车①

　　书放在映着许多倒影的漆桌上。烫金字的书脊在桌面上造成一条低低的隧道。分在两边的纸叶形成一个完全的对称。不用甚么东西镇住,也不致把角上的单数号码变成双数的或把双数的变为单数。平平贴贴,如被一只美丽的手梳得极好的柔润的发。应当恰是半本的地方。

　　下午渐渐淡没了。如一杯冲过太多次的茶,即使叶子是极好的。

　　云自东方来,自西方来,南方来,北方来,云自四方来。云要向四方散去。

　　将晚的车上堆积的影子太多了,是的,将晚的车上堆积的烟灰太多了。风和太阳把两边的树绿尽向车上倾泼,弄得车里车外淋淋漓漓。因此,车拚着命跑。可不是,表的声息都弱了。如落花,表的声息积满一室,又飘着,上上下下,如柳絮呢。

　　只要是吹的,不论是甚么风。

　　风吹着春天,好轻好轻。

　　车过了一站,又过了一站。

　　向自己说"先生,你请坐吧。你累了呢。是呀,你忙得很。你老是跑来跑去的,真是!"

　　又咕咕的向自己笑了。且莫笑,好好儿坐着。椅子是一个好主人,它多么诚恳,多么殷勤。尤其对于一个单身的人,单身向天尽头走去的旅客。

　　像叶柄承托住树叶一样,用最舒泰最自然的姿势坐着。脚也离开地板。像坐在水上,坐在云上,云与水款款的流动在身下。

　　书,随便挑一本看看的,也竟似很用功了。一口气看了个大半本。

　　书帮助我们过了多少日子,一叶又一叶的从手指头翻过去。

我们常在灯下大声读书,从前。我的声音若是高出了你的,你看一看我,低头拂一拂头发便用更高的声音赶过了我。我们在草地上读书,在大树下读书,在冰湄,在花间,在火车上,还在待车室里。你看,云的影子从我的书上掠过去了,你看呐,它飞,飞过草场了。草场上有花牛刍料,流动云影的清风,洗了它的背,又洗了它项间的铃与铃的声音。

我的舌头沿着唇边舔过了,刚才吃过的糖的残留的味道。

还早呢。啊,书上的字全没有了。它们飞出去了,像到室里来啄食的小雀一样飞出去了,剩得一方模糊的白色,怎么?一两分钟里天竟暗了。尾瓦上有羽毛的声音,窗外原来就下着雨。一天如玉屑般的小水珠。江南黄梅天气。火车前面的巨灯照在雨里一定好看极了。一声汽笛,火车压地驶过,天是那么灰灰的,看来却异样的白。火车喷出的白云怕也不是在丝质的蓝天下一般颜色了吧。车上人不会知道。窗子落下,玻璃上极微细的琼铮,像小雨吸进厚绒的帷子里了。

取下一个小皮包,想下站时要不要换一双鞋。打开箱子,箱子里的甚么东西衔着人的思想飞出去了。想着,小包又无端被关上,如一只乖巧的小猫,如一只团团的小猫一样的头,睡在主人的两膝间。车上已暗,一些箱笼如梦中的云海中的山树。有甚么事可作?抽一支烟吧。烟头的红火如萤火虫飞在五月的灌木林际。

——车上开了灯,先生! ——噢。

抽一支烟吧,烟头红火如萤火虫飞在五月的故乡。

"你在看书?天都黑了呢,又不许开灯,不爱惜眼睛。我开。"

"你开你开,我不看了。莫开,你看蓝天边那颗大星!莫开莫开。"

"你看吧,让星星陪你,永远陪你。"

——拍地关上窗子,拉上帷子。

"笑甚么,我不是星!"

你不是星星。恒星有时也殒落,在太空中成一片火,一片灰,不留一屑屑甚么。不殒落的自然不是星。

车过了一站又过一站,车载得我们多远多远。

车上开灯了,小姐! ——噢。

车上的灯光从窗口射出来,过去了,多快!快到那些树木不知道自己被光照过。待一切车全过去,它们一回想,某个时刻我仿佛被照过的,对,"是"照过,不是"仿佛"。

南方多灌木林,多火车,火车多窗。南方又多楼房,楼亦多窗。甚么时候我也该住到一间小楼里,那怕是一个旅馆也好,只要稍稍长久一点,有个安顿。难道我能一辈子在车上过日过夜么?

"现在若是从一个窗户里有光照出来,我一定知道,一株灌木移植到另一个南方来了,我等待一个新的仿佛呢。"

雨落着,落在一个小小院落里。室内静极,编织毛线是没有声音的。不但这时候,平日这小院落也是极静的。没有人大声说话。也没人像从前一样大声读书。这时候,画眉鸟的嘴也不是用来唱歌的。聪明在沉默中。

而现在,雨落着。瓦上有羽毛挂扫的声息和一种神秘的声息。青色的灯应当正照着青衣的人。

车在雨中奔驰。鞋到底换上了。街石在灯光下发亮,一街的人都换了鞋,从火车上下来的脚多半湿了,换了鞋的觉得自己特别干松,于是走得比谁都快。

敲门了。

"谁?"——"我。"——"我么,我在家里!"

"你这人!我说把雨衣带在箱子里,才多重,'没几天,不带!'不带! 看看,头发上的水都滴到人脸上了。"

门开了,又关上,(假定没有仆人吧)开门的听敲门的关门。

一个年轻,不懂事,一个年轻懂事太多。因此常受埋怨,为感谢报答这种埋怨,于是更不懂事。

雨落着,但江南正有极好的春天。

因为想不出甚么事情做,把买来准备在火车上看的书拿出来看看。一看,半本就翻过去了。"唉,怎么办呢,明天?"看看装订得那么好,印刷得那么好,简直是专为送人用的。一个人随随便便的竟看得一半本了,真不应该——阖起来,阖起来。躺到床上去胡思乱想一阵吧。时间多呢。

春假一放,学校便显得特别大。宿舍,课室,连那个空场子,都放大了。假前一日,同学都走尽了。所有的床上全是光光的,只有一张床却好好的铺着。一个白绸的大枕头,满绣着花朵,我的头发埋在各种花朵里。花在放了。秘密的展开了瓣子。

我明天也要走了。但若是明天下雨,便可托辞不走。我真希望下雨。

雨落着,钢轨接榫处,有些地方一定已经锈起黄色的小斑。

路警把身子藏在油布雨衣里,在水泥月台上踯躅,往来逡巡,发现了许多,只不曾发现过自己。

车站前小花圃里的美人蕉花朵红艳艳的,而枯的仍不减其枯。待车人抽着烟,只想着江南好春天,即使有风有细雨。

校园里的鸟声像一缸蜜,越来越浓。鱼在池里唼喋水面浮萍,浮萍上有小小虫子。剪草的工役在草上睡得又香又甜,是梦见故乡秧田里的歌声,歌声像一片素色的大蝴蝶的影逗着他。

"就走么?"

见鬼!看看表,早着哩,又被自己捉弄了一次。笑了笑。干甚么呢?行李不须多带,小皮包里的东西理了又理,再没甚么可理的了。过的是种甚么日子,真令人发愁。

太阳自窗间照到白被单上,经过几度筛滤,浓淡斑驳不一,依稀可以辨认交疏的枝叶,重叠的瓣子。一只蜜蜂在上面画过一道青色的线,曲折纡迴,它是醉了。云一过,图画便模糊一两分钟。

——明天。

来回票几天期限?

"你来?"

"送人。"

为甚么不好好的睡觉!好,我买票去,等下陪你送人。

车站,月台,路警,上车,小小手绢,在空中摇着;间或有一点眼泪,也干了。车头吼着走了,上面和侧面同时喷出白云,白云,白云。……

书放在桌上,分在两边的纸叶形成一个完全的对称。

云自东方来,云自四方来。云自心上来。

风吹着春天,好轻好轻。

风和太阳把两旁的树绿尽向车上倾泼,车里车外,淋淋漓漓。

我们这一月旅行,你说,到哪儿去好,我不说,有你的地方都好。

笑甚么,我不是星星。你是! 星星被我摘来了。

花落在一个小小庭院里,绿纱窗,厚绒帷子,静极。

…………

"嘻大白天做梦! 叫了两声都不听见。想甚么,告诉我,告诉我。"

"不告诉你。你想我应当想甚么?"

"不告诉我,谁希罕,我自己也会想,看谁想的美。——这就走?"

还是"这就走,"好笑,好笑,不告诉,这是个多美的秘密。

江南三月,莺飞草长,杂花生树……飞的是"莺",是"心"?

仰面躺在软软的绿草上,听溪水活活,江水浩浩,那么有韵律的响着,就像流在草下面,隔岸野花一片,芳香如梦,不惮远迢迢飞过来。一只小小青色蚱蜢跳到胸上,毛手毛脚的搔得人怪痒痒的,一把捏住后腿,一松,看它飞过那边去,落在另一个胸脯上了。

"啊,甚么呀? 人家正想着事情。"

"谁知道,春天的东西。你怎样不说话呢?"

"说甚么。你一早就走,明见?"

"在你未醒之前,也许,在你睡了之后。"

"今天夜车?"

"到家正好天明,一家人都盼着我。哎,你看这鹁鸪鸪。"

"你听它们叫,若是双声,便要下雨了。雨天路很不好走。"

"如果一天白云是黑云。——谁知道鸟的眼睛!"

远远有歌声,不知是山上的,是水上的,清亮绵缠,是有意唱给人听的,想想那个聪明的该挨骂挨嗔的眼睛,便折了几根狗尾巴草咬在牙唇间。狗尾巴草使人不得不笑。

"别躲,我看见你笑。"

"为甚么看我？我不喜欢。我笑甚么？知道了才许看。"

"我么，笑那作歌的人。"

"我只好笑听歌的人了。我笑火车，笑江水，笑鹁鸪鸪，还笑云。有意无心的飞，好个洒脱人生观！"

"别笑云，云没有黑，天倒黑了。六点钟的车就快要大声说再见了，难道真赶最后一班车么？夜总是凉的。站上扫地的人多凄清，车走了，人走了，月台上的灯太亮。"

自江边回到城里，五点半，赶到车站至少二十五分钟，算了，难道赶最后一班车？落花声中，读完了那本书。

明天，一早上车站。不是等车，是等人，人却先来了。

"你来做甚么？"

"送人。"

"好，我买票去，一会儿陪你送人。"

"票买好了，来回票限期十天，你一定来。车六点四十分开，第一班。

"这是一盒吃的糖，足够陪你到家。

"这是一本书，车上看。

"刚才卖花的来，只有茉莉还有蕾子，可以养在汝窑盂子里。五朵排成一串，我买了十串，一天换一串簪着玩。噢，上车吧。还有五分钟。"

车快开时，忽然记起一件事，打开箱子，放进一本书，又拿出一本书，在两本书里各拿出一封信。忽然又一想，忙跳下车。

"你把茉莉花全扔了吧。"

"怎么？——噢。"

五年前在待车室里发了一个电报之后又写了一封快信：

"父亲：

这里有一种极美的花，每年只在这个时节开一次，开不了八九天，到春假完了时花也完了，容我盘玩几日吧。你愿意我有个好春天，所以我不回来了。"

“先生，车不开了。”

“不开最好，好极了，——啊，不开了？ 为甚么?”

“不大清楚，谁知道为甚么呢!”

侍役说完了话，竟自走了。待车室玻璃窗上全是水，外间景物模糊，如一个满眼泪水的人所看见的天地一样。路警对于车辆太熟悉了，全不发生兴趣，在泥与水的月台上来往的走，黑色的雨衣沙沙的发声。

我怎么办呢。

回去。没有雨鞋，没有雨伞，头发里的水流到脖子里。好像回不去。

回去，用一张素纸写了“待车室”三字贴在墙上。

灯下大声读书。我的声音若是高出了你，你看一看我，低头拂一拂头发，便用更高的声音赶过了我。如今“我”也是我，“你”也是我，一个在镜子里，一个在镜子外。

书帮助我们过了多少日子，读着，又平放在桌上。

先生，你请坐坐吧。你累了呢。是呀，你忙得很。你一天到晚老是跑来跑去的，真是! 椅子是多么好一个主人呀，它多么诚恳，多么殷勤。

十二月十二日改抄

注　释

① 　本篇原载《文聚》1942 年第一卷第一期。初收《汪曾祺全集》第一卷，北京师范大学出版社，1998 年 8 月。

# 1942 年

## 谁 是 错 的 ①

生命的距离:因为这点距离,一个人会成为疯子。另一个呢,永远是好人。

我想,我必须去找一找路先生,向他详详细细的解释清楚。一下午来,我摆不开这件事。我像穿了双挤脚的鞋子,或系了条差不多就快断了的裤带。这桩事就如个影子,即使我不注视,它依然存在。像一根刺签在我心上,老拔不去。太阳照在窗前,一下午了! 不,我一离开路先生,一说完那句话,便像雾淹住的山,那么张皇失措。原来我被自己不小心的几句话带到雾里来了。

一个下午我把自己关闭在小楼上。

一个人做错了事再也没法补偿。路先生本是个十足好人,他那么善良的问我好,问我久无消息的弟弟的近况,问我毫不在意自己衰老的父亲半年来的生涯,而我,我是多么恶毒呀,我说了那几句话,更罪过的是,我说完了那几句话时,至少正说那几句话时,还很得意! 有什么值得得意? 为的是我的讽刺天才还是别的? 想想真难受。我向自己说:"不要想吧,傻东西。"可是,不成,只有那么老想着,我好像才可以得救。只有令自己受点苦,才可以减少一点不安。年青人,年青人,就是这么一个心,没办法的事情!

路先生实在是个好人。

他那个白得透明的脸,同样半透明的细长手指,他的柔顺的头发,细致端正的前额,他的手杖,他的帽子,他的外衣,一切凑拢来便成一个完美和谐的慈祥。每个早晨他的轻呢外衣飘动在公园的柳树绿色小风中，令我想起许多生命成熟的正经人。他一切好，只有左耳下有个樱桃大的小瘤，好像和生命或身分不大调和，悬缀在那个地方。

他那么关心的问我父亲，"他一定很好，乡下的水流使他更平静，平静使他不想写甚么信，春天了，水涨了，没了那个小石阶的最下两级，石级在水里将隐居不少日子，直到秧针发黄。鲤鱼的肚皮已经白了，它们的眼睛也不那么显著了。已经大得会大胆来触动钩上的饵，会舔洗衣人的腿了，他可以看鱼，直到它们游到很远的河里，唵，他会沿着河边，走到开满的蒿花同菜园上，哦，马兰可以吃了，牛啃着芦芽，白蝴蝶打着圈子，蜜蜂呐，多呀，多，他可以在你那个最小的妹妹吃了饭都半点钟了才回家。"

他慢慢的说，简直一沟水似的，春天的溪水，那会完结？不激动不用奢侈的词句，那么温蔼的说下去，我听着，看着他的脸，直到他说："时候还早，你没有事吧？坐下，谈谈，石凳上，或草地里，年青人，随便一点，不用拘谨害出病来！白鹭，嗳，那个白鹭，——"我忙打断了他，一个字，一个字，丝毫不踟躇的如数把想了半天的句子说出，他才没有再说下去。因为不待他有开口机会，我扭头便走了。

我走得很快，根本没意识到草摩滑了我的鞋底，自然更不理会他如何处理自己。

我很快，轻飘而又严肃的走了。我说过，我很得意的走了。

他一定呆在那里，摇摇头，点着他的手杖，突然感到衰弱，全身依靠手杖扶他回去。半白的头发，原来梳得很好，一定会被手指搔得乱蓬蓬的。他一定想：年青人，还要革命，这就是"革命"，争的是自己说话动手机会。

他会不知如何走进他的房间里去，若不是那些路已经太熟。

他的外衣垂下了，不再飘扬。

他半天忘记抽烟，直到手捏住烟斗。

他应当会油然而兴叹起："老了，人老了，甚么都凝固在习惯上。"因此也还找个理由原谅年青人的冒失。

虽然我没有看见,这些全是我设想的。但我可以断定这些小小细微情节,甚么也不会错。我想来这是照例的,一切又都是命定的。

我能不难受么,使这样一个年高有德的父执如此难堪?我说的是甚么话呀,我一时之间真叫鬼迷住了。

我就那么幽闭在小楼中,小楼又幽闭在大树的风雨之声中。我看见一只细腰长脚蜂在檐口椽上营窠,看它飞了来,又飞了去,不知道多少次。

我想,我秉承父亲的遗传,二十几年来都是极良善的。我并不可惜这点良善的本真一朝被那几句傻话给毁了去,我只想,怎么办,使这个长者不怪我,不必因几句傻话见怪,一切还依旧照常,在老年人的梦里,还记起"东床坦腹"的故事。我的几句话也正出于无心!

我上午出去本想买点樱桃的,琳的小几上有个大白盘子,装了千百颗水和唇的味合制的珊瑚珠子,该是多么好看,琳是路先生最小的女儿。但是,我没有买樱桃。我想,不成不成,这一切都完了,鬼教我犯了罪,于是,甚么都完了。一点不祥之感又一直把我送回来,送到这孤寂的小楼上,使我着急发疯。

樱桃在白色大盘子里,她一个一个的吃。甜东西吃得太多了,便泛酸,她忽然皱了皱眉毛,又柔声的笑了,露出两排白牙齿。她穿过一件樱桃色的上衣,走到甚么颜色里都极其鲜明,轮廓决不模糊。她有一把伞,底子颜色也像一盘樱桃。她是因此而喜欢吃樱桃,或因樱桃而挑上这种颜色,我没有问过;但我似乎从此便常惦记这种浑圆的果子。春天一来,我更等着。

看她吃东西就是一种幸福。那是她人格的一部分,身分一部分,像路先生的外衣一样,那么优美。不过不相同的是或使人爱好,或使人尊敬。难道这是我的事?分别这个不同,有甚么意思!

小楼,该死的教育我的小楼啊。

我用左手支住额角,看着肘部,它渐渐瘦了。我的眼睛花了,拿开手,我的眼睛更花了。我怎么办?这时节若有个无线电收音器,上面说:"国货公司毛巾好,爱国的人应该买一条。"也许就救了我。宗教条规或政治信仰在世界上还能发生作用，就是为这种失去主意的心而预备的。

我想抽一支烟，拿起火柴。

暗蓝色和黑色，土红色，干枯或浓得像鼾声的笔触组成的饰画。骑士，狮子，一行图案字，火柴在我的手指间沉思了，不假思索的一画，紫石英一样的火烧在我的手指间，杨木棒上蜡脂翻着沫，我的烟毫无道理地点上了，我的嘴唇不置可否地含住它。浓烟从两个鼻孔里流出来。

一切都是那么单纯，那么简单。

不行，我的苦痛快超过我的罪恶了，还得去，得去向路先生解释一切，请求他原谅。我需要这点勇气，我一向做事做人很果决，我拉开门，认真的走出去。并且，我还打量要带一包樱桃去，两磅重一包。

一路上，我直温诵我要说的话，又想着我要送琳的那个礼物，在吃那个时也正嚼到我一点过去的生命，过去的梦，我需要的正是这么一件事。

我走得很快，比上午还快，以致一气走过六条街，伸手叩路先生的门环时，才知道是到了。可是我没有买好樱桃，我油然记起我从好几家水果店走过，红红的，都有一筐筐樱桃。

但我决不管它了，只要能向路先生解释清楚，樱桃生在树上，或放在筐里，或向一个人口中送去，对于我全是一样的。

路先生见我来了，一把就握住我的手，我不遑顾别的一切，只觉得他的手更较往日柔滑，也较往日温暖。我一直引他到那个小花园里。

我用力压下感情，平平静静的向他解释自己那点莽撞处。

"今天上午，我心情很不好。夜来，我做了一个梦，梦见父亲用个大棒子打我一顿，又好像用米达尺，完全和我七岁受的处罚一样。他老了没有，打得重不重，我痛不痛，在甚么地方打的，当时有谁在场看见，我一概记不清，说不分明。只记得他打了我，梦也只是这么一点，那是一定的完全真的。我醒来又睡着了，这梦还又重复了一次，我很难过。我纳闷的是新做了甚么错事，犯了甚么罪，值得老人家处罚。"

他似乎要说甚么，我用动作止住了他。

"我心里很难过。究竟不知道我为甚么要做这个梦。伯伯知道，父亲一生就打过我一次，在我七岁时，用一个紫檀牙板，我鼻子碰在桌沿上，出了血，吓得他忙着替我止血，又忙用牛皮糖哄我。这事情一直当成母亲说笑的资料，一直到她死。此后这件事就不复有人提起了。

　　"我很难受。这个梦自然也莫明其妙，但我的难受无疑是从这里发源的，我很难受，您大概从我的衣裳上便看出来，所以您才拉住我说话，在公园里。"

　　他以为我的话还很长，似乎纵不说也明白那是甚，不愿让我说下去。他怕我把难受再上一次色，更难于消漠。他要我坐下来歇歇，我连忙接下去说，还提高了声音。

　　"我一整天都不知所措，伯伯您不明白，我心乱极了，但不是因为那个梦了。我难受到极点，而您偏偏不断的说我父亲，父亲，父亲！

　　"我因此看着您，在您身上发现那个不必要的，您的左耳下的那个肉瘤，我说，这是多余的。"

　　我真是错上加错。我也许想把这几个字轻一点说，含糊一点说。但终于又响亮又清晰的说出。我看看他有甚么反应。他一点都不为此有动于衷。但我不相信，他一定变了一下颜色，很快的，像天上一角扯个小闪。这可不是多余的。我说的话太多了。但怎么办，真正要说的一个字也还没有提起，我应当怎么说下去，就到那个题目上来？

　　"您那个肉瘤不住的动。我越看，它越动。哦，您原谅我。您不知道我是多么厌恶。我的厌恶由此而生，但是像蒲公英的花，开足了便离开根，满天飞。我的厌恶已经脱离原因而散播。我全身都浸在颤抖里。我实在忍不住，才说了那几句话。"

　　他掏出烟斗，装好烟，抽上了。微笑着说：

　　"你说了些甚么呢？你实在并没有说甚么呀。"

　　"我好像说过，你耳朵后的那个东西，在你是多余的。"

　　"本来是多余的！"

　　他的眼睛，他的烟，他的花白而柔软的头发，他的手杖，他的飘扬的外衣，一切都似乎在告诉我，他没有说谎。他和我一样，并不特别看重那个肉瘤,尽管相书上称这个东西主寿,还是多余的。我开始觉得脸上发热,喉头微痛,我不知怎么好了。可是我并不窘。在他面前的人决不会受窘。

我实在并没有说甚么错话吗?我是不是这时起始来说几句错话呢?

在柳树的风雨之声中,在蓝天底下,我们一同喝茶,直到天黑。琳知道我来了,不一会便走了来,大盘子里高高堆着好看又好吃的樱桃。我们喝茶,抽烟,吃樱桃,我说了不知多少傻话,算算看,几几乎全说到了。

原来我并不是在路先生面前说错话难过,只是从无机会说一阵子傻话。

实在我从来没有这样愉快过。也许我有过比这更大的愉快,但不能像今天这样子。——虽然一点隽永深切的悲哀已经像水浸蚀河岸将要扩大开来。

路先生谈起我父亲许多的事,有些我知道得极详细,有些我竟一点也不知道。他谈我们那个村庄,那条河,也是一样。

临了,他跟我说,不要再一个人住在小楼上,最好搬个家,最好搬到他们那里去住,有一间小房子空着,只要装一盏灯就行了。等我想了半天,不知道为甚么要想,好像一定要弄清楚了他说这个话的用意,完全弄清楚了,才能够决定一样。末了,自然说"好"。他似乎还怕我有甚么事情可以带回去做成梦,拍拍我的肩膀,取下烟斗说:"明天我要去割这个瘤。十多年了,以前天天想割,近来似乎懒了下来,不常想了。明天,明天一定要割,舍不得也要想办法割去。你事情不忙,和琳儿陪我去。"

离开了路先生,父女两人也许要把我当个题目,说许久笑话,琳还是一面吃樱桃一面笑。这可不关我的事了。无意中我摸摸我的下巴,摸到一粒小小东西:是粒樱桃核儿,淡黄的隐隐还可以看出一点绿影子,一点遗迹,属于春天的。我的这一粒是琳吐的。她大概看我傻,把吃剩的樱桃核儿,大半吐到我身上脸上,别的都落下去,只这一粒还固执的干沾在下巴上。我简直能记起它们怎样落下去,一粒一粒的落到草窝里。脸上的感觉也一时忘不了。路先生一定明白看到,但他甚么也不说。父女两个都似无意又极有意!

我的心,似乎有个小小抽象的锚抛在抽象的石滩边,泊定了。我开始明白一个人发热时和神经病的关系。

三十一年四月十六日

**注 释**

① 本篇原载 1942 年 6 月 8 日桂林《大公报》。

# 结　　婚①

　　乱七八糟的忙了十多天,配窗纱,绣枕头,试鞋子,刚刚坐下,又忽然跳起来,拉了一个人上街。心更没有一刻闲静,心中有事,眼睛老似注视甚么,其实甚么也看不见,简直吃饭会落了筷子,连呼吸都差不多要忘记了。直到礼服看定后,头发也卷了起来,一切才仿佛有点眉目。觉得事情越做越多,越想越繁,便是这样,也似乎不少甚么了。宁宁可以斜斜的靠在新椅子上,看看这些天用腿脚眼睛的水磨功夫换来的东西,想自己便要生活在这些东西当中了,实在好玩得很!在一条定律未被打破以前,人总得遵从它:"动者恒动,静者恒静。"人的惰性与任何物体完全一样:她既那么一靠靠下来,便觉得真懒得动弹了。别人说她忙得像块掉在水里的干石灰,她自己明白石灰泡透了水倒真像她现在。觉得现在随便把她放在甚么地方都行,一切都已准备妥当了,只等待那个日子来到。

　　房中静静的,一无声息,记得那个座钟买来时曾上足了过,跟手表对对看,是快是慢,一看,长短针正指着昨天子夜!伸过手去想拿来上一上,只差半寸便可到手了,但她两个指头动了动,似乎想钟自己过来。钟既不来,也便无心再向前去,并连手也懒得抽回来了。长长的手臂,长长的指头,指甲上新涂淡白蔻丹,放着香蕉油气味的柔光,若是往常,便是生在别人身上,也会拿起来吻一下,挤挤眼睛说:"不知哪个有福!"还想起一首词中的冶艳句子,惹得自己也心动。如今却甘心冷淡它们。——这座钟的样子没有上回送表妹的好。这对花瓶也不是那天看中的那对,颜色深了,颈子太粗,连把两个瓶子缚在一处(像人与人的关系)的丝带也透着十分俗气,瞧那颜色,粉红的。插甚么花,放在哪个几上,衬甚么垫单,本来都有周密打算,(日本女孩子到相当年龄都交给艺妓教育,日文教员说过,那觉得大可不必;但父亲花五万银子买来的姨太太房中的布置摆设又实在为她佩服羡慕。)现在,花瓶不是那个,一切都不是白费?真是,晚了一天,就教人家抢先买了去,这个城里为甚么这许多人结婚?若是作女儿时,衣裳腰身大了,谁拿错了她的碗筷,小猫扑黑了绒线球,她都会大闹一场,即无一事不称心,春天生一片红叶子,也会惹她发一通脾气。年来虽改了不少,可是像今天那么不认真,居然把座钟花瓶轻轻饶过了,那实在是她自己应当觉得奇怪的。问问自己,这是为甚么,也说不出所以然。"人生是个谜,"这句大智若愚的话可以解说一切可疑,产生一切可能。

太阳光艳艳的,从西边半扇窗子照进来,正照着桌上一面小镜子上,镜面很厚,边缘的斜面把太阳分析出一圈虹彩。远远地方有一方白光,若是照在人脸上,不免令人生气,这时却照在那个墙上。(啊,镜面上已落了一层灰!)窗外一丛树,自以为跟天一样高了,便终日若有其事的乱响。百灵鸟在飞,在叫,又收了翅子,歇下舌子,怪难为情的用树叶影子遮住脸。蔷薇花开,在风里香,风里摇。青灰墙上,一叠影子,如水洒在上面,扫之不去,却又趁人不备时干了。一只松鼠,抖开长尾,拂着自己的小脑袋,终日被精力苦恼,无时不想知道自己活着,不肯在一根枝丫上耗过一分钟,现在正从宁宁窗口掠过去。她甚么也不理会。心想:这是我的事,我的事,不干你们甚么的,似乎自己也不必关心。

宁宁手臂有点酸,才知道已经休息了不少时候。抬起手臂看看,搁在椅背上的一处已经红了一片。天气热,荸荠紫漆桌面上,一时非常清楚的留下一条圆润的汗印,她的眉毛低了低又高了高,待房门一响便立刻放平了,脸上不留甚么痕迹,一如平日被人看到的温靖和斌媚。

进来的是他。一个做过"学生",希望要做"学者"的年青人。

他学化学,学地质,还是学牛顿的符号或赫胥利的表格,外行人看不出。他也许会做一首诗,译个短篇小说,但并不因此即忽略了日常生活中应有的手艺,敷头油紧皮鞋带。也许长于理财,在客厅中可不至于尽对女孩子谈公债行情,既然能在这种年头结婚,必不肯穿破了领子的衬衫,破了,一定也把它翻过来穿,把纽子重钉一钉。虽然皮鞋可能也是车轮底,但领带总有十来种颜色。他应当能弹吉他琴,(调《风流寡妇》一类调子。)打网球,且会喝一点酒,抽一斗板烟。一切在他都有恰到好处时候,因之便常常窃笑善于自苦的人。(那不免有点骄傲了吧。)白脸上的笑证明他也很温和良善,上回学校七七献金他在大门口捐过五块钱,被新生活纪念义卖队的童子军拦住时,他马上就买了一朵鲜花。当着许多人,或甚至独自看书时都不致丢下那一点自觉的做作,那倒是,我们受教育原就是学习"做人"呀!曾有个未老先白头的朋友,差不多急红了脸:"你们为甚么甘愿这么俗气?""俗气"是个不好听的字眼,他心里沉了沉,在脸上尚未表现出甚么时赶先熟练的笑了笑说:"老兄,我问你,俗字是怎样写法?——对,人旁!你该明白,俗气也便是人气,人少不了它。没有它,失去人性一半了!你会孤寂古怪像那一半,像个谷!"

他究竟是个甚么样的人,也许自己很明白。你若是听了他的话,可别因此判断他是甚么人,他读过许多书,你得记住。总之,他有点聪明,那是一定的。而且时刻不忘记自己的聪明。他善于观察人事与天时的气候。不仅能观察气候,还能适气调节,尽管人事多么复杂,那一天温度表是多么忙碌。他早上带大衣出门,预防天变,一进门,放下大衣,等待起风。虽然气候都是那个样子,变不到哪里去。从经验,尤其,从直觉上,他知道这屋子里发生过一点甚么事。

"哈,宁宁,你太累了吧。"

他把她拥到一张靠窗的沙发上,用感觉搜寻这房子的"过去",他明白,她实在累了。

"早知道,有这么些麻烦,真不想结婚。想帮帮忙,又笨手笨脚。这些事情上,一个粗男人还是呆呆的看着好。除了赞叹之外无事可做。"

他用新修过的脸偎着她的小脸,记起戏剧小说中曾有过的对话。

"真美,宁宁,你还不满意么,我简直没有做过梦,会有这样好的家。这么些东西,太多了,太美了,我舍得用么?

"宁宁,你得到这些东西,辛苦得正如我得到你一样,你不知道。

你知道,我这些年来受了多少折磨!我像个打了胜仗的兵那么疲倦。可是,我如今休息到这个堡垒中了。"

她知道由他一个人像做文章那么说下去好,便不插话,只静静的看着他,那么习惯的听着。想这些东西总要旧的,等不到那时,你便会知道这个仗打得有甚么意思。后来连这类带恐吓性的话也放过了。只看着他头上帽子,笑在心上:好个绅士,进门连帽子都不脱!你大概真有点兴奋,除了结婚,甚么都忘了。及至看到她的手两次触到帽沿,知道他必然已经发觉,或许在外面就已经想好了不脱,好让她明白他是多么爱她!她于是有点厌恶,又觉得这也平常。像这样的事她见得多了,反应已经模糊。且心里懒懒的,更不愿往深处想。像闻到他袖口上一点烟味一样,有一丝儿厌恶,"这是男子的习惯,世界上绅士都用这个证明他自己的身分。"那么意识到,过一刻儿工夫,自然便觉不出了。他的拥抱究竟还不单单是形式,而且也令人舒服的!

宁宁忽然想他应当去演戏,一定可以演得很好,不论风流小生或世故老人,一切小动作都训练得够了。一个主妇,仿佛天生的,她并无感触,一切都订妥了,只想起报上的启事,千万不要有"国难时期一切从简",她有点恨这几个字,像恨鼻窦里两个小小疤点,毫无用处,(又不是痣,可以使明白法国十八世纪风气的人欣赏,说自己像 MADAME 那个!)又像是去不掉,因为傍着一个"习惯"。

婚礼很花簇。两个傧相都是这一行的惯家,一切全在行,这种人并且照例都是学校里漂亮的人,接到那种"美丽的卤莽"的信,立刻有应付办法,收到小别针小银十字架也会毫不在意的挂起来,如自己买的一样。行礼时不会闹笑话的。男客人说点笑话时,不至于板脸扫兴的。

若是有人反对结婚,让他吃两趟喜酒就会不同了吧。好热闹,酒,美好的外形包着的野话,葡萄珠一样的笑。只要不离礼节太远,放肆一点,不会出乱子的!

宁宁被几个同学陪着,她们大都觉得自己美丽,能干,懂事,才够陪伴新娘,彼此相得益彰,人家看新娘时,一定也看到她们。而且还可以那么作一点不大端重的猜想:"几个人作新娘时候,一定更美艳。谁的主子？有了主子？教书的？经理？少爷？"

"宁宁,你今天真太美了。"

"你的披纱真好,我一向喜欢月白,你头发,你头发,哦,太好了,宁宁! 在美学上说,这些波折都太和谐了。"

"呵,宁,你今天为甚么那么庄严,圣处女的光辉在你脸上。"

教会学校的教育,唱惯了赞美诗,说的自然不太美,也不太俗。

她第一次穿上这身衣服,有点异样感觉。但是她很平静,又觉得心里有一点儿小小骚乱,因为不习惯。她还可以限制这点骚乱,不使溶化开来,分散到眼睛里,到头发根,到指尖上。她还可以知道鼻尖有一点极细的汗珠,像从浓雾里带来的,脸是红红的。她稳稳坐着,听着这样即使真心的,也是笨拙的阿谀,只用微笑作答,微笑中表示:"这就叫作结婚!"

他呢,自也有一群人围着,趁人不注意时常常检阅自己的衣饰有没有甚么不大方,不合适。谨慎得如一个老练的演员明知出台必可博得掌声,仍旧反复在心里搬演着一些细枝末节,现在的笑一半是应酬,一半是预习。他抽起一支烟,又放下,态度显得有点矜持,在学校里一切书本,在社会上一切经验,都不能去掉那点矜持。他说话清楚,是做作出来的,微笑常在脸上嘴角,也是做作出来的。他稍微有点乱:不习惯!

婚礼极圆满的完成了,俗气的不高明的笑谑,和不动人的演说,甚么都不缺少。客人渐渐散了,她开始意识到今天作了些甚么事。桌上有份报纸,拿起来看看,找寻那个启事,但那个名字似乎不是她的,越看越不像,多了几笔,或少了几笔,在心里画了一次又一次,还是不能解决。她有点迷惘,好像丢了件甚么东西,好像从报纸上证明这是别人的事情,与自己不相干。

灯亮着,窗外天作钢蓝色,天上有星。

宁宁手碰到衣服上,像触到冰上,忙拿开来,无事可作,把下唇送到上唇以外,又收了回来,一次,又一次,这种小动作使她的意识趋于集中,又易使停逗在某一点上。两唇都涂了一层唇膏,柔滑的接触能给她以舒适的快意。慢慢嘴唇接受这种刺激的感觉已经迟钝,快意渐渐消失。她随手掐了一个花瓣子,从花瓶内两大束玫瑰的一朵上。两个花瓶里都满满的插了花,一个里面是玫瑰,另一个则是红的与白的康乃馨。

花瓣在手,不一会便烂了,于是重新换一片;一片,一片,直到一朵一朵揉碎在她的手指间,披落在膝头脚边,她忽然发觉了,"这是干甚么!"一点哀怜,一点惋惜,刚想收拾了去,又突然转了念头,抓过瓶子,把一束玫瑰都摘光了,用力揉,揉,红色的汁水浸透了她的掌心,滴到地上(她竟然不让它们溅在衣服上!)有些流到她指甲缝里,干了之后,使自己日后还要看到记起。看瓶里秃秃的枝子,秃秃的叶子,"看吧,我奈何不了你!"

他们的婚姻完全像普通人的一样,说不出甚么道理,一切发展到后来,便是结婚。

从前,两人在一个学校念书,上下差两班,不知在一个甚么场合认识起来的。他给自己选中了她,找机会多看见她,到后来便找更多机会与她在一起。她却不十分注意他,不十分理睬他,简直还不十分讨厌他。可是凡是这种事,结果总差不多要变得相离不开的,她回顾前尘,实在应当反省,那时为甚么不发现他一点甚么?后来呢,她当真发现了什么?她从来不使他失望,(小小的自然有过)也从不特别鼓励他。后来,一路同到内地,在路上,他服伺她,到内地后,他奉承她,在一个地方既不愿她有不如意事,又愿意她有不如意事,使自己有机会为她效力。他有时还希望她遇到一点小小危险,如落水、跌交、被狗咬,马惊,自己便好尽一个男子的责任来卫护她,援救她,(这点打算也许是看电影得来的暗示)以推动他们的关系。但上天心肠太好,让她平平安安的活,他的英雄表现便无机会成全。然而,她明白,渐渐的他神色举动稍稍改变了。他似乎有自信教她不能缺少他,无形中给自己加上某种名分。他口中虽不明说,却处处暗示别人:"朋友,你的举动言语似乎过分一点了。我虽很能欣赏,可是你是不必空费心计气力的好。"他似乎已经知道先前只是一只钩子搭进一只圈儿,现在却是两节链子连着了。她已极明白他的心理,心想:未免超过事实,水里的鱼哪能便是篓里的?

她讨厌他自有把握的神情，那种不是喜欢而是满意的笑。想找个机会嘲弄他一回，扫扫他的兴。

那一天，他邀她到小湖边上看鹭鸶去。她想鹭鸶未必有，看看湖倒好，便问他："我要不要带大衣？虽然现在有两点钟，太阳也好。"他说"也好"。鹭鸶果然有，但他却一眼也没有看，只一次又一次的买米花喂鱼，一面用右脚根踏水边软土，土上渐渐都有了个小小洼了。起初，鱼来吃的很多，可是米花这东西虽然大的好看，味道却没有甚么，吃多了便厌了，大都吻一吻就丢下来，水面上于是漂着不少白点子，恰像菱花。他把最后买来的一捧，整个洒下去，拍拍两手，用手绢把手指头擦了又擦，把早经打好腹稿的话说出来。她怔了怔，可是早知有此一日，应付办法也存在心里许久了。掠了掠头发，稍稍挪动身子，很尖刻的，但并不望着他的脸说："你左边脸为甚么那么红，右边那么白？"

然而现在却明明结了婚，当着许多人，她不相信。

他那一次也许只是试一试，看果子虽到了节令，却不知熟了没有。果子并未熟，他失败了，没有告诉过一个人，自己也竭力忘记这回事。明天一切还是照常，陪她玩，陪她吃。有一天，他用不很漂亮，其实却非常艺术的方式说："宁宁，我们为甚么不，结，婚？"她一时没说出甚么话，于是一切便算定规。

他有甚么不好么？似乎找不出，一个很有做丈夫的天分的。

往后的日子大概是个甚么样子？一时想不了许多，但可以断定大概不至太坏。

然而她恨，这也许只叫着不高兴。一切都平淡无奇，想不到结婚便是这个样子。

她想把这身衣裳撕成一片片的，听花花的声音。想摔破那个花瓶，那个钟。这灯光，讨厌；这镜架子，讨厌，讨厌！她想痛痛快快哭一场，披散涂了许多油的长发，解放那些小圈圈，拉直那些小波纹，奔出去。奔到山上，湖上，天上，随便哪里，只要不是这里。她想飞，她烦躁得如一个未燃放的烟火。

门开了，他进来了。

她忽然从沙发里跳起来了。

他为她的眼睛而停在门口。

"美,这房子,这墙,这门,这天花板,多美,这老鼠洞,美上天了!"

这样的声音是他从来没有听见过的,一时几乎也烦乱起来,但马上很有把握的明白一切。

"噢,宁宁,你是太累了,你应当休息休息,明天,还有许多人要来!"

他很温柔,但相当用力的抱住她。她实在不明白,为甚么让他的嘴唇放到自己的上面来。

像一块布,虽然以后还会皱折,但现在至少已经熨平了。

于是,宁宁真的算结了婚。

人的惰性完全和一切物体一样,没有惰性,世界当不是这个样子。

再过两三年,她看了许多事,懂得许多事,对于人间风景,只抱个欣赏态度。心上也许有一点变动,从所在的地位上动一动,可是那只是梦里翻一翻身,左右离不开床沿。她明白人是生物,不是观念。明白既没有理由废掉结婚这个制度。结婚是生活的一个过程,生活在这边若是平地一样,那边也没有高山大水;那她也不必懊悔曾经结婚。虽然人一定非结婚不可,实在也同样没有理由觉自己真的成熟了。她把结论告诉人,却不说如何得来这个结论。她成熟了,因为她已生了个孩子。

注　释

① 本篇原载 1942 年 7 月 27 日、28 日桂林《大公报》。

# 唤　车①

　　朋友送我到门口,我们的话也说完了。"好,再见","再见",他转身走进了门,大概他一时想着一件甚么事,于是我的一切已完全从他思想里让出一个地位,直到他碰上另一个熟人,因为说起某人今天来过时,才又于顷刻之间想起我的过访。我现刻已在门外了。曰生命仿佛一切重新起始。卖丁丁糖的敲过,卖羊肉的架子背过,空着两手的一个三十多岁的人的青布袍子也留过一路影子;对面高墙上的爬山虎正往下探头,太阳光漂着面前一片青石,巷子里有汲水声音溅泼;我又得走。我的疲倦油然醒了。今天一早上到现在,我差不多没住过脚,实在应当累了。当走过这朋友家时,我想,这可好了,今天的事算办完了,且进去坐下歇歇,喝一杯好好的茶。朋友房间布置雅洁而舒服,桌上案上小东小西,莫不有他的修养气度,渗入其间,令人生爱,忍不住摸摸这个,搬搬那个。浅米色楠木几前新挂一条墨竹,款识印章皆可引人入胜。随便谈谈事情,彼此意见极相投合,互有发明,一时把疲倦差不多都忘了。现在,我又得走! 虽然是回家去,然而好长的一截路呀! 我觉得肩膊酸起来,挺了挺腰,也振不起精神。总不成再进去坐一会。可是方才我说了家里等着我回去,而事实我再不回去,也必要耽误许多事情了。我终得走,我不走,时间依然从我身前身后悄悄的走了。

　　这个城真没有办法,街道都不知是哪一年修的。全城居民的鞋子,大概多因此比别地方人的更不经穿些。看他们鞋子式样的笨重结实,恐怕街道之坏已是很久远的事。而且坡路那么多,上上下下,真够麻烦! 天未阴,地先阴,一下雨,脚就倒霉了。看今天满好的太阳,以为各处全去得了,然而前天下过雨,有点经验的一定都穿上套鞋,有几条街是活地狱! 糟糕,想想沿路经过的几处泥淖,简直令人害怕手摔成个泥

87

球儿可怎么好。而且,天哪,我手里这么些东东西西,瓶瓶罐罐,玎玎珰珰,不是我摔碎它就是它摔倒我,怎么办?那段众水之所归的巷子,通过时得从一块一块的摇摇晃晃的砖头石块上面踏过去,假如身体重心一歪,那笑话可大了。我看了看那些"不幸"一眼,它们全然不了解我,红的自红,绿的自绿,方的圆的依其形体存在,不想到全可能滚成一堆又脏又臭的泥团团,真是无可奈何;——还有,我带捧带抱的像个甚么样子啊,它们性质用途形貌全不一致,放在一处显得多么滑稽,皆远不如各自放在橱窗里,挂在货架上,铺陈于摊头讨喜了!刚才一路买来不大觉得,现在这些东西才真讨厌得要命!从三多巷到得胜门,多远一段路!

——我坐辆车吧,"车!"我已经叫出了口。巷口正有一辆空车。我的眼光,声音,思想像三个带白帽的浪头接着,前面的来了,后面的就推上来了。几乎难辨先后。

"哪里?"

"×××"

"请坐。"

车轮上还留下些水渍泥斑没有干去,车是才拉了客人来的。

一早上,车夫拉了车出去。火车站,旅馆,人家,街,巷,全城到处跑。"车!"——"哪里?"——"×××",立刻,他心上画出一条路线,从哪里,穿过哪里,拐弯,到了。"请坐!"车上是各样的人,各种东西。那是车夫所不计及的,他只是依自己的习惯,一拉起车杠就走,路上有人注意车座上一个女人的眼睛,或因为车板上一筐橘子,而想起已经秋深了,这样或那样都与他无关。他从不回过头来看一看,倒是此外从身边经过的事事物物,有时,画入他脑子里。留下个影子。

坐车客人有的要讲半天价钱,有的很大方给超过规定的钱,有人想真不得了,一个拉车的全月收入要抵两个大学教授,三个委任一级公务员,而公务员和教授就坐过这辆车,坐车的有的是赴宴去,有的赶回家,一切与他全都无关。不坐车时你在车下,坐了车他拉着走。他也从来不知字典上有个名词叫"人道主义",一个大房子里正有人讨论这个问题，十分激烈。他知道一会有许多人出来，而那些人都一时心里必埋怨路道，他又可以有一个主顾。

太阳走过人定认为"中"的那一点上，街右的影子铺到街左，这个时候，若是夏天，街左的人一定多些，眼下人的意识不常常花在太阳上。然而下午毕竟是下午了。向这个城里来的人比出城人多，拉车的路径不免变了一点。"嚼口末橄榄喝口水，橄榄回甜想情哥。"车夫心里有张嘴和耳朵，自己的声音自己听到。完全是忽然而来的他唱出这两句。现在，他的车闲着。他身后若没有两个轮子，此刻他的样子不是一个车夫。他正很有兴味的欣赏对面笔店里的那个老头子，架着一付眼镜，在修弄一支"七紫三羊"。不是七紫三羊，就是"夺锦标"。

——五福子昨天去点痣，（他现在想起那个黑麻子脸上，一粒粒白点子，还忍不住自己与自己会心一笑）他说左眼底下那个最要不得，会克妻，我脸上也有几个痣，要去看看，不好就点掉它。

他眼睛暗了，想着一点甚么。点了痣，他便会怎么样了。相命的都说不点会发生甚么事，谁知道呢。点了到那时看不见那事来，不点到时候也未见得记起来。

"车！"

好像车就是他的名字，这一叫，马上教他这些不凝固的想头散了。

"先生哪里？"

"三多巷。"

这个地方原来就靠着车夫的家。

客人下了车，走进了一个门，车夫拖起车把，慢慢走到巷口，他已经看见自己的家了。一近门，他知道老婆在门里井边上洗衣裳，背上背着孩子。老婆也看见他了，手下稍微慢了一点。

他解开包被，抱过孩子，孩子觉得舒服得多了。老婆背上也轻了不少。她用水淋淋的手理上披下来的头发，车夫很满足的看着她年青的身体，看着她脸上红。心中充满了怜惜。孩子嘴里咕噜甚么了，他指着门口的车。车夫想，来，抱你坐坐车。

孩子在车上玩得十分快活。笑得令大人不解。

一只白粉蝶飞过他眼睛边。云推过来又推过去了，一片影子从巷子这头卷到那头，车夫朦朦胧胧想起一些事情。

卖丁丁糖的敲过，卖羊肉的架子背过，空着两手的一个三十多岁的人的青布袍子也留过一路影子。

今天一定记住。早就空了，茶籽油瓶。不要忘了，不要忘了，老是忘。她自己打去吧，偏又是南门庆来春的好。（他真喜欢那个油的气味，经验弄得他心里在狂）老子发财了，还要买香水精，香水精！还有，去看看，那个痣要不要点去了它。

"车！"

——我迟疑着，我坐不坐这辆车，等他一会儿，到他想走时再走还是……

"哪里？"

"得胜门。"

——我坐呢？不？等一等？

"请坐！"

我被他命令坐上了。他依照习惯搓搓手，利落一下了，拉起就走。孩子被母亲接过时，还只是狂笑。

车轮上的泥水还没有干。

坐在车上，我忘了疲倦，忘了那些瓶瓶罐罐，忘了朋友的家。车轮滚在不平衡的石路上，滚在气味不大好的泥淖里，滚过那条一汪积水的巷口。我没有想起我的家，我的静静的房间，我的靠背椅，茶，书。

（——嘻！茶籽油瓶，茶籽油瓶，又忘了，又忘了！）

"你怎么啦？哦，真不该让你买这些东西，那么远的路，下回我陪你去。

"你来看看，××给你送来一本字帖。"

"那件毛衣给你赶起来了，要不要试试，不，不就晚上再试吧。

"咦，你忘了买一把花！"

我颓然，坐到靠背椅里，为遮掩我的不说话，低头尽翻那个字帖。

卅一年十一月廿二日完成初稿

## 注　释

① 　本篇原载《世界学生》1943 年第二卷第三期。

# 1943 年

## 除　岁①

守岁烛的黑烟摇摇的,像一条小水蛇游进黑暗里。烛泪漓漓淋淋的流满了锡烛台的周身,发散着一种淡淡的气味,烛焰忽大忽小,四壁的光影也便静静的变化着。——说是守岁烛,其实也只是一只普通的赭红土烛而已,光秃秃的,没有甚么装饰。

窗纸上涂满了清油,房门被一面厚厚的棉帘子挡着,室内渚积的炭酸过多了,教人觉得心头沉重。

想不到适当的事情做,随意伸手拿起火箸子,看看烛花并没有长起来——才挟过呀,便又放下了,移移坐在椅子里的屁股,轻轻地嘘出一口气。父亲抬起头来看了我一眼。

算盘珠子刷溜的响着,薄薄的关山纸一张一张的翻过。

过年了。……

收账的走遍千家门户,回来,摇摇头,说一声又长了不少见识便去睡了。在梦里,他还会看见自己一脸的无可奈何,和层层围着的灰白的眼睛,嗫嚅着的嘴唇吧。我看看桌上一堆散乱的角票和镍币,想起他的话:"我知道,我知道,我知道哝!"不由得鼻子里喷出一个没有声音的笑,便随即止住了,似乎想收回去。

真的,过年了。

天,也真有个意思,几天来,灰里透亮的瓦块云紧紧的压着动都不动,板滞滞的,像是冰结了,怕就要下雪了吧,想一些蒙馆先生捋抻着黄胡子说:"雪花六出,(是)丰年——之——兆——呵——。"

风呼哨着,刮刷得几根军用电话线鬼一般叫,坐在家里会常常有泥粒掉到颈子里,这时节要出去走一趟是须用相当勇气与决心的,可是几天来街上行人不但不稀落,而且更多,更匆忙。

跟往年也没甚么不同呵,这些。

低郁的炮声破散在风声里,一阵子紧,一阵子松,大概还在老地方,总还隔有几十里地,也轰了不少日子了,今夜都不会过来吧。用这个代替花炮点缀点缀也好,免得教年以为自己来错了日子。

一送了灶,果然竟有点过年气象了。其实,年自不许人忘记,不必甚么礼俗来装饰。老祖母白发上插上小心收藏的绒花,年青的姊姊修改着弟妹们不大上身的新衣裳,这些,会轻轻带来过年的心情和过年的感觉给驮着家的重量的人。

我若有所思的点上一支烟,目光停在学徒的细心抹拭过挂进来的招牌上。今年,很少店家把招牌加过油漆,飞过金,有大多数还在等着不可知的命运:也许要倚到幽黑的角落休息若干日子,也许在原来的某记上贴上一方红纸,从新改过字样,甚至还供出最后的用处,暖了人的身手,凉了人的心。谁知道呢?但是能挂到旧檐下让风雨吹打一些时的,仍旧要在熟人眼里闪耀着陈年的光辉,怎能不抹拭得干干净净的?

……这字,是祖父一个朋友写的,是个大名家,叫,叫甚么的?……

"还好,亏不了多少,够开销的了。"父亲推开算盘,移开面前账簿叠起的小山,摘下黑布护袖,用双手狠狠的抹一下脸,像抹去许多细粉的数目,站起身来。

"不早了吧?"

"嗯?"

他搓搓两手,把指头拉出声音,来回踱着,眉头皱起又放平,是在盘算着甚么。看他的神情,像一个坐了很多时候船的旅客到了家,还似在水上轻轻的摇着。

父亲少年时节完全是个少爷,作得好诗,舞得好剑,能骑人不敢近身的劣马,春秋佳日常常大醉三天不醒,对于生业完全不经意。现在却变成一个老老实实的生意人,教人简直不能相信。我凝视壁上挂着他的照像,想寻出一点风流倜傥的痕迹。

"你别笑,我知道你要笑的。"我本来一点都没有笑,经他一说倒真忍不住笑了。

"一到天明,你等着瞧吧,多少字号要在公会的名单上勾去了。广源,新丰,玉记,……往年倒一两家铺子,大家心里虽然早都有了个底,可是不能不当椿大事议论着,今年啊,多了,大家反而不大在意,也不再关心生财铺面之类的事情,只是听到某家还想撑着,倒好像很奇怪。船多不碍港,客多不碍路,兔死狐悲,要是有点办法,谁不愿援之以手,然而自顾都不暇了,只好眼睁睁看着一爿一爿的不声不响的倒。我看有弄得米没地方买的日子。"

说着一手抓起茶杯,把杯内的残茶往嘴里倒,大概茶早已凉透了,他用力打了个寒噤,把茶都泼在痰盂里。

"你说,怎们许多铺子,就没有一个有眼光,有手腕的吗?有。可是这年头,有翻江倒海的本领也不行。就只有德太还好些,辅成的流年的确不坏,他今年心血来潮的忽然想代做陆陈②,谁知竟做上了,这样上下一扯,他大概还挣了点。上板上眼的都不成。一入秋,上河的早食子③全教个不见面的人给收了去,三十子,五十子,吓一跳④,今年一担都没见,你说可怪不怪?那么只好在下河一带着眼了,冒了多大的危险,收到一点迟食子。路程远,水脚重,蚀斛大⑤,当然卖价也就水涨船高了。前天还有人说呢:米卖四千八,扒米店不放(犯)法,我看四万八的时候也不足怪,扒也扒不出甚么油水。说真的,能有法子啊,谁忍有一些小户人家半饥半饱的,天天量米的时候总是吵嘴。吃不起米当然只好带着杂粮吃了。这一来,倒成全了辅成。真的好笑,万安堂的陶老板前天还跟我说:'别的行业不说,民贫则俭,可省的省了,不景气是意中事,你们这一业,食为民天,米都是要吃的,怎么也不行了?'我望他笑笑,说:'甚么都可以省,病却省不了啊,有钱的或许参汤燕窝吃得少一点,穷人,摆子痢疾更较往年多些,今年吃了些不惯的东西,肠胃里免不了要闹闹,你们大黄芒硝都少不了,有人照顾,你却为甚么总是成天嚷着亏啊折的?'"

恐怕今年材板铺子倒有点赚头,死都还是要死的,万字纹的棺材,三道紫金箍⑥究竟不大有人用。我沉吟着,把烧到指边的烟卷丢到痰盂里,哧——马上黑了。

炮声又紧了,纸窗沙沙的抖了一阵。也辨不清是敌人的,是我们的。夜来,炮声就没停过,不过到紧的时候才教人一惊。

"这次是抗战,抗战,我们难道不明白吗?为了抗战,商人吃点苦是应该的,只是——"父亲的话说不下去了,沉沉的坐到椅子里,拨弄着算盘,好像那种轻快的声音能给他安慰,能平抑心里的骚乱。

"前天商会慰劳团带了不少煮熟了的腌肉去,原想让弟兄们也知道过年了,也算一点意思,看这样,前线上一定紧张着哩,恐怕他们连这点腌肉也没工夫吃。唉,恐怕他们连在家怎样过年的心思都没空去想……"父亲摇摇头,眼睛看那支燃得正旺的守岁烛。

"写春联吧,年,总是要过的。墨已经研好了,在架子上茶杯里,你拿来渗点水,燉在脚炉上,写春联的墨要熟,才有光。炉里该还有火,三十夜,要彻夜火烈。纸——怎么'万年红'买不到?这是本城出的啊!没有就将就省用吧。"父亲把心事推开了一点,想到过年了。

"大门后的联字换换,就用'频忧启瑞,多,——多福兴邦'。"

"福?"

"福。大年下,用个'难'字让老太爷看见要不高兴。"

"那,'忧'字为甚不换一个呢?"

"忧总是忧的,难道不忧么?只要能启瑞就好。哈哈。"

夜深了,寒气愈重了,我拨拨火盆里的炭,炭烧得正炽,红得像是透明的,只是一拨之后,一些白灰飞了起来,落得我一身。

"不行,一会儿就要支不住了,你去再搬点炭来加上去,喉,回来,索性拿壶酒来。"

炭火更旺了,我又撒了些柏叶,一室都是香气。

"喝,我久不同你喝了,今天不是个平常日子,我们爷儿俩守守岁,来,干!"

我近几年都在外县,一年难得回来趟把,回来,也不正赶上过年,今年难得抽空回来,看看一切都变了,心中不知是甚么味道,难得看见父亲这样高兴,我自然是高兴的。

"干。"但是我的杯子停在一个声音里:

"——喤,睡醒些,屋上瓦响,莫疑猫狗,起来望望。……水缸上满,铜炉子丢远些,小心火烛啊,……喤……喤。"

渐近渐远渐渐走过深巷,铜锣的声音敲破了夜的深沉。

"这是敲岁尾更,每年腊月二十四以后都要敲的,怎么离家才几年,把故乡的风俗都忘了?不记得了吗,你小时候还常常学着叫呢。铜炉盖子不知被你敲破了多少,不晓得是甚么字眼,一定缠着要妈教你。听——"

"——笃,笃,笃,我看见了,看见啦,躲也没有用,我看见来,墙犄角的影子里,看见啰,别跑,别跑,笃,笃,笃,笃……"

"这个我知道了,是冬防局敲梆子的,我还躲在门缝偷看过。他这么一叫,毛贼都吓跑了,会捉得到?"

"也就是吓吓罢了。"

"当……当,笃,笃,笃笃,笃,……当……"

"呃,抡二爷今儿——"

"哦,抡二爷今儿来找过您一趟,说——"

"我知道了,抡二爷时运也太不济,今年景况很不好,又添了个孩子,真是要他来的,偏不来,不要他的,偏来,他,人又老实无用,一家大小全靠二娘一个人戳针头子戳出点钱来吃饭,这样,哪成?他心也太好,又专为别人的事东奔西走的。我已经跟大家商议,把慰劳团募来的棉衣交给二娘做了,这样也免得被人克扣棉花,你明儿帮忙到商会里取来。他还有甚么事吗?"

"他说詹世善还有甚么事情要拜托您,说告诉您,您就知道,千万请您出点力。"

"哦,"父亲用手指把着桌面,一声,一声,很慢。

"又是一个。詹世善这人也固执得可以。张远谋说要留他,他偏不肯,却又四处托人找事,人家这都要裁人呢,教我哪儿想法去。"

"是怎么回事呢?"

"是这样的,你知道张远谋是公会主席,今年弄得也不好,但是还不至于倒,他是为了做军米,把铺面没了,只留几个师傅和一个老桂⑦,别的人都辞了。去年因为军米的关系,大家受的影响也不小,他便代表同业去跟军用代办所交涉,说以后所有军米一概归他一家包做,不要临时摊派各家,耽误营业,两方面都省麻烦,这事原是克己利人的。詹世善原是张远谋信任的人,看他家累又重,便说我们是多年宾东,我仍旧留你,一切照旧,可是他啊,说是不能做事,于心不安,坚辞要走。真是个淳厚人。"

"那怎么办呢?"

"只好跟辅成说说看了,只怕也没有大希望噢。——往年添个人,算得了甚么,今年守岁酒都吃过了,还没个分晓。"

"敲门。"

"哎?这会儿有谁来?"

父亲掀开棉帘,一步跨了出去,我拿了蜡烛跟在后面。

我们站在门旁,屏着气听着,心里不免有点忐忑,等待着甚么事发生。门环又响。

"哪个?"

"是我。"

"哦,是远翁,有甚么事?进来坐吧?"

"不,不,不,我这就要走,你门上封着元宝⑧,怎能开,你不用开,不用开。"

"有甚么要紧事吗?前线上怎样了?"

"很好,前线上,冲过去二十几里,扎到小杨村了,小杨村离麒麟壩还有四十多。我就要去,跟王团附一块去,把慰劳品带到团部,一天亮就走。喉,你知道收上河一带稻子的是谁?"

"谁?"

"陈国斌,全是替敌人收的。"

"陈国斌?是去年春上被驱逐出境的?"

"是他,汉奸!"

"现在怎样了?"

"逮到了,他正想把稻子偷运过去,由湖里。在杨林溏就擒的。所有囤粮,全部搜到,明春是没大问题了。我已经在拜年片上写明叫同业能支持的还是支持,市面要紧。"

"对,市面要紧。"

"我大概得过两天回来,这事得拜托您。"

"当然,当然,反正还有几天,大家到初六才会开门哩,明天一早我就去各家走走,商量个办法,单单是裁下这些人也没办法。"

"是啊,教他们都拿甚么吃去。当然现在县里对于那批粮食还没有一个处置,不过我想是没多大问题的。开,老板们自然不会有好处,不过只好也看得轻些了。"

"谁也不忍心看先人遗下来的或是自己一手创置的生财器物生虫上锈,我想没多大问题,开。——你呢?"

"我?自然还是做军米。哦,老詹的事情千万您得给帮忙,您把他的事看作我的事吧。我知道辅成差个内账,他想自己来,你跟他说,老詹做事,克实地道,再,我们坦坦白白的说,薪俸高低总好说。如何?只是这事您决不可告诉老詹,回头他又是不肯。拜托,拜托。"

"好,辅成大概也拗不过我的面子。"

"怎么样,你今年?"

"还好。"

"你是百节之虫,——"

"见笑,见笑。"

"哈哈哈哈",门里门外一片笑声。一种压抑不住的真正的笑。

"就这么说,我走了,再见。"

"再见,好走。"沉着有力的脚步声渐渐远了。

"干。"

"干。"

父亲和我的眼睛全飘在墨瀋未干的春联上,春联非常的鲜艳。一片希望的颜色。

三月十三日草成

注　释

①　本篇原载《文学杂志》1943 年第一卷第二期。

②　杂粮生意叫做陆陈。

③　早稻叫早食子。

④　稻。都是早食子。

⑤　运费叫水脚。稻上下,屯晒,枭籴等事都有减损,谓之蚀斛。

⑥　以芦席裹尸,外束草索。

⑦　管理机器的人,故乡谓之"老桂"。老桂是甚么意思不得而知。这里的老桂是管轧米机的。

⑧　故乡风俗,除夕以纸钱粘成元宝形以封门。

# 1944 年

## 葡萄上的轻粉①

"你在干甚么,仅向草丛里的黑暗深处看,又把烟喷在你所看的地方? 跟别人在一起而沉默至一吾灵伪。"

"你看这种豆子,野生的,春天开的花是深紫色的,样子像麝香豌豆,整个的花还不及麝香豌豆一个瓣子大,它的卷须也就像一根须发。……"

"你的话把我仅有的一点植物学兴趣整个打消了! 你看了半天豆子,就在半天当中已经有多少豆子在你眼前挣破荚子撒在地里了!"

"我从来没有一刻不说话。"

"这句话已经浸了过多唾液,碰一碰就发臭;沉默也是一种语言。"

"文到全篇都是警句时便不复有警句。"

"一句合适的话,也许我真可从此缄口,可是,不成,我一闭口,一堆注解就等着我,像一堆难民等着最后的一列车,注解的后面,注解的注解。我是越走越离自己远了。所以我得不断的说,说我自己。知其不可而为之,我有点悲观。然而放开点悲观,转又不知如何活下去。我那么意识的寻找成语,期待隐喻,想如何够把飘游的凝住,从死灭里复生,我捕捉从水面的回文间反射在手指间的光,襄贮弟,一朵花在微风里的香气,可是,你看我的语言多么不准确! 你知道铁杵磨针的故事,我简直把那根针也磨完了。落地的是雨,不是云,到手的是凉,不是风,我说的是话,不是我! ……"

"我们把开头弄得很拙。"

"结尾一定更笨的可笑。我尝得及了,我不再失望。你知道我搁下好些费老大气力写成的信,都只为复看了一次。(当然你知道我没有写出来的更多。)但是寄出的信就让它寄出去了。流沙坠简好多片都是'奉谨以琅玕一,致问',驿丞之设置当是很古的事,山中人犹不免烦劳驮贵蘗者,荔枝也不过是种消息……"

然而与那些斑鸠都不注意的豆子有甚么关?我看你的样子专注不像看它,像听。

"葡萄的须卷了,秋天近了多好!"

"一日葡萄入汉家,中国的风变了样子了。"

"清水变葡萄酒终是神的奇迹。……"

"当然神是会行奇迹的,可是,你别那么急,你像我小时候辩论政治问题那样了,话撞伤你的喉咙,像水哑了河的声音,喝一点水。这是这条溪里取出来的。那边的鱼以为太阳是妃色的,太阳是甜的:那条溪上野蔷薇盖成了穹。如人饮水,冷暖自知,你觉得怎么样?"

"谢谢,水清极了,甜得很,水甜使我忘了冷暖。你已经表示得到回答了。——我常常这样,越说越快,老是怕赶不上自己。"

"话说得慢些,无非是想省得重说一遍。"

日既夕矣,牛羊下来。金光敷在葡萄上。葡萄架上一张蜘蛛网透明如水。一只松鼠数着葡萄里的种粒。

睫毛的影子落向蓝色的眼珠上。

"昨下午我躺在图书室后面的草地上。我在那里吃过一种草的花,略似燕麦。——我不知道它叫甚么,我不知道的多得很,但我喜欢它——昨天,这种草已经结了子且已坠垂了草茎,撒下自己,剩下的是由花萼发展成的薄薄的苞衣,呈干白色。但我终找到一粒种子,长可二分,褐色,周身有毛,发古银色绒光,形状恰如一个小小灯焰:蒂部浑元,渐渐逼尖。毛就依灯焰方向生长。……"

"我知道你要说明甚么,你钦佩它,钦它的精雅,它的高贵,它那么安静的等待,自己成熟它二月初便开花了,直到昨天,才由你发现的胜利,而且在你不知不觉之中,你更有不去那里躺着的可能比方说,昨天你也可以躺在今天,现在,所躺的地方。……"

"现在,性急的是你。"

"——当然你说的是对的,我钦佩它的一切,至少我还钦佩那些干白色的薄苞,钦佩它们的风里的轻松,在它们雨下的重负以后。……

"——我把它捏在中指与大指之间。它一点点向下面,向我的手心爬了,用它的毛顶我的手。我珍重的举它回来。你暂时别说话,听我说完这一段。

"我如式做给一个人看,看它爬,让他知道这个褐色发古银光的灯焰是如何把自己深埋到地下去,为的明年烧一把火。

"它在我手指上笑了。……"

"一些有花的种子都是这样栽种自己的。田里的小麦只要撒在松活的土面上就行了。"

"这种笑使我高兴极了。"

"你高兴别人知道你知道的。"

"是的,我高兴他从此更知道我一点。"

"他的笑有这样的意思。"

"任何笑。"

"有些笑使人受不了,有些表示懂得的笑,一滴浮在水上的草麻子油!"

"你一向反对刻薄的,这是一个字典问题,至多生理学或变态心理,你可以不承认它是笑。那种笑不是给两个人乘凉。"

"笑是一棵树。"

"也是树荫。"

"为你、为我?"

"单有亚当时,亚当没有他自己。一条河有两道堤岸:每个人都为自己,自己存在于感受,河存在于水。"

"黄河有时是一片沙。"

"一片沙决不是河。"

"你用名词堆假山?"

"定语是从形容词孳乳出来的。名词是人。——我有一句诗:

"'树长在河堤上。'"

"树栽在河堤上?"

"你刚才说过,小麦只要撒在松活的土面上。人种不出自己,你看那边一道锦带,逶迤向东:你知道那边有清凉有甘暖,有泼剌,流活。"

"那边的太阳是妃色的,太阳是甜。"

"神存在于爱,不在爱人。"

"我才不赞成你的逻辑,因为你老在逻辑以外。你不断的说,说你自己,说的是你自己?"

"是的,甚至不是我自己的也是,不过你喝一点水,在我的杯子里,这是你刚才递给我的。"

水从地下变成草,草在晚红中绿。

葡萄怕自己太像一串串小灯,分泌出一层轻粉,一片乳蓝色的薄雾,葡萄蒂子在风中嫣然,为得到自己而笑。睫毛的影子在紫色的眼珠中。

"你已经把散步的习惯养成了,栽的,长的?"

"很早就有了。现在一个人时候多些。"

一响在圆湖边上,因为你在那边领了路而更迷了路。你报告我湖边路上已经没有一片枯叶子,报告我去年的雨季又是今年的雨季,报告我山上掘沙人少了,山下铁道上火车行驶时间改了;麻叶绣球开了又锈了,还倒了,那棵树……"

"别说树!"

"你的鞋底磨在石子路上。"

"路上多的是烂草鞋!"

"草鞋不烂在路上,烂在脚底上。你不配!"

"夜里你满城收获灯火。金色的灯在你是褐色的灯。鬼灯如漆照松花!

"一切为了述说自己,一切都是述说自己,水,神,你说了些甚么?"

"你有意忘记:连不是我自己的都是……"

"连违悖你自己的都是?"

"连违悖都是。"

"所以你听见声音而心跳，心跳了又脚下虚弱？遥瞻而他顾，让眼光折断像折断一朵花？你愈不著痕迹愈著痕迹！"

"我已经怎么做了便是应该怎样做的。我不矫饰；我的矫饰已是本色的。这是我的语言。"

"你的语言全是一样：你那些不寄的和不写的信。"

"我的语言是一句，我自己是一句。"

"述说自己是痛苦的。"

"痛苦的是找不到合适的话。在于辞不达意。"

"你不疲倦？"

"疲倦引诱我。"

"你喉咙哑了，一手墨水！"

"我们走到那条溪，这个葡萄园尽了。到那边洗手。"

"清水变葡萄酒！"

睫毛的影子沉入黑色的眼珠里。

葡萄的轻粉在手指间摩净了，而葡萄在夜里不透明。溪水在夜里活活的流，不辨远近。

"你将死于晦涩！"

第一的德性：忍耐。

与单纯的等待满不相干。它宁与固执有一点相混。

野蔷薇与葡萄当然不同时。


**注　释**

① 本篇原载 1944 年 5 月 18 日《云南民国日报》。底本字迹漶漫处，依文意补入，以方便阅读。

# 序　雨①

## 引　子

不要陪一个病后的人散步过那座白石桥,尽管前面引诱你。(桥微微拱起,意义即在遮断又不尽遮断。)不信,只要一上桥坡,你的胳臂上会忽然添了重负,他整个靠在你身上了。他一下子记起他逐渐遗忘的衰弱,像记起一朵开过的花,他的眼睛发黑。前面那一阵绿,多有分量多重。

谁支使的,谁纵容的,谁允许的?

把裹在里面的都透到外面来了,小孩子!再没有枝子,干子,也不要花:这是你们的花,你们自己。黄莺的金点子深到海里去了,哪还有翠鸟呢?你们欲望本身,重涂苏合香油的头发。——这些树,没有结构,不容分析。

"我没有病。"

所以他穿过杨树。他想:

"我倒像只青蛙。"

他周身为感觉濡湿。一时仿佛大模大样坐在一片银绿荷叶上。水里各种香气,或甘甜,或微辛,或回旋如炉烟,当风如吴带,或稍重如杏花雨,因着若森林沼泽地带雾气,似极秘妙,又十分真实,他坐在个华盖宝座上了。眼中心中,满含喜悦。且当真用极顽皮样子呱呱叫了两声。(差一点,声音就出了喉咙。)最后是他的精力像一头小马跑过他的腿肚与足踝之间。

# 第　一　章

眼前正是五月天气,一种不成熟,未定型的天气。架子跟树叶完全是一样颜色,且发出气味,亦与树叶相近,苹果也才是稍涂一点嫩黄。红颜色还在太阳里,现在一个果树园主人的脸色全由他的天性作主,因为外来悲欢都还在未可知中。现在所看到的,多半还是往事感情遗迹。

这情形在学校也正相若,再有一个月,便放暑假。假期中生活应有个改变。比平日更热闹紧张或更消闲清冷,虽亦时有打算,究竟如何,诚未夺定。此时似乎非睿智哲人,无能为力。世间常多哲学而少哲人,也许从历史中还能稍得启发。自然,看历史照例常得一般人结论,即历史是否已经"翻过一页"。语虽俗气,却是行止去留转扭。

"学校各处显得非常空阔。围墙成了从轮盘卸下来的皮带,围墙一步步向外退:土和土之间的粘附力减小了,它们各向自己中心探缩。真的有了几处已经崩坏了,草爬上路,路不那么白了。操场一斑斑点点紫白色鸟粪,这些乌鸦鸽,全贪吃桑枣吃得泄肚了。图书馆前白铁梗海棠下小池塘中闹着野鸭子,野鸹鸪。旗杆上旗子别样的红,红得新鲜。好浮萍。小河是你的是水的:钟在晨雾里生锈,发莠浆小麦甜味。钟不响,龙头花也不响;可是它,不声不响的蔓延了一大片,白的,黄的,红的,朱红的,紫红的;龙头花沉默。不再有人捏它的嘴。一切有形无形在静里如在冰箱里:放假了。"

这是他的日记。日记妥妥的放在家里,在那张发黄的籐桌子上,从西边窗子照进来太阳,正映了几个窗花在上面。有太阳地方纸色会稍发黄么,一朵朵花,淡淡的,但日记上的字已经跟他来了,跟他沾得一身绿。它们像一些金铃子,不时展翅丁丁唱起来。这种情形年来常有;而从来不大有,正如他养金铃子一生中也只偶然一次。他写那些字时都像第一次写:一笔一笔,流出自己。

放假了。也下雨了。

雨已经酝酿不少日子。究竟哪一天开始的,实在无法明白。一点一点密集起来,飘忽,舒卷,在月华里敷从,黄昏中压金,谁知道它是从哪里彩的,那个神秘的时间应当早在一点来树叶到树叶的幻动的金光中有所决定了像爱情。龙还是该相信的,像神。雨滴先到了秧池,到了小鹅的绒毛,到了庄稼人歌声里。其后,洗衣妇人竹竿上:她的熨斗用得更勤,一天用炭自然稍稍费些:而她的熨斗似乎不那么可恨了,不会烘得她的鼻子出血了。在学校里,起初不被注意。它隐没在颜色,声音,动作和思索里面。不久,它在一定秩序中得到它的势力,它驾凌颜色声音动作和思索之上,且臣服主有了这些。它足以败坏这个假期像败坏一只果子,且想败坏一些人,像败坏一棵树。"雨季"这个名词,像一个邻国,一件最后的衬衫。

"干吗呢?四个雨季经过了,我得了本地人一样经验并未学得他们从容:我也并不想落籍,借此试验自己,我得走了。离开不了这块地方,得离开这个雨。我不能像一块糖在潮气里化了。"

一条牵牛花蔓探进木窗,摇呀摇的;它像是在水底摇,简直不在水面画一点痕迹,然而它撞散了他喷出的烟,乱了烟的意志。他下个决心挪开眼睛,但他的心却沿着那个柔和而挺拔线条画过去,且亦在空气中轻轻摇动。

"我得找点事情作,一点用手用脚,不太折磨脑子事情。得让我的眼睛有亮光,到它暗淡时立刻就可以合上,白天,我操纵自己;夜晚,让睡眠征服我,在一阵对抗之后。更多的牵牛花,更多的现实,朝生暮死的现实。"

"壁虎和回声。墙的直线,如此公正的直线。地板上长长的光,一种为影子衬出来的光……

"搬到一个大楼上住。整天在十四面大得像门一样的窗户中间。这些窗户本来是为供给五百人的空气而设的。太多的空气使人不想说话。人太少,一说话势必成为倾诉,在这么间大屋子里把自己倒出来,像倒出一篮果子,多么滑稽的事情!我一想到跟别人谈谈自己,便听到果子滚在地板上的声音。"

因此他们只偶然交换一两句话,一两句没有意义无关宏旨的话。

工作得展开,现在还只是计划,他们三五个,正计划如何把这间大屋子充满。一种默契存乎其间,要一个铅笔刀,一本笔记簿,稍动手势,对方便可明白,他们大都坐近窗子,或者简直坐在宽大窗桌上。而他一个人守着这座空堡时候更多,一个人从这个窗子移到那个窗子。

他们与其说是计划,无宁是等待。所以依然极闲空。因此他怀念许多故人,细字密行,工整干净写极长的信。时有蛾子飞进来,他便过细辨识蛾翅各种花纹,追踪这些花纹所表现的感情思想,像听一支曲子。一边一片一片削一个大桃子吃。"今年的桃子似乎有点酸。酸也是好的,只是怕伤牙。今年当有不少人的牙开始疼了。"

他尽有时间出去走走。"山后石子小路洗得干干净净,石子白了,青了,红了,水恢复它们本来色泽,又助之以莹澈。"草绿如秧,秧青似草,"路旁小沟里,水在草下面流"。一群牛散落在山上,小牛独自走得很远很远,寻找最鲜嫩的食欲,忽然想起母亲来了,立刻跑回它身边。"它像是对母亲很抱歉,但母亲已经原谅它,且格外喜欢它。"放牛的人呢?"这一地的水,他不会就地睡了,他一定在一个屋子里,在附近人家。哼,他一定是找谁去。"于是他在泥土上找他的脚印。脚印那么多,哪个是他的。他只有在一列小小的,弯弯的,浅浅的旁边停住了。这列脚印引起他许多回忆,许多联想,许多温柔的可是伤人的感情。他独立苍茫,脚印如麻,可是在灰灰的天色下,不大看得出来。

他整个为雨水淋湿。水从发根直流到脚踝。挨身马蹄激起的水溅到他手上脸上,全不觉得。雷电在天边。(他样子从容。)记得四年前常在大雨中各处奔走,且常骑马跑过一条积水大道到市郊湖畔去看水面飘浮的白色蘋花。一时心中充满飞越感觉,而膝恰夹在马上。一种陶醉,一种庄严,他胸脯涨得鼓鼓的。

雨水流过那个涨的鼓鼓的胸脯上,一缕寒冷由两胸之间的洼里透进身体,但他已经感觉那一流水慢慢变热了。这种经验唤起他的年龄。火车,山,铁桥,炽赤的煤块落在深黑的隧道里,朱红的浪,深绿的深谷里一丛大得像向日葵一样的金色的花;海,月亮,船上的风,冷饮,新桂圆,吉他,灌木林,雨季接上黄梅天,他忽然想起家来,且想起他以前许多次想家,不同的想法。

他已经到了家,到了那间大屋子。一条毛巾,一件干净衬衫等着,他擦干身体,换上衣服,再一次认识身体每一部分。一面想他离家时情形。

"这次远行是一件事。再大的事,它弥漫于各处能浸透一切。从任何动作言语中皆可觉到看出,父亲的约会和约会时间少了,他每天抽的烟则较向日增多。母亲说话时有点心不在焉,她居然把刚唤来的一把花忘记插到瓶里。弟妹放学似乎早了点,不是放学早,是他们走路快了。晚上时钟敲得特别响,胡妈毫无道理的要我和弟弟比比,究竟高多少。……"

他套上衬衫。这件是从家里带出来的仅剩的一件了。他想起他的那口漆着石子的箱子。他想坐在箱子旁边点一支烟。

……一拾掇行李,都来了,取舍决策各有见地。"你们加之于我的是一种自私,一种压迫,我行李要的是轻便!"可是,弟弟说一雨便成秋,秋雨中独自在江边散步,极有意思,长统胶鞋,必不可少。重虽重些,统子里可以装苹果,又不压伤,又不占地方,每顿饭后吃一个,到那里刚够。妹妹跑遍全城,挑得两副风镜,拿了一张拍了一排向一边弯的棕榈树照片,睁大眼睛,指指照片,又指指眼睛,用嚇人神气证明自己所做绝对合理。胡妈觑人不注意时把两盒万应八宝痧药塞在保险盒子里,又把仿单夹在他准备路上看的书里。其实他早知道仿单上印的有"专治瘴气毒疫气,行人但须口含一粒,可消百病。"且已事先尝过一粒,是和蜜调整的,略带檀香气味。路上想起时,可以当糖吃。在父亲和母亲为两条被窝的决定发生争执时,他偷偷吃了一个李子。他疟疾才好,李子本不许吃。"这种事情,多么可笑,哪天回去总得告诉他们大家笑笑。"

正是他笑时,楼下路上有人滑倒了。他赶到窗口时,人已经站直,一手略沾泥土,衣服全未弄脏,正在寻找一个东西。他伏在窗口上帮着找了半天,发现是一个发饰,在路左一个破瓦头旁边发光。"大概是那个伸出来的榆梅枝子绊掉了的。"他想告诉她"再过来一点,退后一步,它完好的在那里。"又怕她想起有人看见她跌倒样子,发现手上那点泥,她会红脸,捡起一个郁加利树果子,丢向那个路旁瓦头上,这是最好的办法。"自己掩过一边,让她以为是一只松鼠指示"。看她捡起发饰,十分珍视欢喜,他也高兴。"谁送她的?"人去了,地上有滑倒痕迹,一堆发棕色青苔推在一边,雨落在那个痕迹。

他摘了几朵晚香玉放在外面口袋里。一阵香气使他离开同行的人,离开身边一切,他的脚依然习惯,机械的移动。

"谢谢,我到了。"

更多的牵牛花更多的现实,这是现实,"到"。他看到一个门,关着的门。他不知道该做甚么,一点不算一回事的张皇。这点张皇若延续下去,便是"古怪",但是一个动作足以解嘲。他把披在眼前的头发理到后面去,手势像个女孩子。他说了句当然要说的话。

"你叫门。"

他收起伞,看看雨还下不下。抬头看天,天上漆黑,一个俗气比喻"丰富的沉默",他上眼皮起了道盂折,雨点落在他脸上。谁扬脸,谁脸上有雨,不落空,一道灯光齐齐的如一爿墙,雨亮了。

"进来坐一会?"

"不了,不早了,回去还有事。明天下午两点,到时候来接他。"

"不用了。"

他知道这是客气。然他要是信以为真那便是真的了。明天他会在那个矮矮的椅子上坐五分钟,看看小漆盒子上图案,看看瓶里的花,想他口袋里的花,看看照片,从这些东西里发现一点新的生疏。妈在里面梳头,一面想他在干甚么。所以他简直不敢挪动身体,仿佛一挪动左右什物就会抗议,用一种毫不客气声音。

"哎你干甚么,你是客人,可不许带一点主人样子。这里甚么都属于一个人,你所呼吸的空气也属于一个人。你来不过是为你们那点事情,你是个代表,是个使臣,这个椅子是你的公署,你动不得!"

他掏出一枝烟,叼在嘴上。

"我这枝烟决不止抽五分钟,你不答应么? 我要让你们都带上一点烟味！我是个使臣,但我还是我。你们知道为甚么我作了这个使臣?我本可以不管;我不管,自有别人来管。可是我要管,别人也觉得我管合适。西北城到南城,不算近,而且还下雨,我连活动活动都不许?"

于是他翻动桌上一本小书,他看这是本甚么书,能够给人快乐,忧郁,美丽幻想;适宜于躺在床上看,坐在树下看它缚得人紧不紧?……

"随便买来的,还没有看不知道写些甚么。"

"总应当很好的。"

"不看怎么知道?"

"看一点就知道了。"

"开头还不错。"

朦朦胧胧。它已经出来,剔着一个指甲。"你把外衣还是带着,晚上会冷。要不多加件毛衣。你昨天那件红的结好了么,我们一路走,看看,有甚么扣子好配。"

他不说甚么,拿好件毛衣,让一列珊瑚扣子嘲笑他的饶舌。妈且又在桌上拿起个小冻石章,印在那本书上。

"你这是一种自私,一种压迫,我要的是轻便!"妈应这么说。可是她只说:

"你的烟怎么不点上?"

夜已经很深了。

他走进那条很深的巷子。穿过这条巷子,便到家了。他在巷口停了一会,一种呼喊疾流过他的心,一种猎人在森林中发现俊秀小兽物时的呼喊,一头黄麂,一种斑鹿,巷子里静极了,但若是把他现在样子雕塑下来,便只有用这个题目:呼喊。高墙里金银花雨后的香气从芭蕉的整齐厚厚叶子透过来,充满了这个夹谷,他已经看见自己了;不是看见自己,是看见他的伞的圆圆的影子,从这个街面上(海面上)的圆影而知道自己了。这是说,他已经出了巷子,在门前路灯下了。

哎,你的伞早该歇下了! 他向自己说。雨已经停了好一会。不下雨,打伞,正如下雨而淋着,在他一样是常有的事。

他撑着伞,用跳舞的步子翩翩的进了门,过一个甬道,一个厅堂,转入山路,直上石阶,在石阶上是打了个圈子,在楼下的磁砖上了。伞的圆影在磁砖古典的图案上。"嘘——"他快活的嘘出一口气,一手抓住楼梯黄铜柱顶,再用脸贴上去,用嘴唇贴上去。黄铜怪冷。

"来一个池塘!"不是想游泳,他是要那个光着身子投入水里的感觉。想象一泓净水,月光斜照,他纵身而入,不出一点声音。他就那么游过去,游过去。……像那个在茵梦湖上去采睡莲的人。睡莲,……睡莲在他身后开放了,白的瓣子,鹅红的心,在月光下,……

"嚇"!他该上去了。他想一气登,登登,跑上去。但是他放脚步放得非常轻,他于是走在坚硬的楼板上,倒像走在厚厚的地毯上,因为空气从十四面大窗子进来,正拂着几个人起伏的胸脯,他们都睡得实实的了。

他坐在一个窗桌上,支着头,靠着背。

他呼吸,他心跳。

他点上那根一直未点上的烟了,这说明他将在那个窗桌坐很多时候。莫惊动他。

**注　释**

① 　本篇原载 1944 年 12 月 24 日、31 日《自由论坛》星期增刊。

# 1945 年

## 膝 行 的 人①

企鹅因为翅膀而存在,否则,北极洋,一片白,分不开鸟与其他。企鹅的翅膀是黑的。——是黑的么?

我看了看桌上一本小书。企鹅丛书。

商标。谁定的。甚么意思。人都有个名字。雁过留声,企鹅不叫唤。不叫唤? 我没听,——我没看见过,企鹅。(我又看了看封面蓝颜色上面那个鸟)。那个鸟其实整个是白的也自有它的地位。然而它可是比原来的鸟更有黑,更有轮廓。画! 甚么叫忠实。企鹅大概不飞,是的,不。……

我忽然感到窒息,透不过气来。我像是粘了一身很粘很粘的蜘蛛网。我在心里十分狂野的喊了,"企——鹅——"这个声音形成了一句十分无礼的话:

"嗨,张,你为甚么带了这么一本书来,带来,不看?"

我话里充满恶意,充满一种复仇之感。我话未出口,张却用指头蘸了桌上茶写了一个字:"削"。

"怎么读?"

"刂"很快干去,"月"汇成了一片,这个字可真不像,不像张的字。我恶意并未消去,我死死瞅定他那双微向外扇的耳朵,我知道只是微微的,然而我心里说"招风耳"! 一片小小的笑映在我眉尖。我想起小时候常唱的一首谣歌,嘲弄招风耳的。这一笑笑得很好。它融开我,点亮我了。我想起一架紫藤花,我们在花下唱歌,摇着头,摇着头上的蝴蝶结。我几乎想问张"你们家也有紫藤花么?"而且我声音一定带点女孩子气。我告诉他那个字的读音。要是我稍微对那个字有点好感，我也许要用指头给他那个不成形的字描得好好的。我小时老和妹妹收拾零落的洋娃娃，用宽紧线连好洋娃娃胳臂腿。可是我一点都不喜欢这个字。

我晓得张为甚么忽然问起这个字，那个没有脚的人从门外经过了。

我和张在一家小茶馆泡茶，星期天下午。

写历史的人将来会不漏掉这一笔。这几年大学生十有七八有泡茶馆的习惯，直到他们离开学校三五年后还保留这个生理习惯。即使不再进茶馆，许多影响还有在他们身上寻见。比如，他总喜欢找一个靠墙的座位，即使在一个宽大明亮的客厅中。他能半天不说话，周身发散一种懒散的骄傲一种深入肌理，难以捉摸的骄傲，即使在一个极其典重庄严的礼堂会场中。当然，他会嘲笑的，他不会放过你的招风耳朵，尽管你的耳朵招得并不难看：尽管他自己也是招风，尽管，根本招风的就是他的耳朵，尽管，他没有耳朵，两边光光的，一个西瓜或一个短冬瓜。他会一下子抛弃你，坐到一个云深不知处的地方。他多超越，回视下界，如苍蝇声。他可以直视你，如看一个碑。眯着眼睛，把你挤扁在睫毛之间那道缝里。我劝你别，如果你要，他立刻发现，立刻警告你："像你这样自作聪明的人很多，你晓得一个名词，虚无主义，到处乱用！"

先生，你背吧，阿Q，唐吉科德，沙宁，你甚连贝多芬和拿破仑多拉上，他会看着你，像一个教员对一个只记得结论的学生。

然而他会被融开与点亮的。只要一句谣歌，一瓣紫藤花，他会开向你，开向世界，整个的。

现在，天和企鹅丛书一样蓝。太阳明亮而鲜艳。野外蚕豆花发，麦色青青。小石板街上流着人马，草鞋，包谷，蜡烛，金堂烟，蒸米饭和炒保肉的气味。一架碾米机坚定的吞进去，吐出来。一条黑狗急急的奔过去，不为甚么，就只为告诉你他跑得多好。老槐树的影子高高的撒下来，一顶草帽的影子圆圆的撒下来。麻雀在簷前噪鸣。

我把张写的那个字描成一个小猫的头，两只耳朵，两只眼睛。我偏着头欣赏了一会如猫看人。

那个没有脚的人膝行回家了,他走尽小石板街,走出那个赭绿斑驳的小牌坊,走在蚕豆花和麦鬣之间的田埂上,回到他神秘的草屋里去了。

　　一个大学生在日记上写道:

　　"这条街早晨走起来短,晚上长。"

　　早晨,晚上,……他迷胡了。他的眼镜片上落了许多灰尘,他擦了擦。他想得很多,直到他听见自己血在血管里流,汩汩的流。企鹅的轮廓没了。我抽一支烟,说那个膝行人,那个没有脚的人的故事。

　　他曾经是个无赖,流氓,土匪,杀人犯,……总之,一个无恶不作的人。

　　因为他没有宗教,没有信仰,没有家,没有爱,没有春天,也没有坟,总之他没有一切"关系",所以世界是一个。他孑然一身,无怙无恃,无姓无名。他活到十八岁,没掐过一朵花,也从未有人教他唱过,所以他眼睛漆黑,嘴唇侵闭,虽然没有一面镜子照过他。他不要甚么,但是他有一次哭了,因为甚么都不要他。

　　于是,他来了,像一场灾难。

　　于是,这一带的香烛消耗增加了,慈善事业的捐款收入也增加了。太太更爱丈夫,县长不敢让小舅子做保安队长了。旅行人用毛巾在箱子上做甚么记号也没有用,他不懂一切江湖上规矩。敲洋琴的瞎子为他编起一支弹词,混和恐怖与美丽。听唱的人时常偷眼四下看看,说不定他就在纸莲花灯下听着,闭目抱膝如其他人。而忽然一下子不见了,在瞎子口袋里留下一束酬金。还有那句老话:"妇女用其名止小儿夜哭"。(现在他有了名字了,是别人给他的,也许出于一家小茶馆由一张嘴到一张嘴传了出去。)有一天一个女孩子到舅母家玩了一天,时候晏了,就和表妹一处睡了,两个人忽然谈起"假如那个人忽然来了?"真的他来了,怎么办呢?那时候,许多女孩子做了许多种奇怪诞的梦,醒来十分兴奋,又十分疲倦。他是一条龙,一只天鹅。

　　那架碾米机忽然停住,天地一时静了许多,一队卸了鞍的驮马奔出小牌坊,在草场里滚,嘶叫,踢蹦,饮水。小茶馆门前晒的花生米也由紫红转成粉绛。"小老二,回家——。"老母鸡的眼睛昏花了。某处有音乐会开始,《蓝色的多瑙河》,忧愁而感激,一只凤头龙爪点子鸽子从麦垅间飞起,打了个回旋,落下来,咕咕的进了窠。

后来,有一次,他由于沉重的疲倦和酒,他把身边十四个同伴都杀了,可是留下一个十二岁的娃子。也许由于那孩子的眼睛,也许由于他自己的眼睛,他的胳臂再举不起来。而那孩子串通他的仇家,有一天,捉住他,砍去了他两只脚。

断去的部分长得尖尖的,圆圆的,光光滑滑的,如同两只红色茄子。他并不包扎起来,让他露在外面。他不像一般没有脚的人,要用木脚,挂杖,或以手代足,爬着走。他在膝盖包了一层薄薄的布,他跪着走。而他的上身,直立着。他决不比谁走得慢,也不让他的手改变样子,他仍是大摇大摆的,听说现在他上起屋来比常人还快捷的多。有一次有人家失火,有人看见他在火光中上下,不过火势稍息,就再也找不到他了。

他每天到市里来,来一趟,买点东西,嘴还总是闭着,不说话,也没有人和他交谈。谁也没有走近他那所孤立的草屋旁边看过。于是那成了神秘的草屋。其实那间草屋决住不下两个人,容不下比一张床更大的东西。

据说,他现在制一点纸糊的风车,泥捏的公鸡蛤蟆,鸢子和弹弓,一些孩子们化他们可得的钱可买得的玩意儿,给一些人满街吹着的卖。贩他东西的人说他卖得不比别人贵,也不便宜,此外,甚么也不知道。因为在街上卖那种玩意的常常是瞎子。

卖唱的瞎子该还有能唱他的故事。

一个中学生在作文本子上写他的游记:

"历来已万证家人矣。"

可真是,一盏一盏的灯点起来。点灯的手。我和张泡了一下午的茶!"这条街,早晨走起来短,晚上,长,"那个没有脚的人点不点灯?我画的那个小猫头已经干了。张忽然大声说,

"嗨汪!那是个个人主义者。"

"谁?"我几乎为他的声音吓得仓皇失措。

"那个膝行的人。"

"哦"。我的眉毛抬起,在比原来地位高四分许处停住很久。额上皱纹往里刻。我脑子有点乱。胡里胡涂的,我说,

"张,该回去了,这是你的书,你的企鹅丛书!"

我不知道我为甚么不高兴,在这句话里还洩出我的余愤如余烬。

张站起来,跟老板娘说了一句话,无疑的这句话早在他心头了,他语音平稳,决不旁顾。

"老板娘,你的草鞋卖多少钱一双?"

**注　释**

① 　本篇原载 1945 年 3 月 17 日第二十期《自由论坛》周刊。

# 小学校的钟声①

## ——茱萸小集之一

瓶花收拾起台布上细碎的影子。磁瓶没有反光,温润而寂静,如一个人的品德。磁瓶此刻比它抱着的水要略微凉些。窗帘因为暮色浑染,沉沉静垂。我可以开灯。开开灯,灯光下的花另是一个颜色。开灯后,灯光下的香气会不会变样子?可作的事好像都已作过了,我望望两只手,我该如何处置这个?我把它藏在头发里么?我的头发里保存有各种气味,自然它必也吸取了一点花香。我的头发,黑的和白的。每一游尘都带一点香。我洗我的头发,我洗头发时也看见这瓶花。

天黑了,我的头发是黑的。黑的头发倾泻在枕头上。我的手在我的胸上,我的呼吸振动我的手。我念了念我的名字,好像呼唤一个亲暱朋友。

小学校里的欢声和校园里的花都溶解在静沉沉的夜气里。那种声音实在可见可触,可以供诸瓶儿,一簇,又一簇。我听见钟声,像一个比喻。我没有数,但我知道它的疾徐,轻重,我听出今天是西南风。这一下打在那块铸刻着校名年月的地方。校工老詹的汗把钟绳弄得容易发潮了,他换了一下手。挂钟的铁索把两棵大冬青树干拉近了点,因此我们更不明白地上的一片叶子是哪一棵上落下来的;它们的根髯已经彼此要呵痒玩了吧。又一下,老詹的酒瓶没有塞好,他想他的猫已经看见他的五香牛肉了。可是又用力一下秋千索子有点动,他知道那不是风。他笑了,两个矮矮的影子分开了。这一下敲过一定完了,钟绳如一条蛇在空中摆动,老詹偷偷的到校园里去,看看校长寝室的灯,掐了一枝花,又小心又敏捷:今天有人因为爱这枝花而被罚清除花上的蚜虫。"韵律和生命合成一体,如钟声。"我活在钟声里。钟声同时在我生命里。

天黑了。今年我二十五岁。一种荒唐继续荒唐的年龄。

十九岁的生日热热闹闹的过了，可爱得像一种不成熟的文体，到处是希望。酒阑人散，厅堂里只剩余一枝红烛，在银烛台上。我应当挟一挟烛花，或是吹熄它，但我甚么也不做。一地明月。满宫明月梨花白，还早得很。甚么早得很，十二点多了！我简直像个女孩子。我的白围巾就像个女孩子的。该睡了，明天一早还得动身。我的行李已经打好了，今天我大概睡那条大红绫子被。

一早我就上了船。

弟弟们该起来上学去了。我其实可以晚点来，跟他们一齐吃早点，即是送他们到学校也不误事。我可以听见打预备钟再走。

靠着舱窗，看得见码头。堤岸上白白的，特别干净，风吹起鞭爆纸。卖饼的铺子门板上错了，从春联上看得出来。谁，大清早骑驴子过去的？脸好熟。有人来了，这个人会多给挑夫一点钱，我想。这个提琴上流过多少音乐了，今天晚上它的主人会不会试一两支短曲子。夥，这个箱子出过国！旅馆老板应当在招纸上印一点诗，旅行人是应当读点诗的。这个，来时跟我一齐来的，他口袋里有一包胡桃糖，还认得我么？我记得我也有一大包胡桃糖，在箱子里，昨天大姑妈送的。我送一块糖到嘴里时，听见有人说话：

"好了，你回去吧，天冷，你还有第一堂课。"

"不要紧，赶得及；孩子们会等我。"

"老詹第一课还是常脱打五分钟么？"

"甚么？——是的。"

岸上的一个似乎还想说甚么，嘴动了动，风大，想还是留到写信时说。停了停，招招手说：

"好，我走了。"

"再见。啊呀！——"

"怎么？"

"没甚么。我的手套落到你那儿了。不要紧。大概在小茶几上，插梅花时忘了戴。我有这个！"

"找到了给你寄来。"

"当然寄来，不许昧了！"

"好小气！"

岸上的笑笑，又扬扬手，当真走了。风披下她的一绺头发来了，她已经不好意思歪歪的戴一顶绒线帽子了。谁教她就当了老师！她在这个地方待不久的，多半到暑假就该含一汪眼泪向学生告别了，结果必是老校长安慰一堆小孩子，连这个小孩子。我可以写信问弟弟："你们学校里有个女老师，脸白白的，有个酒涡，喜欢穿蓝衣服，手套是黑的，边口有灰色横纹，她是谁，叫甚么名字？声音那么好听，是不是教你们唱歌？——"我能问么？不能，父亲必会知道，他会亲自到学校里看看去。年纪大的人真没有办法！

我要是送弟弟去，就会跟她们一路来。不好，老詹还认得我。跟她们一路来呢，就可以发现船上这位的手套忘了，哪有女孩子这时候不戴手套的。我会提醒她一句。就为那个颜色，那个花式，自己挑的，自己设计的，她也该戴。——"不要紧，我有这个！"甚么是"这个"，手笼？大概是她到伸出手来摇摇时才发现手里有一个甚么样的手笼，白的？我没看见，我甚么也没看见。只缘身在此山中，我在船上。梅花，梅花开了？是硃砂还是绿萼，校园里旧有两棵。波——汽笛叫了。一个小轮船安了这么个大汽笛，岂有此理！我躺下吃我的糖。……

"老师早。"

"小朋友早。"

我们像一个个音符走进谱子里去。我多喜欢我那个棕色的书包。蜡笔上沾了些花生米皮子。小石子，半透明的，从河边拣来的。忽然摸到一块糖，早以为已经在我的嘴里甜过了呢。水泥台阶，干净得要我们想洗手去。"猫来了，猫来了，""我的马儿好，不喝水，不吃草。"下课钟一敲，大家噪得那么野，像一簇花突然一齐开放了。第一次栖来这个园里的树上的鸟吓得不加思索的便鼓翅飞了，看看别人都不动，才又飞回来，歪着脑袋向下面端详。我六岁上幼稚园。玩具橱里有个 Joker 至今还在那儿傻傻的笑。我在一张照片里骑木马,照片在粉墙上发黄。

百货店里我一眼就看出那是我们幼稚园的老师。她把头发梳成圣玛丽的样子。她一定看见我了,看见我的校服,看见我的受过军训的特有姿势。她装作专心在一堆纱手巾上。她的脸有点红,不单是因为低头。我想过去招呼,我怎么招呼呢?到她家里拜访一次?学校寒假后要开展览会吧,我可以帮她们剪纸花,扎蝴蝶。不好,我不会去的。暑假我就要考大学了。

我走出舱门。

我想到船头看看。我要去的向我奔来了。我抱着胳臂,不然我就要张开了。我的眼睛跟船长看得一般远。但我改了主意。我走到船尾去。船头迎风,适于夏天,现在冬天还没有从我语言的惰性中失去。我看我是从哪里来的。

水面简直没有甚么船。一只鹭鸶用青色的脚试量水里的太阳。岸上柳树枯干子里似乎已经预备了充分的绿。左手珠湖笼着轻雾。一条狗追着小轮船跑。船到九道湾了,那座庙的朱门深闭在逶迤的黄墙间,黄墙上面是蓝天下的苍翠的柏树。冷冷的是宝塔檐角的铃声在风里摇。

从呼吸里,从我的想象,从这些风景,我感觉我不是一个人。我觉得我不大自在,受了一点拘束。我不能吆喝那只鹭鸶,对那条狗招手,不能自作主张把那一堤烟柳移近庙旁,而把庙移在湖里的雾里。我甚至觉得我站着的姿势有点放肆,我不是太睥睨不可一世就是像不绝俯视自己的灵魂。我身后有双眼睛。这不行,我十九岁了,我得像个男人,这个局面应当由我来打破。我的胡桃糖在我手里。我转身跟人互相点点头。

"生日好。"

"好,谢谢。——"生日好!我眨了眨眼睛。似乎有点明白。这个城太小了。我拈了一块糖放进嘴里,其实胡桃皮已经麻了我的舌头。如此,我才好说。

"吃糖。"一来接糖,她就可走到栏杆边来,我们的地位得平行才行。我看到一个黑皮面的速写簿,它看来颇重,要从腋下滑下去的样子,她不该穿这么软的料子。黑的衬亮所有白的。

"画画?"

"当着人怎么动笔。"

当着人不好动笔,背着人倒好动笔?我倒真没见到把手笼在手笼里画画的,而且又是个白手笼!很可能你连笔都没有带。你事先晓得船尾上就有人?是的,船比城更小。

"再过两三个月,画画就方便了。"

"那时候我们该拼命忙毕业考试了。"

"噢呵,我是说树就都绿了。"她笑了笑,用脚尖踢踢甲板。我看见袜子上有一块油斑,一小块药水棉花凸起,既然敷得极薄,还是看得出。好,这可会让你不自在了,这块油斑会在你感觉中大起来,棉花会凸起,凸起如一个小山!

"你弟弟在学校里大家都喜欢。你弟弟像你,她们说。"

"我弟弟像我小时候。"

她又笑了笑。女孩子总爱笑。"此地实乃世上女子笑声最清脆之一隅。"我手里的一本书里印着这句话。我也笑了笑。她不懂。

我想起背乘数表的声音。现在那几棵大银杏树该是金黄的了吧。它吸收了多少这种背诵的声音。银杏树的木质是松的,松到可以透亮。我们从前的图画板就是用这种木头做的。风琴的声音属于一种过去的声音。灰尘落在教室里的皱纸饰物上。

"敲钟的还是老詹?"

"剪校门口的冬青的也还是他。"

冬青细碎的花,淡绿色;小果子,深紫色。我们髻髯并肩从那条拱背的砖路上一齐走进去。夹道是平平的冬青,比我们的头高。不多久,快了吧,冬青会生出嫩红色的新枝叶,于是老詹用一把大剪子依次剪去,就像剪头发。我们并肩走进去,像两个音符。

我们都看着远远的地方,比那些树更远,比那群鸽子更远。水向后边流。

要弟弟为我拍一张照片。呵,得再等等,这两天他怎么能穿那种大翻领的海军服。学校旁边有一个铺子里挂着海军服。我去买的时候,店员心里想甚么,衣服寄回去时家里想甚么,他们都不懂我的意思。我买一个秘密,寄一个秘密。我坏得很。早得很,再等等,等树都绿了。现在还只是梅花开在灯下。疏影横斜于我的生日之中。早得很,早甚么,嘻,明天一早你得动身,别尽弄那花,看忘了事情,落了东西!听好,第一次钟是起身钟。

"你看,那是甚么?"

"乡下人接亲,花轿子。"——这个东西不认得?一团红吹吹打打的过去,像个太阳。我看着的是指着的手。修得这么尖的指甲,不会把手套戳破?我撮起嘴唇,河边芦苇嘘嘘响,我得警告她。

"你的手冷了。"

"哪有这时候接亲的。——不要紧。"

"路远,不到晌午就发轿。拣定了日子。就像人过生日,不能改的。你的手套,咳,得三天样子才能寄到。——"

她想拿一块糖,想拿又不拿了。

"用这个不方便,不好画画。"

她看了看指甲,一片月亮。

"冻疮是个讨厌东西。"讨厌得跟记忆一样。"一走多路,发热。"

她不说话,可是她不用一句话简直把所有的都说了:她把速写簿放在旁边的凳子上,把另一只手也褪出来,很不屑的把手笼放在速写簿上。手笼像一头小猫。

她用右手手指转正左手上一个石榴子的戒指,看了我一眼,这一眼的意思是:

看你还有甚么说的!

我若再说,只有说:

你看,你的左手就比右手红些,因为她受暖的时间长些。你的体温从你的戒指上慢慢消失了。李长吉说"腰围白玉冷",你的戒指一会儿就显得硬得多!

但是不成了,放下她的东西时她又稍稍占据比我后一点的地位了。我发见她的眼睛有一种跟人打赌的光,而且像邱比德一样有绝对的把握样子。她极不恭敬看着我的白围巾,我的围巾且是薰了一点香的。

来一阵大风,大风,大风吹得她的眼睛冻起来,哪怕也冻住我们的船。

她挪过她的眼睛,但原来在她眼睛里的立刻搬上她的嘴角。

万籁无声。

胡桃皮硝制我的舌头。

一放手,我把一包糖掉落到水里,有意甚于无意。糖衣从胡桃上解去。但胡桃里面也透了糖。胡桃本身也是甜的。胡桃皮是胡桃皮。

"走吧,验票了。"她说话了,说了话,她恢复不了原来的样子了。感谢船是那么小:

"到我舱里来坐坐。我有不少橘子,这么重,才真不方便。我这是请客了。"

我的票子其实就在身上,不过我还是回去一下。我知道我是应当等一会才去赴约的。半个钟头,差不多了吧。当然我不能吹半点钟风,因为我已经吹了不止半点钟风。而且她一定预料我不会空了两手去,她知道我昨天过生日。(她能记得多少时候,到她自己过生日时会不会想起这一天?想到此,她会独自嫣然一笑,当她动手切生日糕时。她自有她的秘密。)现在,正是时候了:

弟弟放午课回家了,为折磨皮鞋一路踢着石子。河堤西侧的阴影洗去了。弟弟的音乐老师在梅瓶前入神,鸟声灌满了校园。她拿起花瓶后面一双手套,一时还没想到下午到邮局去寄。老詹的钟声颤动了阳光,像颤动了水,声音一半扩散,一半沉淀。

"好,当然来。我早闻见橘子香了。"

差点儿我说成橘子花。唢呐声音消失了,也消失了湖上的雾,一种消失于不知不觉中,而且使人知觉于消失之后。

果然,半点钟之内,她换了袜子。一层轻绡从她的脚上褪去,和怜和爱她看看自己的脚尖,想起雨后在洁白的浅滩上印一湾苗条的痕迹,一种难以言说的温柔。怕太娇纵了自己,她赶快穿上一双。

小桌上两个剥了的橘子。橘子旁边是那头白猫。

"好,你是来做主人了。"

放下手里的一盒点心,一个开好的罐头,我的手指接触到白色的毛,又凉又滑。

"你是哪一班的?"

"比你低两班。"

"我怎么不认识你?"

"我是插班进去的,当中还又停了一年。"

她心里一定也笑,还不认识!

"你看过我弟弟?"

"昨天还在我表姐屋里玩来的。放学时逗他玩,不让他回去,急死了!"

"欺负小孩子! 你表姊是不是那里毕业的?"

"她生了一场病,不然比我早四班。"

"那她一定在那个教室上过课,窗户外头是池塘,坐在窗户台上可以把钓竿伸出去钓鱼。我钓过一条大乌鱼,想起祖母说,乌鱼头上有北斗七星,赶紧又放了。"

"池塘里有个小岛,大概本来是座坟。"

"岛上可以拣野鸭蛋。"

"我没拣过。"

"你一定拣过,没有拣到!"

"你好像看见似的。要橘子,自己拿。那个和尚的石塔还好好的。你从前懂不懂刻在上头的字?"

"现在也未见得就懂。"

"你在校刊上老有文章。我喜欢塔上的莲花。"

"莲花还好好的。现在若能找到我那些大作,看看,倒非常好玩。"

"昨天我在她们那儿看到好些学生作文。"

"这个多吃点不会怎么,筍,怕甚么。"

"你现在还画画么？"

"我没有速写簿子。你怎晓得我喜欢过？"

我高兴有人提起我久不从事的东西。我实在应当及早学画，我老觉得我在这方面的成就会比我将要投入的工作可靠得多。我起身取了两个橘子，却拿过那个手笼尽抚弄。橘子还是人家拿了坐到对面去剥了。我身边空了一点，因此我觉得我有理由不放下那种柔滑的感觉。

"我们在小学顶高兴野外写生。美术先生姓王，说话老是'譬如''譬如'，——画来画去，大家老是一个拥在丛树之上的庙檐：一片帆，一片远景；一个茆草屋子，黑黑的窗子，烟囱里不问早晚都在冒烟。老去的地方是东门大窑墩子，泰山庙文游台，王家亭子……"

"傅公桥，东门和西门的宝塔，……"

"西门宝塔在河堤上，实在我们去得最多的地方是河堤上。老是问姓瞿的老太婆买荸荠吃。"

"就是这条河，水会流到那里。"

"你画过那个渡头，渡头左边尽是野蔷薇，香极了。"

"那个渡头，……渡过去是潭家坞子。坞子里树比人还多，画眉比鸭子还多……"

"可是那些树不尽是柳树，你画的全是一条一条的。"

"………………"

"那张画至今还在成绩室里。"

"不记得了，你还给人改了画，那天是全校春季远足，王老师忙不过来了，说大家可以请汪曾祺改，你改得很仔细，好些人都要你改。"

"我的那张画也还在成绩室里，也是一条一条的。表姐昨天跟我去看过。……"

我咽下一小块停留在嘴里半天的蛋糕，想不起甚么话说，我的名字被人叫得如此自然。不自觉的把那个柔滑的感觉移到脸上，而且我的嘴唇也想埋在洁白的窝里。我的样子有点傻，我的年龄亮在我的眼睛里。我想一堆带露的蜜波花瓣拥在胸前。

一块橘子皮飞过来，刚好砸在我脸上，好像打中了我的眼睛。我用手掩住眼睛。我的手上感到百倍于那只猫的柔润，像一只招凉的猫，一点轻轻的抖，她的手。

波——，岂有此理，一只小小的船安这么大一个汽笛。随着人声喧沸，脚步忽乱。

"船靠岸了。"

"这是××，晚上才能到□□。"

"你还要赶夜车？"

"大概不，我尽可以在□□耽搁几天，玩玩。"

"甚么时候有兴给我画张画。——"

"我去看看，姑妈是不是来接我了，说好了的。"

"姑妈？你要上了？"

"她脾气不大好，其实很好，说叫去不能不去。"

我揉了揉眼睛，把手笼交给她，看她把速写簿子放进箱子，扣好大衣领子，知道她说的是真的。

"箱子我来拿，你笼着这个不方便。"

"谢谢，是真不方便。"

当然，老詹的钟又敲起来了。风很大，船晃得厉害。每个教室里有一块黑板，黑板上写许多字，字与字之间产生一种神秘的交通，钟声作为接引。我不知道我在船上还是在水上，我是怎么活下来的。有时我不免稍微有点疯，先是人家说起后来是我自己想起。钟！……

> 四月廿七日夜写成
>
> 廿九日改易数处，添写最后两句
>
> 一月不熬夜，居然觉得疲倦。我的疲倦引诱我
>
> 纪念我的生日，纪念几句话

**注　释**

① 本篇原载《文艺复兴》1946 年第一卷第二期；初收《茱萸集》，台湾联合文学出版社 1988 年 9 月。

# 老　鲁[1]

去年夏天我们过的那一段日子实在是好玩。我想不起甚么恰当的词儿,只有说它好玩。学校里四个月发不出薪水,饭也是有一顿没一顿的吃。校长天天在外头跑,想法挪借。起先回来都还说哪儿能弄多少,甚么时候可以发一点钱。不知说了多少次,总未实现。有人于是说,他不说哪一天有,倒还有点希望,一说哪天有,那天准没有。大家颇不高兴,不免发牢骚,出怨言。然而生气的是他说谎,至于发不发薪水本身倒还其次。事实上我们已经穷到极限,再穷下去也不过如此,薪水发下来原无济于事,最多可以进城吃一顿。这个情形没有在内地,尤其是昆明,尤其是我们那个中学教过书的人,大概没法明白。好容易学校挨到暑假,没有中途关门。可是一到暑假,我们的日子就更特别了。钱,不用说,毫无指望。我们已好像把这件事忘了。校长能做到的事是给我们零零碎碎的弄一餐两餐米,买三二十斤柴。有时弄不到,就只有断炊。菜呢,对不起,校长实在想不到法。可我们不能吃白斋呀,嗨,有了,有人在学校荒草之间发现了很多野生苋菜。这个菜云南人管叫小米菜,不大吃,大都摘来喂猪,或在胡萝卜田堆锦积绣的丛绿之中留一两棵,到深秋时,夕阳光中晶晶的红,看着好玩。学校里的苋菜多肥大而嫩,自己去摘,半天可得一大口袋。借一二百元买点油,多加大蒜,炒它一锅,连锅子掇上桌,味道实在极好。能赊得到,有时还赊半斤本乡土制,未经漉滤的酒来,就土碗里轮流大口大口的喝!小米菜渐渐被我们几个人吃光了,有人又认出一种野菜,说也可以吃的。这种菜,或不如说这种草更恰当些,枝叶深绿色,叶如猫耳大小而有缺刻,有小毛如粉,放在舌头上拉拉的。这玩意儿北方也有,叫做"灰藋菜",也有叫讹了成"回回菜"的,按即庄子"逃蓬藋者闻人足音则跫然喜"之藋也。若是裹了面,和以葱汁蒜泥,蒸了吃,也怪好吃的。可是我们买不起面粉,只有少施油盐如炒苋菜办法炒了吃吧。味道比起苋菜,可是差远了。另外还有一种菜,独茎直生,周附柳叶状而较软熟的叶子,如一根脱毛的鸡毛掸帚,在人家墙角阴湿处皆可看见的,也能吃,不知怎么似乎没有尝试过。大概灰藋菜还足够我们吃的。学校在观音寺,是一荒村,也没有甚么地方可去。我们眠起居食,皆无定时。一早起来,各在屋里看看书,到山上田里走走,看看时间差不多,就招呼招呼去"采薇"了。下午常在门外一家可以欠账的小茶棚中喝茶,看远山近草,看行人车马,看一阵风卷起大股黄土,映在太阳光中如轻霞薄绮,看黄土后面蓝得(真是)欲流下来的天空。到太阳一偏西,例当再去想法晚饭菜了。晚上无灯,——交不出电灯费教电灯公司把线给铰了,集资买一根土蜡烛,会在一个人屋里,在凌乱的衣物书籍之间各自躺下坐好,天南地北的乱聊一气。或忆述故乡风物,或臧否同学教授,清娓幽俏,百说不厌;有时谈及人生大事,析情讲理,亦颇严肃认真;至说到对于现实政治社会,各人主张不同,带骨有刺的话也有的,然而好像没有尖锐得真打起架来过。

阿呀,题目是"老鲁",我一开头就哩哩拉拉带上了这么些闲话做甚么?没有办法。——一个不会谈天的人才老是"我"怎么,"我们"怎么。我们(又来了!)那时在一处聊天时曾有戒条,不许老说自己的事。这本是针对一个太喜欢说自己的事的人而立的。但人大概总免不了有这点儿脾气。一个从来不说自己的事情的人,八成是个不近人情的怪物。我原想记一记老鲁是甚么时候来的,遂情不自禁的说了许多那时候的碎事。我还没有说得尽兴,但只得噎住了。再说多了,不但喧宾夺主,文章不成格局,(现在势必如此,已经如此;)且亦是不知趣了。

但这些事与老鲁实在有些关系。前已说过老鲁是那时候来的。学校弄成那样子,大家纷纷求去。真为校长担心,下学期不但请不到教员,即工役校警亦将无人敢来。而老鲁偏在这时会来了。没事在空落落的学校各处走走,有一天,似乎看见校警们所住房间热闹起来。看看,似乎多了两个人。想,大概是哪个来了从前队伍上的朋友了。(学校校警多是退伍的兵）。到吃晚饭时常听到那边有欢声。这个欢声一听即知道是烧酒翻搅出来的。嗷，这些校警有办法，还招待得起朋友阿？要不，是朋友自己花钱请客，翻作主人？走过门前，有人说"汪老师，来喝一杯"，我只说"你们喝，你们喝"，就过去了。是哪几个人也没看清。再过几天，我们在挑野菜时看见一个光头瘦长个子穿草绿色军服的人也在那儿低了头掐那种灰藋菜的嫩头。走过去，他歪了头似笑非笑的笑了一下。这是一种世故，也不失其淳朴。这个"校警的朋友"有五十了，额上一抬眉有细而密的皱纹。看他摘菜，极其内行。既迅速且"确实"。我们之中至今有一个还弄不大清楚，摘苋菜摘了些野茉莉叶子，摘灰藋菜则更不知道是甚么麻啦蓟啦的，都来了，总要别人更给鉴定一番。有时拣不胜拣，觉得麻烦，则不管三七二十一，花啦一齐倒下锅。这么在摘菜时每天都见面，即心仪神往起来，有点熟了。他就给我们指点指点，那些菜或草吃不得。照他说，简直可吃的太多了！他打着一嘴山东话，言语有神情趣味。

后来不但是蔬菜，即荤菜亦能随地找得到了。这大概可以说是老鲁发明的。——说发明，不对，应说甚么呢？在我看，那简直就是发明：是一种甲虫，形状略似金龟子，略长，微扁，有一粒蚕豆大，村子里人即管它叫蚕豆虫或豆壳虫。这东西自首夏至秋初从土里钻出来，黄昏时候，漫天飞，地下留下一个一个小圆洞。飞时鼓翅作声，声如黄蜂而微细，如蜜蜂而稍粗。走出门散步，满耳是这种营营的单调而温和的音乐。它们这样营营的忙碌的飞，是择配。这东西一出土即迫切的去完成它生物的义务。到一找到对象，俱就便在篱落枝头息下。或前或后于交合的是吃，极其起劲的吃。所吃的东西却只有柏叶一种。也许它并不太挑嘴，不过至少最喜欢吃柏叶是可断言的。学校后旁小山上一片柏林，向晚时无千带万。单就这点说，这东西是颇高雅的，有如吃果子狸或松鸡。老鲁上山挑水，回来说是这种虫子可吃。当晚他就捉了好多。这不费事，带个可以封盖东西，或瓶或罐，走到那里，随便一掳即可有三五七八个不等，它们毫不知逸避。老鲁笑嘻嘻的拿回来，掐了头，撕去甲翅，熟练得如同祖母她们挤虾仁一样。下锅用油一煠，（他说还有几种做法）洒上重重的花椒盐，搭起酒来了。"老师，请两个嘛！"有大胆的真尝了两个，说是不错。我们都是"有毛的不吃掸子，有腿的不吃板凳"的，经闭目咧嘴的尝了一个之后，"唔！好吃。"于是桌上多了一样菜，而外边小铺里的酒账就日渐其多起来了。这酒账直至下学期快开学时才由校长弄了一笔钱一总代付了的！豆壳虫味道略如清水河条米虾。可是我若有虾吃决不吃它。以后我大概即没有虾吃时也不会有吃这玩意的时候了。老鲁呢，则不可知了。不论会吃或不会吃，他想都当因之而念及观音寺那个地方的吧。

不久，老鲁即由一个姓刘的旧校警领着见了校长，在校警队补了个名字。校长说，饷是一两月内发不出的哩。老刘自然早知道，说不要紧的，他只想清清静静住下，在队伍上走久了，不想干了，能吃一口就像这样的饭就行。（他说到"这样的饭"时在场人都笑了一下。）他姓鲁，叫鲁庭胜，（究竟该怎么写，不知道，他有个领饷用的小木头图章，上头是这三个字）。我们都叫他老鲁，只有总务主任叫他姓名。济南府人氏。何县，不详。和他一起来的一个，也"补上"了，姓吴，河北人。

学校之有校警，本是因为地方荒僻，弄几枝枪，找俩人背上，壮壮胆子的意思。年长日久，一向又没发生过甚么事情，这个队近于有名无实了。上班时他们抱着根老捷克式，坐在门口长凳上晒太阳，或看学生打球。事闲了则朵朵来米西的走来走去，嘴里咬了根狗尾巴草，与卖花生的老头搭讪，帮赶车的小孩钉蹄铁。日子过得极其从容。有些耐不住的，多说声"没意思"就走了。学校也觉得这么两枝老枪还是收起来吧，就一并搁在校长宿舍靠在墙角上锈生灰去了。有时忽然有谁端出来对准一只猫头鹰瞄了半天，当！的一声却打在一棵老栗树叶子最多的地方。校警呢，则留下来的两三个全屈才做了工友本来做的事了。留下来的大都是爱这里的生活方式的，做点杂事倒无所谓。你别说，有一件制服在身，多少有点羁束，现在能爱怎么穿怎么穿，就添了一分自在。可是他们要是太爱那种生活方式，我们就有点不大方便。你要喝水，（做教员的水多重要！）挑水的正在软草浅沙之中躺着看天上的云呢。没办法，这个学校上上下下全透着一种颇浓的老庄气味。自从老吴和老鲁来了,气象才不同起来。

老吴留长发,向后梳,顶上秃了一块,看起来脑门子很高。高眉直鼻,瘦长身材,微微驼背。走路步子碎,稍急点就像跑了。这样的人让他穿件干干净净蓝布大衫比穿军服合适得多。学校里教书的多说国语,他那一口北京话,您啦您啦的就中意。他还颇识字,能读书报。甫来工作不久,有发愤做人之意,在自己床前贴了一副短联:

烟酒不戒哉
不可为人也

戒自然戒不了的,而且何必。老吴不比老鲁小多少,也望五十了,而有此志气,或有立志之兴趣,这在我们看起来,是难得的,而且不知怎么的有点教人难过。哎,我又要说不相干的话了。我说了这回事是证明他能写字耳。他管的事是进城送信送文书,在家时则有甚么做什么。他不让自己闲,哪里地不平,找把铲子弄平了;谁窗上皮纸破了,他给糊,而且出主意用清油抹一抹;地下一根草,一片纸屑,他见了,必要拾去;整天看见他在院子里不慌不忙而怏怏的走来走去。且脑子清楚,态度殷勤,我们每进城与熟人谈天,常提起新来了一个工友,"精彩!"有一天,须派人到一个甚么机关里交涉一宗事情,谁也不愿意去,有人说,让老吴去!校长把自己的一套旧西服取下来,说,行!真的老吴换了那身咖啡色西服,梳梳头,拿了张片子就去了。回来,结果自然满好,比我们哪个去都好。

一快放暑假时,大家说,完了,准备瘦吧。不是别的,每年春末之后,差不多全校要泻一次肚。在泻肚时大家眼睛必又一起通红发痒。是水的关系。这村子叫"观音寺",可是这一带总属于"黄土坡"。昆明春天不下雨,是风季,或称干季,灰沙大得不得了,黄土坡尤其厉害。我们穿的衣服,在家里看看还过得去,一进城马上觉得脏得一塌胡涂。你即使新换了衣服进城也没用,人家一看就知道从哪里来的:我们的头发总是黄的!学校附近没有河,也没人家有井,食用的水大概是从两处挑来。一个是前面田地里一口塘,一是后面山顶上的一个"龙潭"。龙潭,昆明人叫泉叫龙潭。那也是一口塘,想是底下有水冒上来,故终年盈满,水清可鉴。若能往山上挑龙潭里水来吃用,自是好的。但我们平日不论饮用炊煮漱口洗面的水都是田地里的塘水。向学校抗议呀,是的,找事务主任!可是主任说,"我是管事务的,我也是×××呀"!这就是说他也是个人,不只是除事务之外就甚么也没有了的,他也有不耐烦的时候。跟工友三番二次说,"上山挑"!没用。说一次,挑两天。你不能每次跟着他去。而且,实在的,上山又远,路又不好走。也难怪,我们有时去散散步,来回一趟还怪累的。再加,山上风景不错,可是冷清得很,一个人挑个水桶,斤共斤共,有甚么意思?田里至少有两个娘们锄地插秧,漂衣洗菜,热闹得多。大家呢,不到眼红泻肚时也不记起来;等记起来则已经红都红了,泻也泻了。到时候六味地黄丸或者是甚么东西每人一包,要了一杯(还是塘里来的)水,相对吞食起来。这塘水倒是我们之间的一个契合,一种盟约。老鲁来了,从此我们肚子不大泻。眼睛是也红的,因为天干,吃得太坏,角膜炎,与水无关。胖自然也没胖起来。老鲁挑水都上山。也并没有哪个告诉他肚子眼睛的事,他往两处看了看,说底下那个水"要不的"。这全校三百多人连吃带用的水挑起来也够瞧的。老鲁一模糊亮就起来,来来回回不停的挑。有时来不及,则一担四桶,前两桶后两桶。水挑回来,还得劈柴。然后一个人关在茶炉间里烧。自此我们之中竟有人买了茶叶,颇讲究起来了。因为水实在太方便,一天来送好些回。

有人就穷过瘾了:昆明气候好,秋来无一点萧瑟严厉感觉,只稍为尝出百物似乎较为老熟深沉,(仍保留许多青春,不缺天真。)早晚岚雾重些,半夜读书写字时须多加一件衣裳。白天太阳照着,温暖平和,全像一个稍为删改过一番的春天。波斯菊依然未开尽,花小了点,绮丽如旧。美人蕉结了不少籽,而远看猩红一片,连籽儿也如花开。课余饭后在屋前小草坪上,各人搬张椅子,又聊开了。饭能像一顿饭那样的开出,有一件绒线衫在箱子里,还容许我们对未来做一点梦。我听过不止一个人说起过:一太平了,有个家,啊,要好好布置安排一下。让老吴,看门住在前院,管看门,管洒扫应对,出去时留下话,谁来找让他在客厅里等等,漆盒子里有铁观音,香烟在书桌左边抽屉里。老鲁呢,则住在后头小园子里最合适。当真再往下想:老吴要稍为懒一点才好,他得完全依他本性来,尽可借故到天桥落子馆坐坐,有事推给别人做。现在明明是过分"巴结",不好。他应当有机会在主人工作的藤椅中坐坐,倒一杯好茶喝喝,开开抽屉取三四根烟。而让他去买东西,也必须跟铺子里要一个折扣才对。老鲁大概会把左右邻居的水都包下来。还给对面卖柿子的老太婆挑,有衣服可以让她补补。唔,老鲁多半还要回家种两年地,到田里粮食为蝗虫啃光了或大水冲完时又会坐在老吴门房里等主人回来的。自己想想,不免笑笑。觉得这告诉不得人。这是"落伍思想",多少民族人类大事不思索,倒看到自己的暮年了,才二十几岁的人哩。而且或许引起人的剧烈批评,说这是布尔乔亚或甚么的。其实呢,想起来虽用第一人称,倒不失为客观,并无把老吴老鲁供自己役使之意。何必如此严重,想想好玩而已。你看老鲁刚刚冲了茶,茶正在你手里热热的。而老吴夹了一卷今天的报纸来了,另一手上是两封远地来的信。有人叫住他们俩,把这个好玩意思问他们,一个是"好唉,好唉,"一个"那敢情好,"都笑着走开了。我不知道人那么一问他们喜欢不喜欢。这两个四五十岁的人会不会因此而能靠得紧些,有一种微妙关系结在他们心上呢?我有时傻气得很,活在世界上恐怕不要这种东西。不过傻气的人也有。自老吴老鲁一来,学校俨然分为两派,一派拥护老吴,一派拥护老鲁。有时为他们的优劣(其实不好说优劣,优劣只能用在钢笔手表热水壶上!)竟辩论过。我很高兴,我愿意他们喜欢老鲁的人都喜欢老鲁了。至于别的人,我认为他们是根本无可不可,或完全由自己利害观点出发的,可以不予考虑。对于老鲁,有些人的感情可以说是"疼爱"。这好像有点近于滑稽了。可不!原是可笑的。哎,我问你,你是不是一个一点都不可笑的人?我们且问问:

"老鲁,你累不累?"

"累甚么,我的精神是顶年幼儿的来。"

这个"顶年幼儿的",好新鲜的词儿!我们起初简直不懂,一个山东同学(应说"同事"才对,可是我讨厌这个称呼,)含笑,他是懂的。老鲁说的对。老鲁并不高大。——人太高大一则容易令人叹惜，糟塌了材料；再，要不就是显得巍巍乎，不可亲近，不近人情。可是老鲁非常紧凑，非常经济。老鲁全身没有一块是因为要好看而练出来的肉。处处有来历，这是挑出来的，这是走出来的，这是为了加快血液循环，喘了气而涨出来的，这是吃苦吃出来的。而且，老鲁有一双微微向外的八字脚！这脚不是特别粗大肥厚，反之，倒是瘦瘦长长且薄薄的。老鲁是从有结晶的沙土里长出来的。一棵枣树，或，或甚么呢，想不起来了，就是一棵枣树吧，得。还要再往下说么，说他倔强的生根，风里吹，雨里打，严霜重露，荒旱大竭，困厄灾难，……那就贫气了，这你不知道！老鲁他倒是晒太阳喝水，该愁就愁，该喜就喜的活了下来。

老鲁十几岁即离家出来吃粮当兵。有一天，学校让我进城买米，我让老鲁一块去。老鲁挟了两个麻布口袋，活活泼泼的这抄一把那掏一撮的看来看去，跟一个掌柜的论了半天价。"不卖？好，不卖咱们走下家。"一会儿又回到原来铺子，偏着身子，（像是准备不成立刻就走）扬了头，（掌柜的高高爬在米垛子上，）"哎，胡子！卖不卖，就是那个数，二八，卖，咱就量来！"显然掌柜的极中意这个称呼，他有一嘴乌匝青密的牙刷胡子，他乐了乐，当真就卖了！太阳照得亮亮的，这两个人是一幅画。诸位，我这完全是题外之言。我是忘不了那天的情形。真要说的是那天进城的另外一件事。就是那天，我们在进城的马车上，马车（可没有南京上海或美国电影上的那么美）上是庄稼人，保长，小菜棚的老板娘进城办芝麻糖葵花籽，还有两个穿军装的小伙子。这两个小伙子，我想是机械士或师长勤务兵之类，一个手上一只不走的表，另一个左边犬齿镶了金包嵌绿桃子，他们谈他们的，无缘无故的大起声音来，"我们哪里没去过，甚么'交通工具'没坐过！飞机火车坦克车；法国大菜，钢丝床！"老鲁不说话，抽他的烟。等他们下了马车，端着肩膀走了，老鲁说，"两个烧包子！"好！这简直是老鲁说的话。老鲁十几岁就当兵了。提起这个，令人惆怅：老是跟老鲁说，"老鲁，甚么时候你来，弄点酒，谈谈你自己的事我们听听。"老鲁则说："有甚么可谈的，作孽受苦就是了。好唉，哪天。今儿不行，事多。"老说，老说，终没有个机会。

　　我们就知道一点点。老鲁在张宗昌手下当过兵。"铳子队，"他说。"童子队？"有人不懂。"铳子队！喉，不懂，铳子队就是马弁。"有人懂。"马弁，噢，马弁。"都懂了。"铳子队，都挑些个年轻漂亮小伙子，才出头二十岁！"老鲁说。大家微笑。笑现在，也笑从前。大家自然相信老鲁曾是个年轻漂亮小伙子，盒子炮，两尺长鹅黄丝穗子！老鲁他不悲哀，仿佛那个铳子队是他弟弟似的看他自己。他说了一点大帅的事，也不妨说是他自己的事吧："大帅烧窑子。北京，大帅走进胡同，一个最红的姐儿，窑姐儿刁了枝烟，（老鲁摆了个架势，跷起二郎腿，抬眉细目，眼角迤斜，）让大帅点火。大帅说，'俺是个土暴子，俺不会点火。'嚣呵，窑姐儿慌了，跪下咧，问你这位，是甚么官衔。大帅说'俺是山东梗，梗，梗！'（老鲁翘起大姆指，圆睁两眼，嘴微张开半天。从他神情中，我们知道'梗，梗，梗！'是一种甚么东西。这个字实在不知道怎么写。大帅的同乡们，你们贵处有此说法么？）窑姐儿说是你老开恩带我走吧。大帅说，'好唉！'（大帅也说'好唉'？）真凄惨，（老鲁用了一个形容词。）烧！大帅有令，十四岁以下，出来。十四岁过了的，一个不许走，烧！一烧烧了三条街，都烧死咧。"——老鲁叙述方法有点特别。你也许不大弄得清白。可不是，我也不知道大帅为甚么要烧窑子。我们就大概晓得那么一回事就是了。当然，老鲁也是点火烧的一个了。他是铳子队嘤。另外我们还知道一点老鲁吃过的东西。其一是猪食。军队到了一个地方，甚么都没有了，饿了好几天了，老百姓不见影子，粮食没有一颗。老鲁一看，咳！有个猪圈，猪是早没有了，猪食盆在呐，没办法，用手捧了一把。嗜，"还有两爿儿整个包谷一剖俩的呢，怪好吃！"老鲁说这比羊肉好吃多了。"比羊肉好吃？"有人奇怪，唉，甚么羊肉，白煮羊肉。"也是，老百姓都逃了，拖到一只羊，杀倒了，架上火烀烂了：没盐！"没盐的羊肉，你没有吃过，你就无法知道那多么难吃。何况又是瘪了多少日子的肚子。啧啧，老鲁吃过棉花。那年，（他都说得有时间有地方的，我都忘了。）败了，一阵一阵的退。饿的太凶了，都走不动，一步一步拖，有的，老鲁说，"像个空口袋似的就颓下去了。"昏昏糊糊的,"队伍像一根烂草绳穿了一绳子烂草鞋,一队鬼。"实在饿很了。老鲁他不觉得那是他自己。可是得走呀,在那个一眼看不到一棵矮树,一块石头的大平地上走。浑身没有一丝气力,光眼皮那还有点儿劲,不撑住,就搭拉下来了。老鲁看见前头一个人的衣服破了一块,白白的棉花绽出来,"吃棉花! 前后肚皮都贴上了,"老鲁的脸上黑了一黑,"棉花啊,也就是填到肚里,有点儿东西。吃下去甚么样儿,拉出来还是个甚么样儿!"这,我们知道,纤维是不大溶解的。可是真没想到这点儿智识用到这上头来。这种事情于我们,还是不大"习惯"。生命到耗到最后一点点,居然又能回来。这教你想起小时候吹灯,眼看快灭了,松了口气,它又旺起来了,由青转红,马上就雪亮。此极不可思议。且说这些经验于老鲁本身是甚么意义呢? 噫,这问题不大"普通",我们且不必管他。然而,老鲁不经过这些事仍无损其为一个老鲁? 老鲁呢,他是希望能够安安稳稳的过一辈子。

老鲁这一辈子"下来"过好几次。他在上海南京都住过。下来时,大概都有了点钱。他说在上海曾有过两间房子,想来还开个小铺子的。南京他弄过一个磨坊。这是抗战以前的事。一打仗,他摔下就跑了。临走时磨坊里还有一百六十多担麦子。离开南京,他身上还有点钱,钱慢慢花完了,"又干上咧"。老鲁是"活过来的"了。他不大怀念那个过去。只有一次,我见他颇为惘然的样子。黄昏的时候,在那个茶棚前,一队驮马过去。赶马的是个小姑娘,呵叱一声,十头八匹马一起撒开步子,背上一个小木鞍桥郭搭郭搭敲着马脊背直响。老鲁细着眼睛,目送过去,兀立良久。他舌尖顶着牙龈肉打了个滚。但在他脱下军帽,抓一抓光头时,他已经笑了:"南京城外赶驴子的,都是十七八岁大姑娘,一根小鞭子,哈哧哈哧,不打站,不歇力,一劲儿三四十里地,一串几十个,光着脚巴鸭子,戴得一头的花!"这么一来,那一百六十担麦子不能折磨他了。老鲁在他的形容中似乎得到一点快乐。"戴得一头的花",他说得真好。

可是话说回来了,一百六十担麦子是一百六十担麦子呀,不是别的。一百六十担麦子比起一斗四升豆子,就显得更多了。也难怪老鲁要提起好多次。老鲁爱的是钱。他那么挑水，也一半为钱。"公家用的"水挑完了之后还给几个有家眷自己起火的，有孩子，衣服多，不能给人洗的，挑私用的水。多少可以得一点钱。有人问老鲁，"你要钱干甚么?"意思是"你这么样活了大半辈子，还对这个东西认识不清楚么?"有人且告诉他几个故事。某人某人，赤手起家，弄了三部卡车，来回跑缅甸仰光，几千万的家私，一炮也就完了。护国路有所大洋楼，黄铜窗槛绿绒帘子，颤呀颤的沙发椅子，住了一个"扁担"。这扁担挑了二十年，忽然时来运转发了一笔横财，钱是有了，可是人过的极无意思。到了大场面，大家因他是财主，另眼看待，可是他刘姥姥进大观园，手足无措，一身不自在。就是自己家里白磁澡盆都光滑冰冷用着不惯。从前的车站码头上一块吃猪耳朵闷小肠的朋友又没哪个敢来攀附他，实在孤独寞寂，整天摸他的大手。再说，三十年，一个马车夫得了法，房子盖得半条弄，又怎么呢，儿子整天为一块瓦片吵架，一家子鸡犬不宁。老鲁说不是这么说。"眼珠子是黑的，洋钱是白的。我家里挣下的几亩田，一定教叔叔舅舅占了卖了。我回去，我老娘不介意，欢欢喜喜的'啊，我儿子回来了!'我就是光着屁股也不要紧。别人嗥，我回来吃甚么?"是的。于是老鲁要攒钱，找钱。到我们这里来，第一着是买了一斗四升豆子。老鲁这回下来时本有几个钱，约十万多一点。(我们那学期的薪水一月二万五。)他一来的确作了不少次主人，请老校警喝酒的。连吃带用，又为一个朋友花了四万元。那个朋友队伍上下来，带了一枝枪，想卖，路上让人查到了，关起来，老鲁得为他花钱。剩下那点钱，他就买了豆子了。他这大概是世界上规模最小的屯积了。他想等着起价，不想甚么都涨，豆子直跌!没法，卖给拉马车的。自己常常看见那匹瘦骨嶙峋的白马，掀动大嘴格蹦格蹦的嚼他的豆子。可真气人，一脱手，价钱就俏起来了。

据我们所知，老鲁后来又把他攒积下来的一点钱"运用"过两次。那是在搬了家以后了。且说我们搬了家。从观音寺搬到白马庙。我是跟老鲁一车子去的。车子，马车。老鲁早已经到那边看过，远远就指给我们看，"那边，树郁郁的，嗥，是了，旁边有个红红的大房子的。"他好像极欢喜,极兴奋。原因大半是那边"有一口大井,就在开水炉子旁边。"昆明的冬天也一点都不冷。老鲁那天可穿得整整齐齐。不知谁送了他一件旧青呢制服,想还是中学时候的东西,老鲁教洗衣老太婆翻了翻,和新的一样。就是小了点。自搬到那边,我住到另一地方,许多事都不大清楚了。过年了,(自然是阴历)一清早到学校看看,学校各处打扫得干干净净。房子算是洋房了,台阶上还有几盆花。老吴门上贴了副春联:

> 一夜连双岁
> 五更分二年

是他自己手笔。我猛然想起从前在家里吃的莲子羹来。而老鲁来了,"汪先生来了!"给我作了个揖算拜年。我想起,掏了一千块钱给他。一会儿老吴也来了,我听说他现在地位高了,介乎工役与职员之间了,刚才见面已打了个招呼,怎么……老吴穿校长送他的咖啡色西服。我没等他表示甚么,又掏出一千,说"我昨天赢了钱,你打酒喝。"我心里一算,一共三千,留一千我自己,刚好! 其时我身边有个人望着我笑。本说我请客看电影的,现在只有让她请我,一千元留着买一包吉士斐儿。——自此,老吴以"大总管"自居,常衔了个旧烟斗,各处看来看去。有时在办公室门口大叫"老——鲁!""耳朵上哪去了!""要关照多少次?"老鲁对老吴说得上是恨,除了老吴暴病死了,他才会忘记,且会拿出一点钱为他花一花的吧。而且有一个姓胡的校警写了封信给校长,说,"东西是新的好,人是旧的好,"也回来了。胡,二十几岁,派头很新,全是个学生样子,多少事情都由他办了。老鲁就显得更不重要。老鲁似乎很不快乐。——老鲁是因此而不快乐? 我知道的,老鲁有一笔钱"陷住了"。老鲁攒积攒积也有卯二十万样子。这钱为一个事务员借去,合资托一个朋友买了谷子。事情不知怎么弄的,久久未有下文。常见老鲁在他的茶炉间独自吃饭,——这时他离群索居,校警之中只一个老刘还有时带了条大狗到他屋子玩玩,来跟他一处吃饭,老鲁是几乎顿顿喝酒。"吃了,喝了,都在我肚子里,谁也别想。"意思是有谁想他的钱似的。我还是不懂,老鲁哪里来的牢骚呢,这样一个人?后来且见他一来就一盘二三十个包子请客,请厨子,请一个女教员所雇女工。我想,这可不得了,老鲁这个花法!渐渐知道,喝,老鲁做了老板了。这包子是学校旁边一个小铺子来的,铺子有老鲁十几万股本。果然,老鲁常蹲在包子铺门前抽他的烟筒,呼噜呼噜。他拿那个新烟筒向我照了照:

"我买了个高射炮!"

佛笃吹着纸媒,抽了一袋,非常满意的样子。

"到云南来,有钱的没钱的,带两样东西回去。有钱的,带斗鸡。云南出斗鸡。没钱,带个水筒,——高射炮!"

我挪过一张小凳子,靠门坐下来。门前是一道河,河里汤汤流水,水上点点萍叶,一群小鸭子叽叽咤咤向东,而忽而折向南边水草丛中。呵,鸭子不能叫小鸭子了,颜色早已都黑了。一排尤加利树直直的伸上去。叶子从各种方向承受风吹,清脆有金石声。上头是云南特有的蓝天,圆圆的覆下来。牛哞,哪里有春臼声音。八年了,我来到云南。胜利了也快十个月。一起吃灰藋菜豆壳虫的都差不多离去了。阿——契诃夫主张每一篇小说都该把开头与结尾砍去,有道理!(幸好我这不是小说。)我起来,检了块石头奋力一掷,看它跌在水里。

现在,我离开云南将二个月了,好快!

## 注 释

① 本篇原载《文艺复兴》1947 年第三卷第二期。初收《邂逅集》,文化生活出版社 1949 年 4 月,文字略有改动;又收《汪曾祺短篇小说选》,北京出版社 1982 年 2 月,文字有较大改动。

# 1946 年

# 复　仇[①]

复仇者不折镆干。

——庄子

　　一枝素烛，半罐野蜂蜜。他眼睛现在看不见蜜，蜜在罐里，罐子在桌上，他坐在榻子上。但他充满感觉，浓，稠。他嗓子里并不泛出酸味，他胃口很好。他常有好胃口，他一生没有呕吐过几次。说一生，他心里一盘算，一生该是多少呀，我这是一生了么？没有关系，这是个很普通的口头语。就像那和尚吧，——和尚是常常吃蜂蜜？他的眼睛眯了眯，因为烛火跳，跳着一大堆影子。他笑了一下：蜂蜜跟和尚连在一起，他心里有了一个称呼，"蜂蜜和尚"。这也难怪，蜂蜜，和尚，后面隐了"一生"两个字。然而他摇了摇头，这不行的，和尚是甚么和尚都行，真不该是蜂蜜和尚。明天我辞行时真的叫他一声，他该怎么样？和尚倒有个称呼了，我呢？他称呼我甚么客人，若真叫，该不是"宝剑客人"吧。（他看见和尚看见他的剑！）这蜂蜜——他想起来的时候似乎听见蜜蜂叫。是的，有蜜蜂叫。而且不少。（足以浮起一个人。）残余的声音在他耳朵里。（我这是怎么回事，这和尚我真的叫他一声倒好玩，我简直成了个孩子。这真的是不相干。这在人一生中有甚么意义！而从这里我开始我今天晚上，而明天又从这里连下去。人生真是好玩得说不清。）……他忽然觉得这是秋天，从蜜蜂的声音里。从声音里如此微妙的他感到一身轻爽。这可一点没有错，普天下此刻写满一个"秋"。他想哪里开了一大片山花，和尚，和尚摘花，实在是好看。殿上钵里有花，开得好，像是从钵里升起一蓬雾，那么冉冉的。猛一下子他非常喜欢那和尚。

和尚出去了，一稽首，随便而有情，教人舒服。和尚呀，你是行了无数次礼而无损于你的自然，是自然的行了这些礼？和尚放下蜡烛，说了几句话，不外是庙里没有甚么，山高，风大气候凉，早早安息。和尚不说，他也自听见。和尚说了，他可没有听。他是看着和尚，和尚直是招他爱。他起来一下，和尚的衣袖飘了飘。这像甚么，勉强说，一只纯黑的大蝴蝶。我知道这不像，这实在甚么也不像，只是和尚，我已经记住你飘一飘袖子的样子。——这蜡烛尽是跳。

此刻他心里画不出一个和尚。他是想和尚若不把脑袋剃光，他该有一头多好的白头发。一头亮亮的白发闪了一下。和尚的头是光光的而露得出他的发的白。

白发的和尚啊，

他是想起他的白了发的母亲。

山间的夜来得快！这一下子多静。真是日入群动息。刚才他不就觉得一片异样的安定了，可是比起来这又迥然是一个样子。他走进那个村子，小蒙舍里有孩子读书，马有铃铛，桔槔敲，小路上新牛粪发散热气，白云从草垛上移过去，梳辫子的小姑娘穿银红裤子。一切描写着静的，这一会全代表一种动。他甚至想他可以作一个货郎来添一点声音的，在这一会可不能来万山间泼朗朗摇他的小鼓。

货郎的泼朗鼓摇在小石桥前，那是他的家。

这教他知道刚才他是想了他的母亲。而投在他母亲的线条里着了色的忽然又是他妹妹。他真愿意有那么一个妹妹，像他在这山村里见到的，穿银红裤子，干干净净，在门前井边打水。青石井栏，井边一架小红花。她想摘一朵，一听到母亲纺车声音，觉得该回家了，不早了。"我明天一早来摘你，你在那里，我记得。"她也可以指引人上山，说："山上有个庙，庙里和尚好，会让你歇脚。"旅行人于是一看山，觉得还不高。小姑娘旅行人都走了。小姑娘提水，旅行人背包袱。剩下一口井。他们走了半天，井栏上余滴还丁丁东东落回井里。村边大乌桕树显得黑黑的,清清楚楚,夜开始向它合过来。磨麦子的骡子下了套,呼呼的石碾子停在一点上。所有的山村都一样。

想起他妹妹时他母亲是一头乌青的头发。摘一朵花给母亲戴该是他多愿意的事。可是他没见过母亲戴一朵花。就这朵不戴的花决定他一个命运。

"母亲呀,多少年来我叫你这一声。

我没有看见你的老。"

于是他母亲是一个年青的眉眼而戴着一头白发。多少年来这头白发在他心里亮。他真愿意有那么一个妹妹。

可是他没有妹妹,他没有!

他在两幅相似的风景里作了不同的人物。"风景不殊",他改变风景多少? 他在画里,又不在。他现在是在山上;在许多山里的一座的一个小庙里,许多庙里的一个的小小禅房里。世上山很多,庙太少。他感到一种严肃。

这些日子来,他向上,又向上;升高,降低一点,又升得更高。他爬的山太多了。山越来越高,越来越挤得紧。路,越来越细,越来越单调。坐在山顶上,他不难看到一个小小的人,向前倾侧着身体。一步一步,在苍青赭赤间的一条微微的白道上走,低头,又抬头;看一看天,又看一看路;路,画过去,画过去;云过来,他在影子里;云过去,他亮了;蒲公英的絮子沾在他衣服上,他带它们到更高的远处去;一开眼,只一只鸟横掠过视野;鸟越来越少,到后来就只有鹰;山把所有变化都留在身上,于是显得是亘古不变的。可是他不想回头。他看前面,前面甚么也没有,他将要经过那里。他想山呀,你们越来越快,我可是一劲儿那么一个速度走。可是有时候他有点发愁,及至他走进那个村子,抬头一望,他打算明天应该折回去了。这是一条线的最后一点,这些山作成一个尽头。

他阖眼了一会,他几乎睡着了,几乎做了一个梦。青苔的气味,干草的气味,风化的石头在他身下酥裂,发出声音,且发出气味。小草的叶子窸窣弹了一下,一个蚱蜢蹦出去。很远的地方飘来一只鸟毛,近了近了，为一根枸杞截住，从声音里他知道那是一根黑的。一块小卵石从山顶上滚下去，滚下去，更下去，落在山下深潭里。从极低的地方，一声牛鸣，反刍的声音，（它的下巴动，淡红的舌头，）升上来，为一阵风卷走。虫蛀着老楝树，一片叶子尝到苦味，它打了个寒噤。一个松球裂开了，寒气伸入鳞瓣。鱼呀，活在多高的水里，你还是不睡？再见，青苔的阴湿；再见，干草的松暖；再见，你搁在胛骨下，抵出一块酸的石头；老和尚敲着磬，现在旅行人要睡了，放松他的眉头，散开嘴边的纹，解开脸上的结，让肩头平摊，腿脚休息。

烛火甚么时候灭了，是他吹熄的？

他包在无边的夜的中心，如一枚果仁。老和尚敲着磬。

水上的梦是漂浮的，山顶的梦飞也飞不到哪里去。

他梦见他在哪里，（这可真是一个"哪里"，）在他面前是一面壁直的黑暗，他自己也变细，变细，变长变长，他垂直于那块黑暗，黑暗无穷的高，看也看不尽的高呀！他转一个方向，仍是一样；再转，一样，再转，一样，一样，一样，一样是壁直而平，黑暗。他的梦缺少一面。转，转，转，他挫了下来，像一根长线落在地上。"你稍为圆一点软一点。"于是，黑暗成了一朵莲花，他在一层一层的瓣子里，他多小呀，他找不到自己，他贴着黑的莲花的里壁周游了一次，丁，不时莲花上一颗星，淡绿如磷光，旋起旋灭，余光霭霭，归于寂无。丁，又一声。

他醒来。和尚正做晚课。蜡烛烟喷着细沫，蜜的香味如在花里时一样。

这半罐的蜜采自多少朵花！

和尚做晚课，一声一声敲他的磬。他追随，又等待，看看到底隔多久敲一次。渐渐的，和尚那里敲一声，他也敲一敲，自然应节，不紧不慢。"此时我若有磬，我也是一个和尚。"一盏即将熄灭，永不熄灭的灯，冉冉的钵里的花。香随烟，烟哪怕遇到一张薄纸就一碰散了，香却目之而透入一切。他很想去看看和尚。

和尚你想必是不寂寞？

你寂寞的意思是疲倦，客人，你也许还不疲倦？

这合了句古话:心问口,口问心。客人的手轻轻的触着他的剑。这口剑在他整天握着时他总觉得有一分生疏,他愈想免除生疏就愈觉得其不可能;而到他像是忘了它,才知道是如何之亲切。哪一天他簌的一下拔出来,好了,一切就有了交待。剑呀,不是你属于我,我其实是你的。这是甚么意思?我活了这一生就落得这一句话,多可怜的一句话。和尚你敲磬,谁也不能把你的磬声收集起来吧。于是客人枕手而眠,而他的眼睛张着。和尚,你的禅房本不是睡觉的。我算是在这里过了我的一夜。我过了各种各色的夜,我把这一夜算在里面还是外头?好了,太阳一出,就是白天,都等到有一天再说吧。到明天我要走。

太阳晒着港口,把盐味敷到坞边杨树叶片上。
海是绿的,腥的,
一只不知名大果子,有头胪大,腐烂,巴掌大黑斑上攒满苍蝇。
贝壳在沙里逐渐变成石灰。
白沫上飞旋一只鸟,仅仅一只。太阳落下去,
黄昏的光映在多少人额头上,涂了一半金。
多少人向三角洲尖上逼,又转身,散开去。生命如同:
一车子蛋,一个一个打破,倒出来,击碎了,
击碎又凝合。人看远处如烟,
自在烟里,看帆篷远去。
来了一船瓜,一船颜色和欲望。
一船是石头,比赛着棱角。也许
一船鸟,一船百合花。
深巷卖杏花。有骆驼,
骆驼的铃声在柳烟中摇。鸭子叫,一只通红的蜻蜓。
惨绿的霜上的鬼火,
一城灯。嗨客人!
客人,这只是一夜。
你的饿,你的渴,饿后的饱餐,渴中得饮,一天疲倦和疲倦的消除,

各种床,各种方言,各种疾病,胜于记得,你一一把它们忘却。你知道没有失望,也没有希望,就该是甚么临到你了。你经过了哪里,将来到哪里,是的,山是高的。一个小小的人,向前倾侧着身体,一步一步,在苍青赭赤之间的一条微微的白道上走。你为自己感动不?

"我知道我并不想在这里出家!"

他为自己的声音吓了一跳。随后,像瞒着自己他想了一想佛殿。这和尚好怪,和尚是一个,蒲团是两个。蒲团,谁在你上面拜过?这和尚,总像不是一个人。他拜一拜,像有一个人随着一起拜。翻开经卷,像有人同时翻开另一卷。而他现在所住这间禅房,分明本不是和尚住的。

这间屋,他一进来就有一种从未有过的感觉。墙非常非常的白,非常非常的平,一切方而且直,严厉逼人。(即此证明并非是老和尚的。)而在方与直之中有一件东西就显得非常非常的圆。不可移动,不能更改,白的嵌着黑的,白与黑之间划得分明。那是一顶大极了大极了的笠子。笠子本来不是这颜色,发黄,转褐,加深,最后乃是黑的。顶尖是一个宝塔形铜顶子,颜色也黑了,一两处锈出绿花。这笠子如今挂在这里,让旅行人觉得不舒服。拔出剑,他出门去。

他舞他的剑。

他是舞他自己,他的爱和他的恨,最高的兴奋,最大的快乐,最汹涌的愤怒,他沉酣于他的舞弄。

把剑收住,他一惊,有人呼吸。

"是我,舞得好剑。"

是和尚,他真是一惊,和尚站得好近,我差点没杀了他。

他一身都是力量,一直到指尖,一半骄傲,一半反抗,他大声说出:

"我要走遍所有的路。"

他看看和尚,和尚的眼睛好亮,他看他眼睛有没有讥刺,和尚如果激怒他,他会杀了和尚!和尚好像并不为他的话,他的声音所撼动。半晌平平静静,清朗的说:

"很好。有人还要从没有路的地方走过去。

听,就是他。"

万山百静之中有一种声音，丁丁的，坚决的，从容的，从一个深深的地方迸出来。

我几乎忘了，这旅行人，他是个遗腹子。

他母亲怀着他时，他父亲教仇人杀了，抬回家来，只剩得一个气。说出仇人的名字，就死了。母亲解出他手里的剑。仇人的名字则经她用针刺在儿子手臂上，又涂了蓝。那口剑，在他手里。他到处找，按手臂上名字找那个人，为父亲报仇。

也许这是很重要的。

不过他一生中没有叫过一声父亲。

真的，有一天他找到那个仇人，他只有一剑把他杀了，他没有话跟他说。他怕自己说不出话来。

有时候他更愿意自己被那个仇人杀了。

父亲与仇人，他一样想象不出是甚么样子。小时候有人说他像父亲。现在他连自己样子都不大清楚。

有时他对仇人很有好感，虽然他一点不认识他。

这确是一个问题，杀了那个人他干甚么？

既然仇人的名字几乎代替他自己的名字，他可不是借了那个名字而存在的？仇人死了呢？

"我必是要报仇的！

"我跟你的距离一天天近了。

"我如果碰到，一看，我就知道是你。

"即使我一生找不到你，我这一生是找你的了。"

这末一句的声音啊。


第二天，一天亮，他跑近一个绝壁。这真是一个尽头，回身来，他才看见天，苍碧嶙峋，不可抗拒的力量压下来。他呼吸细而急，太阳穴跳动，脸色发青，两股贴紧，汗出如浆。剑在他背上，很重。而在绝壁的里面，像是从地心里，发出丁丁的声音，坚决而从容。

他走进绝壁。好黑,半天,他甚么也看不见。退出来?他像是浸在冰水里。而他的眼睛渐渐能看见前面一两尺地方,他站了一会,稳住自己。丁,一声,一个火花,赤红的。丁,又一个。风从洞口吹进来,吹在他背上。咽了一口唾液,他走进去。他听见自己跫跫足音,这个声音鼓励他,教他不踉跄,有样子。里面越走越窄,他得弓着身子。他直视前面,一个一个火花爆出来。好了,到了尽头。到尽头,是一堆长头发,一个人,匍匐,一手錾子,一手锤头,正开凿膝前的方寸。像是没有听见有人来,他不回头。渐渐的,他向上开凿,他的手举起,举起,旅行人看见两只僧衣的袖子,他披及腰下的长发抖动一下。他举起,举起,旅行人看见那一双手,奇瘦,露骨,全是筋。旅行人向后退一步。和尚把头回过来一下。只一双眼睛,从纷披的长发后面闪出来。旅行人木然。举起举起,火花,火花,再来一个,火花!他差点没晕过去:和尚的手臂上赫然是三个字,针刺的,涂蓝的,是他父亲的名字。一时,他甚么也不见,只有那三个字。一笔一划,他在心里描了那三个字。丁,一个火花,字一跳动。时间从洞外飞逝,一卷白云从洞口掠过。他简直忘记自己背上的剑了,或则是他自己整个消失就剩得这口剑。他缩小缩小,至于没有。然后又回来,回来,好了,他的脸色由青转红,他自己充满于躯体,剑!他拔剑在手。

从容的,坚决的,丁丁的声音;火花,紫赤晶明。

忽然他相信他母亲一定已经死了。

"铿"的一声。

他的剑落回鞘里。第一朵锈。

他看了看自己脚下,脚下是新凿的痕迹。而在他脚前,另一付锤錾摆着。他俯身,拾起来。和尚稍为往旁边挪过一点。

两滴眼泪闪在庙里白发的和尚的眼睛里。

有一天,两付錾子会同时凿在空里。第一线由另一面射进来的光。

廿九年初稿

卅四年底重写

卅五年一月又重写

## 注　释

① 本篇原载《文艺复兴》1946 年第一卷第四期。初收《邂逅集》，文化生活出
版社 1949 年 4 月，文字有较大改动；又收《汪曾祺短篇小说选》，北京出版
社 1982 年 2 月，文字又有较大改动。

# 前　天①

前天,哦,我差一点送了命。

我很难计算这么一句话里的感情。我请你不把它看得太佻达,也不弄得太感伤,我意思本不如此。如果我说"差一点就死",或"差点儿就送了命",而且语气上更有点……那就不同了。

晚上,十点钟,天很黑,和一个人从城里坐马车回来。马老了,又跑了一整天,累了。车身太高,重心不稳,车夫吆喝,挥鞭,甚至说话看人都不大在行。"黄土坡! 黄土坡。"他把惊叹号用错了! 语气加在第一句话上。他走路时脚跟离地不多,拖里沓拉的。我断定他赶车时一定老在车下跑,不惯坐在"车夫座"上(后来证明我的观察极正确)。他不会扣点钱喝酒。或来两把"八点,十三!"他一定跟我一样,数票子数得也很慢。我对这个绝无近代生活中紧张气味的马车夫很有兴趣(倒不是说马车本身是个过去的东西。昆明一般马车夫都在农民的淳朴笨拙上盖上一层工人式的狡猾与机警,正充分象征这个暴发的都市)。高高的坐在前面,从城里的热风中回到乡下,回到清静,在星星底下,回去,睡眠等着我的疲倦。说不定我在床上还可以看一封信,……我有时严肃,有时轻扬,想及许多事情,在马蹄郭得郭得声中,柏油路上。路边杨树白天的浓荫,在星光下唤起一分沁人甘凉。

路极熟,快了,通过铁道。我知道那个小宝塔立在右边小山上,为无边的夜色所淹没。过铁道了,车子跳一跳。跳出来我的微笑。带我向"过去"那条路走。我想起前年,是冬天,有一个时候,差不多每天早晨,和一个人沿着铁道走,向左,走得相当远。每次心里都觉得就这么走下去,多好。走下去,走到那里去呢? 仿佛看到一幅画,远远的,两个人,那么一直走,一定还轻轻说点甚么,因为远了,听不见。也用不着听。这些话若从那里提出来必会失去颜色，那么娇嫩，摘不得。一直走下去，越走越远，走到那里去呢？想到那就是我，是她，于是笑了，我今天的笑就还有那种笑的记忆。但是，每次都相视一笑就回来了。而且都在差不多地方（给那里立个界碑吧）。回来时，照例在小车站上看看等火车的人。他们等车，我们等甚么，照例这些人天天改变，又总是如此就从未有印象留下。我常在站旁摊子上买一包烟。

"为甚么到那边买来，这不是有一个。"

"……怎么没看见？明天买这个的。"

"这个塔怎么上不去？"

这怎么回答？好像也无须回答。第一次经过塔时告诉她是个实心的。知道她不满意，塔能上去多好。一同凭塔窗眺望远景，青天，白云，一只鸟，翅膀尖蘸了点天上明蓝，……说到塔，是定得从公路右边，从我马车右边绕回去了。都在差不多时候。

有一天，我们看见一饼圆圆的冰，冰里开了一枝菜花，开得很好，黄黄的，楚楚可怜。结了冰，（昆明）难得的。"这无疑是曾经养在一个洋铁罐子里的。也许一时要用那个罐子，便倒在这里了。主人当是个洋车夫，或是打更的……"试捡起那块冰，拈在手里一会儿，走了一段，又好好放在路旁，事前事后都用眼睛征询她，她不说甚么，只看着我，心里似乎这么想："他捡起这块冰，他放下。"她似乎总是用这种眼光看我作一切事情。我如果发出一声惊人的大叫？她一定也还是如此。我带了这块冰走了一段，又好好的放在路边。那天霜很大，太阳可极好，也没有甚么风。空气清新扑面，如早晨刚打开窗子。远近林树安静而清洁。她穿一件浅灰色大衣。……

她的手非常非常软和，双手插在大衣袋里。我想我的手也应当插进去。应当的事办不到，自然是不出奇的。我不戴手套。

忽然，全车人大叫起来。惊散了我所含的笑。等我澈底明白是怎么回事时，事情已经过去。一辆既瞎且疯的大卡车，撞在我们马车上了！车不开灯，行驶极快，又不靠左边走，司机想是个广东人，二十来岁。迎头冲原是一种广东作风！幸而车上人在撞到之前即大叫，那个司机急急转过驾驶盘,我们的外行车夫也出于本能急急向左一闪,全车人差点没给掀出来。结果碰在马车轮子上,汽车一溜烟不见了。像一个顽皮孩子扔石头扎了人脑袋,不敢看看究竟如何,头也不回,马上跑了。

马车夫用外乡口音,不大得体的方式咕咕噜噜骂了几句,用意倒像是给自己听听,末了吼一声"走!"胡里胡涂老马又上了路,得郭,得郭,……

"看一看,那里坏了,能走么?"

"这不是走了,……"说话的人忽然也怀疑起来,车会不会一下子散了?

轮轴转珠圈裂了,戛戛作响,单调而有节拍。车身更加摇晃。老马喘气声音更重浊。车夫简直不敢坐上来了,只在底下拢住缰辔拖。车上人忽然感到彼此间一种同船共渡的亲近。但是谁也没交谈。也许每个人都各自嚼着一串故事,呼吸声音,了了可闻。

"算了,就慢点吧,莫打它了。"

"靠左边点,又有汽车来了。"

忽然有一个人叫"停了,不坐了,给你钱。"他给了点够到站的钱,大家看着他,不知为甚么。

下来一段路,我跟同伴说,"最多一秒钟,相差。"表声在我心里响了的答一声了。过一会,"如果把腿搁在(车厢)外边?"他说"胳臂也差不多。"

为幸运的偶然,我们笑得非常尽兴。笑得简直有点儿疯。

到了家,同伴说,"奇怪,当时并不怕。"当然,这一点都不奇怪。他说"假如一下子……该开追悼会了。"当时似即已想到种种,看到自己遗像在许多花圈,许多零散的花上面。谁在花旁边默默站立,擦了眼泪。谁记起在那一桩事情上曾经有负于死者,一直想找个机会说开了,或不著痕迹的冰释了。谁听到一句他生前的口头语,寂寞的微笑。……我们的疲倦好像延误了,我们有些话要谈,虽然说出的话全不是要说的,他把口袋里东西清理一番,一一看过,又一一装进去,连今天的一点紧张一点笑，一点由于回忆而来的淡淡惆怅。装好时用手揣揣，似乎全都在里边。

"昆明菜花冬天也开。冰结住了，冰在那里？"

好像没有谁听见我的话。（三月十九日记，夜二时。想起圣路易之稿。）

五月廿三日重抄增改数处

**注　释**

① 本篇原载 1946 年 10 月 13 日《经世日报》。

# 磨　灭①

苍蝇搓它的手,它的脚。

(不要打了,苍蝇搓它的手它的脚呢。)

苍蝇的翅膀上有虹彩,颜色如水面上的油花。嗡,飞起了。

天真闷。

是的,天气真闷。一个乡下人买了一对蜡烛,蜡烛直滴它的油。他的鞋面上也滴了油,着油处加一层薄灰。

在路上,我走了一点二十分,天上的云没有一块变过样子,绝对没有。

好了,张先生大概又不在家。事情呢,本来也没有甚么,回去写信话更好说些。

他不会在家的,他常不在。

我喝我的茶。不在文林街茶馆里喝茶将近两年了。我的头发里全是土!一看就知道从乡下来的。可是,我知道,没有人会注意到我的头。

门口,一个女人洗衣服,木盆里肥皂水着灰青色的泡沫。

我好像喝了一口那样的水。

远远听见郭公鸟叫。

活,这家伙,——

他来了,他坐在我旁边一张桌子上。

"我在文林街看见一个人,好玩极了。

"这个人在裤带上拴一条狗,狗在他长袍摆下转来转去。人有人性,兽有兽性,人兽之间的关系,从这里看得出来。"

"噢,我看见过,除了那个打更的,这个人最怪。"

"怪，可是说人兽之间那点儿关系？"

"这是个哲学问题！"

两年了，老李在广西，老张过上海，老陈，不知往那里去了，我们各有这个人一个影子，有如水手胳臂上刺一支锚。一种徽章，一个有箭头穿过的心形，温习起来时，即带来一些"过去"。

这个人实在怪。

那条狗，是条小狗。正是才可以啃动骨头，喜欢窜窜跳跳，对自己极有兴趣的时候。因为正在发育，行动中充满卖弄，富于表情。是一条地道中国种的狗。毛作浅灰黄色。有时，我想，一个画家画起它来时，大概会涂上一点绿的。

这条狗居然长得极肥，圆头圆脑，毛茸茸的。

这是一种最省事，易成功的配色方法，那个人全身色调与那条狗都极相似。他的长袍，他的铜盆帽。

他的帽子微微掀在脑后，他的头因为帽子而显得向后扬。一饼紫酱色脸。他眉毛高举，眼角微睁，扁嘴，下唇向外略微突出。因此造成一种傲慢，一种旁若无人，玩世不恭的神情。可是这神情不会引起任何人反感愤怒。一种绝望的苦心，徒然的努力。你可以从下面看出难堪的折磨，无端的迫害与屈辱，一个逐渐疲老的灵魂不断的忍受。一个爱好花，月亮，感伤的音乐，喜欢把小孩子骑在肩上而按拍子跳舞的灵魂。细致的，敏感的灵魂。孤寂的灵魂。一个头等丑角最常有的表情。也正如一个丑角的表演，所望于人的是一阵哄笑。至少，他们许会欣赏他的为某种愿望所作的挣扎，挣扎爬出淹没他自己的愁苦和卑贱之感。哄笑吧，你们的哄笑，可以使他快乐。

然而，没有，并没有哄笑。

天气实在闷。汗流在他颈后的皱纹里，汗沾湿他额前的头发。

他站在先生坡头，先生坡垂直于文林街。

文林街上人来，人往。人下先生坡，人上先生坡。他们画那个丁字，他们流汗。

一个挑水的。水桶里猪耳莲叶子一上一下。两朵淡紫色花在水里投下影子。

卖白糖糕的。他的笼里落了不少灰。糕正在时间中变酸。他想吆唤一声，"白糖糕，太平糕，"想叫又不叫。

纸烟铺里一个秃头小伙计，睡着了。别睡着呀，别睡着呀，然而他睡着了。口涎沿手臂而流到一本账簿上，红格子晕开来了。他笑了。一定是梦见他唯一的亲人，他的外祖母夸奖他真能干。而正在这时候，卖丁丁糖的震耳的敲过他的小小铁砧子！

郭公鸟在远远的地方叫。

那个人，像一朵花，开始萎了。他一切都变得模糊起来，他好像不在焦点上了。吹起他下摆的风在一个墙角撞碎了，散落了，不可收拾。他的酒气小了一点。他两颊陷进去，太阳穴发暗。他的眼睛里不是星，是云。简直，他要一瓣一瓣的落到地上来。

一辆洋车过来，拐弯了，车夫大叫，声音中充满轻蔑：

"让开！"

他的小狗急急一窜跑出他脚前二尺多远。

于是，完了，一切都完了。

一个人若想为他做一点甚么事，最好送他的狗一个铃子，给他系上去。

如果，你要是一个画家，你画他，在背景上，在他的身后，你画许多鸽子么？你画吧。


当真他是饿了。他嘴里发苦。他咽他的唾沫。他的意识如井水的波纹。然而他说话像一个老朋友，不拘形迹，亲昵得近于玩笑，好像拍着别人肩膀说的。然而，声音洪大得不必要。

"老板，可有杂菜！"

他的发音在他头内周旋，像在一个坛子里。饿的人最容易为自己声音震动。他成了个音叉。他说杂菜就如同说锅贴乌鱼五香鸽子糯米鸡。

小馆子里几个吃饭的客人瞟了一下眼睛。其中有一个为青辣椒气味所呛，打了一个极大的喷嚏。

老板炒他的菜。

半天寂静，寂静得如同一桶奶油。

一只麻雀"得"的一下飞进屋檐窠里。

阴沟里水冒气泡。

这老板并不胖，而且说得上是瘦。他的长脖子后面绷得很紧。他舀了一杓子油，用力倒到锅里去，几个油点溅在火里，哄的一声。他憋足了气力，并不回头大声喷出来：

"没，得！"

他挽了一挽袖子，把小粉拌好的牛肉向锅子里一兜。牛肉完了，又炒了一个番茄豆腐，锅里放上水，配了一个菠菜蛋花汤，鸡蛋打完了，水尚未开，他掏出一枝烟来，叼上，点着火，仍是不回头：

"出去。"

这两个字是他等着的，可是等得未免太久了。他本来预备好了，"是，是，是——"尾音拖长，提高。他以此娱乐自己，这十足赖皮相，满蓄一种对人世对自己的嘲笑意味。然而等得太久，这句话冷了。他显得很蠢，毫无表示，他出去，在老板的铁杓子下把一个白铁盘子承上去。

唉，这个盘子实在太大了。

所谓杂菜，剩汁残羹倒在一个桶里准备给人的。

好老板，我看见你特为给他捞了一捞，一个几乎完整的鸡头呢。老板你自己一定也喝酒。你回过头来，你笑了一笑，你笑得好。一年来我还记得那个笑。你跟你家里一定过得不坏，她头上戴了一朵花，我看见。


他来了。

他从先生坡上来，像一只蝉蜕去皮爬出泥土。他一直向这个茶馆里来，好像并非他打定主意要来，而是注定了非来不可。像一根拉长的橡皮必须要缩短似的。那边是他的欲望；这边，他自己。他得过去，在一拥抱之间合而为一，他好像并未认清桌子椅子，像一个旅人倦游归

157

来，甫一进门，即往床上一躺。他落在椅上，伏在桌上。他眼睛向茶馆里瞥了一下，像一个病人在昏睡中睁一睁眼睛，只觉一片光彩，不能构成任何印象或概念。他不戴帽子，他的头发如疾风中的草，倾倒在手臂上。他呼吸急促，气息嘘嘘。

"吃一碗茶来。"

他眼睛已经不大撕得开，上下眼皮全紫了。一种刺痛，一种教人肌肉收紧，骨盘内缩，脚趾伸挺的煎熬从这两个发烧的球体分出去，注射及于全身。他鼻梁上抽搐全是直纹。他鬓边息息跳动。他下唇拖在外面，像一种水果，为唾漱所能润泽的部分通红，熟透了，于是，画一道整齐的线，这一条线以外则不知沾了些甚么东西，全黑了。他下巴尖削，且向外卷，他胡髭已长，略形卷曲。

"泡一碗茶。"

他并不着急生气，仿佛那杯茶如果要泡来总会泡来的。他好像已经闻着那杯茶的香气，他口舌生津，喉头有点痛。于是他唱歌。他在鼻子里不知哼一种甚么调子，听起来既无节拍，又少高低，然而他浸没在他的歌里，像一只鸭子在泥水里。

他的狗呢？

一个挑水的，你水桶里猪耳莲叶子晃动。

卖白糖糕的，你的糕发酸。

纸烟铺小伙计，打瞌睡。

苍蝇和洗衣女人！

你们都来看，看他的虱子。虱子在他的黑大衣（好热！）外面描画复杂的花纹，它们多忙碌！这个人，他干吗，他睡着了？没有没有，喝，哎哟，他把他的鼻子顶在桌上，起来，他的鼻涕牵在鼻子与桌子之间，他抬起，俯下；拉长，又压扁；他吸进去又呼出来；快一点，又慢慢的。他专心一志于他的艺术，他扁嘴闭眼睛。

嗳嗳嗳，酒瓶酒瓶，他的酒瓶要为他的胳臂推倒了。——好，他扶住了，他一把抓住，他嘴角牵动，他大叫：

"泡，杯，茶！"

这回，真是哭。不是命令，是请求，是叫，他的欲望大叫，他的太浓的血大叫。

郭公鸟在远远的地方叫。声音如两粒弹丸，掷过来，扔过去。令人渴望一片秧池，浅黄嫩绿，密密秧针之下看见徐徐流动的水。一片树荫。一阵好风。一条长长的丝带在风中飘。

天真是闷。

**注 释**

① 本篇原载 1964 年 8 月 23 日上海《大公报·文艺》，又载 1946 年 9 月 2 日
　天津《大公报》。初收《汪曾祺全集》第一卷，北京师范大学出版社，1998
　年 8 月。

# 庙　与　僧[①]

我的行李已经由人先放在我要住的房间里去了,我就一直走到方丈找"当家的"和尚。当家的早已经迎了出来。这个和尚整个可以用一个"黄"字括尽了。第一,他胖得很,说胖还不大对,应当说肉多得很。腮帮子坠坠的,脑后长平了又打了折,连上下眼睑都"厚夺夺的",这么样,他不有个向外翻出的双料嘴唇,那就是不合理了。不过他的肉可不像一般胖子一样细软,似乎都割下来搁了几天再合到一块儿去的。这周身陈肉上一个一个毛孔都清清楚楚。于是,我想,你总不能再不想起你自己上菜场买小菜的那段生活了。这个胖和尚直在我面前发黄。他从头到脚都是黄的。和尚头刮过不久,直裰敞开,而脚下一双僧鞋是趿着的。僧鞋踏在脚跟的一块已经发一种深沉的油光。是夏天,他不穿袜子。说真的,最唤起我的黄的印象的是他那双肥脚,我一辈子没见过那么黄的脚。他就从肿肿的脚踵一直黄上去。黄,而发暗,不反光。没有办法,我相信,就把这个和尚切开了,里边的肉也都这种暗黄色。——我所说"黄"已经括尽了他,是主张胖也可以含在黄里的。不过人家是"当家的",我们不应随便叫他个甚么,得称呼一声"当家",尽管他胖而且黄,是吧?

当家和尚领我进了方丈,把他两个猪眼睛摆在我面前。这真是一个"方丈",不能更大。一张大床占去一半。床是乡下新娘子房里会可以见到的雕花大床,庙里这样床计有四张。床上粗夏布印花帐子,印的是梅兰竹菊蓝颜色的花。米缸,酒壶,咸菜罈子,一副"经担子"。后来一次当家的招呼一个老太婆"你怎么老不到庙里来坐坐,"老太婆说"你那个房子,哈叭狗都转不过身来!"她实在没有念过书,不知道有"厅事前不容旋马"这句话,她不是抄袭。当家的案上摊得一本草纸订的帐簿。一支笔正从左上角斜斜的滚过右下角。和尚请我抽一枝烟，他自己则呼呼噜噜吹起水烟袋。这个方丈里充满各种气味。这些气味我并不陌生。而当我想着如何送当家的一张香烟广告的美人图的时候，我实在不能不抬起头来看看，因为我又辨出一种气味来了；果然，一大块咸肉挂在梁上！天大概要变了，咸肉上全浸浸的发潮。地下是一块油渍，就在我椅子旁边。而一颗琥珀色油珠正凝在末端，要滴不滴的。我等着等着，半天半天，想等到听见答的一声就起身出来。——我希望你对这块咸肉不要大惊小怪，像我当初一样。庙里还养得三口小猪，准备过年时卖去两只，留一只自己杀了吃呢。

方丈在正殿的旁边。殿上一般供着三世佛，有鱼鼓磬钹。这殿上，在我住在庙里那么些日子之中，只有一次显得极其庄严，他们给一家拜梁王忏的那一次。庙里和尚一齐出动，还请来几个客僧，都披挂得整整齐齐，唱了好几天。屋上拖下长长的幡，炉里烧起降香，蒲团上遮了帔垫，和尚像个和尚，庙像个庙，其余的时候只是那三尊佛冷清清坐着。早晨黄昏，有个小和尚做功课。一个人矮矮的跪在长凳上，点了香，看了油，敲磬三声，含含糊糊的念起来，不知甚么道理，听来颇觉哀楚。

小和尚十一二岁。虽穿了和尚衣服，可是赤着脚。坐在屋里总听见他赤脚的打在天井石板上拍拍的响。那是他跟一条狗闹着玩，或是他追黄狗，或让黄狗追他。这孩子不大见他上树捉知了，下河摸虾。比普通庄稼孩子文气得多，无野像。虽然当家和尚说他淘气得很，常常打他。一挨打，他就伏在门口布袋和尚脚下悠悠的哭，一哭半天。黄狗就扑在门槛旁边看着他。只有过年那几天我见他兴奋过一阵子。外面许多孩子跑到庙里来滚钱，他也参加了，而且似乎赢了几个。他告诉我以前还有一个小和尚，是他师兄。一天在门外河里洗澡，教水鬼拉下去了。半夜三更，现在，有时听见外面水车响动，那是他师兄踩着玩。门口那架车，他们以前老踩，河边田是庙里的。这小和尚，你知道你很懂得寂寞么？你一定想开门出去看看的。

庙里大和尚一共三个。当家的，二师父，——乡下多叫他为二当家的，他的上下我不记得了，以小和尚口气，称之为二师父，还有一个，被称为能师父。所以有这么一个比较特别的称呼，是因为他不是在本庙出家的。

这能师父头上是否有疤，想不起了。我觉得他似乎尚未受戒，也许已经受过戒，我如此觉得是希望他可以随时还俗罢了。听小和尚说，他不是这里的人，虽然因为在这庙里住了很久，说话已经与别的和尚一样，听不出外乡口音。这家伙衣服总是挺挺括括，腰是腰，缝是缝，那怕是一件旧的，也称身合样。听说他还有个本领，是能够"飞铙"。这在盂兰会焰口中可以见到。是用两片大铙耍出许多花样，或让它在手指顶上的溜溜转；或哗喇喇掷向半天，用手或铙接住，反身背手，丢挡插腰，百无一失。这玩意城里大户人家不兴，大庙里和尚也不会。做盂兰会的多是湖西和尚。这能飞铙的和尚又必皆会吹笛拉胡琴，唱百种时调小曲。这在盂兰会人神共乐时用得着的。这和尚透着一股机灵鬼巧。若说他能不沾染甚么事情，教人不信。他如何会住到这么一个乡下小庙里来，就当有些缘故，决不是普通行脚挂单。能师父身材属于"三料个子"，不高不矮，薄薄的嘴唇，手上一个金戒指，袈裟多是绸的。真的，他要是留起来，一头好头发！当家的对于这么一个外客是否欢迎，不得而知。不过那些时候倒也相安无事。当家的对于能师父的爱憎只在牌桌上看得出来。

乡下法事少，长日清闲。当家的把几天来旧账画一画，算算离收租尚远，到殿上扬声叫能师父。能师父正用修脚刀修他左边脚掌的一片老皮子，心里正想，到时候了，怎么还……，一听那个像闷在木桶里的叫唤，即放下小刀，拂去脚皮，枕头下抽出一卷票子，挑了两张破烂的，回答一声"来了。"大殿上现成有吃饭桌子，不用搭。好，打牌了。其实村上两个闲汉照例来得正巧，庙里有一副二十年老麻将，骨子面子虽有些地方脱了节，用糯米饭粘过，粘过又脱；一张二万是后补的，是张花；不过大家摸起来都顺手。也有时斗纸牌，可是簇新的江源记，三星都是加金的。我有时也到他们后头去看看，当家教我学学，说是"不难的。多用点脑筋就会了。"而正在这时他漏碰了一张绝七万。他们对于每一张牌都有一个特别称呼，这自然又多是"荤的"，与女人有关系。当家

162

的跟我一样，不大了然。我看见能师父打了一张五索，说"女学生，花钱买不到的！"可怜当家的就只顾抽烟，把一副二五八平胡给错过了。大概除因特殊事故，上午十点到下午五六点，十六圈，闲汉散了。能师父回房，数数今天赢的，又连枕下的一齐掏出来，十块五块各放一处，叠好了锁到箱子里去。当家的则颇为不好的牌运弄得有点累了，不说话，独自坐在零乱的牌桌上，怅怅的鼓起眼睛，一副清一色，清一色，三条一张也没有现呀，……直到一个花脚大蚊子在他耳朵上狠狠的啄了一口，才找了半天，找到那双鞋子，捧了个水烟袋回方丈。

二师父若是回来，则牌桌上三个光头，二师父圆圆的，眉眼口鼻都无棱角，而且一脸是笑。二师父比能师父高大，没有当家的肉多，面色红润，额门发光。他穿得整整齐齐，一个纽子都不缺，当胸一挂大念珠，鞋底都是白的。他身上东西多半是杭州货。二师父回来，一家，应当说一庙，不，还是说一家吧，一家都欢喜。小和尚第一个奔出去又奔进来，手上一个包袱，包袱里有他的芝麻饼。能师父，当家的，都上二师父屋里去了，连那个老香火道人都兴冲冲去打洗脸水，二师父那条雪白的毛巾招他爱。二师父难得回来住几天。二师父另外"有"个庙，弄得很"得法"，春上才募了一个殿子，又给菩萨开了光。有一次仿佛听说要给能师父也"弄"一个，结果不详。我与二师父见面多，因为我也有时不在庙里。

有一天，我正在庙后看小牛吃奶，小和尚来叫我。

"哎，去看，二师父回来了。"

二师父实在不比这个小牛好看，我说我不去。听说这回回来要住一阵，总要见到的。

"哎，二师父把师母接来了！"

这可实在有点出乎我意想之外。

这个，这个甚么呢？这倒真难称呼，……好吧，这个女人，这个女人高高的身材，穿一身黑香云拷纱衫裤，襟头挂一枝白兰花，脑门绞得齐齐的，长长的眼睛，有点吊，嘴里两个金牙，正坐在雕花木床前半低着头喝茶。二师父则用他的雪白的毛巾洗脸，一瓶双妹老牌花露水。——

这女人我想是个寡妇。他一直住在庙里,到我走了她还没走。

你奇怪,我怎么弄到那么一个庙里住了好几个月?你大概还想知道我终天做些甚么事情,这我一时都无从回答你。事情一晃就八九年了,我有时也想想。当家的大概总死掉了,我似乎看见他黄黄的坐在一口缸里。现在当家的应当是小和尚。能师父想是没有还俗,多半是离开到别处去了,我仿佛很能知道他打叠打叠东西,背上,跨下一只船时的心。至于二师父,他应该有两个儿子了。我还想知道那个小小院子如何了。院在殿后,迤东有两间屋,我住。有两个小门,可以关死,与外面隔绝,门上两行墨书:

　　一人一世界
　　三邈三菩提

我闲常出来走走,则从另外一个圆门回来,经过三个小石塔,那是和尚的坟。院中夏天绿杨中知了极多,现在该落满一院桐叶了吧。桐叶落在我的屋瓦上哗啦啦响。再我很怀念那个老香火道人,他须眉皆白,一腿筋疙瘩,终年在门前打草鞋,我没有听他说过一句话。若要坐船,招呼他,立刻给拿桨。船扁而小,通身漆成红色,坐到那里去,一望而知是庙里的。呵,才起水的鱼,多鲜的菱角。……

注　释

① 本篇原载 1946 年 10 月 14 日上海《大公报》。初收《汪曾祺全集》第一卷,
　北京师范大学出版社,1998 年 8 月。

# 最响的炮仗①

孟家炮仗店的孟老板,孟和,走出巷口。

唉,孟老板这一趟走出巷口跟哪一趟都不大同。

一切都还是差不多。一出他家的门,向北,一爿油烛店。砖头路。左边一堵人家的院墙,墙上两条南瓜藤,南瓜藤早枯透了。右边一堵墙,突出了肚子,上面一张红纸条:出卖重伤风。自然这是个公厕,一个老厕所。老厕所原有的味儿。孟老板在这里撒过几十年的尿。砖头路。一个破洋瓷脸盆半埋在垃圾堆中。一个小旅馆,黑洞洞的,黑洞洞的梁上还挂一个旧灯笼,灯笼上画了几个蝙蝠,五福迎门。路上到处是草屑,有人挑过草。两行水滴,有人挑过水。一个布招,孟老板多年习惯的从那个布招下低头而过。再过去,一个小小理发店,墙壁上是公安局冬防布告:"照得年关岁暮,宵小匪盗堪猖,……"白纸黑字,字是筋骨饱满的颜体,旁边还贴有个城隍大会建会疏启,黄表纸。凡多招贴处皆为巷口,这里正是个人来人往的巷口。

孟老板看了一眼"照得……",一跳便至"中华民国"了。他搔搔头,似乎想弄清楚现在究竟是民国几年。巷口一亮。亮出那面老蓝布招子,上了年纪的蓝布招上三个大白字:古月楼。这才听见古月楼茶房老五一声"加蟹一笼——"阿,老五的嗓子,由尖锐到嘶哑,三十年了,一切那么熟悉。所以古月楼三个字终日也不见得有几个客人仰面一看,而大家却和孟老板一样,知道那是古月楼,一个茶楼。那是老五的嗓子,喊了近三十年。

太阳落在古月楼楼板上。一片阳光之中,尘埃野鸟浮动。

孟老板从前是这里的老主顾,几乎每天必到。来喝喝茶,吃吃点心,跟几个熟人见见面,拱拱手,由天气时事谈下去。谈谈生意上事情,地方上事情。如何承办冬防,开济贫粥厂;河工,水龙,施药,摆渡船,通阴沟,挑公厕里的粪,无所不谈。照例凡有须孟老板出力处他没有不站出来的,有须出钱处,也从不肯后人。凡事有个面子,人是为人活下来的,对自己呢,面子得顾。

孟老板在这条巷子有一个名字,在这个小城中,也有一块牌子。(北京的大树,南京沈万山,人的名儿,树的影儿。)

孟老板走到巷口,停了一停。他本应现在即坐到古月楼上等起来,但是他拐弯了。

这一趟走出巷口跟哪一趟可都不同。他要跟一个人接头关于嫁他的女儿的事去。

孟老板拐了弯,便看见自己家的那个炮仗店。孟老板从他的炮仗店门前而过。关着门,像是静静的,过年似的。这是孟老板要嫁女儿的缘故。

从前,从前孟家炮仗店门前总拥着一堆孩子,男孩子,女孩子,歪着脖子,吮着指头,看两个老师傅做炮仗。老师傅在三副木架子(多不平常的东西啊)之中的两个上车炮仗筒子。郭橐,一个,郭橐,一个。一簇小而明亮的眼睛随老师傅的手而动。炮仗店的地面特别的干,空气也特别的干。白木架子,干干净净。有的地方发亮,手摸得发亮。老师傅还向人说过,一辈子没有用过这么趁手的架子。这是天下最好的架子。天下有多大,多宽?老师傅自不明白,也不怎么想明白。

这个城实在小,放一个炮仗全城都可听见!一到快吃午饭时候,这一带的人必听到"砰——訇!"照例十来声,都知道孟家试炮仗,试双响。双响在空中一声,落地一声,又名天地响。试炮仗有一定的地方,一片荒地,广阔无边,从巷口不拐弯,一直向北,一直下去就是了。你每天可以看到孟老板在一棵柳树旁边,有时带着他的孩子。把炮仗一个一个试放。这是这个小城市每天的招呼。保安队天一亮就练号,承天寺到晚上必撞钟,中午孟家放炮仗。这几种声音,在春天,在冬天,在远处近处,在风中雨中,继续存在,消失,而共同保留在一切人的印象中,记忆中。人都慢慢长大了。

全城不止三家炮仗店,而孟家三代以来比任何一家的炮仗都响。四乡八镇,甚至邻近县城,娶媳妇,嫁女儿,讲究人家,都讲究用孟家炮仗,好像才算是放炮仗。

香期,庙会,盂兰焰口,地藏王生日,清明,冬至,过年,孟家架上没有"连日货"。满堂红万点桃花一千八百响落在雪地上真是一种气象。这得先订。老师傅一个下半年总要打夜作,一面喝酒,一面工作到天明。还有著名的孟家烟火,全城没得第二家。

烟火是秘传,孟老板自己配药串信子,老师傅都帮不了忙。一堂烟火抵一季鞭炮。一堂,或三套或五套不等。年丰岁月,迎灵出会,人神共乐,晚上少不了放烟火。放烟火在那片荒地上。荒地上两个高架子。不知道的人猜不出那是缢死囚用还是干甚么别的用的。就在烟火上,孟老板损了一只眼睛。

某年,城中大赛会,烟火共计有五堂之多,孟家所做,有外县一家所做。十年恰逢金满斗,不能白白放过!好,有得看了。烟火教这阖城的人有一个今天的晚上:老妈子洗碗洗得特别快,姑娘在灯前插一朵鬓边花。妈多给了孩子几个铜子儿,生意经纪坐在坟前吃一碗豆腐脑。杀猪的已穿上新羽绫马褂,花兜肚里装满了银钱,再不浑身油臭,泥水匠的手干干净净,卖鲜货的手里一串山里红,"来了?""来了。刚来?""三姨,三姨,——""狗子你别乱跑呀!"各人占好地方,十番"锣鼓飞动"放了!"炮打泗州城","芦蜂追秃子"……遂看得人欢声雷动,尽力喝吼,如醉如狂,踏的野地里草都平了。——最后,两套"天下太平"牵上去,等着看高下了。孟家烟火放紫光绿光,黄色橘色,喷兰花珠子,落飞蛾雪花,具草木虫鱼百状情形。"好。""好,是好!"而忽然,熄了。怎么回事?熄了?熄了。熄了!接火引信子嗤嗤有声,可是发不出火来。等!不着。等,不着!起先大众中还只吃吃喳喳,后来,大家那个叫呀,闹呀,吆喝呀,拍手吹哨呀。孟和那时年纪还小,咽得下这个吗?"拿梯子来!"攀上颤巍巍三十二档竹梯,看看到底是怎么回事。整了整信子,再看,正在他觑近时,一个"天鹅蛋"打出来,正中左眼,一脚摔了下来。左眼从此废去了,成为一个独眼龙。

大家看烟火。大家都认得孟老板这个人了！"这么一个人，这么一个人"，心里不由不感叹。一个小学生第二天作文"若孟君者，真乃一勇敢之人也"，先生给加了一个双圈。孟老板一只眼睛虽已废去，孟家烟火也从此站住了。五百里方圆，凡有死丧庆吊红白喜事，用烟火必找孟家。孟家炮仗店有个字号，但知道的不多，只晓得孟家炮仗店。一到过年，孟家炮仗店排挞门上贴上万年红春联，联上抹熟桐油，亮得个发欢，刘石庵体，八个大字：

　　生财大道　　处世中和

　　门边柱子上的那一条是全城最长的，从"自造"到"发客"计三十余字。孟老板手上一个汉玉扳指。孟老板旱烟袋上一个玻璃翠葫芦嘴子。孟老板每天在这个巷子里走好多回。从家里到店里，从店里到家里。"孟老板"这个称呼跟孟老板本人是一个。天下有若干姓孟的老板，然而天下只有这么一个孟老板。个子不高，方方正正的脸，走路慢慢的，说话慢慢的，坏了一只眼睛也并无人介意，小孩子看到那个脸上的笑也仍是一个极好的笑。在这个巷子里熟悉亲切的笑。

　　孟老板差不多每天要到古月楼坐坐。喝喝茶，吃吃点心，跟几个熟人见见面，谈谈。古月楼中有他一个长定座儿。吃茶时老五还是个小孩子，来古月楼做学徒还由孟老板作的保。老五当年有个癞痢头，如今一头黑发，人走了运。

　　但是孟老板这一趟走出巷口跟那一趟都不同。孟家炮仗店的门关上了。孟老板要把女儿嫁出去。

　　北伐成功，破除了迷信，神像推倒，庙产充公，和尚尼姑还俗，鞭炮业自然大受影响。虽然"打倒列强，打倒列强"唱了一阵之后，委员们又都自称信士弟子，忙着给肉身菩萨披红上匾，可是地方连年水旱兵灾，百姓越来越苦，有兴致放鞭炮的究竟少了，烟火更是谈不上。二十年河堤决口，生意更淡。接着是硝磺缺售，成本高，货源少，一年卖不出几挂千子红。后来，保安队贴出大布告，不许民间燃放炮竹，风声鹤唳，容易引起误会云云！

渐渐的，孟老板简直不容易在古月楼茶客中见到了。

店开不下去。家里耗了个空。背得一身的债。

这一带的人多久已不听见试炮声音。

孟老板还在这条巷子里走出走进。所欠的债务多半是一个姓宋的做的中保。姓宋的专是一个说是打合，牵线接头，陪人家借字，吃白食，拿干钱角色！

今天，现在孟老板就是要碰这个姓宋的去，谈谈嫁女儿的事情。早先约好，在古月楼见面，再谈一趟，就定聘了。

古月楼呀，孟老板像是从来没有上这个地方去过，完全是个陌生。孟老板出了巷口而拐弯了。他要上哪里去呢？是的，上哪儿去呢？他好像是在转了一会儿，也不问一问他自己。他只是信步而行，过了东街。数十年如一日，铺在这里的东街。烧饼店的烧饼，石灰店里的石灰，染坊师傅的蓝指甲，测字先生的缺嘴紫砂茶壶，……每一块砖头在左边一块的右边，右边一块的左边，孟老板从这里过去。这些东西要全撤去，孟老板仍是一个孟老板，他现在也没有一句话要向世人说。

一个糕饼店小伙计懒声懒气的唱，听声音他脸多黄：

"我好比……"这个声音孟老板必然也听到，却越走越远，混杂到人之中去了。

约莫两个多钟头之后，孟老板下了楼来。脸上蜡渣黄，他身边是那个姓宋的，两人走到屋檐口，站了一站。姓宋的帽子取下来，搔了搔头，想说甚么，想想，又不说了。仍旧把帽子戴上。"回见。""回见。"

孟老板看姓宋的走到巷口，立在那里欣赏公安局布告。他其实也没看进去。这布告贴了一星期，一共十二句，早都知道说的甚么。他是老看定那一行"照得年关岁暮"。他也看见最后"民国二十六"，"年"字上面一颗朱印，肥肥壮壮的假瘗鹤铭体。孟老板忽然发现这家伙的头真小！一种说不出的厌恶，他想摸上去一口把他耳朵咬下来。孟老板一生不骂人，现在一句话停在他嘴边：

"我×你十八代祖宗！"他一肚子愤怒，他要狂叫，痛哭，要喊，要把头撞在墙上，要拔掉自己头发，要跳起脚来呼天抢地。

但这只是一霎眼之间的事，马上平息下去。他感到腿上有点冷，一个寒噤。年老了，快五十了。

这时甚么地方突地来了一声，"孟老板！"孟老板遽然问"甚么事？"这才看出是挑水的老王。这人愣头愣脑。一对水桶摆呀摆的，扁担上挂了一条牛鞭子，一绺青蒜。自然是"没有事"。眼看着这人愣着眼睛过去后，自言自语，"没有事，没有事，有甚么事呢？"这教孟老板想起回家了。

孟老板把女儿嫁给保安队一个班长。姓宋的做媒，明天过门。

"唉，老孟，老孟，你真狠心，实在是把女儿卖了。"

孟家的房子真黑。女儿的妈陪着女儿做点衣裳，用从"聘礼"中抽出来的钱，制两件衬衣，一件花布棉袍子。剪刀声中不时夹杂着母亲一声干咳。女儿不说话。孟老板也不说话。

他这两天脾气非常的好。好得特别。两个小的孩子，也分外的乖，安安静静的。爸爸给他们还剪了剪指甲。

一个孩子找两个铜钱，剪纸做了个毽子，踢了两下，又靠着妈坐下来。一切都似乎给甚么冻着了，天气可还不太冷。

过了三天，日子到了。妈还买了两支"牙寸"烛点上，黑黑的堂屋里烛火闪闪的跳跃。换上新式初上头的女儿来跟爸爸辞行："爸爸，我走了。"

爸爸看看女儿，圆圆的脸。新花布棉袍。眉毛新经收拾弯弯的。"走吧，好好的。到人家去要……你妈呢？"孟老板娘原躲在门后拉衣袖拭眼泪，忙走出来，"大妹你放心去喔，要听话喔！"

大家都像再也无话可说，那么静了一会儿。一同听到街上卖油豆腐的声音。

孟老板女儿的出门是坐洋车去的。遮了把伞送出大门。大门边站了两个看热闹的邻居。两个邻居老太太谈起这件事，叹一口气，"也罢了！"女儿一走，孟老板即出门去，一直向北。

这两天他找到一点废材料，一个人，做了三个特大双响，问他干甚么，他一声不说。现在他带了这三个大炮仗出去，一直走到荒地。

他一直走到荒地。荒地辽阔无边，一棵秃树，两个木架子，衰草斜阳，北风哀动。孟老板把三个双响一个一个点上，随即拼命把炮仗向天上扔。真是一个最响的炮仗。多少日子以来没有过的新鲜声音。这一带人全都听到了。没有一个人知道是怎么回事。

你们贵处有没有这样的风俗：不作兴向炮仗店借火抽烟？这是犯忌讳的事。你去借，店里人跟你笑笑，"我们这里没有火。"你奇怪，他手上拿的正是一根水烟媒子。

三十五年十一月十九日初稿，二十日重写一过

**注 释**

① 本篇原载 1946 年 12 月 28 日天津《益世报》；又载 1947 年 1 月 5 日上海《益世报》，文字略有改动。

# 异　秉①

一天已经过去了。不管用甚么语气把这句话说出来,反正这一天从此不会再有。然而新的一页尚未盖上来,就像火车到了站,在那儿喷气呢,现在是晚上。晚上,那架老挂钟敲过了八下,到它敲十下则一定还有老大半天。对于许多人,至少在这地的几个人说起来,这是好的时候。可以说是最好的时候,如果把这也算在一天里头。更合适的是让这一段时候独立自足,离第二天还远,也不挂在第一天后头。

晚饭已经开过了。

"用过了?"

"偏过偏过,你老?"

"吃了,吃了。"

照例的,须跟某几个人交换这么两句问询。说是毫无意思自然也可以,然而这也与吃饭不可分,是一件事,非如此不能算是吃过似的。

这是一个结束,也是一个开始。

账簿都已一本一本挂在账桌旁边"钜万"斗子后头一溜钉子上,按照多少年来的老次序。算盘收在柜台抽屉里,手那么抓起来一振,梁上的珠子,梁下的珠子,都归到两边去,算盘珠上没有一个数字,每一个珠子只是一个珠子。该盖上的盖了,该关好的关好。(鸟都栖定了,雁落在沙洲上。)只有一个学徒的在"真不二价"底下拣一堆货,算是做着事情。但那也是晚上才做的事情。而且他的鼻涕分明已经吸得大有一种自得其乐的意趣,与白天挨骂时吸得全然两样。其余的人或捧了个茶杯,茶色的茶带烟火气;或托了个水烟袋,钱板子反过来才搓了的两根新媒子;坐着靠着,踱那么两步,搓一搓手,都透着一种安徐自在。一句话,把自己还给自己了。白天他们属于这个店,现在这个店里有这么几个人。

　　每天必到的两个客人早已来了,他们把他们的一切都带了来,他们的声音笑貌,委屈嘲讪,他们的胃气疼和老刀牌香烟都带来了。像小孩子玩"做人家",各携瓜皮菜叶来入了股。一来,马上就合为一体,一齐渡过这个"晚上"像上了一条船。他们已经聊了半天,换了几次题目。他们唏嘘感叹,啧啧慕响,讥刺的鼻音里有酸味,鄙夷时披披嘴,混和一种猥亵的刺激,舒放的快感,他们哗然大笑。这个小店堂里洋溢感情,如风如水,如店中货物气味。

　　而大家心里空了一块。真是虚应以待,等着,等王二来,这才齐全。王二一来,这个晚上,这个八点到十点就甚么都不缺了。

　　今天的等待更是清楚,热切。

　　王二呢,王二这就来了。

　　王二在这个店前廊下摆一个摊子,一个甚么摊子,这就难一句话说了。实在,那已经不能叫摊子,应当算得一个小店。摊子是习惯说法。王二他有那么一套架子,板子;每天支上架子,搁上板子:板上上一排平放着的七八个玻璃盒子,一排直立着的玻璃盒子,也七八个;再有许多大大小小搪瓷盆子,钵子。玻璃盒子里是瓜子,花生米,葵花籽儿,盐豌豆,……洋烛,火柴,茶叶,八卦丹,万金油,各牌香烟,……盆子钵子里是卤肚,薰鱼,香肠,煤虾,牛腱,猪头肉,口条,咸鸭蛋,酱豆瓣儿,盐水百叶结,回肠豆腐干。……一交冬,一个朱红蜡笺底下洒金字小长方镜框子挂出来了,"正月初一日起新增美味羊羔五香兔腿"。先生,你说这该叫个甚么名堂?这一带人呢,就省事了,只一句"王二的摊子",谁都明白。话是一句,十数年如一日,意义可逐渐不同起来。

　　晚饭前后是王二生意最盛时候。冬天,喝酒的人多,王二就更忙了。王二忙得喜欢。随便抄一抄,一张纸包了;(试数一数看,两包相差不作兴在五粒以上,)抓起刀来(新刀,才用趁手),刷刷刷切了一堆;(薄可透亮,)当的一声拍碎了两根骨头:花椒盐,辣椒酱,来点儿葱花。好,葱花!王二的两只手简直像做着一种熟练的游戏,流转轻利,可又笔笔送到,不苟且,不油滑,像一个名角儿。五寸盘子七寸盘子,寿字碗,青花碗,没带东西的用荷叶一包,路远的扎一根麻线。王二的钱龙里一阵阵响,像下雹子。钱龙满了时,王二面前的东西也稀疏了:搪磁盆子这才现出他的白,王二这才看见那两盏高罩子美孚灯,灯上加了一截纸套子。于是王二才想起刚才原就一阵一阵的西北风,到他脖子里是一个冷。一说冷,王二可就觉得他的脚有点麻木了,他掇过一张凳子坐下来,膝碰膝摇他的两条腿。手一不用,就想往袖子里笼,可是不行,一手油!倒也是油才不皴。王二回头,看见儿子扣子。扣子伏在板上记账,弯腰曲背,窝成一团。这孩子!一定又是"姜陈韩杨"的韩字弄不对了,多一划少一划在那里一个人商量呢。

里边谈笑声音他听得见,他入神,皱眉,张目结舌,笑。他们说雷打泰山庙旗杆,这事他清楚,他很想插一句,脚下有欲动之势。还是留在凳子上吧!他不愿留下扣子一个人,零碎生意却还有几个的。

到承天寺幽冥钟声音越来越清楚,拉洋车的徐大虎子,一路在人家墙上印过走马灯似的影子,王二把他老婆送来的晚饭打开,父子两个吃起来。照例他们吃晚饭时抽大烟的烤鸭架子挟了个酒瓶来切搁风。放下碗,打更的李三买去羊尿泡。再,大概就不会有人来了。王二又坐了一会,今天早一点吧,趁三碗饭的暖气未消,把摊子收拾了,一件一件放到店堂后头过道里来。

王二东西多,他跟他扣子两个人还得搬三四趟。店堂里这几位是每天看熟了,然而他们还是看,看他过来,过去,像姑娘看人家发嫁妆。用手用脚的是这两个人,然而好像大家全来合作似的。自然这其间淡漠热烈程度不同。最后至那块镜框子摘下来,王二从过道里带出一捆白天买好的葱。王二把他的葱放在两脚之间而坐下了。坐在那张空着的椅子上。

"二老板!生意好?"

"托福托福,甚么话,'二老板!'不要开玩笑好不好!"

王二这一坐下,大家重新换了一遍烟茶:王二一坐下,表示全城再没有甚么活动了。灯火照在人家槅子纸上,河边园上乌青菜叶子已抹了薄霜。阻风的船到了港,旅馆子茶房送完了洗脚汤。知道所有人都已得到舒休,这教自己的轻松就更完全。

谈话承前启后的接下来。

这里并未"多"这么一个王二。无庸为王二而把一套话收起来,或特为搬出一套。而且王二来,说话的人高兴,高兴多了一个人听。不止多了一个人听,是来了个听话的人。王二从不打断别人的话,跟人抬杠,抢别人的话说。他简直没有甚么话,听别人的。王二总像知道得那么少,虚怀若谷的听,听得津津有味,"唉","噢",诚诚恳恳的惊奇动色,像个小孩子。最多,比方说像雷打泰山庙旗杆,他知道,他也让你说,末了他补充发挥几句,而已。王二他大概不知道谦虚这两个字到底该怎么讲,于是他就谦虚得到了家了。

这里的人,自然不会有甚么优越感。王二呢,他自己要自己懂得分寸。这里几位,都是店里的"先生",两个客人,一个在外地做过师爷,看过琼花观的琼花;一个教蒙馆,他儿子扣子都曾经是他学生。王二知道自己决写不出一封"某某仁翁台电"的信,用他自己的话说,"不敢乱来。"

叫一声"二老板"的,当然有一种调侃的意思在。不过这实在全非恶意,叫这么一声真是欢欢喜喜的。为王二欢喜,简直连嫉妒的意思都没有。那个学徒的这时把货拣完了,一齐掳到一张大匾子里。他看看老《申报》,晓得一个新名词,他心里念"王二是个'幸运儿'。"他笑,笑王二是个幸运儿,笑他自己知道这三个字。

王二真的是不敢当。他红了若干次脸才能不红。(他是为"二老板"而红脸。)

王二随时像做官的见上司一样,不落落实实的坐,虽然还不至于"斜签着"。即是跟他儿子,他老婆在一处,甚至一个人,他也从不往椅子背上一靠,两条腿伸得挺挺的。他的胳臂总是贴着他的肋骨。他说话时也兴奋,激动,鼓舞,但动跳的是他的肌肉,他的心,他不指手画脚,有为加重语气而来一个响榧子。他吃饭,尽管甚么事都没有,也是赶活儿一样急急吃了。喝茶,到后头大锡壶里倒得一杯,咕噜噜灌下去,不会一口一口的呷,更不会一边呷,一边把茶杯口在牙齿上轻轻的叩。就说那捆葱,他不会到临走时再去拿吗,可他不,随手就带了来。王二从不缺薄,谢三秀才就是谢三秀才,不是甚么"黑漆皮灯笼谢三秀才"。他也叫烤鸭架子为烤鸭架子,那是因为烤鸭架子姓名久经湮没,王二无法觅访也。

"王二的摊子"虽然已经像一个小店了,还是"王二的摊子"。

今天实在是王二的摊子最后一天了。明天起世界上就没有王二的摊子。

王二赁定了隔壁旱烟店半间门面。旱烟店虽还开着门,这两年来实在生意清淡,本钱又少,只能养两个刨烟师傅,一个站柜的火食,王二来,自然欢迎。老板且想到不出一年,自己要收生意,一齐顶给王二。王二的哥哥王大是个挑箩的,也对付着能做一点木匠活,(王大王二原不住在一齐,这以后,王二叫他搬到他家里来住。)已经丁丁东东的弄了两天,一个小柜台即将完成。王二又买了十几个带盖子的洋油铁箱,一口玻璃橱子,一张小桌子,扣子可以记记账。准备准备,三天之后即可搬了过去。

能不搬,王二决不搬。王二在这个檐下吹过十几个冬天的西北风,他没有想到要舒服舒服。这么一丈来长,四尺宽的地方他爱得很。十几年来他在一定时候,依一定步骤在这里支开架子,搁上板子,那里地上一个坑,该垫一个砖片,那里一根椽子特别粗,他熟得很。春天燕子在对面电话线上唧唧呱呱,夏天瓦沟里长瓦松,蜘蛛结网,壁虎吃苍蝇,他记得清清楚楚。晚上听里边说话已成了个习惯。要他离开这里简直是从画儿上剪下一朵花来。而且就这个十几年里头,他娶了老婆生了扣子,扣子还有个妹妹。他这些盒子盆子一年一年多起来,满起来,可是就因为多起来满起来,他要搬家了。这么点地方实在挤得很。这些东西每天搬进搬出,在人家那儿堆了一大堆也过意不去。风沙大,雨大,下雪的时候,化雪的时候,就别提多不方便了。还有,他不愿意他的扣子像他一样在这个檐下坐一辈子。扣子也不小了。

你不难明白王二听到"二老板"时心里一些综错感情。

于是王二搬家了。王二这就不再在店前摆摊子了。

虽然只隔一层墙,究竟是个分别。王二没事时当然会来坐坐,晚上尤其情不自禁的要溜过来的,但彼此将终不免有一分冷清。王二现在来,是来辞行了。他们没有想到这四个字:依依不舍,但说出来就无法否认,虽然只一点点,一点点,埋在他们心里。人情,是不可免的。只缺少一个倾吐罢了。然而一定要倾吐么?

王二呢,他是说来谈谈的。"谈谈"的意思是商量一点事情,甚么事情王二肯听听别人意见。今天更有须要向人请教的。他过三天。大小开了一爿店。是店得有个字号。这事前些日子大家早就提到过。

"二老板! 黑漆招牌金漆字,如意头子上扎红彩。写魏碑的有崔老夫子,王二太爷石门颂。四个吹鼓手,两根杠子,嗨唷嗨唷,南门抬到北门! 从此青云直上,恭喜恭喜!"

王二又是"托福托福,莫开玩笑。"自然心里也有些东西闪闪烁烁翻动。招牌他不想做,但他少不了有些往来账务,收条发单,上头得有个图章。他已经到市场逛了逛,买了两本蓝油夏布面子的新账本,一个青花方瓷印色盒子。他一想到扣子把一方万胜边枣木戳子蘸上印色,呵两口气,盖在一张粉莲纸上,他的心扑通扑通直跳,他一直想问问他们可给他斟酌定了,不好意思。现在,他正在盘算着怎么出口。他嘀咕着:"明天,后天,大后天,哎呀! ——"他着急要来不及了。刻图章的陈老三认识,赶是可以赶的,总不能弄到最后一天去。他心里有事,别人说甚么事,那么起劲,他没听到。他脸上发热,耳朵都红了。

教蒙馆的陆先生叫了一声,

"王老二!"

"嗳,甚么事陆先生?"

"你的那个字号啊,——"

"哝。"

"我们大家推敲过了。"

"承情承情!"

"乾啦,泰啦,丰啦,隆啦,昌啦,……都不大合适,这个,这个,你那个店不大，怕不大称。（王二正想到这个。）你末，叫王义成，你儿子叫王坤和，你不是想日后把店传给儿子吗，我们觉得还是从你们两个名字当中各取一个字，就叫王义和好了。你这个生意路子宽，不限甚么都可以做，也不必底下再赘甚么字，就叫'王义和号'好了。如何，你以为？"

王二一句一句的听进去，他听王少堂说"武十回"打虎杀嫂也没这么经心，他一辈子没听过这么好听的声音，陆先生点火吃烟，他连忙：

"好极了，好极了。"

陆先生还有话：

"图章呢，已经给你刻好了，在卢先生那儿。"

王二嘴里一声"啊——"他说不出话来。这他实在没有想到！王二如果还能哭，这时他一定哭。别人呢，这时也都应当唱起来。他们究竟是那么样的人，感情表达在他们的声音里，话说得快些，高些，活泼些。他们忘记了时间，用他们一生之中少有的狂兴往下谈。扣子已经把一盏马灯点好，靠在屏门上等了半天，又撑开罩子吹熄了。

自然先谈了许多往事。这里有几个老辈子，事情记得真清楚。王二父亲甚么时候死的，那时候他怎么瘦得像个猴子，到粥厂拾个粮子打粥去。怎么那年跌了一交，额角至今有个疤，怎么挎了个篮子卖花生，卖梨，卖柿饼子，卖荸荠；怎么开始摆熏烧摊子；……王二痛定思痛，简直伤心，伤心又快乐总结起来心里满是感激。他手里一方木戳子不歇的掂来掂去。

"一切是命。八个字注得定定的。抬头朱洪武，低头沈万山，猴一猴是个穷范单。除了命，是相。耸肩成山字，可以麒麟阁上画图。朱洪武生来一副五岳朝天的脸！汉高祖屁股上有七十二颗黑痣，少一颗坐不了金銮宝殿！一个人多少有点异像，才能发。"

于是谈了古往今来，远山近水的穷达故事。

最后自然推求王二如何能有今天了。

王二这回很勇敢，用一种非常严重的声音，声音几乎有点抖，说：

"我呀，我有一个好处：大小解分清。大便时不小便。喏，上毛房时，不是大便小便一齐来。"

他是坐着说的,但听声音是笔直的站着。

大家肃然。随后是一片低低的感叹。

这时门外一声:

"爹!你怎么还不回去?"

来的是王二女儿,瘦瘦小小,像她爹,她手里一张灯笼,女儿后面是他哥哥王大,王大又高又大,一脸络腮胡子,瞪着两眼。

那架老钟抖抖搂搂的一声一声的敲,那个生锈的钢簧一圈一圈振动,仿佛声音也是一个圈一个圈扩散开来,像投石子水,颤颤巍巍。数。铛,——铛,——铛,——铛,……一共十下。

王二起来。

"来了来了。这么冷的天,谁教你来的!"

"妈!"

忽然哄堂大笑。

"少陪少陪。"

王二走了一步,又站着:

"大后儿,在对面聚兴楼,给个脸,一定到,早到,没有甚么菜,喝一杯,意思意思,那天一早晨我来邀。

"少陪你老。少陪,卢先生。少陪,陆先生,……

"扣子!把妹妹手上灯笼接过来!马灯不用点了,我拿着。"

大家目送王二一家出门。

街上这时已断行人,家家店门都已上了。门缝里有的尚有一线光透出来。王二一家稍为参差一点的并排而行。王大在旁,过来是扣子,王二护定他女儿走在另一边。灯笼的光圈幌,幌,幌过去。更锣声音远远的在一段高高的地方敲,狗吠如豹,霜已经很重了。

"聋子放炮仗,我们也散了。"师爷与学究连袂出去,这家店门也阖起来。

学徒的上茅房。

十二月三日写成。上海

**注　释**

① 本篇原载《文学杂志》1948 年第二卷第十期。初收《汪曾祺全集》第一卷，
北京师范大学出版社，1998 年 8 月。1980 年作者以同题重写这篇小说，参
见《异秉》(二)。

# 1947 年

## 鸡 鸭 名 家[①]

刚才那两个老人是谁？

父亲在洗刮鸭掌，每个蹠蹼都撑开细细看过，是不是还有一丝泥垢，一片没有刮尽的皮，样子就像是作着一件精巧的手工似的。两付鸭掌，白白净净，一只一只，妥妥停停的一排。四个鸭翅，也白白净净，一只一只，妥妥停停一排。看起来简直绝对想不到那是从一只鸭子身上取下来的，仿佛天生成这么一种好吃东西，就这样生的就可以吃了，入口且一定爽糯鲜甜无比，漂亮极了，可爱极了。我忍不住伸手用指头去捏捏弄弄，觉得非常舒服。鸭翅尤其是血色和匀丰满而肉感。就是那个教我拿着简直无法下手的鸭肫，父亲也把它处理得极美，他握在手里，掂了一掂，"真不小，足有六两重！"用他那把角柄小刀从栗紫色当中闪着钢蓝色的那儿一个微微凹处轻轻一划，一翻，蓝黄色鱼子状的东西绽出来了。"你说脏，脏甚么！一点都不！"是不脏，他弄得教我觉得不脏，我甚至没有觉得臭味。洗涮了几次，往鸭掌鸭翅之间一放，样子名贵极了，一个甚么珍奇的果品似的。我看他作这一切，用他的洁白的，熨贴的，然而男性的，有精力，果断，可靠的手作这一切，看得很感动。王羲之论钟张书，"张精熟过人，"又曰"须得书意转深，点画之间皆有意，自有言所不得尽其妙者，事事皆然。""精熟"，"有意"，说得真好。我追随他的每一动作，以心，以目，正如小时，看他作画。父亲一路来直称赞鸡鸭店那个伙计，说他拗折鸭掌鸭翅，准确极了，轻轻一来，毫不费事，毫不牵皮带肉，再三赞叹他得着了"诀窍"，所好者技，进乎道矣，相信父亲自己落到鸡鸭店作伙计，也一定能作到如此地步！

这个地方鸡鸭多,鸡鸭店多,教门馆子多,一定有不少回回。回回多,当有来历,是一颇有兴趣问题,我们家乡信回教的极少,数得出来的,鸡鸭店则全城似只一家。小小一间铺面,干净而寂寞,经过时总为一种深刻印象所袭,一种说不出来的东西与别人家截然不同。铺子在我舅舅家附近,出一个深巷高坡,上了大街,拐角上第一家就是。主人相貌奇古,一个非常的大鼻子,真大!鼻子上一个洞,一个洞,通红通红,十分鲜艳,一个酒糟鼻子。我从那一个鼻子上认得了什么叫酒糟鼻子。没有人告诉过我,我无师自通,一看见那个鼻子就知道了:"酒糟鼻子!"日后我在别处看见了类似而远比不上的鼻子,我就想到那个店主人。刚才在鸡鸭店我又想到那个鼻子!从来没有去买过鸡鸭,不知那个鼻子有没有那样的手段?现在那个人,那片店,那条斜阳古柳的巷子不知如何了。……

一串螃蟹在门后叽哩咕噜吐着泡沫。

打气炉子呼呼的响。这个机械文明在这个小院落里也发出一种古代的声音,仿佛是《天工开物》甚至《考工记》上的玩意了。

一声鸡啼。一个金彩烂丽的大公鸡,一只很好的鸡,在小天井里徘徊顾盼,高傲冷清,架上两盆菊花,一盆晓色,一盆懒梳妆。——大概多数人一定欣赏懒梳妆名目,但那不免过于雕琢著意,太贴附事实,远不比晓色之得其神理,不落形象,妙手偶得,可遇不可求。看过又画过这种花的就可以晓得,再没有比这更难捉摸的颜色了,差一点就完全不是那回事!天晓的颜色是甚么样子呢,可是一看到这种花瑷瑷碟碟,清新醒活的劲儿,你就觉得一点不错,这正是"晓色"!心中所有,笔下所无的两个字。

我们刚回来一会儿,买了鸭翅,鸭掌,鸭舌,鸭肫,八只蟹,青菜两棵,葱一小把,姜一块回来,我来看父亲,父亲整天请我吃,来了几天,吃了几天。昨天晚上隔了一层板壁,他睡在外面房间,我睡在里头,躺在床上商议明天不出去吃了,在家里自己作。不要多,菜只要两个,一个蟹,蒸一蒸,不费事,——喝酒;一个舌掌汤,放两个菜头烩一烩——吃饭。我父亲实在很会过日子,一个人在外头,一高兴就自己作饭,很会自得其乐！——那几只蟹买得好，在路上已经有两个人问过，好大蟹，甚么地方买的，多少钱一斤，很赞许的样子，一个老先生，一个女人，全都自然极了，亲切极了，可是我们一点也不认识，真有意思！大都市里恐怕很少这种情形了。

那两个老人是谁呢，父亲跟他们招呼的，在沙滩上？——

街上回来，行过沙滩。沙滩上有人分鸭子。三个，——后来又来了一个，四个，四个汉子站在一个大鸭圈里，在熙熙攘攘的鸭子里，一个一个，提起鸭脖子，看一看，分别丢在四边几个较小鸭圈里。看的甚么？——四个人都是短棉袄。有纽子扣得好好的，有的只披上，下面皆系青布鱼裙，这一带江边湖边，荡口桥头，依水而住，靠水吃水的人，卖鱼的，贩菱藕的，收鸡头芡实，经营芦柴菱草生意的，类多有这么一条青布裙子。昨天在渡口市滩看见有这种裙子在那儿卖，我说我想买一条，父亲笑笑。我要当真去买，人家不卖，以为我是开玩笑的。真想看一个人走来讨价还价，说好说歹，这一定是很值得一看的。然而过去又过来，那两条裙子竟是原样放着，似乎没有人抖开前前后后看过！这种裙子穿在身上，有甚么好处，甚么方便，有甚么感情洋溢出来呢？这与其说是一种特别装束，不如说是一种特别装束的遗制，其由来盖当相当古远，似乎为了一点纪念的深心！他们才那么爱好这条裙子，和头上那种瓦块毡帽。这么一打扮，就"像"了，所有的身份就都出来了。"我与我周旋久，宁作我，"生养于水的，必将在水边死亡，他们从不梦想离开水，到另一处去过另外一种日子，他们简直自成一个族类，有他们不改的风教遗规。看的是鸭头，分别公鸭母鸭？母鸭下蛋，可能价钱卖得贵些？不对！鸭子上了市，多是卖给人吃，养老了下蛋的十只里没有一只。要单别公母，弄两个大圈就行了，把公的赶到一边，剩下不就全是母的了，无须这么麻烦。是公是母，一眼还不就看出来，得要那么捉起来放到眼前认一认么？那几个小圈里分明灰头绿头都有。——沙滩上悠悠窅窅，安静极了，然而万籁有声，江流浩浩，飘忽着一种广大深微的呼吁，一种半消沉半积极的神秘意向，极其悄怆感人。东北风。交过小雪了，真的入了冬了，可是江南地暖，虽已至"相逢不出手"时候，身体各处却还觉得舒舒服服,饶有清兴,不很肃杀。天有默阴,空气里潮润润的。新麦,旧柳,抽了卷须的豌豆苗,散过了絮的蒲公英,全都欣然接受这点水气,很久没有下雨。鸭子似乎也很满意这样的天气,显得比平常安静得多。脖子被提起来,并不表示抗议,——也由于那几个鸭贩子提得是地方,一提起,就势儿就摔了过去,不致令它们痛苦,甚至那一摔还会教它们得到筋肉伸张的快感,所以往来走动,煦煦然很自在的样子,一点也看不出悲惨。人多以为鸭子是很会唠叨的动物,其实鸭子也有默处的时候,不过这么一大群鸭子而能如此雍雍雅雅,我还从未见过! 它们今天早上大都得到一顿饱餐了罢。——甚么地方来了一阵煮大麦芽的气味,香得很,一定有人用长柄大铲子慢慢的搅和着,就要出糖了。——是称称斤量,分开新鸭老鸭? 也不对。这些鸭子全差不多大,没有问题,全是今年养的,生日不是四月就是五月初头,上下差也差不了几天。骡马看牙口,鸭子不是骡马。要看,也得叫鸭子张嘴,而鸭子嘴全闭得扁扁的! 黄嘴也扁扁的,绿嘴也扁扁的。掰开来看全都是一圈细锯齿,它的板牙在肚子里,膝囊里那堆石粒子! 嘴上看甚么呢? ——我已经断定他们看的是鸭嘴。看甚么呢? 哦,鸭嘴上有点东西! 有一个一个印子,刻出来的。有的是一道,有的两道,有的一个十字叉叉,那个脸红通通的小伙子,(他棉袄是新的,鞋袜干干净净,他不喝酒,不赌钱,他是个好"儿子",他有个很疼爱他的母亲。我并不嫉妒你!)尽挑那种嘴上两道的。这是记认。这一群鸭子不是一家养的,主人相熟,一伙运过江来,搅乱了,现在再分开各自出卖。对了,不会错的,这个记认作得实在有道理。

江边风大,立久了究竟有点冷,走罢。

刚才运那一车子鸡的夫妻俩不知到了那里。一板车的鸡,一笼一笼堆得高高的。这些鸡算不算他们自己的? 算他们的,该不坏了,很值几文呢。看样子似不大像,他们穿得可大不齐整。这是作活,不是上庙烧香,不是回娘家过节,用不着打扮,也许。这付板车未免太笨重了一点,车本身比那些鸡一定重得多。——虽然空车子拉起来一定又觉得很轻松的。我起初真有点不平,这男人岂有此理,让女人在前头拉,自己提了两个看起来没有多大分量的蒲包在后头自自在在的踱方步，你就在后头推一把也不妨呀！父亲不说甚么，很关心的看他们过去。一直到了快拐弯的地方，我们一相视，心里有同样感动了。这一带地怎么那么不平，那么多的坑！车子拉动了之后，并不怎么费力的，陷在坑里要推上来才不容易。一下子歪倒了，赶紧上去救住，不但要气力，而且要机警灵活，压着撞着都不轻。这一下子，够受的！他抵住了，然而一个轮子还是上不来。我们走过来，两个老人也跑了过来。我上去推了一把，毫无用处，还是老人之一捡了一块砖煞住一个老往后滑的轮子，那个男人（我现在觉得他很伟大，很敬佩他），发一声喊，车子来了！不该走这条路的，该稍为绕绕，旁边不还稍为平点么。她是没有看到？是想一冲冲过去的？他要发脾气了，埋怨了！然而他没有，不但脸上没有，心里也没有。接过女人为他拾回来的落掉的瓦块帽子，掸一掸草屑，戴上，"难为了，"又走了，车子吱吱咀咀拉了过去。我这才听见，怎么刚才车轴似乎没有声音呢？加点油是否好些？他那两个蒲包里是甚么东西？鸡食？路上"歪掉"的鸡？两包盐？

我想起《打花鼓》，

> 恩爱的夫妻
>
> 槌不离锣

这两句老在我心里唱，连底下那个"啊呃哎"。这个"啊呃哎"一声一声的弄得我心里很凄楚起来。小时杂在商贾负贩人中听过庙戏多回，不知怎么记得这么两句《一枝花》。后来翻查过戏谱，曾记诵过《打花鼓》全出，可是一有甚么感触时仍是这两句，没头没脑的尽是哼哼。

这个记认作得实在很有道理。遍观鸭子全身，还有甚么其他地方可以作记认呢？不像鸡，鸡长大了毛色各各不同，养鸡人全都记得，在他们眼中世界上没有两只同样的鸡，(《王婆骂鸡》曲本中列鸡色目甚繁夥贴当，可惜背不全了！)偷去杀了吃掉，剥下一堆毛，他认也认得清，小鸡子则都给染了颜色，在肩翅之间，或红或绿。有老母鸡领着，也不大容易走失。染了颜色不大好看，我小时颇不赞成，但人家养鸡可不是为的给我看的！鸭子麻烦，身上不能染红绿颜色，它要下水，整天浸在水里颜色要褪。到一放大毛，普天之下的鸭子就只有两种样子了，公鸭，母鸭。所有的公鸭都一样，所有的母鸭也全一样。鸭子养在河里，你家养，他家养，在河里会面打伙时极多，虽然赶鸭人对自己的鸭有法调度，可是有时不免要混杂。可以作记认，一看就看出来的只有那张嘴。（沈石田画鸭，总是把鸭嘴画得比实际的要宽长些，看过他三幅有鸭子或专画鸭子的画，莫不如是。）上帝造鸭，没有想到鸭嘴有这么个用处罢。小鸭子，嘴嫩嫩的，刻起来大概很容易，用把小洋刀，钳子，钉头，或者随便甚么，甚至荆棘的刺，但没有问题，养鸭人家一定专有一个甚么东西，轻轻那么一划就成了。鸭嘴是角质，就像指甲似的没有神经，刻起来不痛。刻过的，没有刻过的，只要是一张嘴，一样的吃碎米，浮萍，蛆虫，虾蚤，猫杀子罗汉狗子小鱼，鸭子们大概毫不在乎，不会有一只鸭子发现了，大叫出来，"咦，老哥，你嘴上怎么回事，雕了花？"想出这个主意的必然是个伶俐聪敏人。这四个汉子中那一个会发明出来，如果从前从未有过这么一个办法？那个红脸小伙子眼睛生得很美，很撩人的，他可以去演电影。——不，还是鱼裙瓦块帽做鸭子生意！

然而那两个老人是谁呢？

父亲揭起煨罐盖子看看，闻了闻气味，"差不多了，"把一束葱放下去，掇到另一小火的炉上闷起来，打汽炉子空出来蒸蟹。碗筷摆出来，两个杯子里酌满了酒，就要吃饭了。酒真好，我十年来没有喝过这样好酒。父亲说我来了这几天，他比平常喝得要多些，我很喜欢。

"那两个年纪大的是谁？"

"怎么，——你不记得了？"

我还以为我的话问得突兀，我们今天看见过好几个老人，虽然同时看见，在一处的，只有那两个；虽然父亲跟他们招呼过，未必像我一样对他们有兴趣，一直存在心里罢。他这一反问教我很高兴，分明这是很值得记得的两个人，我的眼睛没有错，他们确是有吸引人的地方的！我以为父亲跟他们招呼时有种特殊的敬爱，也没有错，我一问，他即知道问的是谁。大概父亲也会谈起的。

"一个是余老五。"

余老五！这我立刻就知道了，是高大，广额方颊，一腮帮子白胡子根的那个。刚才我就觉得似曾相识，那里看见过的，想来想去，找不到那个名字，我还以为又是把在另一处看过的一个老人的影子错借来了。他是余老五，真不该忘记。近二十年了，我从前想过他，若是老了该是甚么样子，正是这个样子！难怪那么面熟。他不该上这里来，若在家乡街上，我能不认得？——那个瘦瘦小小，目光精利，一小撮山羊胡子，头老微微扬起，眼角微有嘲讽痕迹，行动不像是六十几的人，是——

"陆长庚。"

"陆长庚。"

"陆鸭。"

陆鸭！不过我只能说是知道他，那时候我还小。——不像余老五那是天天见得到的老街坊。

说是老街坊，余大房离我们家很有一截子路，地名大溏，已经是附郭最外一圈，是这条街的尾闾了。余大房是一个炕，余老五在余大房炕房当师傅。他虽姓余，炕房可不是他开的，虽然他是这个炕房里顶重要的一个人。老板或者是他一宗，恐怕相当远，不大清楚了。大溏是一片大水，由此可至东北各乡及下河县城水道，而水边有人家处亦称大溏。这是个很动人的地方，风景人物皆极有佳胜处，产生故事极多。在这里出入的，多是那种戴瓦块毡帽系鱼裙朋友。用一个小船在河心里顺流而下，可以看到垂杨柳，脆皮榆，茅棚瓦屋之间高爽地段常有一座比较齐整的房子，两边墙上粉得雪白，几个黑漆大字，显明阅目，一望可见，夏天外头多用芦席搭一个凉棚，绿缸中渍着凉茶，冬天照例有卖花生薄脆的孩子在门口踢毽子，树顶常飘有做会的纸幡或红绿灯笼的那是"行"。一种是鲜货行，代客投牙买卖鱼虾水货，荸荠慈菇，芋艿山药，鸡头薏米，种种杂物。一种是鸡鸭蛋行。鸡鸭蛋行旁边常常是一爿炕房。炕房无字号，多称姓某几房，似颇有古意，而余大房声誉最著，一直是最大的一家。

余五整天没有甚么事情,老看他在街上逛来逛去,而且到哪里提了他那把紫沙茶壶,坐下来就聊,一聊一半天。而且好喝酒,一天两顿,一顿四两。而且好管闲事,跟他毫无关系的事,他也要挤上来说话。而且声音奇大,这条街上一爿茶馆里随时听见他的声音。有时炕房里差个小孩子来找他有事,问人看见没有。答话人常是"看没有看见,听倒听见的。再走过三家门面,你把耳朵竖起来,找不到,再回来问我。"他一年闲到头,吃,喝,穿,用,全不缺。余大房养他。只有春夏之间,不大看见他影子了。

不知多少年没有吃那种"巧蛋"了。巧蛋是孵小鸡没有孵出来的蛋。不知甚么道理,常常有些小鸡长不全,多半是长了一个小头,下面还是个蛋,不过颜色已变,黄黄的,上面略有几根毛丝;有的甚至连翅膀也全了。只是出不了壳。出不了壳,是鸡生得笨,所以这种蛋也称为"拙蛋",说是小孩吃不得的,吃了书念不好。可是通常反过来,称为"巧蛋"了,念书的孩子也就马马虎虎准许吃了,虽然并不因为带一个巧字而鼓励孩子吃。这东西很多人不吃的。因为看上去有点发酥发麻,想一想也怪不舒服。对于不吃的人,我并不反对。有人很爱,到时候千方百计的去找。很惭愧,我是吃过的,而且只好老实说,味道很不错。吃都吃过了,赖也赖不掉,想高雅也高雅不起来了。——吃巧蛋的时候,看不见余五了,清明前后,正是炕鸡子的时候。接着,又得炕小鸭子,四月。

蛋先得挑一挑,那多是蛋行里人责任,哪一路,哪一路收来的蛋,他们都分得好好的,鸡鸭也有"种口",哪一种容易养,哪一种长得高大,哪一种下得蛋,他们全知道。分好了,剔一道,薄壳,过小,散黄,乱带,日久,全不要。再就是炕房师傅的事了。在一间暗屋子里,一扇门上开一个小圆洞,蛋放在洞上,闭一只眼睛,睁一只眼睛反覆映看,谓之"照蛋"。第一次叫"头照"。头照是照"珠子",照蛋黄中的胚珠,看受过精没有,用他们说法,是看有过公鸡,或公鸭没有。没有过公鸡公鸭的,出不了小鸡小鸭。照完了,这就"下炕"了。下炕后三四天,(他们是论时辰的,不会这么含胡,三四天是我的印象,)取出来再照,名为"二照",

二照照珠子"发饱"没有。头照很简单,谁都作得来,不用在门洞上,用手轻握如筒,蛋放在底下,迎着亮,转来转去,就看得出有没有那么一点了。二照比较要点功夫,胚珠是否隆起了一点,常常不容易断定。二照剔下来的蛋拿到外头卖,还是一样,一点看不出是炕过的。二照之后,三照四照,隔几天一次,三四照之后的蛋就变了,到知道炕里蛋都在正常发育,就不再动它,静待出炕"上床"。

下了炕之后,不大随便让人去看。下炕那天照例三牲五事,大香大烛,燃鞭放炮,磕头拜敬祖师菩萨,很隆重庄严。炕一年就作一季生意,赚钱蚀本就看这几天。但跟余五熟识,尤其是跟父亲一起去,就可以走进炕边看看。所谓"炕"是一口一口缸,里头涂糊泥草,下面不断用火烘着。火要微微的,保持一定温度。太热了一炕蛋就都熟了,太小也透不进去。甚么时候加点糠或草,甚么时候去掉一点,这是余五职分。那两天他整天不离开一步。许多事情不用他下手,他只须不时看一看,吩咐两句话,有下手从头照着作。余五这可显得重要极了,尊贵极了,也谨慎极了,还温柔极了。他说话细声细气,走路也轻轻的,举止动作,全跟他这个人不相称。他神情很奇怪,像总在谛听着甚么似的,怕自己轻轻咳嗽也会惊散这点声音似的,聚精会神,身体各部全在一种沉湎,一种兴奋,一种极度敏感之中。熟悉炕房情形的人,都说这行饭不容易吃,一炕下来,人要瘦一套,吃饭睡觉也不能马虎一刻,这样前前后后半个多月!从前炕房里供余五抽烟的。他总是躺在屋角一张小床上抽烟,或者闭目假寐,不时就壶嘴喝一口茶,哑哑的说一句甚么话。一样借以量度的器械都没有,就凭他这个人,一个精细准确而复杂多方的"表",不以形求,全以神遇,用他的下意识来判断一切。这才是目睹身验着一个一个生命怎么完成,多有意思事情!炕房里暗暗的,暖洋洋的,空气里潮濡濡的,笼着一度暖昧含隐的异样感觉,怔怔悸悸,缠绵持续,惶恐不安,一种怀春含情的感觉。余老五也真是有一种"母性",虽然这两个字不管用在从前一腮帮子黑胡根子,现在一腮帮子白胡根子的余五身上都似颇为滑稽。

蛋炕好了,放在一张一张木架上,那就是"床"。床上垫棉花,放上去,不多久,就"出"了,小鸡子一个一个啄破蛋壳,啾啾叫起来。听到这声音,老板心里就开了花,而余五眼皮一搭拉,已经沉沉睡去了,小鸡子在街上卖的时候,正是余五呼呼大睡的时候。——鸭子比较简单,连床也不用上,难的是鸡。

卖小鸡小鸭是很有意思的行业。小鸡跟真正的春天一起来,气候也暖了,花也开了。而小鸭子接着就带来了夏天。"春江水暖鸭先知,"说的岂是老鸭?然而老鸭多半养在家里,在江水中游泳的似不甚多。画春江水暖诗意画出黄毛小鸭来,是极自然的,然而事实上大概是错的。小鸡小鸭都放在一个竹编浅沿有盖大圆盒子里卖,挑了各处走,似乎没有吆唤的。一路走,一路啾啾的叫,好玩极了。小鸡小鸭皆极可爱,小鸡娇弱伶仃,小鸭常傻气固执。看它们窜跑跳跃,感到生命的欢欣。提在手里,那点微微挣抗搔骚,令人心中砰砰然动,胸口痒痒的。

余大房何以生意最好?因为有一个余老五,余老五是这一行的一个"状元"。余老五何以是状元?他炕出来的小鸡跟别人家的摆在一起,来买的人一定买余老五的鸡,他的小鸡特别大。刚刚出炕的小鸡,刚从蛋里出来的,照理是一样大小,不过是那么重一个,然而余五鸡就能大些。上戥子称,上下差不多,而看上去他的小鸡要大一套!那就好看多了,当然有人买。怎么能大一套呢?他让小鸡的绒毛都出足了。鸡蛋下了炕,比如要几十个时辰,可以出炕了,别的师傅都不敢到那个最后限度,小鸡子出得了,就取出来上床,生怕火功水气错了一点,一炕蛋整个的废了,还是稳点罢,没有胆量等。余五大概总比较多等一个半个时辰。那一个半个时辰是顶吃紧时候,半个多月功夫就在这一会现出交代,余五也疲倦到达到极限了,然而他比平常更觉醒,更敏锐。他那样子让我想起"火眼狻猊","金眼雕"之类绰号,完全变了一个人,眼睛陷下去,变了色,光彩近乎疯人狂人。脾气也大了,动辄激恼发威,简直碰他不得,专断极了,顽固极了。很奇怪的,他倒简直不走近火炕一步,半倚半靠在小床上抽烟,一句话也不说。木床绵絮准备得好好的,徒弟不放心,轻轻来问一句"起了罢?"摇摇头,"起了罢?"还是摇摇头,只管抽他的烟,这一会儿正是小鸡放绒毛的时候,忽而作然而起,

"起!"徒弟们赶紧一窝蜂取出来,简直才放上床,就啾啾啾啾的纷纷出来了。余五自掌炕以来,从未误过一回事,同行中无不赞叹佩服,以为神乎其技。道理是简单的,可是人得不到他那种不移的信心。不是强作得来的,是天才,是学问,余五炕小鸭,亦类此出色。至于照蛋煨火等节目,是尤其余事了。

因此他才配提了紫砂壶到处闲聊,一事不管,人家说不是他吃老板,是老板吃着他,没有余老五,余大房就不成其为余大房了,没有余大房,余老五仍是一个余老五。甚么时候他前脚跨出那个大门,后脚就有人替他把那把紫砂壶接过去了,每一家炕房随时都在等着他。从前每年都有人来跟他谈的,他都用种种方法回绝了,后来实在麻烦不过,他开玩笑似的说"对不起,老板坟地都给我看好了!"

父亲说,后来余大房当真托人在泰山庙,就在炕房旁边,给他谈过一小块地,买成没有买成,可不知道了,附近有一片短松林,我们从前老上那儿放风筝,蚕豆花开得紫多多的,斑鸠在叫。


照说,陆长庚是个更富故事性的人,他不像余五那么质实朴素。余五高高大大,方肩膀,方下巴,到处去,而陆长庚只能算是矮子里的高人,属于这一带所说"三料个子"一型,眉毛稍为有点倒,小小眼睛,不时眨动,眨动,嘴唇秀小微薄而柔软,透出机智灵巧,心窍极多,不过乍一看不大看得出来,不仅是他的装束,举止言词亦带着很重的农民气质,安分,卑怯,愿谨,虽然比一般农民要少一点惊惶,而绝望得似乎更深些。就是这点绝望掩盖而且涂改了他的轻盈便捷了。他不像余五那样有酒有饭,有保障有寄托,他受的折磨、伤害、压迫、饥饿都多,他脸小,可是纹路比余五杂驳,写出更多人性。他有太多没有说出来的俏皮笑话,太多没有浪费的风情,没有安慰没有吐气扬眉,没有——我看我说得太逞兴了,过了一点分!所以为此,只因为我有点气愤,气愤于他一定有太多故事没有让我知道。余五若是个为人所敬重的人,他应当是那一带茶坊酒座,瓜架豆棚的一个点缀,是一个为人所喜爱的角色,可是我父亲知道他那点事完全是偶然;他表演了那么一回,也是偶然!

母亲故世之后,父亲觉得很寂寞无聊。母亲葬在窑庄,窑庄我们有一块地,这块地一直没有收成,沙性很重,种稻种麦,都不适宜,那么一片地,每年只得两担荒草作租谷,父亲于是想辟成一个小小农场,试种棉花,种水果,种瓜。把庄房收回来,略事装修,他平日即住在那边,逢年过节,有甚么事情才回来。他年轻时体格极强,耐得劳苦,凡事都躬亲执役,用的两个长工也很勤勉,农场成绩还不错。试种的水蜜桃虽然只开好看的花,结了桃子还不够送人的,棉花则颇有盈余,颜色丝头都好,可是因为好得超过标准,不合那一路厂家机子用,后来就不再种了。至今政府物产统计表上产棉项下还列有窑庄地方,其实老早已经一朵都没有了。不过父亲一直还怀念那个地方,怀念那一段日子,他那几年身体弄得很好,知道了许多事情,忘记了许多事情,从来没有那么快乐满足过。我由一个女用人带着,在舅舅家过,也有时到窑庄住几天,或是父亲带我去或是我自己来了,事前连通知都不通知他!

那天我去,父亲正在屋后园子里给一棵攀杏接枝。这不是接枝的时候,不过是没有事情作,接了玩玩。接枝实在是很好玩,两种不同的树木会连在一起生长,生长而又起变化,本来涩的会变甜了,本来纽子大的会有拳头大,多神奇不可思议的事!他不知接了多少,简直看见树他就想接!手续很简单,接完了用稻草一缠就可以了。不过虽是一根稻草,却束得妥贴坚牢,不会松散。削切枝条的,正是这把角柄小刀,用了这么些年了,还是刀刃若新发于硎。我来是请他回家过节,问他我们要不就在这里过节好不好。而一个长工来了:

"三爷,鸭都丢了!"

"怎样都丢了?"

这一带多河沟港汊,出细鱼细虾,是很适于养鸭地方。这块地上老佃户倪二,父亲原说留他,可是他对种棉花不感兴趣,而且怎么样也不肯相信从来没有结过棉花地方会出棉花,这块地向来只长荞麦,胡萝卜,菉豆,红毛草!他要退租,退租怎么维生,他要养鸭;鸭从来没有养过怎么行,他说从前帮过人,多少懂一点,没有本钱,没有本钱想跟三爷借,父亲觉得不能让他再种红毛草了,很对不起他,应当借给他钱。为

了好玩,父亲也托他,买了一百只小鸭,贴他一点钱,由他代养。事发生手,他居然把一趟鸭养得不坏,父亲高兴,说:

"倪二,你不相信我种棉花,我也不相信你养鸭子,可是现在田里是甚么,一朵一朵白的,那是甚么?"

"是棉花。河里一只一只肥的,是——鸭子!"

"事在人为。明年我们换换手,你还是接这块地种,现在你相信它能出棉花了。我明年也来养鸭!"

父亲是真有这样意思的,地土适于植棉,已经证实,父亲并没有打算一直在这里呆下去,总得有人接过。后来田还是交给倪二了。可是因为管理不善,结出来的朵子越来越伶仃了。鸭,父亲可没有自己去养,他是劝劝倪二也还是放弃水面,回到泥土,总觉得那不大适合他,与他的脾气个性,甚至血统都不相宜,这好像有一种命定安排似的,他离不开生长红毛草的这一片地,现在要来改行已经太晚了。人究竟不像树木,可以随便接枝。即树木,有些接枝也不能生长的。站在庄头场上,或早或晚,沉沉雾霭,淡淡金光中,可以看到倪二喳喳吃吃赶着一大阵鸭子经过荡口,父亲常常要摇头。

"还是不成,不'像'! 他自己以为帮人喂过食,上过圈,一窝鸭子又养得肥壮,得意得了不得,仿佛是老行家了,可是样子总不大对。这些鸭子还没有很认得他,服他、依他,他跟鸭子不能那么完全是一家子似的。照理,都就要卖了,应当简直不用拘束,那根篙子轻易大不动了。我没有看见过赶鸭用这种神情赶鸭的!"

他把"神情"两个字说得很重,仿佛神情是个甚么可以拿在手里挥舞的东西似的。倪二老实一点,可是我父亲对他不能欣赏他是也可以感觉到的,倪二不服,他有他的话:

"三爷,您看!"

他的意思是就要八月中秋,马上就可以赶到市上变钱,今年鸡鸭上好市面,到那个时候倪二再说他当初为甚么要改业,看看倪二眼光如何,手段如何。父亲想气气他一气,说:

"倪二,你知道你手里那根篙子有多重? 人说篙子是四两拨千斤,是不是只有四两？"

这就非教倪二红脸不可了，伤了他的心，他那根篙子搠得实在不顶游刃得体，不够到家。不过父亲没有说，怕太损了他的尊严。

养鸭是很苦的事。种田也是很苦的事，但那是另外一种苦。问养鸭人顶苦是甚么，很奇怪的，他们回答"是寂寞"。这简直不能相信了，似乎寂寞只是坐得太久谈得太多，抽烟喝茶度日的人才有的感情，"乡下人"！会"寂寞"吗？也许寂寞是人的基本感情之一，怕寂寞是与生俱来的，襁褓中的孩子如果不是确知父母在留心着自己，他不肯一个人睡在一间屋子里。也可能这是穴居野处时对于不可知的一切来袭的恐惧心理的遗传，人总要知觉到自己不是孤身的面对整个自然。种地不是一个人的事情，车水、薅草、播种、插秧、打场、施肥，有歌声，有锣鼓，有打骂调笑，相慰相劳，热热闹闹，呼吸着人的气息。而养鸭是一种游离，一种放逐，一种流浪。一清早，天才露白，撑一个浅扁小船，才容一人起坐，叫作"鸭撇子"，手里一根竹篙，竹篙头上系一个稻草把子或破芭蕉蒲扇，用以指挥鸭子转弯入阵，也用以划水撑船，就冷冷清清的离了庄子，到一片茫茫的水里去了。一去一天，直到天压黑，才回来。下雨天穿蓑衣，太阳大戴笠子，凉了多带件衣裳，整个被人遗忘在这片水里。"连个说说话的人都没有"。这句话似极普通，可是你看看养鸭人的脸，听起来就有无比的悲愁。在那么空寥的地方，真是会引起一种原始的恐惧的，无助、无告、忍受着一种深入肌理，抽搐着腹肉，教人想呕吐的绝望，"简直要哭出来"！单那份厌气就无法排遣，只有拼命叭达旱烟。远远的可以听到一两声人声，可是眼前是这些扁毛畜生！牛羊，甚至猪，都与人切身相关，可以产生感情，要跟鸭子谈谈心实在是很困难。放鸭的如果不是特别有心性，会自己娱悦，能弄一点甚么东西在手上作作，心里想想的，很容易变成孤僻怪物之冷漠而褊窄。父亲觉得倪二旱烟瘾越来越大，行动虽还没看出甚么改变，可是有点甚么东西正在深重起来，无以名之，只有借用又是只通用于另一阶级的名词：犬儒主义。

可是鸭子肥得倪二欢喜，他看完了好利钱，这支持着他。

前两天倪二说，要把鸭子赶去卖了，已经谈好了，行用，卡钱，水脚，全算上，连底三倍利。就要赶，问父亲那一百只鸭怎么说，是不是一起卖。父亲关照他留三十只，送送人，也养几只下蛋，他要看自己家里鸭子下两个双黄玩玩。昨天晚上想起来，要多留二十只，今天叫长工去荡里跟倪二说一声。

"鸭都丢了！"

倪二说要去卖鸭，父亲问他要不要人帮一帮，怕他一个人对付不了。鸭子运起来，不像鸡装了笼子，仍是一只小船，船上准备人的粮食，简单行李，鸭圈一大卷，人在船，鸭在水，一路迤迤逶逶的走。鸭子路上要吃，还是鱼虾水虫，到了那头才不瘦膘减分量，精神好看。指挥拨反全靠那根篙子。有人可以在大江里赶十天半月，晚上找个沙洲歇一歇，这不是外行冒充得来的。

"不要！"

怕父亲还要说甚么，他偷偷准备准备，留下三十只，其余的一早赶过荡，过白莲湖，转到大湖里，到邻县城里去了。长工一到荡口，问人：

"倪二呢？"

"倪二在白莲湖里，你赶快去看看，叫三爷也去看看，——一趟鸭子全散了！"

白莲湖是一口小湖，离窑庄不远，出菱，出藕，藕肥白少渣滓，荷花倒是红的多。或散步，或乘船赶二五八集期，我们也常去的，湖边港汊甚多，密密的长着芦苇。新芦苇长得很高了。莲蓬已经采过，荷叶颜色发了黑，多半全破了，人过时常有翡翠鸟冲起掠过，翠绿的一闪，疾速如箭，切断人的思绪或低低的唱歌。

小船浮在岸边，竹篙横在船上，篙子头上的破蒲扇不知那里去了。倪二呢？坐在一个石辘轳上，手里团着他的瓦块帽子，额头上破了一块皮，在一个人家晒场上，为几个人围着，他好像老了十年。他疲倦了，一清早到现在，现在是下半天了，他一定还没有吃过饭，跟这些鸭子奋斗了半日。他的饭在船上一个布口袋里，一袋子老锅巴。他坐着不动，看不出他心里甚么滋味，不时头忽然抖一抖，好像受了震动。——他的脖

子里的沟好深,一方格一方格的,颜色真红,烧焦了似的。那么坐着,脚恐怕要麻了,好傻相的脚! 父亲叫他:

"倪二。"

"三爷!"

他像个孩子似的哭起来了。——怎么办呢?

"去找陆长庚,他有法子。"

"哎,除非陆长庚。"

"只有老陆,陆鸭。"

陆长庚在那里?

"多半在桥头茶馆。"

桥头有个茶馆,为的鲜货行客人,蛋行客人,陆陈粮行客人,区里,县里,党部里来的人谈话讲生意而设的,卖清茶,代卖烟纸,洋杂,针线,香烛,鸡蛋糕,麻酥饼,七厘散,紫金锭,菜种,草鞋,契纸,小绿颖毛笔,金不换黑墨,何通记纸牌。这一带闲散无事人常借茶馆聚赌玩钱。有时纸牌,最为文雅。有时麻雀,那付牌有一张红中丢了,配了牌九上一张杂七,这杂七于是成为桌上最关心的一张牌了。有时推牌九,下旁注的比坐下来拿牌的要多,在后头呼么喝六,帮别人呐喊助威的更多。船从桥边过,远远的就看到一堆兴奋忘形的人头人手,走过了一段,还听得到"七七八八——不要九!""磨一点,再磨一点,天地遇牯牛,越大越封侯!"呼声。常在后头看斜头胡的,有人指点过,那就是陆长庚,这一带放鸭的第一手,浑号陆鸭,说他自己简直就是一只老鸭。——瘦瘦小小,神情总是在发愁的样子。他已经多年不养鸭了,见到鸭就怕了,运气不好,老是瘟。

"不要你多,十五块洋钱。"

十五块钱在从前很是一个数目了。许多人都因为这个数目而回回头,看看倪二,看看陆长庚,桌面上顶大的注子是一吊钱三三四,天之九吃三道。

说了半天,讲定了,十块钱。看一家地杠通吃,红了一庄,方去。

"把鸭圈全拿好,倪二你会赶鸭子进圈的? 我吆上来,你就赶,鸭子在水里好弄,上了岸七零八落的不好捉。"

这十块钱太赚得不费力了! 拈起那根篙子,撑到湖心,人仆在船上,把篙子平着在水上扑一气,嘴里啧啧咕咕不知叫点甚么,嚇——都来了! 鸭子四面八方,从芦苇缝里像来争甚么东西似的,拼命的拍着翅膀,挺着脖子,一起奔到他那只小船的四围来。本来平静寥阔湖面,一时骤然热闹起来,全是鸭子,不知为甚么,高兴极了,喜欢极了,放开喉咙大叫,不停的把头没在水里,翻来翻去。岸上人看到这情形,都忍不住大笑起来,连倪二都笑了,他笑得尤其舒服。差不多都齐了,篙子一抬,嘴子曼声唱着,鸭子马上又安静起来,文文雅雅,摆摆摇摇,向岸边游来,舒闲整齐有致。兵法用兵第一贵"和",这个字用来形容那些鸭子真恰切极了。他唱的不知是甚么,仿佛鸭子都很爱听,听得很入神似的,真怪!

"一共多少只?"

"三千多。"

"三千多少?"

"三千零四十二。"

他拣一个高处,四面一望。

"你数数,大概不差了。——嗨! 你这里头怎么来了一只老鸭! 是那一家养的老鸭教你裹来了!"

倪二分辩,分辩也没有用,他一伸手捞住了。

"它屁股一撅,就知道。新鸭子拉稀屎,过了一年的,才硬。鸭肠子鸭头的那里有个小箍道,老鸭子就长老了。吃新鸭子,不喝酒,容易拉肚,就因为鸭肠子不老。裹了人家鸭自己还不知道,只知道多了一只!"

"我不要你多,只要两只。送不送由你。"

怎么小气,也没法不送他,他已经到鸭圈里提了两只,一手一只,拎了一拎。

"多重?"

他问人。

“你说多重？”

有人问他。

“六斤四，——这一只，多一两，六斤五。这一趟里顶壮的两只。”

不相信，那里一两也分得出，就凭手拎一拎？

“不相信，不相信拿秤来称。称得不对，两只鸭算你的；对了，今天晚上上你家里喝酒。”

称出来，一点都不错。

“拎都用不着拎，凭眼睛看，说得出这一趟鸭一个一个多重。”

不过先得大叫一声才看得出来。鸭身上有毛，毛蓬松着看不出来，得惊它一惊，一惊，鸭毛就紧了，贴在身上了，这就看得出那一个肥那一个瘦。

“晚上喝酒了，在茶馆里会。不让你费事，鸭先杀好。”

他刀也不用，一个指头往鸭子三岔骨处一捣，两只鸭挣扎都不挣扎就死了。

“杀的鸭子不好吃，鸭子要吃呛血的，肉才不老。”

甚么事他都是轻描淡写，毫不大惊小怪。说话自然露出得意，可是得意之中还是有一种对于自己的嘲讽，仿佛这是并不稀奇的事，而且正因为有这点本领，他才种种不如别人。他日子过得很不如意，种一点地，种的是豆子。“懒媳妇种豆，”豆子是顶不要花工夫气力的。从前放过鸭，可是本钱都蚀光了。鸭子瘟起来不得了，只要看见一个鸭摇一摇头，就完了。还不像鸡，鸡瘟起来比较慢，灌点胡椒香油，还可以有点救。鸭，一个摇头，个个摇头，马上，都不动了。比在三岔骨上捣一指头还快。常常一趟鸭子放到荡里，回来时只有自己一个人了。看着死，毫无办法。陆长庚吃的鸭可太多了，他发誓，从此决不再养。

“倪老二，十块钱不白要你的，我给你送到。今天晚了，你把鸭圈起来过一夜，明天一早我来。三爷，十块钱赶一趟鸭，不算顶贵噢？”

他知道这十块钱将由谁来出。

当然，第二天大早他来时仍是一个陆长庚，一夜七戳五在手，输得光光的。

"没有！还剩一块！"

这两个人都老了,时候过起来真快。两个老人怎么会到这里来了呢？现在在作甚么呢？父亲也不大清楚,我请父亲给我打听打听,可是一直还没有信来。——忽然想起来,那个分鸭子的年青小伙子一定是两老人之一的儿子,而且是另一老人的女婿。我得写封信去问问。也顺便问问父亲房东家养在院子里的那只大公鸡不知怎么了。——这只公鸡,他们说它有神经病,我看大概不是神经病。一窝小鸡买进来时本来是十只,次第都已死去,只剩下这个长命。不过很怪,常常它会曲起一只脚来乱蹦乱跳一气,就像发了疯似的。可能是抽筋,不过鸡会抽筋么？它左脚有点异样,脚趾全向里弯,有点内八字,最外一个而且好像短了一截,可能是小时教甚么重东西压的。是这影响他生理上有时不大平衡么？父亲说怕是受刺激太深,与它的同伴的死有关,那当然是开玩笑。——哎哟,一年了,该没有被杀掉风起来罢？这两天正是风鸡的时候。

**注　释**

① 本篇原载《文艺春秋》1948 年第六卷第三期。初收《邂逅集》,文化生活出版社 1949 年 4 月,文字略有改动;又收《汪曾祺短篇小说选》,北京出版社 1982 年 2 月,文字有较大改动。

# 醒　来①

## 一

　　我不知道我是怎么醒来的。既非突然,然而又不能是渐渐的。我不能分辨我的已经沉坠的生命甚么时候又开始浮了上来。仿佛从那边度到这边并不很难,那可以说是很"巧",哪里轻轻拨动一下,有点像开一把锁,我重新活了。证实的是一个感觉:一缕风,像一角缎子,从我额上拂过,从我太阳穴下一条干去的汗渍间斜切过去,还旁及我的鼻翼,我相信,一定把我搭上眉端的两点头发带到耳边去。我光赤的上身上有一片蜻蜓翅子掠过的记忆,那是两根草。这风是贴地吹来的。这是我,这是我的手,我的左手,我的右手。我的右手按在水壶上。水壶外面一层毡子,毡子的毛。毡子上皮带,皮带的光滑。皮带上一个扣子,扣子上一点绿锈。锈斑正在我食指螺纹当中。我的左手平贴地面。胳臂弯着,肘尖靠近我的腰。我动了动左手,手掌下一个小石子儿。喔,手掌压出了一个小坑。我活了。我在这里躺着,我躺了多少时间?

　　我想看一看表。我的表还戴着。多少日子以来,我不想到时间上表只是习惯,现在我想看看。——我忽然想起一个弟弟生下来,午夜,我父亲用那么庄重的态度去看家里的一架老苏式钟。可是表停了,我听不见摆的声音。我没有看,我想见表针呆呆的止在那儿。然而我不知凭甚么肯定现在是八点二十分,不会错,八点二十。夜,月亮。月亮在我头的左边,好大好大。青色的光落在我身上,特别是胸上。我不知落在胸上的是夜,是月亮。我不能把月亮跟夜分开。我觉得夜是具体的,物质的。广漠的,澄清的天。泥土气味。一种山地植物的苦味。这种苦味多少日子以来充塞于我们的呼吸。噢,月亮真好,我从来没有见过这样好的月亮。不,我看见过许多次,无数次这样的月亮。这样大,这样不带浪漫气味,恬静,清澈,无私而坚定。这醒来的一刻真是奇妙。一种感兴,一种喜悦,一种纯粹,一种超乎理性和情欲的存在。一种和平。一种健康的衰弱,一种新。我逗留在一个不变的境地里,就这样,我躺了一会。

露水凝聚在荷叶上:我的生命在那么一个状态中停留。不知多少时候,(零与无限之间)于是,一切归向我,纷纷回来,开始充满弥漫在我之内。渐渐复合,成形,恢复我原来的样子,我的生活,我的历史,和我的渴。

渴。整个占据了我,只有渴,更无其他。水,我要水,我要喝。我又要晕了,我连忙拿过水壶,拔了盖子,把壶口凑近我的嘴。所有动作全像一个酒醉人做的事,我以后全想不起怎么做的,可是做得满对,满敏捷。到壶嘴的锡边触到我的唇皮,我的唇皮颤缩了一下,闻到水,我的渴意一齐涌上来。我太阳穴跳动,我明白感觉身体里血液浓滞,我两眼恍惚,黑影齐眉压下来,喝,我急急喝了几口。清清楚楚知道水流入胃,立刻就注到肠子里。我应当喝得慢些,可是我的舌头急需沾湿。

我记起,这是我们仅有的一壶水了。

我支持自己的力量忽然消失了,我倒了下来。我想起,这是高黎贡山,高黎贡山。高黎贡山。高黎贡山。我记得一点事情发生过。我不是一个人。在我刚醒来不久,我思想的语言中即有"我们"两个字出现过了。……

二

这只是两根线条,几个"笔触"。

画画往往会"画过"了。一次又一次的描摹一个理想,怎么样也找不到合适的表现方法,(这自然是还未天然的成熟,)到后来越来越距初意远了,手下已全不是那么回事,看看糟塌了那么多纸,要不暂停下来也不可能了;却在一张乌黑一团,不成样子的稿子上看看有三数笔还似乎有一点意思;虽然也笨重流滑了,不忍一齐毁去,居然剪下来夹在那里。这至少是日后重新拾起的一个种子。这是把这段东西抄出来的一个理由。

自从我有了一个故事,三年来已经前后落笔试写了不下八次,愿意保留的只有这一点。日后再拿起来,我希望并不从这里走不下去。

我想讨论一点东西:(我自认现在已失去不少讨论的热情了,)一个军官在缅甸陷落战役中,(一次战役好了,)惠通桥断了,(随便一个桥吧,)失了归路,他得用平常不用的办法归来。只有一条路,爬过高黎贡山,一个人迹罕至,许多地方存留太古样子的大岭。在辛苦艰危的路程中部众或散落,或死去,最后剩下(假定)三个跟着他走。这是他们的绝路的最后一站的情形:吃的还不大愁,可喝的水很少了,就军官身上这一壶。他们四个一路来自然已经是"团结"在一起,不可分了。说"爱",分量似觉太轻了。在疲困中,一齐倒下,晕去。第一个醒来的是军官,他。清醒之后,他想起一点事:他记得在昏糊中,那三个同伴一个一个向他滚过来,他就滚过去,避开。滚过来,躲过去,滚过来,躲过去。……

我对这样的事,没有办法。这是一个作者的苦。

也算是一个交待,我有一天如释重负,很高兴的告诉自己:喂,他醒来了啊,醒来,就好办了。醒了,醒了,我把这两个字越念越轻,我知道我的责任未尽。

我还不致就死,且活几年再说吧。啊唷,我可也有点累。


注　释

① 本篇原载 1947 年 1 月 16 日上海《大公报》,又载 1949 年 7 月 19 日兰州《西北日报·绿洲》。初收《汪曾祺全集》第一卷,北京师范大学出版社,1998 年 8 月。

# 艺 术 家①

　　抽烟的多,少;悠缓,猛烈;可以作为我的灵魂状态的记录。在一个艺术品之前,我常是大口大口的抽,深深的吸进去,浓烟弥满全肺,然后吹灭烛火似的撮着嘴唇吹出来。夹着烟的手指这时也满带表情。抽烟的样子最足以显示体内潜微的变化,最是自己容易发觉的。

　　只有一次,我有一次近于"完全"的经验。在一个展览会中,我一下子没到很高的情绪里。我眼睛睁大,眯起;胸部开张,腹下收小,我的确感到我的踝骨细起来;我走近,退后一点,猿行虎步,意气扬扬;我想把衣服全脱了,平贴着卧在地下。沉酣了,直是"尔时觉一座无人。"我对艺术的要求是能给我一种高度的欢乐,一种仙意,一种狂:我想一下子砸碎在它面前,化为一阵青烟,想死,想"没有"了。这种感情只有恋爱可与之比拟,平常或多或少我也享受到一点,为有这点享受,我才愿意活下去,在那种时候我可以得到生命的实证;但"绝对的"经验只有那么一次。我常常为"不够"所苦,像爱喝酒的人喝得不痛快,不过瘾,或是酒里有水,或是才馋起来酒就完了。或是我不够,或是作品本身不够,真正笔笔都到了,作者处处惬意,真配(作者自愿)称为"杰作"的究竟不多;(一个艺术家不能张张都是杰作,真苦!)欣赏的人又不易适逢其会的升华到精纯的地步,所以狂欢难得完全。我最易在艺术品之前敏锐的感到灵魂中的杂质,沙泥,垃圾,感到不满足;我确确实实感觉到体内的石灰质。这个时候我想尖起嗓子来长叫一声,想发泄,想破坏;最后是一阵涣散,一阵空虚掩袭上来,归于平常,归于俗。

　　我想学音乐的人最有福,但我于此一无所知;我有时不甘隔靴搔痒,不甘用累赘笨重的文字来表达,我喜欢画。用颜色线条究竟比较直接得多,自由得多。我对于画没有天分;没有天分,我还是喜欢拿起笔来乱涂，虽不能至，心向往之。而结果都是愤然掷笔，想痛哭。要不就是"寄沉痛于悠闲"，我会很滑稽的唱两句流行歌曲，说一句下流粗话，摹仿舞台上的声调向自己说"可怜的，亲爱的××，你可以睡了。"我画画大都在深夜，（如果我有个白天可以练习的环境，也许我可以做一个"美术放大"的画师吧！）种种怪腔，无人窥见，尽管放心。

从我的作画看画（其实是一回事）的经验，我明白"忍耐"是个甚么东西；抽着烟，我想起米盖朗皆罗，——这个巨人，这个王八旦！我也想起白马庙，想起白马庙那个哑巴画家。

白马庙是昆明城郊一小村镇，我在那里住了一些时候。

搬到白马庙半个多月我才走过那座桥。

在从前，对于我，白马庙即是这个桥，桥是镇的代表。——我们上西山回来，必经白马庙。爬了山，走了不少路；更因为这一回去，不爬山，不走路了，人感到累。回来了，又回到一成不变的生活，又将坐在那个办公桌前，又将吃那位"毫无想象"的大师傅烧出来的饭菜，又将与许多熟脸见面，招呼，（有几张脸现在即在你身边，在同一条船上！）一想到这个，真累。没有法子，还是乖乖的，帖然就范，不作徒然的反抗。但是，有点惘然了。这点惘然实在就是一点反抗，一点残余的野。于是抱头靠在船桅上，不说话，眼睛空落落看着前面。看样子，倒真好像十分怀念那张极有个性而颇体贴的跛脚椅子，想于一杯茶，一枝烟，一点"在家"之感中求得安慰似的。于是你急于想"到"，而专心一意于白马庙。到白马庙，就快了，到白马庙看得见城中的万家灯火。——但是看到白马庙者，你看到的是那座桥。除桥而外，一无所见，房屋，田畴，侧着的那棵树，全附属于桥，是桥的一部份。（自然，没有桥，这许多景物仍可集中于另一点上，而指出这是白马庙。然而有桥呀，用不着假设。）我搬来之时即冉冉升起一个欲望：从桥上走一走。既然这个桥曾经涂抹过我那么多感情，我一直从桥下过，（在桥洞里有一种特别感觉，一种安全感，有如在母亲怀里，在胎里，）我极想以新证旧，从桥上走一走。这么一点小事，也竟然搁了半个多月！我们的日子的浪费呀。——这一段都不太相干，是我在心里刷落了好多次，而姑息的准许自己又检了起来,趁笔而书的塞在这里的废话。

这一天我终于没有甚么"事情"了,我过了桥,我到一个小茶馆里去坐坐。我早知道那边有个小茶馆。我没有一直到茶馆里去,我在堤边走了半天,看了半天。我看麦叶飘动,看油菜花一片,看黄昏,看一只黑黑的水牯牛自己缓步回家,看它偏了头,好把它的美丽的长角顺进那口窄窄的门,我这才去"访"这家茶馆。

第一次去,我要各处看看。

进一个有门框而无门的门是一个一头不通的短巷。巷子一头是一个半人高的小花坛。花坛上一盆茶花(和其他几色花木,杜鹃,黄杨,迎春,罗汉松)。我的心立刻落在茶花上了。我脚下走,我这不是为喝茶而走,是走去看茶花。我一路看到茶花面前。我爱了花。这是我见过的最好的茶花,(云南多茶花),仿佛从我心里搬出来放在那儿的。花并不出奇,地位好。暮色沉沉,朦胧之中,红焰焰的,份量刚对。我想用舌尖舔舔花,而我的眼睛像蝴蝶从花上起来时又向前伸了出去,定在那里了,花坛后面粉壁上有画,画教我不得不看。

画以墨线勾勒而成,再敷了色的。装饰性很重,可以说是图案,(一切画原都是图案,)而取材自写实中出。画若须题目,题目是"茶花"。填的颜色是黑,翠绿,赭石和大红。作风情巧而不卖弄;含浑,含浑中觉出一种安分,然而不凝滞。线条严紧匀直,无一处虚弱苟且,笔笔诚实,不笔在意先,无中生有,不虚妄。各部份平均,对称,显见一种深厚的农民趣味。

谁在这里画了这么一壁画?我心里沉吟,沉吟中已转入花坛对面一小侧门,进了屋了。我靠窗坐下,窗外是河。我招呼给我泡茶。

——这是……这是一个细木作匠手笔;这个人曾在苏州或北平从名师学艺,熟习许多雕刻花式,熟能生巧,遂能自己出样;因为战争,辗转到了此地,或是回乡,回到自己老家,住的日子久了,无适当事情可作,才能跃动,偶尔兴作,来借这堵粉壁小试牛刀来了?……

这个假设看来亦近情理,然而我笑了,我笑那个为我修板壁的木匠。

我一搬来，一看，房子还好，只是须做一个板壁隔一隔。我请人给我找个木匠来。找了三天，才来，说还是硬挪腾出时候来的。他鞋口里还嵌着锯屑，果然是很忙的样子。这位木匠师傅样子极像他自己脚上那双方方的厚底硬帮子青布鞋子。他钉钉刨刨，刨刨钉钉，整整弄了三天，一丈来长的壁子还是一块一块的稀着缝，他自己也觉得板壁好像不应当是这样的，看看板壁看看我，笑了：

"像入伍新兵，不会看齐！"

我只有随着他说："更像是壮丁队，才从乡下抓来，没有穿制服，颜色黑一块白一块。"而且，最后一块还是我自己钉上去的。他闺女来报信，说家里猪病了，看样子不大好，他撤下锤头就跑。我没有办法，只有追出去，请他把含在嘴里的洋钉吐出来给我，自己动手。这一去，不回来了，过了两天才来取回他的家私。不知是猪好了，还是连猪带病吃在他的肚子里了。这个人长于聊天，说话极有风趣，作活实在不大在行。——哦，我还欠他一顿酒呢，他老是东扯西拉的没个完，谈到得意处，把斧头凿子全撂在一边，尽顾伸手问我"美国烟可还有？"我说"烟有，可是你一边做事一边抽烟？先把板壁钉好，否则我要头痛伤风。有趣的话太多，二天我们打二斤升掺市，切一盘猪耳朵，咱们痛痛快快谈谈。"这个约不必真，却也不假，他想当记在心里。可别看这位大师傅呀！他说乡下生活本来只是修水车，钉船桨，板壁不大有人家有，所以弄得不顶理想；但是除了他，更没有人干得了；白马庙一带从来就是他家三代单传，泥木两作，所以他那么忙。

这个画当然不可能是他画的。

乡下房子暗，天又晚了，黑沉沉的，眼睛拣亮处看，外头还有光，所以我坐近窗口，来喝茶的目的还就是想来凭窗而看，河里船行，岸上人走，一切在逐渐深浓起来的烟雾中活动，脉脉含情，极其新鲜；又似曾相识，十分亲切。水草气味，淤泥气味，烧饭的豆秸烟微带忧郁的焦香，窗下几束新竹，给人一种雨意，人"远"了起来。我这样望了很久，直到在场上捉迷藏的孩子都回了家，田里的苜蓿消失了紫色，野火在远远的山头晶明的游动起来，我才回过身来。

我想起口袋里的一本小书，一个朋友今天刚送我的。我想这本书想到多时，终于他给我找得一本了。我抽出书来，用手摸摸封面。这时我本没有看书的意，只是想摸摸它罢了，而坐在炉旁的老板看见了，他叫他的小老二拿灯。为了我拿灯，多不好意思；我想说，不要，不必，我倒愿意这么黑黑的坐着，这一说，更麻烦，老板必以为我是客气；好了，拿就拿吧。

灯来了，好亮，是电石灯。有人喝住小老二：

"挂在那边得了，有臭气，先生闻不惯。"

我这才看见，这可不是我们三代单传，泥木两作的大师傅吗！久违了。刚才我似乎觉得角落上有人伏在桌上打瞌睡，黑影中看不清，他是甚么时候梦回莺转的醒来了？好极了，这个时候有人聊聊再好没有。他过来，我过去；我掏烟，他摸火柴，但是他火柴划着了时我不俯首去点烟；小老二灯挂在柱子上，灯光照出，墙上也有画！我搁下他，尽顾看画了。走到墙前，我自己点了烟。

一望而知与花坛后面的是同一手笔。画的仍是茶花，仍是墨线勾成，敷以朱黑赭绿，墙有三丈多长，高二丈许，满墙都是画，设计气魄大，笔画也更整饬。笔笔经过一番苦心，一番挣扎，多少割舍，一个决定；高度的自觉之下透出丰满的精力，纯澈的情欲；克己节制中成就了高贵的浪漫情趣，各部份安排得对极了，妥贴极了。干净，相当简单，但不缺少深度，真不容易，不说别的，四尺长的一条线从头到底在一个力量上，不踟躇，不衰竭！如果刚才花坛后面的还有稿样的意思，深浅出入多少有可以商量地方，这一幅则作者已做到至矣尽矣地步。他一边洗手，一边依依的看一看，又看一看自己作品，大概还几度把湿的手在衣服上随便那里擦一擦，拉起笔又过去描那么两下的，但那都只是细节，极不重要，是作者舍不得离开自己作品的表示而已，他此时"提刀却立，踌躇满志，"得意达于极点，真正是"虽南面王不与易也"。这点得意与这点不舍，是他下次作画的本钱。不信试再粉白一堵墙壁，他准立刻又会欣然命笔。他余勇可贾，灵感有余。但是一洗完手，他这才感到可真有点累了。他身体各部份松下来，由一个艺术家变为一个常人，好适宜普通生活,好休息。好老板,给他泡的茶在那里?他最好吃一点甜甜的,厚厚的,一咬满口的,软软的点心,像吉庆祥的重油蛋糕即很好。

Ladies and gentlemen,来!大家一齐来,为我们的艺术家欢呼,为艺术的产生欢呼!

我站着看,看了半天,我已经抽了三枝烟,而到第四根烟掏出来,叼上,点着时,我知道我身后站着的茶馆老板,木匠师傅,甚至小老二,会告诉我许多事,我把茶杯端到当中一张桌子上,请他们说。

(啊,怎么半天不见一个人来喝茶?)

茶馆老板一望而知是个阅历极深之人。他眼睛很黑,额上皱纹深,平,一丝不乱,唇上一抹整整齐齐的浓八字胡子,他声音深沉,而清亮,说得很慢,很有条理,有时为从记忆中汲取真切的印象,左眼皮常常搭一点下来,手频频抚摸下巴,——手上一个羊脂玉扳指。我两手搁在茶碗盖上,头落在手上,听他娓娓而说。

这是村子里一个哑巴画的。这个人出身农家,那不知为甚么的,自小就爱画,别的孩子捉田鸡,烧蚱蜢吃,他画画;别的孩子上树掏鸟蛋,下河摸螺蛳,他画画;人抽陀螺,放风筝,他画画;黄昏时候大家捉迷藏,他画画;别人干别的,他画画,有人教过他么?——没有。他简直没有见过一个人画之前自己就已经开始能把看到的东西留个样子下来了,他见甚么,画甚么;有甚么,在甚么上画,平常倒也一样,小时能吃饭,大了学种田,一画画,他就痴了:乡下人见得少,却并不大惊小怪,他爱画,随他画去吧。他是个哑子,不能唱花灯,歪连厢,画正好让他松松,乐乐。大家见他画得不比城里摆摊子画花样的老太太画得差,就有人拿鞋面,拿枕头帐簷之类东西让他画。一到有人家娶媳妇嫁女儿,他都要忙好几天。那个时候村子里姑娘人人心中搁着这个哑巴。

"我出过门,南北东西也走过数省,见过些古城旧峰,大庙深山,帝王宫殿,我真真假假见过一点画,我一懂不懂,我喜欢看。我看哑巴画的跟画花样的老婆子的不一样,倒跟那些古画有些地方相同。我说不出来,……"

老板逐字逐句的说,越慢,越沉。我连连点头,我试体会老板要说而迟疑着的意思：

"比如说，他画得'活'，画里有一种东西，一种说不出来的东西，看久了，人会想，想哭？"

老板点头，点得很郑重其事。我看到老板眼中有一点湿意。

"从前他没事常来我这里坐坐，我早就有意思请他给我画点东西。他让我买了几样颜色，说画就画。外头那个画得快。里头这张画了好些时候。他老是对着墙端详，端详，比来比去的比，这么比那么比。……"

老板的话似乎想到此为止了。他坐了坐，大拇指摸他的扳指，摸来，摸去，眼睛看在扳指上，眉头锁了一点起来。水开了，漫出壶外，嗤嗤的响。老板起来，为我提水来冲，并通了通炉子。我对着墙，细起眼睛看，似乎墙已没有了，消失了：剩下画，画凸出来，凌空而在。水冲好了，我喝了一口茶，好酽，我问：

"现在？——"

老板知道我问甚么，水壶往桌上一顿：

"唉，死了还不到半年。"

我不知如何接下去说了，而木匠忽然呵呵大笑起来，笑得上气不接下气，我愕然。他说出来，他笑的是哑巴喜欢看戏，看起怪有味。他以为听又听不见，红脸杀黑脸，看个甚么！

灯光太亮，我还是挪近窗口坐坐。窗外已经全黑了，星星在天上。水草气更浓郁，竹声箫箫。水流，静静的流，流过桥桩，旋出一个一个小涡，转一转，顺流而下。我该回去了，我看见我所住的小楼上已有灯光，有人在等我。

散步回来之后，我一直坐在这里，坐在这张临窗的藤椅里。早晨在一瓣一瓣的开放。露水在远处的草上濛濛的白，近处的晶莹透澈，空气鲜嫩，发香，好时间，无一点宿气，未遭败坏的时间，不显陈旧的时间。我一直坐在这里，坐在小楼的窗前。树林，小河，蔷薇色的云朵，路上行人轻捷的脚步，……一切很美，很美，我眼角有一滴泪。

一清早，天才亮，我在庙前河边散步，一个汉子挑了两桶泔水跟我擦身而过,七成新的泔水桶周围画了一带极其细密缠绵的串枝莲,笔笔如同乌金嵌出的。

我坐了很久,很久。我随便拿起一本书,翻,翻,摊在我面前的是龚定庵的《记王隐君》:

> 于外王父段先生废簏中见一诗,不能忘。于西湖僧经箱中见书《心经》,蠹且半,如遇簏中诗,益不能忘。

## 注　释

① 本篇原载 1947 年 5 月 4 日、11 日《经世日报》文艺周刊;初收《邂逅集》,文化生活出版社 1949 年 4 月,文字略有改动。

# 驴[①]

驴浅浅的青灰色,(我要称那种颜色为"驴色"!)背脊一抹黑,渐细成一条线,拖到尾根,眼皮鼻子白粉粉的。非常的像个驴,一点都不非驴非马。一个多么可笑而淘气的畜生! 仿佛它娘生它一个就不再生似的,一付自以为是的独儿子脾气。

一下套,它叱一口豆了,挨了顾老板一铜勺把子,(顾老板正舀豆花做干子,)偏着脑袋,一溜烟奔过了那条巷子,跳过大阴沟,来了,奔过来,还没有站定,就势儿即往地上一摔,翻身。这块地教它的驴皮磨得又光又滑了。(若是这里须一地名,可就本地风光名之为"驴打滚"。)翻,——翻不过;翻,——再来一个,好嘛,喔唷喔唷,这一下,——过瘾! 我家老王说,驴子不睡觉,站一站就行了;挨了半天磨,累得王八蛋似的,也只须翻一个身即浑身通泰。我相信他。因此,看它翻不过,为之着急,好像我的腰眼里也酸溜溜的了。幸而它每次都一定翻得过的。滚完了,饮水,吃草,丁零当郎摇它的耳朵,忒尔噜噜打喷嚏。——这东西把两个招风耳那么摆来摆去的干甚么呢? 世界上有没有一个蜜蜂曾经冒冒失失撞到一个驴耳朵里去过? 小时候我老这么想,现在也还对此极有兴趣。唔,唔,唔! 它把个软软的鼻子皱两皱,(多不雅观!)忽然惊天动地的呜哇呜哇大叫起来,问老王它干甚么叫,老王说"闻到驴奶奶气味了,好不要脸的东西!"说时神情好像有看不起它。我于是不好意思看看它自身挂下来的玩艺。晋人多奇怪嗜癖,好驴鸣其一也,有以善作驴鸣得大名者,甚至到新死的朋友坟上去,"鸣",真是非常的玄了! 驴它稳稳重重的时候不是没有,但发神经病时候很多,常常本来规规矩矩,潇潇洒洒的散着步,忽然中了邪似的,脖子一缩,伸开四蹄飞奔,跑过来又跑过去;跑过去,又跑过来。看它跑,最好是俯卧在地上，眼光与地平线齐，驴在蓝天白云草紫芦花之间飞，美极了。跑也听你跑去，没有人管你，佟奶奶细着眼睛看得很有趣呢，可你别去嚼人家种在那儿的豆子，那你就有罪受的！大和二和六丁六甲似的追过来，（你跑！个杂——种！）一把捞住绳头子，拴到那棵踞满了毛毛虫的瘦骨伶仃的榆树上去了。顾家也是，为甚么把绳子弄得那么长呢？散着，它要一脚一脚的，它会一圈一圈的绕着树转，（生成牵磨的命！）转到后来，摸不着来路了，于是把个驴子头吊了起来，上下不得，干瞪两眼，两眼翻白，斜睃着自己尾毛拂动。牛虻虻，麻苍蝇都来了。这就只有两条后腿还可以活动活动，方不致因为老站着而酥麻。腿膝里是两个黑疤疤就极其显眼的露了出来。老王说这是驴子的夜眼。驴子夜里能作事，瞎眼驴子一样骑，全靠这两个膏药心似的东西。然而他又说驴子生小毛病不吃药，用个小槌子在那里敲两下；重病也只须戳一勾被针，放出点紫血就行了。这就不对了：既是眼睛，则不能敲，不能戳。然而这到底是个甚么东西？很想去摸摸这个甲虫壳似的黑疤，用指头弹弹必会叭叭的响的。还是先把它解下来吧，它腿上肉一牵一牵的跳，筋都涨起来了。——这畜生真不知好歹！狗咬吕洞宾，驴要踢我。我不知搭救了它多少次了。

　　而且家里一吃粽子，我即把箬叶跟小莲一齐来送给它吃，驴特别爱这东西。小莲告诉我，须仔细捡去裹粽子的麻丝，说吃下去要缠住肚肠子。我不信，（当然不通，难道会吃到肠子外头去吗？）小莲说"骗你干甚么！大和说的，不信你去问。"我才不问，捡去就是了！小莲一片一片的送在它的嘴里，看它吃。小莲喜欢这驴，她日后将忘不了这驴。小莲你嫁给大和得了，嫁过去整天用箬叶喂驴！我心里想，不敢说出来，我怕小莲哭。我看小莲，小莲一条辫子，越来越长了。我说：

　　"小莲，我给它吃。"

　　小莲把盛箬叶的柳条畚箕给我。我想驴一定更愿意我喂。一片一片的，着急死了，我一次就是五六片，塞得它满嘴都是。而远远的叫过来了：

　　"那是我家的驴，踢了你我不管！"

"哎唷哎唷，甚么宝贝驴！快来看看，只有一只耳朵了！"

这是老王说的。老王总是帮着我。老王来了，老王来挑水，我们一齐看过去，老王，我，小莲，为老王的话逗笑了的侉奶奶——

那边大喜鹊巢的老柳树上呢，大和跟二和。

大和二和每天下午到这里来。老王一见他们总要说：

"怎么着，又来放驴了？"

这是淘笑他们的话。只有放牛放羊叫"放"的，驴不能叫"放"。然而该怎么说呢？"看驴"，怕也没有这么说的。老王另有个说法，"陪驴"，这其实最对。他们实在是跟在驴后面也一溜烟跑出来玩玩而已。驴子比他们哥儿俩都懂事些，倒像顾大娘把儿子交给驴，驴子带头，领着他们到荒野里来一样。这时候他们累了半夜，一早上的爸爸要睡一会，他们在家一定闹得不得安生！

**注　释**

① 　本篇原载 1947 年 6 月 15 日《经世日报》。

# 职　　业(外一篇)[①]

## 一　职业

巷子里常有卖"椒盐饼子西洋糕"的走过。所卖皆平常食物,除了油条大饼豆菜包子之外便是那种椒盐饼子跟西洋糕。椒盐饼子是马蹄形面饼,弓处微厚,平处削薄,烘得软软的,因有椒盐,颜色淡黄如秋天的银杏叶子。西洋糕是一种菱形发面方糕,松松的,厚可寸许,当中夹两层薄薄的红糖浆。穿了洁白大布衣裳,抽了几袋糯米香金堂叶子烟,泛览周王传,流观山海图,到日影很明显的偏了西,有点微饿了,沏新茶一碗,买那么两块来慢慢的嚼,大概可以尝出其中的香美;否则味道是很平淡的。老太太常买了来哄好哭作闹的孩子,因为还大,而且在她们以为比吃糖豆杂食要"养人"些。车夫苦力们吃它则不过为了充饥罢了。糕饼和那种叫卖声音都是昆明僻静里巷间所特有。虽然不知道为甚么叫作"西洋糕",或者正因为叫"西洋糕"吧,总使人觉得其"古",跟这个已经在它上面建立出许多新事物来的老城极相谐合。早晨或黄昏,你听他们叫:

"椒盐饼——子西洋糕……"

若是谱出来,其音调是:

so so la——la so mi rai

这跟那种"有旧衣烂衫抓来卖"同为古城悲哀的歌唱之最具表情者。收旧衣烂衫的是女人多,嗓音多尖脆高拔。卖椒盐饼子西洋糕的常为老人及小孩。老人声音苍沉,孩子稚嫩游转,(因为巷子深,人少,回声大,不必因拼命狂叫,以致嘶嗄,)在广大的沉寂与远细的市声之上升起,搅带出许多东西,闪一闪,又溅落下来。偶然也有年青青的小伙子挎一个竹篮叫卖,令人觉得可惜,谁都不会以为这是一个理想的职业的。他们多把"椒"念成"皆",而"洋"字因为昆明话缺少真正的鼻音,听起来成了"牙"。"盐"读为"一","子"字常常吃了,只舌头微顶一顶,意思到了,"西洋"两字自然切成了一个音。所以留心了好一阵我才闹清楚他们叫的是甚么,知道了自然得意十分。——是谁第一个那么叫的? 这几个字的唇齿开阖(特别是在昆明话里)配搭得恰到好处,听起来悲哀,悲哀之中有时又每透出一种谐趣。(这两样感情原是极相邻近的。)孩子们为之感动,极爱效学。有时一高兴就唱成了:

"捏着鼻——子吹洋号!"

一定有孩子小时学叫,稍大当真就作此生涯了的。

老在我们巷子里叫卖的一个孩子,我已见他往来卖了几年,眼看着大起来了。他举动之间已经涂抹了许多人生经验。一望而知,不那么傻,不那么怯了,头上常涂油,学会在耳后夹一枝香烟,而且不再怕那些狗。他逐渐调皮刁恶,极会幸灾乐祸的说风凉话,捉弄乡下人,欺侮瞎子。可是,他还是不得不卖他的椒盐饼子西洋糕! 声音可多少改变了一点,你可以听得出一点嘲讽,委屈,疲倦,或者还有寂寞,种种说不清,混在一起的东西。

有一天,我在门前等一个人来,他来了。也许他今天得到休息,(大姨妈家老二接亲啦,帮老板去摇一会啦,反正这一类的喜事,)也许他竟已得到机会,改了行业,(不顶像,)他这会儿显然完全从职业中解放出来。你从他身上看出一个假期,一个自在之身。没有竹篮,而且新草鞋上红带子红得真鲜。他潇潇洒洒的走过去,轻松的脚步,令人一下子想起这是四月中的好天气。而,这小子! 走近巷尾时他饱满充和的吆喝了一声:

"椒盐饼——子西洋糕。"

听自己声音像从一团线上抽一段似的抽出来,又轻轻的来了一句:

"捏着鼻——子吹洋号……"

# 二　年红灯

　　走出室门，总要抬头看看。为甚么要看看呢，看甚么？——不知道。也许是想看看天。下意识的习惯，我曾在一个地方住过，天蓝起来非常的蓝；有时却多雨，阴晴不定。然而看到的却是马路对面高楼屋顶上一个铁架子，广告铁架子。这东西，无话可说，很伟大！竖那么个架子的工程可以盖好几间屋子了吧。架子上几个大字，每个字比一间屋子还大。最近，天天有人搭了长梯子在上面工作。人在上头那么小，看他们在上头动，好像动得也很慢，很轻微。仿佛完全不是普普通通像我们一样的人，因为比例不对。知道，他们是在油漆那几个字。而且，这两天在装年红灯了。——是谁想起来装的？我坐在椅子里也可以看见，很高兴一抬头看见他们都在那里。有时还可以看见他们抽烟，谈话。我坐在椅子里抽烟，或喝着一杯茶，当手里工作告了一段落，常悠然而自窗口看出去。

　　一天晚上，亮了，那些年红灯亮了。红光蓝光交递转换。先是小字，一个一个出来，一排，现齐了，于是划然而显出几个大字，又抹掉似的一齐消失；接着又从头来一遍。红光蓝光交递的落在我阶前，屋顶，我的书，我的纸，我的手指头上。

　　这几个工人他们一定也看见了。他们一定看的。

　　而，我在马路上看见一个人，他看广告上那些灯。从他看的样子上，我毫不怀疑的相信他即是那些工人之一，白天他还在那个架子上工作的，那是他的作品。我看了他好一会。——他心里的是甚么感觉？

三十六年六月中

**注　释**

①　本篇原载 1947 年 6 月 28 日天津《益世报》。其中《职业》一文，作者于 1982 年重写并以同题发表，参见《职业》（二）；《年红灯》由作者续写，又载 1947 年 8 月 18 日《宁波日报》，参见《年红灯》（二）。初收《汪曾祺全集》第一卷，北京师范大学出版社，1998 年 8 月。

# 落　　魄[1]

　　他为甚么要到"内地"来？不大可解，也没有人问过他。自然，你现在要是问我为甚么大远的跑到昆明过那么几年，我也答不上来。从前很说过一番大道理，经过一个时间，知道半是虚妄，不过就是那么股子冲动，年纪轻，总希望向远处跑；而且也是事实，我要读书，学校都往里搬了；大势所趋，顺着潮流一带，就把我带过了千山万水。总是偶然，我不强说我的行为是我的思想决定的。实在我那时也说不上有甚么思想。——我并没有说现在就有。这个人呢？似乎他的身边不会有甚么偶然，那个潮流不大可能波及到他。我很知道，我们那一带，就是像我这样的年纪也多还是安土重迁的。在家千日好，出外一时难，小时候我们听老人戒说行旅的艰险决不少于"万恶的社会"的时候。他近四十边上的人了，又是"做店"的。做店人跑上五七个县份照例就是了不起的老江湖，关于各地茶馆、浴室、窑姐儿、镇水铜牛，大火烧了的庙，就够他们向人聊一辈子；这种人见过世面，已经有资格称为百事通，为人出意见，拿主意，凡事皆有他一份，社会地位极高，再也不必跑到左不过是那样的生疏地方去。他还当真走上好几千里干甚么？好马不吃窝边草，憋了甚么气，要到个亲旧耳目不及的地方来创一番事业，等将来衣锦荣归，好向家里妻子说一声"我总算对得起你们"么？看他不像是那种咬牙发狠的人，他走路说话全表示他是个慢性子，是女人们称之为"三棍子打不出个闷屁来"的角色。再说，又何必用这么远，千里之内尽可以作个跨海征东薛仁贵，楚国为官的秋胡了。也许是他受了危言耸听的宣传，觉得日本人一来，可怕到不可想象程度，或者是他遭了甚么大不幸或难为情事情，本土存身不得，恰好有个亲戚，到内地来作事，须要个能写字算账的身边人，机缘凑巧，无路可走之中他勃然打定了主

217

意来"玩玩"了？也只是"也许"。——反正，他就是来了，而且做了完全另外一种人。

到我们认识他时，他开了个小吃食铺子，在我们学校附近。

初时，大家还带得三个月至半年的用度，而且不时还可接到汇款，生活标准比在家时低不太多，稍有借口，或谁过生，或失物复得，或接到一封字迹娟秀的信，或没有理由，大家"通过"一下，即可有人作东请客。在某个限度内还可挑一挑地方。有人说，开了个扬州馆子，那就怎么样也得巧立名目的去吃他一顿。

学校附近还像从前学校附近一样，开了许多小馆子。开馆子的多是外乡人。湖南的，江西的，山东的，河北的，一种同在天涯之感把老板伙计跟学生接连起来，而且他们本来直接间接的就与学校有相当关系，学生吃饭，老板伙计就坐在旁边谈天说地；而学生也喜欢到锅灶旁边站着，一边听新闻故事，一边欣赏炒菜艺术。——这位扬州人老板，一看即与别人不同，他穿了一身铁机纺绸褂裤在那儿炒菜！盘花纽子，纽绊里拖出一段银表链。雪白的细麻纱袜，一双浅口千层底直贡呢鞋。细细软软的头发向后梳得一丝不乱。左手无名指上还套了个韭叶指环。这一切在他周身那股子斯文劲儿上配合得恰到好处。除了他那点流利合拍的翻锅子动铲子的手法，他无处像个大师傅，像个吃这一行饭的。这比他的鸡丝雪里蕻，炒假螃蟹，过油肉更令我们发生兴趣。这个馆子不大，除了他自己只用了个本地孩子招呼客座，摆筷子倒茶。可是收拾得干干净净，木架子上还搁了两盆花。就是足球队员，跳高选手来，看了墙上菜单上那一笔成亲王体的字，也不便太嚣张放肆了。

有时，过了热市，吃饭的只有几个人，菜都上了桌，他洗洗手，会捧了把细瓷茶壶出来，客气两句，"菜炒得不好，这里的酱油不行"，"黄芽菜教孩子切坏了，谁叫他切的！——红烧才能横切，炒，要切直丝的"。有时也谈谈时事，说点故乡消息，问问这里的名胜特产，声音低缓而有感情。我们已经喜欢去坐茶馆了，有时在茶馆也可以碰到他，独自看一张报纸或支颐眺望街上行人。他还给我们付了几回茶钱，请我们抽烟。

他抽烟也是那么慢慢的，一口一口的吸，仿佛有无穷滋味。有时事完了，不喝茶，他去蹓跶，两手反背在后面，一种说不出悠徐闲散。出门少远，则穿了灰色熟罗长衫，还带了把湘妃竹折扇。想见从前他一定喜欢养养鸟，听听书，常上富春坐坐的。他自己说原在辕门桥一个大绸缎庄作事，看样子极像。然而怎么到这儿来开一个小饭馆的呢？这当中必有一段故事，他不往下说，我们也不好究问。

馆子菜甚么菜都是一个滋味，家家一样，只有他那儿虽然品色不多，却莫不精致有特色。或偶尔兴发，还可以跟他商量商量，请他表演几个道地扬州菜，狮子头，芙蓉鲫鱼，叉子烧鸭，他必不惜工夫，做得跟家里请客一样，有几个菜据说在扬州本地都很少有人做得好。这位绸缎店"同事"大概平日在家极讲究吃食，学会了烹调，想不到自己竟改行作了饭师傅。这不免是降低了一级，我们去吃饭，总似乎有点歉意。也许他看得比较高一层，所以态度上从未使我们不安。他自己好像已不顶在乎了。生意好，有钱剩，也还高高兴兴的。果然半年下来，店门关了几天，贴出了条子：修理炉灶，休业数天。

新万年红硃笺招纸贴出来，一早上就川流不息的坐满了人。老板听从有人的建议，请了个南京师傅来做包子煮面，带卖早晚市了。我一去，学着扬州话，跟他道一声：

"恭喜恭喜"。

恭喜他扩充营业，同时我已经看到后面小天井里一个女人坐着拣菜，发髻上一朵双喜绒花。老板拱拱手：

"托福托福，闹着玩的。"

女人不知是谁给说的媒，好像是这条街上一个烟鬼的女儿，时常也看她蓬着头出来买香油腌菜蚊烟香，脸色黄巴巴的，样子平平常常。可是因为年纪还不顶大，拢光了头发，搽了雪花膏，还敷了点胭脂，就像是完全换了一个人，以前没的好处全露了出来。老板看样子很喜欢，不时回头，走过去低低说几句话，让她偏了头，为拈去一片草屑尘丝，他那个手势就比一首情诗还值得一看。老板自己自然也年轻了不少，或者不如说一般人都不免，而实际上一个才四十的人不应便有的老态全借了一个年轻的身体而冲失了。要到这样的年龄大概才真知道如何爱惜女人。

灶下,那个南京师傅集中精神在做包子。他仿佛想把他的热心变成包子的滋味,摘蒂子,刮馅心,那么捏几下,一收嘴子,全按板中节,如一个熟练的舞蹈家或魔术师的手脚。今天是第一天。他忙,没甚么工夫想甚么,就这个"第一天"一定在他脑子里闪了好多次。这三个字包含的感情很多,他自己一时也分辨不清,大体上都结成了一团希望,就像那个蒸笼冒出来的一阵一阵子的热汽。听他拍打着包子皮,声音钝钝的,手掌一定很厚!他脑袋剃得光光的,后脑杓子挤成了三四叠,一用力,直扭动。他一身老蓝布衣裤,腰里一条洋面口袋改成的围裙。从上到下,无一处不像一个当行面食店师傅,跟扬州人老板相互映照,很有趣味。

然而不知甚么道理,那一顿早点没有留给我甚么印象。等的时候太长,而吃的时候太短。我自己也不好,不爱吃猪肝,为甚么叫了碗猪肝面加菠菜西红柿!面是"机器面",没有办法,生意太好,擀面来不及。——是谁给他题了那么几个艺术字?三个月之后这几个字一定浸透了油气的,活该!

不久滇越铁路断了,各处"转进"的战事使好多人的故乡随"我的家在东北松花江上"的伤感老歌一齐失去。Cynical 的习气普遍的增高,而洗衣的钱付得少了,因为旧了破了,破旧了的衣服就去卖了。渺乎其远的希望造成许多浪子。有些人对书本有兴趣,抱残守拙,显得极其孤高。希望既远,他们可看到比希望还远的地方。因为形状褴褛,倒更刺激他们精神的高贵,以作为一种补偿。这是一种斗争,沉默而坚持,在日常的委屈悲愤的世俗感情的摆落中要引接山头地底水泉来灌溉一颗心的滋长,是困苦的。有些失了节,向现实投了降,做起生意起来了,由微渐著,虽无大手笔,但以玩票姿态转而下海,不失为一个"名家"局面。后一种人数目极少。正因为少,故在校中行动常一望而可指出。这才是一个开始,唯足以启发往后的不正常。本来战争的另一名词即不正常。这点不正常就直接影响绿杨饭店的营业。——现在,绿杨饭店已经为人耳熟,代替原来的"扬州人"。在它开张了,又扩充了时候,绿杨饭店是一个名词。一个名词仿佛可有可无的。而现在绿杨饭店成了一个实体,店的一切与它的招牌分不开了。

第一,扬州人已经不能代表一个店了;而且这个饭店已经非常的像一个饭店,有时简直还过了分!

那个南京人,第一天,我从他的后脑杓子上即看出这是属于那种会堆砌"成功"的人。他实事求是,稳扎稳打,抓紧机会,他知道钱是好的,活下来多不容易,举手投足都要代价。为了那个代价,所以他肯努力。他一早晨冲寒冒露赶到小南门去买肉,因为每斤便宜多少钱;为了搬运两袋面粉,他可以跟挑夫说许多好话或骂许多难听话;他一边下面,一边瞟着门前过去的几驮子柴;他拣去一片发黄的菜叶子,拾起来又放到砧板上;他到别家铺子门前逛两转,看他们的包子蒸出来是甚么样儿,回来马上决定明天他自己的包子还可以掺点豆芽菜,而且放点豆腐干也是个可试的办法。……他的床是睡觉的,他的碗是吃饭的,他不幻想,不喜欢花,不上茶馆喝茶,而且老打狗,因为虽然他的肉在梁上他还是担心狗吃了。没有多少时候绿杨饭店即充满了他的"作风"。——我得声明虽然我感情上也许是另一回事,可是我没有公开的表示反对这样的作风的意思。而且四方东西南北中,(我们那儿都是这么说,自然也对,"中"不是一个方向,)南京人只是偏于那一方,不是像俾斯麦或希特勒那样绝对的人。这里只说他的一般上的特殊,向反的较强的一面,不单是作风,也因为从作风的改变上,你知道这个店的主权也变了。过了一个时候,不问可知,已经是合股开的。南京人攒了钱,红利工钱,再加上一点积蓄,也许还拉了点债,入了股。我可以跟你打赌,他在才有人来提生意时即已想到这一步。

南京人明白他们这个店应当为甚么人而开,声气相求,果然同学之中那个少数很快即为吸取进来,作为经常主顾。他们人数不多,但塞满这个小饭店却有余。而且他们周围照例有许多近乎谢希大应伯爵之人者流,有时还会等不着座儿。这时他们也并未"发迹",不过手底下比较活动,他们的"社会"中,"同学"仍占一个重要位置,这里便成为他们

"联络感情"所在,常在来吃一碗猪肝面的教授面前摆了一桌子菜哄饮大嚼起来。有的,在这里包了月饭,虽然吃一顿不吃一顿。——另一种同学,因为尚有衣物可卖,卖得钱,大都一天花光,豪爽脾气未改,(这也是一种抗卫),也常三个五个七八个一摊上街去吃喝一顿。有时他们在这里,有时到别处去。有时他们到别处去;有时还在这里。有些本来常在这里的不常在这里了。

绿杨饭店的生意好了一阵,好得足以使这一带所有的吃食铺子全都受了影响,而且也一齐对它非常关心。别以为他们都希望"绿杨"的生意坏,他们知道"绿杨"的生意要是坏,他们自己的也好不了。他们的命运既相妨,又相共。然而过了一个高潮,绿杨饭店眼看着豆芽菜豆腐干越掺得多,卖出去的包子就越少。"学校附近的包子"在壁报文章中成了一个新奇比喻,到后来而且这个比喻也毫不新奇了。绿杨饭店在将要为人忘记的那条路上走。——时间也下来两年了,好快! 这时有钱活动的就活动得更远。有的还在这个城里,有的到了外县,甚至出了国,到仰光,到加尔各达,有的还选了几门课,有的干脆休了学,离开书本,离开学校,离开同学,也离开了绿杨饭店。大部分穷的,可卖衣物更少了,已经有人经验到饥饿时的心理活动。这也是一种活动,且正如那种活动到仰光加尔各达的人一样,留下许多痕迹在脸上,造成他们的哲学。绿杨饭店犹如一面镜子,扬州人南京人也如一面镜子。镜子里是风干的猪肝,暗淡的菠菜,不熟的或烂的西红柿,太阳如一匹布,阳光中游尘扬舞。江西人的山东人的湖南人河北人的新闻故事与好兴致全在猪肝菠菜西红柿前失了颜色。悄悄的,他们把这段日子撕下来,风流云散,不知所终。

那个女人的脸又黄下来,头发又乱了,而且像是没有光亮过,没有红过白过。有一次街上开来了一队兵,马上就找到他们要徘徊逗留的地方,向绿杨饭店他们可没有多瞟几眼。多可惜,扬州人那个值得一看的动人手势! ——这时候我才想起过他家里有太太没有? 有孩子没有?

绿杨饭店还是开着。

这当中我因病休了学，病好了住在乡下一个朋友主持的学校里，帮他们教几个钟点课，就很少进城来。绿杨饭店的情形可以说不知道。一年之中只去了一次。一位小姐病了，我们去看她。有人从黑土洼带了一大把玉簪花来，看着把花插好了，她笑了笑，说是"如果再有一盘椒盐白煮鱼，我这个病就生得很像样子了。"从前的生病也是从前的谈天题目之一。她说过她从前生了病都吃白煮鱼，于是去跟扬州人老板商量，看能不能给我们像从前一样的配几个菜。他们回答得很慢，但当那个交涉代表说"要是费事，不方便，那就算了"，却立刻决定了，问"甚么时候"？南京人呢，不表示态度。出来，我半天没有话。朋友问是怎么回事，没有甚么，我在想那个饭店。

那天真是怪，南京人一声不响，不动手，摸摸这，掇掇那。女人在灶下烧火。扬州人的头发白了几根。他似乎不复那么潇洒似乎颇像作这样的事情的一个人了。不仅是他的纺绸衣裤，好鞋袜，戒指，表链没有了；从他放作料，施油盐，用铲子抄起将好的菜来尝尝味，菜好了敲敲锅子，用抹布（好脏）擦擦盘子，刷锅水往泔水缸里一倒，扶着锅台的架势，偶尔回头向我们看一看的眼睛，用火钳夹起一片木柴吸烟，（扯歪了脸），小指搔搔发痒的眉毛，鼻子吸一吸吐出一口痰，……一切，全都变了。菜做完了，往我们桌边拉出一张凳子（接过腿的）上一坐，第一句即是：

"甚么都贵了，生意真不好做"。

这句话教南京人回过头来，向着我们这边。南京人是一点也没有走样！他那个扁扁的大鼻子教我想起我们前天应当跟他商量才对。我觉得出他们一定吵了一架。不一定是为我们的一顿饭而吵，希望不是因为我们而吵的。而且从扬州人脸上的皱纹阴影上看，开始吵架已经是颇久的事。照例大概是南京人嘀咕，扬州人不响。可能先是那个女人跟南京人为一点小事拌嘴，于是牵扯起一大堆，一直扯到这一次的不痛快跟前次的连接起来，追溯到很远；还有余不尽，种下下次相争的因子。事情很明显，南京人现在股本比扬州人只有多，决不少，而扬州人两口子穿吃开销，他们之间没有甚么会计制度，就是那么一篇胡涂账。

他们为甚么不拆伙呢？隔了年的浆子，粘不起来，那就算了。可是不，看样子他们且要糊下去。从扬州人的衰颓萎败上看起来，我疑心他是不是有时也抽口把鸦片烟。唔，要是当真，那可！——我曾问过坐在我对面的同学。

"你是不是有把握绝对不会抽鸦片，假如有人说抽，或者你死？"回答是：

"倒不是死。有许多东西比死更厉害。你要是信教，那就是魔鬼；或是不绝的'偶然'。"我看看南京人的粗粗短短的手指，（果然，好厚的手掌！）忽然很同情他，似乎他的后脑杓子没有堆得更高全是扬州人的责任。

到我复学时，一切全有点变动。或者不是变动，是层叠，深入，牢著，是不变。甚么都有一种随遇而安样子。图书馆指定参考书不够，可是要多少本才够呢？于是就够了。一间屋子住四十人太多，然而多少人住一屋或每人都有几间屋最合理？一个人每天需要多少时候的孤独？简直连问也没有人问。生物系的新生都得抄一个表，人正常消耗是多少卡罗里，而他们没有想到他自己也是一个实验对象；倒对一个教授研究出苗人常吃的刺梨和"云南橄榄"所含维他命工作极有兴趣。土产最烈的酒是五十三度，最坏的烟（烧完了灰都是黑的）叫鹦鹉牌。学校附近的荒货摊上你常看见一男一女在那个货摊讲价，所卖是女的一件曾经极时髦的衣服，反正那件衣服漂亮到她现在绝对无法穿出来了。而路边种的那些树都已长得很高，在月光中布下黑影，如梦如水。整个一个学校，一年中难得有几个人哭，也绝不会有人自杀。……而绿杨饭店已经搬了家，在学校门边搭一个永远像明天就会拆去的草棚子卖包子，卖猪肝面。

（我已经对我的文章失去兴趣，平淡得教我直想故作惊人之笔而惊人不起来！这饭店，这扬州人与我有甚么关系呢？）

一句话就说尽这个饭店了：毫无转机。没有人问它如何还能开下来，因为多少人怎么活下来就无从想象。当然，这时候完全是南京人在那儿撑持。但客观条件超出他所有经验。武松拿了打折了的半截哨棒,只好丢了,他也无计可施。然而他若是丢了这个坑人的绿杨饭店他只有死!他似乎有点自暴自弃起来,时常看他弄了一土碗市酒,闷闷的喝,(他的络腮胡子乌猛猛的),忽然拳头一擂桌子,大骂起来,也不知道骂谁才是。若是扬州人跟他一样的壮,他也许会跳上去,冲他鼻子就是一拳。然而扬州人一股子窝囊样子,折垂了脖子,木然看着哄在一块骨头上的苍蝇。这样子更让南京人生气,一股子邪火从脚底心直升上来。扬州人身体简直越来越不行了,背佝偻得厉害。他的嘴角老挂着一点,嘴唇老开着一点。最多的动作是用左手捋着右臂衣袖,上下推移。又不是搔痒,不知道是干甚么!他的头发早就不梳好了,有时居然梳了梳,那更糟,用水湿了梳的,毫无光泽,令人难过。有人来了,他机械的站起来,机械的走,用个黑透了的抹布,骗人似的抹抹桌子,抹完了往肩头上一搭:

"吃甚么? 有包子,有面。有牛肉面,炸酱面,菠菜猪肝面。……"声音空洞而冷漠。客人的食欲就教他那个神气,那个声音压低了一半。你就看看那个荒凉污黑的架子,看到西红柿上的黑斑,你知道黑斑那一块煮也煮不烂的;看到一个大而无当的盘子里三两个鸡蛋,鸡蛋会散黄;你还会想起扬州人跟你解释过的,"鸡蛋散黄是蚊子叮的",你想起孑孓在水里翻跟斗。吃甚么呢,你简直没有主意。你就随便说一个,牛肉面吧。扬州人捋着他的袖子:

"噢,——牛肉面一碗——。"

"牛肉早就没有了,要说多少次!"

"噢,——牛肉没有了——"

那么随便吧。猪肝面吧。

"噢,——猪肝面一碗——"

而那个女人呢,分明已经属于南京人了。仿佛这也没有甚么奇怪。连他们晚上还同时睡在那个棚子底下也都并不奇怪。这当中应当又有一段故事的,但你也顶好别去打听,压根儿你就无法懂得他们是怎么回事,除非你能是他们本人。

我已经知道,他们原来是表兄弟,而且南京人是扬州人的小舅子,这！……我不知道我应当学着去作一个小说家还是深幸自己不是。……

　　过了好多好多时候，"炮仗响了"。云南老百姓管胜利，战争结束叫"炮仗响"。他们不说胜利，不说战争结束，而说是"炮仗响"。炮仗响那天我一点都没有想到扬州人。一直到我要离开昆明的前一天，出去买东西，偶然到一个铺子里吃东西，坐下，一抬头，哎，那不是扬州人吗。再往里看，果然南京人也在那儿，做包子，一身蓝布衣裤，面粉口袋围裙，工作得非常紧张，脑杓子直扭动，手掌敲着包子皮钝钝的响。他摘蒂子，刮馅心，那么捏几下，一收嘴子，全按板中节，仿佛想把他的热心也变成包子的滋味。他从上到下无一处不像个当行的面食店师傅。这个扬州人，你为甚么要到内地来？你是四十多岁的人了，你从前是做绸缎庄的，你要想回去向妻子儿女说一声"我总算对得起你们"？……然而仿佛他们全不成问题，成问题的倒是我！我教许多事情搅迷胡了。明天我要走了。车票在我口袋里，我不知道摸了多少次。我有个很不好的脾气，喜欢把口袋里随便甚么只捏在手里搓，搓搓就扔掉了。我丢过修表的单子，洗衣服收据，照相凭条，防疫证书，人家写给我的通信地址。每丢了一张纸，我就丢了好多东西。我真怕我把车票也丢了。我有点神经衰弱。我有点难过，想吐，这会儿饿过了火，我实在甚么也不想吃。我蠢蠢的问 S 说：

　　"我们来了八年了？"而忽然问：

　　"哎，那罐火腿呢？"

　　S 敲敲火腿罐头。在桌子下捏住我的手：

　　"你怎么了，D？——吃甚么？"

　　我振作了一下：

　　"猪肝面加菠菜西红柿！"

　　扬州人放好筷子，坐在一张空着的桌子旁边凳上。他牙齿掉了不少，两颊好像老在吸气。而脸上又有点浮肿，一种暗淡的痴黄色。肩上一条抹布湿漉漉的。一件黑滋滋的汗衫，（还是麻纱的！）一条半长不半的裤子，像十二三岁的孩子穿的。衣裤上全有许多跳蚤血黑点。看他那个滑稽相的裤子,你想到他的肚皮一定一叠一叠的打了好多道折子!最后我的眼睛就毫不客气的死盯住他的那双脚。一双自己削成的大木屐,简直是长方形的。好脏的脚,仿佛污泥已经透入多裂纹的皮肤。十个趾甲都是灰趾甲,左脚的大拇趾极其不通的压在中趾底下,难看无比。对这个扬州人,我没有第二种感情,厌恶!我恨他,虽然没有理由。

去你的吧,这个人,和我这篇倒霉文章!

三十六年六月

## 注 释

① 本篇原载《文讯》1947 年第七卷第五期。初收《邂逅集》,文化生活出版社 1949 年 4 月,文字略有改动;又收《汪曾祺短篇小说选》,北京出版社 1982 年 2 月,文字有较大改动。

# 绿　猫[①]

山沓水匝,树杂云合,目既往还,心亦吐纳。

春日迟迟,秋风飒飒,情往似赠,兴来如答。

——《文心雕龙·物色篇》

　　刚才我想的甚么?——又一辆汽车飞驶而过,震得我好不难受。像甚么呢,像甚么呢,说不出像甚么。汽车回家,汽车们回家了。(汽车"们"?)这时候还有甚么叫卖声音?叫的是甚么?还有三轮车,白天怎么听不到三轮车轮轴吱吱咂咂的响?——我为甚么那么钝,为甚么一无所知,为甚么跟一切都隔了一层,为甚么不能掰开撕开所有的东西看?为甚么我毫无灵感,蠢溷麻木?为甚么我不是天才!——嘻,叫卖的,你叫的甚么?你说说你的故事看。你是个高的矮的?你不快乐?你没有希望?你今天晚上会作甚么梦?——你汽车,你"呜——",你好无礼!两点一刻了。——我刚才想的甚么?香烟又涨了,(我抽了一枝烟,)——我想甚么来了?……喔,喔喔,我想过高尔基!

　　我想起高尔基的样子,画上的高尔基,雕像上的高尔基的样子。(我现在是甚么样子?)也许不是高尔基,汤姆士·哈代,福楼拜,奥·亨利,……随便是谁。但我想的还是他,高尔基。我今天偶然翻了一本杂志,翻开来第一页就是他,他的像,(这个杂志不知刊登了多少次他的像,这位编辑也不在意?多少杂志报纸上印出过他的像了。不用写出,就知道是谁,一看就知道是谁,不看也就知道!)刻在白云石上,选了合宜光线角度而拍出来的。高尔基斜斜的坐在那儿,一脸的"高尔基"。画家雕刻家们对他那么熟悉,比对他自己工作室所在的那条街,他买纸烟的铺子,他的房东的女儿,他自己的领带还熟悉。他们用笔用斧凿在布上石头里找出一个东西，高尔基。高尔基总是穿着马靴的？他脸上都是那个样子，他从早到晚，今年到明年，无刻不是"高尔基"？如果不是那些像，我相信，如果与他差肩而过，没有人知道他是谁。没有多少人看过了还记得他。根本在路上就不会有人看他的，即使已经知道高尔基其人，知道他是个甚么样子。高尔基是甚么样子？两撇胡子——甚么样的胡子？有一回我们演戏，彩排的时候，化装室里，一个演员拿了皱纹笔，抹了底子油，问导演，"我来个甚么样的胡子？"导演一凝眸，看了看演员脸，竖出一个指头，十分有把握："高尔基式！"——半搭拉着眼皮，作深思状。高尔基一年到头都在深思，都作深思状？——想想高尔基执笔抽烟的样子。——高尔基要是刚从理发店里出来，甚么样子？——是甚么意思呢？我怎么想起来这个？……

我是想起了绿猫。（高尔基，绿猫！）——现在又是叫卖的甚么？甚么地方有关窗声音，隔壁老头儿又咳嗽了。

我的朋友栢要写一篇小说，写绿猫，我就想起了高尔基。今天我刚好看见了高尔基。若是看到别人，我就会想到别人。

我去看我的朋友栢。

黄梅天，总是那么闷。下雨。除了直接看到雨丝，你无法从别的东西上感觉到雨。声音是也有的，但那实在不能算是"雨声"。空气中极潮湿，香烟都变得软软的，抽到嘴里也没有味，但这与"雨意"这两个字的意味差得可多么远。天空淡淡漠漠，毫无感情可言。雨下到地上，就变成了水。那里是卜甚么雨，"下水"而已。（赫哈，下水！）虽然这时念一声"八表同昏"，念一声"最难风雨故人来"，觉得滑稽，可是听巷子里那个苍白的孩子一边跑，一边用稚嫩的声音哀唤：

"有破个烂个电灯泡撂出来，

有破个烂个电灯泡撂出来，"

我可没有电灯泡撂给他，披上雨衣，决定还是去看看栢。虽然毫不热烈，摇曳着，支持着那点意思。

怎么样从我的住处就到了栢的住处了呢？说不上来，我就是已经到了栢的门前，伸手而敲了。"既然不是乘兴，你就不要来！"我心里自己嘀咕。王子猷呀王子猷,活在现在,你也毫不希奇！想到你的得意杰作,我是又悲哀又生气。——才不,悲甚么哀呢,生的甚么气。谁也不能真正画出一幅雪夜访戴图,他不过是自得其乐。这个年头,谈不到这些,卞之琳先生说是"最不风流的时候",有这么一句话他就活得下去,仿佛不风流害不死他。人言阿龙超,阿龙固自超,那么咱们就超吧。也罢,我明知道这门里没有甚么新鲜事情,优美,崇高,陶醉迷人事情,我还是敲门。剥啄一声,我心欢喜。心里一阵子暖,我这才知道我为甚么要来,我该来。门里至少有我一个朋友,在茫茫人海之中可以跟我谈话。"我好比:南来的雁……"我简直要唱起来了。当然没有唱,一声"请进来",门为我而开了。我真想说一声:

"啊栢,我真喜欢你！"

现代人都受不了舞台上的大悲剧,受不了颤抖带泪的声音,受不了"太厉害"的动作,然而虽然止于礼义也,却未尝没有发乎情的时候,他只是不让她"出来",活生生给掐死了,而且毫不觉其残酷。当然我也不说。我为甚么要怪,要不识时务,不顺应潮流。我的朋友栢是个热情人,虽然也给压得差不多坏了,但劲儿似乎还有一点。许多人加给他的评语是"天真"。当然他不是孩子似的。他天生来是个浪漫的底子,关起门来会升天入地,在现实中淘吸出点甚么玩意儿来。——任是这么一个人,我也不能跟他说那一句会令他莫明其妙的话吧。如果我说,他一定愕然,看我一眼,略一点头,心里明白了,上来扶住我,扶到他椅子里坐下,甚至扶到他床上,给我倒水,有钱则为我买水果。他以为我醉了！如果我醉了,我就会接下去说:

"啊栢,你不知道我多难受,多寂寞！这是甚么生活？甚么时候光明才能照到'古罗马的城楼'？……"

喝醉了还是忘不了开玩笑:栢的隔壁有一位青年,一天到晚唱他的夜半歌声,而且总把"城头"唱成"城楼"。——得,我这么哩哩拉拉的,倒像我真的喝醉了！我甚么都没有说,脸上微亮了一下,说了一句:

"怎么样,栢？"

见面总是这么一句。毫无意义。——不,不能是毫无意义,这至少等于说"哈,又见面了。"

"怎么样?——哎,你来得正好!"

这一句话我爱听。

"怎么啦?"

"我在写文章。"

"你写,我不搅你。我坐一会,看你那本书。"

"不,你来得正好,我写不出来。"

"噢,要我来打岔,好嘛!——写的甚么?"

"一个小说。"

"我看看。"

"别看!"

我已经看见了!题目:《绿猫》;第一行是

"小时候……"

栖把稿子压在一本大字典底下,给我泡茶。接过茶杯,我不由得不扑嗤一笑,把茶都泼了出来,泼在裤子上。我掏手绢擦裤子。——并不是爱惜裤子,就是擦擦。——是爱惜裤子,下意识里还是爱惜的。这条裤子虽然普通到不能再普通,毫无特色之可言,但小时候总有穿鲜美新衣而喜悦,而爱惜的时候。

"笑甚么?"

当然,他看到我眼睛所看方向就已经明白我笑甚么。

一只瘦骨伶仃的小猫蜷在桌子腿旁边。这两天正是换毛的时候,毛都一饼一饼的。毫无光泽,不能说不难看。又是下雨,更脏了。本来应当说是白地子淡黄花斑,在暗影里说不出是甚么颜色。栖也好好的看了它一眼,冲我皱鼻子,扁嘴,努目而用力点了点头,鼻子里哼出一股气:

"我一定要把它染成一个绿的!"

我又笑,栖可急了,他以为我是笑他,笑他也就是说说,决不会当真把他的猫染成个绿的。他声音大,吐字切,两腿分开,作童子军操"少息"状,说:

"你瞧着！我一定染，染成个绿猫！我已经在一家理发店里问过了，有染绿的水。"

果然不错，他也看了前天的那张报纸。——我看了看他的头，新剪的，"打三下"！理发匠是顶会把所有的人弄成一样，把所有的人的风格全毁了的，顶没有"趣味"的人。你看看，把我的诗人，我们的小说家，我们的希腊艺术的小专家，我们的长眉，大眼，直鼻，嘴唇的弧度合乎理想，脑门子宽窄中度，智慧，热情，蕴藉，潇洒的栢先生弄成了甚么样子！要是有画家画，有雕刻家刻，有人来喜欢，来爱，你教这些人何以为情，怎么办？这个头发式样！简直糟糕透顶，这是甚么世界！栢是有他的合适的发式的。有一回，在昆明，也是下雨，栢去看我；没有打伞，也没有戴帽子，他的头发长得很长了，雨淋过，有点湿；他一进门，掏出手绢，擦额头的水滴，一扬头，把披下来的长发甩到后面去，用手那么一撩，嗐！他一霎那他真是一个栢，真美，那才是栢的头发！简直可以说，我喜欢栢就因为他有那一霎，永恒的一霎。否则，现在，这一头光可鉴人的头发马路上到处都是，多没意思！栢看起来相当滑稽可笑，现在。因为这一头头发与他周身上下，与这间屋子的一切，全不相调和——栢一定是在理发店看的那张报纸。前天报纸副刊上有一块"文人怪癖"。似乎是文人就非有怪癖不可，是副刊就得刊载无数次那样的"珍闻"。把脚浸在温水里，闻烂苹果气味，穿红衣裳，染绿头发，……抄集的人照例又必加上许多按语。按语虽各有巧妙不同，然而有一点是大都要提到的，是"这是刺激灵感之方法。"——栢有几根白头发，少年白，他自己已经不大在意了，理发匠可不肯放过，常常在剪好了，吹风上油时就会问一句：

"要不要染一染？三个月不会退的，尽管说。"

栢自然有点不耐烦。如果他有甚么不高兴事情，比如，有那么一只不好看的猫这一类事情，他就会生一点气。一生气，刚好看到报上那段"文人怪癖"，他就装得极有兴趣，极关心的问：

"是不是甚么颜色都能染？"

"甚么颜色都能染！"

回答的不止一个人，不是那个劝他理发的理发匠，旁边好几个一起充满热情的回答。有一位女客为之神色飞舞，问其邻座另一女客：

"陈莉的头发是棕黄色的？"

陈莉是谁？看她们说话神气，大概是一个女"歌手"或是舞星吧？那位为栢理发的理发匠见自己的话为别人抢去代答，颇不高兴。栢想劝劝他，何必呢，凡事都宁可让着人些。然而似乎劝也无用，就问他一点别的，反正他就是要说说话。

"能不能染绿的？"

这就一时都答不上来了。过了一会，最远的一位理发匠说了：

"可以的！我见过染绿的药水。有一回，洋行里发货发错了，有一箱，打开来，是绿颜色的。——没有人要染绿的吧？你先生当然不要染绿头发？"

栢在镜子里点点头，那位刚才还似乎生了一点气的理发匠，正用一面镜子在后面照，问他满意不满意，自然总是满意，总点点头。一面，他回话：

"有人染的。不是我。我甚么颜色都不染。"

大概那时他即想到染他的猫成绿色的了！

大家都说栢喜欢猫。栢也当真是喜欢的。不过教他们，尤其是她们，那么一说，简直说得喜欢猫是件可笑的事，喜欢猫的也是一种可笑的人了。我极代为不平。一听到有人无话可谈的时候谈到他，我就说："他喜欢很多东西，只要是好看的，有生命的；或是无生命而可以见出生命，见出生命之活动，之痕迹的，他无不喜欢。他从来也没有以为猫是世界上最美，最值得有的东西。"然而众口同声，我也没有工夫生那些闲气。有时真气了，我就向栢说：

"栢，你就别喜欢猫吧！往后你甚么也别喜欢了。"

可是大家非咬死了说他有猫癖不可。说这个话的，有的自己喜欢猫，援引之以壮声势。有的不喜欢猫，看不起喜欢猫的人，他们要找出这一点作为看不起栢的理由。有些，最多了，无所谓，无话可谈的时候谈谈。——都是栢那篇文章引出来的！

柏从小就与猫接近。他有个伯父，生性严刻，不苟言笑，对待任何人都是冷冷的，可是他爱猫，猫是他性命。他养了一大堆猫，最多时到过四十七头，平常也十头以上。一家之中他伯父就是对柏还有时和蔼慈祥，因为柏可以陪他一起养猫，喂猫饭，用发梳为猫梳毛，为猫捉跳蚤，找老猫在那里生小猫，更重要的是搬个小蒲团坐下陪他伯父一同欣赏那些名贵的猫。柏从之学会医猫病，配猫药，知道猫吃了甚么要长癞，甚么东西则可使猫毛丰长亮洁。他知道许多猫的名色。我只记得狸花，玳瑁，乌云盖雪，铁棒打三桃，玛瑙浆，大杏黄，小杏黄，几种最普通习见的，其余都记起来难，忘起来快。柏还说过许多如何偷接一个种，春夏间如何监视猫的交游，没有尾巴的猫与有尾巴的猫配合，生下来有几个可能有尾，几个无尾，狮子猫下小猫有几分把握能是狮子猫，等等，我说他很可以写一本《猫学》去，这样，他一开头写"小时候……"乃是自然不过的事。——不过，除了我他很少向人谈这些。——幸好没有谈！那篇关于猫的文章，别人看了不知道怎么样，我是颇喜欢的，因为亲切。他所说的那些我有不少知道，在场，所以印象很深。文章我这里有一份，有几处，我以为还可以一看：

> 大雨忽然来了。一个青色的闪照在枫树上，我赶紧跑到柴草房里去。那是距我所在处最近的房屋。我爬上堆近屋顶的芦柴上，听水从高处流下来，顺着瓦沟流下来，响极了。訇——空心老桑树倒了，往下一压，蒲桃架塌了；我的四周越来越黑了，雨点在我头上乱跳。忽然，一转身，墙角两个碧绿绿的东西在发光！——哦，那是老黑猫。老黑猫又生了一堆小猫了。原来它每次生养都在这里！我看它们吃奶，听着雨，雨慢慢小了。

柏谈起过他们家那个小花园，而从这头猫上我可以得到二十年前他的一个影子，在那个小花园中活动。

后来，说到在昆明时候，这时候我已经认识他了。

> ……有一回我到一个人家去。主人不在，老妈子说："就回来的，说怕您要来，请在屋里坐坐，等等。"开了房门让我进去。主人

新婚，房里的一切是才置的，全部是两个人跑酸了四条腿，一件一件精心挑选来的。颜色配搭得真是好，有一种暧昧朦胧感觉，如梦如春。我在软椅中坐了一会。在我看完一本画报，想换第二本时，我的眼睛为一个东西吸住了：墨绿缎墩上栖着一只小猫。小极了小极了，头尾团在一起不到一本袖珍书那么大。白地子，背上米红色逐渐向四边晕晕的淡去，一个小黑鼻子，全身就那么一点黑。我想这么个小玩意儿不知给了女主人多少欢喜。怎么一来让她在橱窗里瞥见了，做得真好。真的，我一点不觉得那是个真猫！猫要是那么小，是没有大起来；还在吃奶的小猫毛是有一块没一块的，不会那么厚薄均匀，茸茸软软的。嘿，——我这一动换，嗖，它跳了下来，无声的落在地毯上，睁着两颗豆绿眼睛。它一点都不是假的！猫伸了个懒腰，走了。我看见那个墩子，想这团墨绿衬得实在好极了。我断信这个颜色是为了猫而选的。——这个猫是甚么种？一直就是这么大？……想着，朋友进来了，我冒冒失失的说"××，你真幸福！"朋友不知道我所称赞的是那一点，瞠目而视，直客气"那里，那里！"女主人微微一笑，给我拿来一个烟灰缸子过来。……

这里所说××我也认识。那个女主人呢，不少人暗暗的为她而写了诗。我们的栢兄大概也写过不止一首吧。想想他说"××，你真幸福"那股子傻楞劲儿？——这事说来也近十年了。没有十年，八年。而另外一段，我更熟习，那时我跟栢同住在一个地方，在大学里念书的时候：

　　……得要有一个忧郁得甜迷迷的小院子，深深细细，缠缠绵绵，湮浸于一种古意。……

　　昆明是个颇合乎理想地方。一方面许多高大洋楼连二接三的生长出来，真是如同雨后春笋。一方面有戴乌绒帽勒，饰以银红丝球缨络，青布衣上挑出葱绿花纹的苗女，从山里下来，青竹篮里衬着带露羊齿叶片，用工房中唱情歌嗓子在旧宅第下马石前长喝一

235

声"卖杨梅——"

新与旧的渗和对照,充满浪漫感。去年沙嘴是江心,呼吸于梅礼美的"残象的雅致"之中,把无可托付的心倾注在狗呀猫呀的身上的,想想看,有多少人?……

我所寄住的那一家,没有一个男人,一个五十多岁的老姑娘带两个很难说是甚么身份的女孩子。他们都吃素,老姑娘念经奉佛。她们经年著一尘不染的青布衣,青布鞋,有时候忽然一齐换一天或银灰色,或藕合色的高领窄袖子,沿边盘花扣子的老式慕本缎子衫裙;到天黑,回房才褪尽簪珥,仍是老样子,髻子辫子上留一朵淡色的或艳色的花。不知道那一天有甚么事情。——不知是甚么道理,鱼磬声中,一点都不是先入为主,神经过敏之见,有一种执著的悲剧气味,一种安定的寂寞,又渗杂一种不可名状的挣扎。而这一切,为一头大猫点动出来。院中一棵大白兰花树,一进门即觉得满身是绿。浓香之中,金残碧旧,一头银狐色暹罗大猫伏在阶前蒲团上打盹,或凝视庭中微微漾动的树影,耳朵竖得尖尖的,无端紧张半天,忽然又懒涣下来;住久了,慢慢的,话就越来越少了,好像没有甚么可说的。……

这样的文章,即使栢是我的朋友,唯其是我的朋友,我不能说是怎么好,我不是说"可以看看么?"难道看也不能看么?我相信韩昌黎"气水也"的说法,把文章摘出这么两三段来看是很要不得的办法,因为只见浮物,不见水,也浮不起来。——我们所谓风格,大概指的就是那么股"劲儿"。是落花依草也好,回风映雪也好,你总得从头至尾的看下来才有个感觉。正如同要行了才算是船,砌死在那儿,那怕是颐和园的石舫,也呆板的。不过我把栢的文章抄在这里,他要是反对,不是反对因为失去层叠逶迤,翩翩盼顾而觉得有意跟他为难;是态度,是从切面中见出态度,从态度中有人,有好事人会提出他是怎么样一个人。从这三两段之中若是有人"唔"那么一声,"谈猫的!"他就没法奈他何。那位先生的意思当然是:猫不是猫,是很多东西,是大白兰花树,是银灰藕合,寂寞安定,是青竹篮带露羊齿叶,是如梦如春,暧靆朦胧,是枫树,青色闪,是浪漫感觉,……是不大壮健,是过了时的东西!有人说它晦涩,有人说它浅,都对。栢没法奈他何。是的,我可知道栢的苦。他自己比谁都明白,一天到晚的嚷着,为甚么没有时间给我读书,给我思索,给我观察,为甚么我不能深入于生活,平正于字句,为甚我贫弱,昏聩?看他用全力搏兔,从早到晚,天黑到天亮,(这样的时候不多,不是他不干,是时候没有,)结果颓然败阵下来,神色惨然,向我摊手,说"没有办法,你看见的,我尽了力,可是格格不入,一无是处。"我就劝他,"你就别写吧。"这他可忽然爆发起来了,仿佛我就是他弄不好的题目,冲到我面前:

"我不写,我不写干甚么?"

他要是反对我抄,反对的是这个。但是反对过一会儿他就不反对了。他就说:"无所谓的。日光之下无新事,都要过时。"

就因为过时,我问栢:

"哎栢,你为甚么写这么个题目?"

我这一问好叫栢不高兴。他大抽了一口烟,推出下唇而喷出来,那么斜着眼睛看了我一下。我知道这兜起了他的恨。当然他不能一直用那样的眼睛看我,把眼睛移过了,那么看着一幅梵诃的画,右手的大拇指无意识的拨弄他的衬衫扣子。渐渐的,他的表情之中透出一种悲怨,一种委屈。糟糕,我这么一句不经意的话闯了祸,我怕他要哭。你可以想象那一会儿的僵,那一会儿我的不安,我的无以自处。我吸吸鼻子,咳嗽两声,舌头舔舔嘴唇。要是这种情形一直持续下去,我只有怏怏的说,乞怜,抗拒,绝望,哀楚,恨毒:"我走了。"从此我就绝不再来。倒是栢,他或者是因为梵诃的燃烧的笔触而得到安慰,得到鼓舞,得到启迪,忘了,不计较我的话,他倒体谅起我的蹀躞,他脸上的表情变得非常温柔,把手加在我的手背上,我就是怎么会嘲笑,甚么 Cynical,我不能不为他感动,他缓缓的叹了一口气:

"我总在这儿写就是了,你知道的。——我这也并不是象征派,我有良心。"

栢为我拿烟,为我点火。这也有下场。否则,他的手一直加在我的手上，成何体统？在我们的恳挚未为俗情笑煞之前即把手取去，是聪明的。自然事亦大可哀。但还是这样好，含蓄些，古典些。空气既已缓和，且因为这么一来，我们就更亲近，更莫逆于心，我就问问栢：

"为甚么写不出来呢？"

栢苦笑，手那么一伸，把他的房间介绍给我看。不用说别的了，房间里有四张床！——比我的房间里还多一张。一张窄窄的小桌子，桌上又是肥皂，又是牙刷，又是换下来的衬衫，又是童子军哨子，又是算盘，又是绍兴戏说明书，又是甚么文艺杂志，杂、乱、多，不统一，不调和。这间屋子真暗，真湿，真霉，真——唉，臭！栢从云南带来的一个缅漆盒子被人摞在墙犄角，这个东西他曾经那么宝爱过。他画了好几年的一个画稿上一个热水壶印子，一堆香烟灰，而且缺了一角。雨越下越大了。幸亏有雨，他才能多单独一会。而隔壁雄壮的"古罗马的城楼"歌声认真其事的唱起来了。栢的眼睛落在一本书上：佛金尼·吴尔芙的《一间自己的屋子》，他表情极其幽默。

我想问问他是不是还是那么几个钱薪水，得了，别问了。

栢翻他的抽屉。找甚么东西？

"张先生有信来。身体比较好些了。得等再照一次 X 光再说。究竟怎么样了呢，也不知道。他写了二十年，不管怎么样吧，写了二十年，似乎总该得到一点报酬。——还骂他！这时候还骂他作甚么呢？在外国，这时早到了给他写传记的时候了。要批评他，就正正经经的批评也好，——那么轻佻，那么缺薄，当真他的文字有毒么？紧张热烈的在工作，在贫穷苦闷之中不放下笔来，这还不够伟大？——昨天见到李先生，他总是那么精神旺健，说：'别骂！张某人比你们大家都穷，也比你们大家都用功，这是事实，这就够了！'何必呢？现在我们还有比麻木，比愚蠢，比庸碌更大的敌人么？为甚么不阔大些，不看远些？……

"他还是劝我换个方法写。你看么？"

我看信。一面还想了想"斗士"这两个字到底该是甚么意思？

"是怎么回事？"

"我寄去一篇小论文，后来发现其中有一处很不妥贴，写信请他暂缓发稿,已经来不及了。后来想想,也无所谓,反正不是甚么不刊之论。我年纪还青,活着,谁也不知道里里外外要翻多少次身,要起多少次变化。你看我到了这儿一年,就在这儿变。——他这两句让我有一点感慨。你看:

> ……其实一般读者无此细心。大凡作者用心深致处读者即恰恰容易忽略。事极自然,因作者所谓深致,即与作者不大用心时文笔不同。一人尚如此,何况诸读者?……"

"你感慨甚么呢?"

栢从字典下把那一叠《绿猫》原稿抽出来,拿起笔来写了一个"废"字,把桌上的笔套起来。

"不知道甚么时候才写得好,又'错'了。

"就是缺少那点用心深致处!——在生活里'出'不来。文章里'进'不去。格格不入,不对劲儿,不对。

"瑞恰滋的说法已经很多人认为不能满意。我可是还没有见到更好的说法。——自然一切说法只是一种说法,它并不能就限制住写的人的笔。没有甚么说法,大家也还是要摸索着前进,写出许多东西再等有人来结说一句。

"古往今来的文章当真有甚么用?说法国革命是一支《马赛进行曲》引出来的未免太天真,太乐观,有点倒因为果。而且《马赛曲》唱了出来多半也还是有点偶然。——为甚么写?为甚么读?最大理由还是要写,要读。可以得到一种'快乐',——你知道我所谓快乐即指一切比较精美,纯粹,高度的情绪。瑞恰滋叫它'最丰富的生活'。你不是写过:写的时候要沉酣?我以为就是那样的意思。我自己的经验,只有在读在写的时候,我才觉得自己活得比较有价值,像回事。

"可是——难!纪德说:'若是没有,放它进去!'说得多英勇!我看要生活里有诗,只有放它进去。——忽然想到这么一句,不大相干。

"我并不是要把读跟写从生活里独立出来。这当然也不可能,办不到。并不是把生活一刀两段,截然分开,这边是书,是艺术;那边是吃饭,睡觉,打哈哈,不是这样的意思。……我要的是甚么东西呢,不妨说就是'灵感'吧。

"就像等公共汽车,看着远远的来了,一脚跳上去,想它,想那点灵感,把我带到一个比较清爽莹澈,比较动人,有意义,有结构,有节拍的,境界里去。灵感,我的意思是若有所见,若有所解,若有所悟。吃着饭,走着路,甚至说着话,尤其是睡前,醒后,忽然心里那么触动了一下,最普通的比喻,像拨响了琴弦,这就仿佛活了起来,一把抓住,有时就得了救。我就写。——阅读,痛快的阅读,就是这个境界的复现,俯仰浮沉,随波逐浪,庄生化蝶,列子御风,味飘飘而轻举,情晔晔而更新。……"

栢看了我一眼,看我确是在听,集中精神在听,听得很沉迷。其实不如说我在看,看他说,看那些其实没有甚么出奇,我也知道的词句如何从他的心里涌出来,具何颜色,作何波澜。我在听,在看,在鼓励击赏。栢高兴,这一会儿他嗓子也好听,情感流得自然中节。

"给你背一段书:

"古人云:形在江海之上,心存魏阙之下,神思之谓也。文之思也,其神远矣!故寂然凝虑,思接千载;悄然动容,视通万里。吟咏之间,吐纳珠玉之声;眉睫之前,卷舒风云之色,其思理之致乎。'——珠玉,风云,这是六朝人滥调,不过'寂然','悄然'形容得好!……

"'故思理为妙,神与物游。神居胸臆之间,而志气统其关键;物沿耳目,而辞令管其枢机;枢机方通,则物无隐貌,关键将塞,则神有遁心。……'"

我点头:

"张载说:'心中苟有所开,即便劄记,不思则还塞之矣。'非常同情他这个'还塞之矣',非常沉痛。"

"'是以陶钧文思,贵在虚静:疏瀹五藏,澡雪精神;积学以储宝,酌理以富才,研阅以穷照,驯致以怿辞。'——真好!

"夫神思方运,万涂竞萌,规矩虚位,刻镂无形:登山则情满于山,观海则意溢于海,我才之多少,将与风云而并驱矣!……"

"你背得真熟。"

"因为就像是我说的！——我还是赞成背书。就是太忙。我多久没有这么'像煞有介事'过了？从前不相信甚么会闷出病来，现在想，大概真有那么回事。我母亲，他们就说是闷出病来，死的。"

栢这会儿神采焕发，眸子炯然。他在椅子把四肢伸得直直的，挺了挺腰，十分舒畅的样子，看起来他比平常也长大了些。我可以体会到他身体里丰满的快感。过了好一会，雨小些了，他走了两步，重重的叹了一声：

"四序纷迴，人兴贵闲；勤靡馀暇，心肖长闲，可是我怎么闲得起来？"

他长吸一口，把烟蒂灭了。打开抽屉，放好他的断稿《绿猫》。这家伙太敏感自觉，虽然对我还有时这么淋漓尽致的抒说，但也不让自己太忘形。过于恣肆固恐使我难堪，漫无节制亦为他文章义法所不取。完了，即使我紧接着，用热望的眼睛注视他，说"说下去，"他也不说了。古罗马的城楼又唱起来，而且远远的已经听到他的同事们嚷着唱着来了。栢向我笑：

"满城风雨近重阳。——水之积也不厚，则其负大舟也无力，我其为芥之舟乎？——甚么时候，我才能有一个比较可以长时间思索，不被干扰的时候？——你也走吧，你也不善应酬，我实在怕看你装得很会应酬的样子；而且再有半点钟你们就要开饭，我也不留你。"

抱起他的小猫，栢送我到门口。我看着马路对面法国梧桐的绿叶，笑。

"又笑甚么？"

"我想你有句甚么话要说：'感谢你让我痛痛快快说了半天话，胡说八道，毫无道理，不要笑我。'——把你的猫送还给人家去吧，多难看！"

"阁下聪明，倒是，算你猜着，不愧是小说家！——才不送，我要把它染绿了呢！别把我的话记下来，说我说的，我怕挨骂，除非等我把那篇了不起的大作，文学与人生，写出来之后。——哎，你上回说的道士请神情形很有意思。真是那样？是你诌出来的？"

“诌甚么！回去吧。过两天来。希望你的《绿猫》也写好了,猫也染绿了。”

…………

风雨如晦,鸡鸣不已。——哎呀,我已经在这里坐了几个钟头了?天已经透蓝。咦,这里居然也听得到麻雀叫?——糟糕,我伤风了。刚才我放下笔歇了一会儿,抽了两枝烟,我想了些甚么?……我想起栢文章中提到的小院子,那时我们住在一起。想起那棵大白兰花树,现在正是开花的时候了。只有在云南那样的气候,白兰花才能长得那么大,罩满了整个一天井。花时,在巷子里即闻到香气,如招如唤。我们常搬了一张竹椅,在花树下看书,听老姑娘念经敲磬。偶然一抬头,绿叶缝隙间一朵白云正施施流过,闲静无比。一个老蜂窝又大了不少。一个蜘蛛结网,忙碌辛勤,忽然跌落下来,吊在半空;不知是偶然失足,还是有意如此,好等风来吹去,转换一个方向。我们有一个长耳绿匋水瓶,用匋瓶汲取井水来喝。——这时候! 我们多半已经到了呈贡,骑马下乡了。道路都在栗树园中穿过,马奔驶于阔大的绿叶之下,草头全是露,风真轻快。我们大声呼喝,震动群山。村边或有个早起老人,或穿鲜红颜色女孩子,闻声回首,目送我们过去。此乐至不可忘。——一说,也十年了,好快! ——而这里,就是汽车! 汽车又一辆一辆的开出来了。……

……怎么会想到高尔基身上去的? ……喔,是想到道士请神,于是想到高尔基。

凡道士做法事道场,拜斗礼坛,既爇香,例须降神。降神,就是变成一个神。其实和尚也如此,当中坐的那个戴毗卢帽的大和尚是地藏王化身。不过道士降神过程,比较长,比较顶真。偷鞋骗食的道士,自然不过略具形式而已。有道理道士则必虔诚恭敬,收视返听,匍伏坛前,良久良久,庶可脱去自己,化为太乙。旁边的小道士,这时候由“掌鱼”的领头,摇铃击磬,高声赞美,退魔障,全真灵,参助其升超。据说内行人常常可以看出变到了如何程度,是快是慢,是易是难。据说,如果降请既毕,得到灵感,——他们也叫灵感,即凡俗人,若谛细观察,亦可以觉出与平常神色不烦,端正凝祥,具好容貌,有大威仪。这似乎与理学家的功夫有相似处。噫,鬼神之事,难言之矣,小时我不怎么相信,现在也还是一样。不过那个理却似乎有的。我有兴趣的是它可以借给我作一个比喻。

高尔基就像那个道士。我是说画布上的,白云石,青铜上的,诚然是高尔基,但那是高尔基的精华。平常时候,比如从理发店里出来的时候,(高尔基也要理理发,俄国的理发匠不见得高明到那里去!)高尔基未必常如是。高尔基一定也有很不像样的时候,如果人家一定要送他一个难看的小猫他怎么样呢,大概也没有办法;而高尔基大概也不喜欢听古罗马的城楼,不喜欢四个人住一屋,不喜欢汽车声音,不见得喜欢一点都没有雨的意思的下雨天也。——那种最高尔基式的时候,当然是他写得或者读得得意的时候。像果戈里所说,写不出来,在纸上乱画,写:

> 我今天写不出来,
>
> 我今天写不出来,
>
> 我今天写不出来!

的时候,自也有一种可以令人感动之处。不过画家雕刻家似乎看不到;看不到所以他们画不出,刻不出。这怕倒还是写小说的可以来表演一下子了。

因为栢写不出文章,我想到这些。我是说高尔基可能比栢稍为可以平和安定一些,有时间可以思索,不会那么要写而不能写。——我这想的有点怪么?

栢的《绿猫》,要写的,是一个孩子,小时极爱画画,可是大家都反对他。反对他画画,也反对他画的画。有一回,他画了一个得意杰作,是一头猫。他满腔热望,高高兴兴的拿给父亲看,父亲看也不看。拿给母亲看,母亲说:"作算术去!"拿给图画老师看,图画老师不知道生了甚么气,打了他十个手心,大骂他一顿:"那有这样的猫?那有这样的猫!"他画的是个绿猫。画了轮廓,他要为猫著色,打开颜色盒子,一得意,他调了一种绿色,把他的猫涂成了绿的。长大了,他作公务员,不得意。也没有甚么朋友,大家说他乖僻。他还想画画,可是画不成,乱七八糟的涂得他自己伤心。他想想毛某的《月亮和六辨士》更伤心。到后来他就老了。人家送他一个猫。猫,人家不要养了,硬说他喜欢猫,非送给他不可,没有办法,他就收养了。他整天就是抱着他的猫。有一天,他忽然把他的猫染成了绿的。看到别人看到绿猫的惊奇样子,他笑了。没有两天,他就死了。

虽然我曾经警告过他,说这样的小说我没有看见过。这算甚么呢,算心理小说?心理小说在中国还是个颇"危险"的东西。中国人大概都比较简单,也许我们的小说作家以为中国人很简单,反正,没有这个东西。我想劝他还是写写高尔基式的小说。不过,还是让他写下去吧。也许他有一天会写黑猫,白猫,狸花猫,玳瑁猫的。——你也知道的,他写的是他自己。

我担心的倒是,猫要是个绿的,他把猫眼睛弄成个甚么颜色呢?唔,我以为这很严重。

天倒是晴了。早晴,今天一定热得很。——隔壁那个老头子咳了整整一夜。——不得了,汽车都出来了,这个世界上充满了汽车!还有,那是无线电的流行歌曲,已经唱起来也!我想起那位乖戾的哲人叔本华的那一篇荒谬绝伦的文章:《论嘈杂》。

三十六年七月二日,上海

注　释

①　本篇原载《文艺春秋》1947 年第五卷第二期。初收《汪曾祺全集》第一卷,北京师范大学出版社,1998 年 8 月。

# 冬　天①

## ——小说《豆腐店》之一片段

冬天，下雪。

冬天下雪，大和二和不大出来。冬天的孩子在家里。孩子在母亲膝头，小猫在我的膝头。孩子穿得厚厚的。冬天教人觉得冷，我是觉得不冷。孩子的眼睛圆溜溜，孩子想。想，看看雪，想。冬天，大和二和睡觉，——我就看见他们睡觉，不睡觉他们做甚么我不知道。我作不出一篇《大和跟二和的冬天》。冬天的荒野一片白，就只有一个字，雪。要那才叫雪，甚么都没有，都不重要，只有雪。天白亮白亮的，雪花绵绵的往下飘，没有一点声息。雪的轻，积雪的软，都无可比拟。雪天教人也不是想飞，也不是想骑（马），不是俯卧在上面，教人想怎么样呢，还是走走，一步一步的走。想又不顶想，又似乎想的也不是这个，都说不清。总而言之，一种兴奋，一种快乐，内在，飘举，轻。树皮好黑，乌鸦也好黑，水池子冻得像玻璃。庙也是雪，船也是雪。侉奶奶的门不开，门槛上都是雪。……下雪有时我们还是要出去的。或是冬天来得特别早，或是学校放寒假放得晚，还没有考大考就下了很像样子的雪了。新围巾，好质料的长统胶靴，这要到雪里去。我们要打那把大伞。为孩子们把伞造得轻便些是很要紧的事，不然他们就一心支持负担伞的笨重，再也无心做别的了。伞其实我们并不真要"打"它，雪很干，雪落在眉毛上化了也很好玩，要伞我们是要撑起来旋来旋去，伞把我们都罩了起来，这很好玩，很美。看见那把伞倚在犄角，就提了我一句：我要走。我要上学去。快点，快点，找铅笔，——想想看：昨天晚上……还没有想到如何搁下笔，即记起放在那里了，准备得停停当当，心里轻松；好了，现在，"小莲我跟你买豆腐浆去，我跟你一起去，噢！"豆腐店顾老板看了那个淡蓝瓷罐子,点一点头。——顾老板差不多每天都跟这个罐子点一点头。我们会意,那等于说,"就有,等一下"。我们照例就各处看看。两大锅白浆,咕噜咕噜,从锅底翻上来,向四边滚去。热气腾腾,一直腾到屋顶。(屋顶的雪呢?)顺着上望,黑沉沉的椽子,黑沉沉的望砖。顾老板手扶锅台,看看锅里。时而把一个大铜勺拿在手里,掂一掂,又放墙上一个木架子上。一切动作全极准确,合乎理想,熟练而不流滑。看见他的动作,心里就会感动。我注意到铜勺把子后头一根钉,刚好卡搁在架子上,顾老板大概站得太久了,时而把全身重心落在脚跟,时而落在脚掌往回移动,看得出他脚面上那根筋一起一落,你可以想见他的大姆趾时而伸直,时而屈起一点。他在等,等一会儿豆腐皮子结起来。皮子结起来,用一根一根的"皮棍"那么一撩,一张;一撩,一张,一张一张的挂在木架上。嗯——噫,豆腐皮往上缩,皱起来了,皱得厉害! 顾老板是个瘦子,高而瘦。稍为侧一点,从后面看过去,只见他的高颧骨。我们很少正面看顾老板,不知道为甚么。偶然他回过头来,他脸色青青的,眼球发浑,全是赤丝。他没有精神,好像他非常想睡觉而不得睡的样子。这时灶后一定有人烧火,脸熏得通红通红,皮肤发紧,是顾大娘。到灶后看看,顾大娘没有梳头。她每天不知道甚么时候梳头。(小莲是扫好地梳。)——一听顾老板喊"起!"我们知道那是叫顾大娘不要烧了,这就要给我们留豆浆了,我们就赶紧去看一看驴去。驴打喷嚏,跺他的小蹄子。驴养在后面一间小屋里。一屋子干草,够它吃的。驴看到这些草想必喜欢的。我们从门口把头伸进去(它的门只有半截)。喂! 驴也看见我们了,它瞟了一眼。用一根柴棒把它的长耳朵按下去,再看它竖起来,一定很有意思。而顾老板叫了:"豆腐浆!"赶紧去拿! 一把瓷罐提在手里,就非走不可了。

但是,提罐子的这个专注于罐子,专注于走路;闲上的那个却还可以四顾一下。看一看那个榨床,看一看磨石,看一看滤豆汁的夹布兜,看一看壁上百灵机瓶改成的油灯,油灯在壁上熏出一道烟黑,若定若动。"走啊!"慢,看顾大娘出来了。顾大娘没有梳头。有人没有梳头头还是那么整齐,简直可以不梳,顾大娘为甚么那么乱? 从炽旺的火边走出来,出来一定全身一寒吧?顾大娘走出来,走到锅台旁边那张床前。小莲和我都驻足回头。床上一张帐子。顾大娘撩开帐子。帐子里睡的大和跟二和。看到一角被窝,顾大娘掖一掖被窝。大和二和睡得暖呵呵的,睡得像两条小狗。如果有一个醒了,睁着眼睛醒在那儿,他一定叫一声,"妈——"顾大娘就颔首,眼睛看眼睛。我们最后一眼是那个灰黄的帐子,帐子放下来,所有这个店里的一切好像全罩在帐子里了:灰黄的帐子,一个补丁很惹眼的一方。转过身来,门外一片白雪。

…………

虽然是冬天,白天我们仍然有许多事在手上好做,身体好动。到天黑下来,火红起来,(偶尔一掀窗布,灯光铺在雪上。雪住了,——雪又大了。)我们就真个就是想了;或者说话,说出自己想的,把自己想的跟别人联起来。我们想到荒野;想到雪下的小麦;小麦种在荒野的尽头,这时它们还绿?想到野兔子,獾狗;红毛草城头上赶野兔子;每回上坟,一路都要看到许多獾狗洞;想花胡不拉的野鸡冻在雪里,想冰底下的鱼,……李三酒醒了没有?一到冬天,李三总是满身酒气。谁要李三不喝酒,你大雪里来敲敲三更看!(冬天日子真短,夜真长。)李三的木棚子在雪下。木棚底下露一片砖地,雪所不及,还很干。老王吃过李三的狗肉,他说很香。侉奶奶的屋子这时真是孤,全世界一定都把它忘了。侉奶奶点不点灯?灯光在大雪的荒野上。这一冬天她纳了多少鞋底。她那个针拔子正好借人镊猪头上的毛!(猪眼皮上毛最多。)顾大娘一定跟她借过。借针拔子,顺便就在她小屋里谈谈,看她吃甚么,看看房子还结实不结实。——如果侉奶奶的小屋教雪压垮了,第一个一定是李三知道。李三去打更。一看,可了不得了!随后李三各处去说。——不至于,那间小屋看起来还好。——然而怎么说得定!——大和二和一定很快就会知道。他们要去看。他们很久没有看见侉奶奶了,自从下雪。二和紧握着大和的手……

大和二和现在,他们一定也想。想许多百读不厌的事,除非他们有甚么新鲜事情好想。他们想野兔子,獾狗,野鸡,麦,李三,侉奶奶?他们那盏百灵机瓶子做的油灯点起来了,灯焰袅出一缕烟沫。石磨子冰冷冰冷,水缸里上冻了。顾大娘丢一块木柴在水缸里的,怕缸冻破了。顾大娘做鞋子。大和二和他爸爸,顾老板干甚么呢?——他的黑布棉袄上有许多皱折,里头落了许多灰,还有头皮。二和打盹了,他爸爸说:"不要睡!要睡上床睡!"他说不说?二和醒了,他才离开这一切,又被唤回来了,他睁开惺忪的眼睛,门外沙沙的正有个人走过。二和听,大和也听,他们妈妈也一响停针而听。那人一步一步的走,渐渐走远了。这是谁,这时候还在街上走?他们一起全有点寂寞,正在把寂寞注满,又有一种平安之感,一种谢意,他们排门缝里漏出一线一线的灯光。……

有时我做梦梦见大和二和,还有小莲;有时会梦见大和跟我打架,那是不可能的事。第二天起来我就告诉小莲听。小莲:"一起来说梦!"然而她还是听。

**注　释**

①　本篇原载 1947 年 7 月 6 日《经世日报》。

# 戴　车　匠[①]

"戴车匠"在我们不但是一个人,一间小店,还是一个地名。他住在东街与草巷相交地方。东街与草巷相交处大家称为草巷口。但对我们说起来这实在不够精确。虽然东街也还比不上别处的巷子大,但街与巷相交总就有四个"口",左边右边,这边那边。大人们凡事都含胡,因为他们生活中只须这么含胡即可对付过去。我们可不成。比如:巷口街这边有个老太婆摆摊子,卖的是桃子,杏子,香瓜,柿饼,牙枣子,风荸荠,杨花萝卜,泥娃娃,咽咽鸡;对面也有一个老太婆,卖的是咽咽鸡,泥娃娃,(有好多种,)杨花萝卜,(我在别处虽亦见过这种水红色,粗长如指,杨花飞时挑出来卖,生嚼凉拌都脆爽细嫩无比的萝卜,可是没有吃过;我总觉不是我们故乡的那一种,仅仅略具形似而已,)风荸荠,牙枣子,桃子杏子,香瓜,还有柿饼子,完全一样! 你说这怎么办? 有时还好,可以随便;在她们生意都还不错,在有新货下市时候,她们彼此也都和颜悦色的时候,亲热得像对老姊妹的时候,那就无所谓,我们买谁的都觉得一样。这边那边,一样。有时,可就麻烦,又要处心积虑,又要临时见机,又要为自己利害打算,又要用自己几个钱和显明的倾向态度来打抱不平。而且我们之间意见常不一样。那就得辩论,甚至出恶言恶声,吵闹起来,要麻油拌芥菜,各有心中爱,各走各的路。完了,我们之间有一道鸿沟! 要十分钟,或半点钟,或半天,甚至三两天,时间才填平了它,又志同道合,莫逆无间,不恨不轻视。这两个老太婆又有时这个显得比那个穷,有时那个显得比这个弱。有时这边得到姪儿一点支助,买了一堆骄傲的货色,盛气凌人,不可一世。有时那个的女儿给她作了件新毛蓝布褂子,她就觉得不屑与裤裆里都有补丁的人相较量。她们老是骂架,一骂一整天,老是那些话,骂骂,歇歇,又骂骂。作一笔买卖,数钱拣货;青菜汤送下一大碗干饭,这就有时间准备新的武器,聚了一堆她们自以为更泼剌淋漓的言语,投过去,抛回来,希望伤人要害。这对我们说起来,未免可厌,因为骂人都不好看。尤其她们相骂时,大都是坏天气,全世界都不舒服的时候。她们的生意都非常坏,摊子上尽是些陈旧干瘪的货品,又稀少可怜。她们的狠毒注在颓老之中,像下雨天城门口的泥泞。她们的肝火焚烧她们的太阳穴,她们的头发披下来,她们都无望无助,孤苦悽怆,哀哀欲绝。——为甚么没有人劝劝她们呢?你想想看,手放在口袋里,搓摩着温热的铜钱,我们何以为情?我们立着看了半天,渐渐已忘记了想买的东西;不想吃甚么,也不想玩甚么,为一种十分深沉黏著的痛楚所孕育,所教化。——有时,她们会扭住衣角和一点小小发髻打起来。一面低嘶诅咒一面打。她们都打不动了,然而她们用艰硬的瘦骨相冲撞,撕,咬,抓头发,拉破别人的衣服。一场心长力拙,松懈干枯的争斗。她们会有一天有一个打死的。不是死在人手上,自己站脚不稳,跟趄趄一交�在石头角上碰破脑袋死去。……阿,不说这个吧。告诉你这些只是借此而告诉你虽是那么一街之隔可是距离多远。所以不能含胡。所以不能含胡的说是"草巷口"。草巷口一边是个旱烟店,另一边是戴车匠店。你看要是有个提小面人的来了,吹糖人的来了,耍木偶戏的来了,背负韦驮,化缘的游方僧人来了,走江湖挂水椀的来了,各种各样惊心动魄的人物事情在那里出现,我们飞奔着去看,你要是说"草巷口",那多急人。你一说"戴车匠家",就多省事明白。大家就一直去,不需东张西望。"戴车匠","戴车匠",这在我们不是三个字,是相连不可分,成为一体的符号。戴车匠是一点,集聚许多东西,是一个中心,一个底子。这是我们生活中的一格,一区,一个本土和一个异国,我们的岁月的一个见证。我们说"戴车匠家",不说"戴车匠家门前"。一则那么说太噜嗦,再我们似把门外这一切活动,一切景物情感都收纳到他的那间小店里去,似乎是属于它,为它所有;为他,为戴车匠所有了;虽然戴车匠的铺子那么那么小,戴车匠是不沾蘸甚么的那么一个人。戴车匠是一颗珠子,从水里拿出来,不留一滴。——正因为他是那么一个人吧。

（说这些毫无意思！既已说了，说了算数。）

我记得戴车匠的板壁上贴的一付小红春联，每年都是那么两句，极普通常见的两句：

室雅何须大

花香不在多

虽是极普通常见，甚至教人觉得俗，俗得令人厌恶反感，可是贴在戴车匠家就有意义，合适，感人。虽然他那半间店面说不上雅不雅，而且除了过年插一枝山茶，端午菖蒲艾叶石榴花，八九月或者偶然一枝桂，一朵白荷以外，平常也极少插花。——插花的壶是总有一个的，老竹根，他自己车床上琢出来的，总供在一个极高的方几上。说是"供"，不是随便说，确是觉得那有一种恭敬，一种神圣，一种寄托和一种安慰，即使旁边没有那个小小的瓦香炉，后面不贴一小幅神像。我想我不是自以为然，确是如此。我想，你若是喜爱那个竹根壶，想花钱向他买来，戴车匠准是笑笑，"不卖的。"戴车匠一生没有遇过几个这样坚老奇怪的根节，一生也不会再为自己车旋一个竹壶。它供在那里已经多少年，拿去了你不是叫他那个家整个变了个样子？他没有想得太多，可是卖这个壶是他从来没有想到过的。他只有那么一句话，笑笑，"不卖的"。别的回答他不知道，他不考虑。你若是真的去要，他也高兴。因为有人喜爱他喜爱得成了习惯的东西，你就醅新了他的感情。他也感激你，但他只能说："我给你留意吧，要再遇到这样的竹子，会留意的。"他当真会留意的，他忘不了。有了，他就作好，放在高高的地方，等你去发现，来拿。——你自然会发现，因为你天天经过，经过了总要看一看。他那个店面是真小。小，而充实。

小，而充实。堆着，架着，钉着，挂着，各种各样的东西。留出来的每一空间都是必须的。从这些空间里比从那些物件上更看出安排的细心，温情，思想，习惯，习惯的修改与新习惯的养成，你看出一个人怎样过日子。

当门是一具横放的榉木车床，又大又重，坚硬得无从想象可以用到甚么时候。它本身即代表了永远。那是永远也不会移动的,简直好像从地里长出来的,一个稳定而不表露的生命。这个车床没有问题比戴车匠岁数还要大,必是他父亲兼业师所传留下来的。超过需要的厚实是前代人制作法式。(我们看从前的许多东西老觉得一个可以改成两个三个用。)这个车床的形貌有些地方看起来不大讲究。有的因材就用,不拘小节,歪着扭着一点就听它歪着扭着一点,不削斫太多以求其平直,然而这无妨于它大体的俨然方正。用了这许多年了,许多不光致斧凿痕迹还摸得出,可是接榫卡缝处吻投得真紧,真确切,仿佛天生的一个架子,不是一块块拼拢来的。多少年了,不摇,不晃,不走一点样!这个车床占了几乎二分之一的店堂,显然这是最重要的东西,其余一切全附属于它,且大半是从这个车床上作出来的。大车床里头是一个小车床。戴车匠作一点小巧东西则在小车床上。那就轻便得多,秀气得多,颜色也浅,常擦摩处呈牙黄色,光泽异常,木理依约可见,这是后来戴车匠自己手制的。再往里去,一伸手是那张供香炉竹壶高几。车床后面有仅容一人的走道。挨着靠墙而放的一条桌向里去,是内室了。想来是一床,一灯案,低梁小窗,紧凑而不过分杂乱。当有一小侧门,通出去是个狭长小天井。看见一点云,一点星光,下雨天雨水流在浅浅的阴沟里。天井中置水缸二口,一吃一用;煮饭烧茶风炉两只。墙阴凤仙花自开自落,砖缝里几丝草,在轻风中摇曳,贴地爬着几片马齿苋,有灰蓝色螟蛾飞息。凡此虽非目睹,但你见过许多这样格局的房子,原是极契熟的。其实即从外面情形,亦不难想象得知。——他吃饭用的碗筷放在那里呢?条桌上首墙上,他挖开了一块,四边钉板,安小门两扇,这就成了个柜子。分成几槅,不但碗筷,他自己的茶叶罐子烟荷包,重要小工具,祖传手绘的图样,订货的底子,跟他儿子的纸笔,女人的梳头家私,全都有了妥停放处。屈半膝在骨牌凳上,可以方便取得。我小时颇希望能有个房间有那样一个柜子,觉得非常有趣。他的白蜡杆子,黄杨段子,桑木枣木梨木材料则搁在高几上一个特制架上,堆得不十分整齐,然而有一种秩序,超乎整齐以上的秩序。(车匠所需木料不多,)架子的支脚翘出如壶嘴,就正好挂一个蝈蝈笼子!

戴车匠年纪还不顶大,如果他有时也想想老,想得还很昧暖,不管惨切安和,总离着他还远,不迫切。他不是那种一步即跌入老境的人,他只是缓缓的,从容的与他的时光厮守。是的,他已经过了人生的峰顶。有那么一点的,颤慄着,心沉着,急促的呼吸着,张张望望,彷徨不安,不知觉中就越过了那一点。这一点并不突出,闪耀,戴车匠也许纪念着,也许忽略了。这就是所谓中年。

吃过了早饭,看儿子夹了青布书包,(知道他的生书已经在油灯下读熟,为他欢喜,)拿了零用钱,跳下台阶,转身走了,戴车匠还在条桌边坐了一会。天气真好。街上扫过不久,还极干净。店铺开了门的不少,也还有没有开的。这就都要一家一家的全打开的。也许有一家从此就开不了那几块排门了,不过这样的事究竟不多。巷口卖烧饼油条的摊子热闹过一阵,又开始第二阵热闹了。烧饼槌子敲得极有精神,(槌子是从戴车匠家买去的,)油条锅里涌着金色泡沫。风吹着丁家绵线店的大布招卷来卷去。在公安局当书办的徐先生埋着头走来,匆忙的向准备好点头的戴车匠点一个头,过去了。一个党部工友提一桶浆子在对面墙上贴标语。戴车匠笑,因为有一张贴倒了。正看到知道一定有的那一张,"中华民国万岁",他那把短嘴南瓜形老紫砂壶已经送了出来,茶泡好了,这他就要开始工作了。把茶壶带过去,放在大小车床之间的一个小几上,小几连在车床上。坐到与车床连在一起的高凳上,戴车匠也就与车床连在一起,是一体了。人走到他的工作之中去,是可感动的。先试试,踹两下踏板,看牛皮带活不活;迎亮看·看旋刀,装上去,敲两下;拿起一块材料,估量一下,眼睛细一细,这就起手。旋刀割削着木料,发出轻快柔驯的细细声音,狭狭长长,轻轻薄薄的木花吐出来。……

木花吐出来,车床的铁轴无声而精亮,滑滑润润转动,牛皮带往来牵动,戴车匠的两脚一上一下。木花吐出来,旋刀服从他的意志,受他多年经验的指导,旋成圆球,旋成瓶颈状,旋苗条的腰身,旋出一笔难以描画的弧线,一个悬胆,一个羊角弯,一个螺纹,一个杵脚,一个瓢状的,铲状的空槽,一个银锭元宝形,一个云头如意形。……狭狭长长轻轻薄薄木花吐出来,如兰叶,如书带草,如新韭,如番瓜瓢,戴车匠的背勾偻着,左眉低一点,右眉挑一点,嘴唇微微翕合,好像总在轻声吹着口哨。木花吐出来,挂一点在车床架子上,大部分从那个方洞里落下去,落在地板上,落在戴车匠的脚上。木花吐出来,宛转的,绵缠的,谐协的,安定的,不慌不忙的吐出来,随着旋刀悦耳的吟唱。……

　　戴车匠上下午各连续工作两个时辰。其中稍稍中断几次,走下来拿点材料,翻翻图样,比较比较两批所作货色是否划一,给车轴加点油。作好了一个货色,握在手里,四方八面端详端详,再修一两刀,看看已经合乎理想,中规应矩了,就放在车床前一块狭狭板上,一个一个排起来。虽然他不赶急,但也十分盼待着把这块板上排得满满的吧。他笑他儿子写字总望一口气写满一张纸,他自己也未始不愿人知道他是个快手。这样的年纪也还有好胜心的。似乎他每天派给自己多少工作,把那点工作作好,即为满意。能分外多作几件就很按捺不住得意了。这点得意只有告诉他女人听,甚至想得到两句夸奖,一点慰劳,哈!他自然可以有时间抽一袋烟,喝两口茶,伸个懒腰;高兴,不怕难为情,也尽管哼两句朱买臣桃花宫老戏,他允许自己看半天洋老鼠踩车推磨,——他的洋老鼠越来越多,它们的住家也特别干净,曲折;逗逗檐前黄雀,用各种亲密陶侃言语。黄雀就竭其所能的唱起来,蓬松了脖子上的毛,耸耸肩,剔剔足,恣酣而矜庄的唞弄了半天,然后用珊瑚小嘴去啄一口食,饮一点水。戴车匠,可又认为它跟叫天子学了坏样,唱不成腔,——初学养鸟人注意:凡百鸟雀不可与叫天子结邻并挂,叫天子是个嗓子冲而无修养训练的野狐禅唱歌家,油腔滑调,乱用表情!在合唱时尤其只听到它的荒怪的逞喉极叫。——一面戴车匠又俯到他的工作上去,有的时候,忽然,他停下来,那就是想到了一点甚么事。或是记一记王老五请的一会甚么时候该他自己首会了;或是儿子塾师过生,该备一点礼物送去,今年是整五十;或是刘长福托他斡旋一件甚么事,那一头今天该给回话;或是澡堂里听来一个治风湿痛秘方,他麻二叔正用得着,可是六味药中有一味比较生疏,得去问问;或是,哦,老张呀,死了半年多,昨天夜里怎么梦见他了,还好好的,还是那样子,还说了几句话,话可一句也记不得了;老张儿子在湖西屠宰税上跑差,该没有甚么吧？这就教他大概筹计筹计下午该往那里走走,碰些甚么人,作点甚么事,怎么,说那些话。他的手就扶上了左额,眼睛眯眯,不时眨一眨。甚至有时等不及吃饭时再说,就大声唤女人出来商量。有时,甚至立刻进去换了件衣服,拿了扇子就出去了,临走时关照下来,等不等他吃饭;有谁来让候一候还是明天再来;船上人来把挂在门柱上那一串东西交给他拿去,钱或现交或下次转来再带来都可以。……他走了,与他的店,他的车床小别。

平常日子,下午,戴车匠常常要出去跑跑,车匠店就空在那儿。但是看上去一点都不虚乏,不散漫,不寂寞,不无主。仍旧是小,而充实。若是时间稍久,一切,店堂,车床,黄雀,洋老鼠,蝈蝈,伸进来的一片阳光,阳光中浮尘飞舞,物件,空间;隔壁侯银匠的槌子声音与戴车匠车床声音是不解因缘,现在银匠槌子敲在砧子上像绳索少了一股;门外的行人,和屋后补着一件衣服的他的女人,都在等待,等待他回来,等待把缺了一点甚么似的变为完满。——戴车匠店的店身特别高,为了他的工作,(第一木料就怕潮)又垫了极厚的地板,微仰着头看上去有一种特别感觉。也许因为高,有点像个小戏台,所以有那种感觉吧。——自然不完全是。

戴车匠所作东西我们好多叫不出名字,不知道干甚么用的。比如二尺长的大滑车,戴车匠告诉我是湖里粮船上用的,因为没有亲身验证,所以都无真切印象。——也许后来,我稍长大,有机会在江湖漂泛,看见过的,但因为悬结得那么高,又在那么大的帆前面,那么大的船,那么大的水,汪洋浩瀚之中,这么一个滑车看上去也算不得甚么了吧。人也大了,不复充满好奇,凡百事多失去惊愕兴趣了。——不过在大帆船上看那些复杂绳索在许多滑车之中溜动牵引,上上下下,想到它们在航行时所起作用,仍是极迷人的。我真希望向戴车匠询问各种滑车号数,好到船上混充内行！滑车真多,一串一串挂在梁上。也许戴车匠自己也没有看人怎么样用它吧？不过不要紧,有烧饼槌子,搓烧麦皮子小棒,擀面杖,之字形活动衣架,蝇拂上甘露子形状柄子,……他随处可以看见自己手里作出来的东西在人手里用。老太太们都有个捻线槌,早晚不离手的在巷口廊前搓，一面与人谈桑麻油米，儿女婚嫁。木椀木杓是小儿恩物，轻便，发脾气摔在地下不致挨打挨骂，敲着橐橐的响又可以想它是个甚么他就是个甚么，木鱼，更柝，取鱼梆子，还有你想也想不出的甚么声音的代表。——不过自从我有一次听说从前大牢里的囚犯是以木椀吃饭的，则不免对这个东西有了一种悲惨印象。自然这与戴车匠没有甚么关系，不该由他负责。看见有人卖放风筝绕线用的小车子，我们眼中盈盈的是羡慕的光。我们放的是酒坛，三尾，瓦片，不知甚么时候才能使用这么豪侈的器械。阿，我们是忘不了戴车匠的。秋天，他给我们作陀螺，作空钟。夏天，作水枪。春天，竹蜻蜓。过年糊兔儿灯，我们去买轱辘，戴车匠看着一个一个兔儿灯从街上牵过去，在结了一点冰的街上，在此起彼歇锣鼓声中，爆竹硝黄气味，影影沉沉纸灯柔光中。但我最喜欢的还是爬上高台阶向他买"螺蛳弓"。别处不知有无这样的风俗，清明，抹柳球，种荷秧，还吃螺蛳。家家悉煮五香螺蛳一锅，街上也有卖的。一人一碗，坐在门槛上一个一个掏出去吃。吃倒没有甚么，（自然也极鲜美）主要还是把螺蛳壳用螺蛳弓一个一个打出去。——这说起不易清楚，明年春天我给你作一个吧。戴车匠作螺蛳弓卖。我们看着他作，自己挑竹子，选麻线，交他一步一步作好，戴车匠自己在小几上蓝花大碗中拈一个螺蛳吃了，螺壳套在"箭"上，很用力的样子（其实毫不用力）拉开，射出去，半天，听得得的落在瓦沟里，（瓦匠扫屋，每年都要扫下好些螺壳来，）然后交给我们。——他自己儿子那一把弓特别大，有劲，射得远。戴车匠看着他儿子跟别人比射，细了眼睛，半晌，又没有甚么意义的摇摇头。

为甚么要摇摇头呢？也许他想到儿子一天天大起来了么？也许。我离开故乡日久，戴车匠如果还在，也颇老了。我不知因何而觉得他儿子不会再继续父亲这一行业。车匠的手艺从此也许竟成了绝学，因为世界上好像已经无须那许多东西，有别种东西替代了。我相信你们之中有很多人根本就无从知道车匠店到底是怎么回事，你们没有见过。或者戴车匠是最后的车匠了。那么他的儿子干甚么呢？也许可以到铁工厂里当一名练习生吧。他是不是像他父亲呢，就不知道了。——很抱歉,我跟你说了这么些平淡而不免沉闷的琐屑事情,又无起伏波澜,又无镕裁结构,逶逶迤迤,没一个完。真是对不起得很。真没有法子,我们那里就是这样的,一个平淡沉闷,无结构起伏的城,沉默的城;城里充满像戴车匠这样的人;如果那也算是活动,也不过就是这样的活动。——唔,不尽然,当然,下回我们可以说一点别的。我想想看。

卅六年七月廿四日

**注　释**

①　本篇原载《文学杂志》1947 年第二卷第五期;初收《邂逅集》,文化生活出版社 1949 年 4 月,文字略有改动。1985 年作者以同题重写这篇小说,参见《故人往事·戴车匠》。

# 年　红　灯(二)①

　　走出室门，总要抬头看看，为甚么要看呢，看甚么，——不知道，也许是想看看天，我曾经住过一个地方，天蓝起来非常的蓝，有的时候多雨。然而看到的却是马路对面高楼屋顶上一个铁架子，一个广告铁架子。这东西，无话可说，很伟大，竖那么一个铁架子的工程可以盖好我的屋子的罢。架子上本来有几个大字，每个字比一间房子都大，最近，天天有人搭了长梯子在上面工作。人在上头那么小，看他们在上头动，好像动得也很慢，很轻微，仿佛完全不是一个普普通通像我们一样的人，因为比例不对，知道，他们是在油漆那几个字，而且这两天在装年红灯了。——是谁想起来装的，我坐在椅子里，也可以看见，很高兴一抬头总看见他们在那里，有时竟然看得出他们在谈话，抽烟。我坐在椅子里，手里工作告一段落，抽烟，或喝一杯茶，悠然而自窗口看出去。

　　一天晚上，亮了，那些年红灯亮了，红光蓝光交流转换。先是小字一个一个生出来，一排排现齐了，于是划然而呈出几个大字，又抹掉似的不见了，又重新再来一遍，红光蓝光交流的落在我阶前，屋顶，我的书，我的纸，我的手指上。

　　这几个工人他们一定也看见了，他们一定看的。

　　而我在马路上看见一个人，他看广告上那些灯，从他看的样子，我毫不怀疑的相信他即是那些工人之一，白天他还在那个架子上工作的。那是他的作品，我看了他一会，——他心里是甚么感觉？

　　"每天都喜欢到江边来玩吗？"

　　"是的，这里比较清净！"

　　"对热闹不感兴趣？"

　　"女孩子固然都喜欢热闹，可是我觉得只有静时候才是真正快乐!"

"这是各人的个性,也许你的心是喜欢幽静的。"

"你觉得这地方好吗?"

"大概是因为市区的空气太浮嚣,每天总想到这里来看看不断地东流的水,在这里我总可以从凝静的心里认识到人生的真谛,譬如江心的浪罢! 每个浪花都负有它底使命,一个接连一个,它们永远的没有止境,也永远的不需要后退!"

"这就是你对于人生的认识吗? 可是我们生在现代的社会里,我们所负的使命不是比浪花更重吗?"

"也可以这么说,哦! 你觉得这畸形的社会,不太令人悲伤吗?"

"不,只有弱者才悲哀,我们是青年,应该给人类争取幸福,也就是为自己争取幸福!"她严肃地说。……

于是他和她从此构成了一段 Romance。

在江边芦花开得正茂盛的时候,他俩的爱情也正如花儿一样的浓厚而洁白。

四个月后寒冷给他带来了不幸。她失踪了。没有一个字给他,并且事先也没有一点出走的破绽。他伤心,他为人心的无恒而痛哭,他格外地沉默了,连平常藉以解闷江边也不愿去,为的是免得引起自己的愁思而增加痛苦与悲哀。

第二年的春天,春风带来了野蔷薇的气息,他意外地接到了她底来信,报告了她"旅途"的平安,他恢复了以前对她的敬爱而且更加地佩服她崇拜她了! 但是他不能写一封信,去表示他对她的崇拜与佩服,因为她没有告诉他有一定的通讯地址。

来信里有一段是这样的。

"……朋友! 生命就是创造,有创造才有快乐! 我不愿做一朵鲜花供给人玩赏,我要像灿烂的旭日普照四方,我不愿做水上的浮萍,随波逐流,我要学自由的鸟儿,任意飞翔,人生不需要罗绮包裹,我要生命上有血泪的创伤,眼前的安乐是靠不住的,朋友! 人生需要求永久的朗照,不要一时的彩异。

"现在我已经获得了生命的真谛,实现了我理想的一部分,我要牺牲自己去为大众服务,自从去年别后,我就开始了我底实际工作,我加入了长征的队伍,向世界和平追求!

"朋友!努力你底学业吧!将来继我之后……"

一直到现在,他没有接到她第二封信,也更不知道她现在甚么地方。

这是一个梦么!

每到秋临大地的时候,他总不免从记忆里拾回这一个美丽的慷慨的破碎了的梦!

**注 释**

① 本篇原载 1947 年 8 月 18 日《宁波日报》,是作者同题旧作续写。

# 牙　疼[①]

　　我的牙齿好几年前就开始龋蛀了。我知道它真的不一点都没有坏,是因为它时常要发炎作痛。"牙疼不是病,疼起来要人命,"说得一点不错。好家伙,真够瞧的。一直懒得去看医生,因为怕麻烦。说老实话,我这人胆子小,甚么事都怯得很。医牙,我没有经验,完全外行。这想必有许多邮局银行一样的极难搞得明白的手续吧。一临到这种现代文明的杰作的手续,我张皇失措,窘态毕露,十分可笑,无法遮掩。而且我从来没有对牙医院牙医士有过一分想象。他们用甚么样的眼睛看人?那个房间里飘忽着一种甚么感觉?我并不"怕",我小时候生过一次对口,一个近视得很厉害的老医生给我开刀,他眼镜丢了好几年,眯眯朦胧之中,颤颤巍巍为我划了个口子;我不骗你,骗你干甚么,他没用麻药;我哼都没哼一声,只把口袋里带的大蜜枣赶紧塞一个到口里去,抬一抬头看看正用微湿泪光的眼睛看我的父亲。我不去医牙完全是不习惯,不惯到一个生地方,不惯去见一丝毫不清楚他底细的人。——这跟我不嫖妓实出于同一心理。我太拘谨,缺少一点产生一切浪漫故事的闯劲。轻重得失那么一权衡,我怎么样都还是宁愿一次又一次的让它疼下去。

　　初初几次,沉不住气,颇严重了一下。因为看样子,一点把握都没有,不知道一疼要疼多少时候,疼到一个甚么程度。慢慢经过仗阵,觉得也不过如此。"既有价钱,总好讲话。"牙是生出来的,疼的是我自己,又不是我要它疼的,似乎无庸对任何人负责,因此心安理得。既然心安理得,就无所谓了。——我也还有几个熟人朋友,虽未必痛痒相关,眼看着我挤眼咧嘴,不能一点无动于衷。这容易,我不在他们面前,在他们面前少挤挤咧咧就是了。单就这点说,我很有绅士风度。事实上连这都不必。朋友中有的无牙疼经验，子非鱼他不明白其中滋味，看到的不过是我的眼睛在那儿挤，嘴在那儿咧而已，自无所用其恻隐之心。多数牙也疼过，（我们那两年吃的全差不多，）则大半也是用跟我一样的方法对付过去。忍过事则喜，于此有明证焉。他们自己也从未严重，当然不必婆婆妈妈的来同情慰问我。想来极为惋惜，那时为甚么不成立一个牙疼俱乐部，没事儿三数人聚一聚，集体牙疼一下呢，该是多好玩的事？当时也计划过，认为有事实上的困难。（牙疼呀，你是我们的誓约，我们的纹徽，我们的国，我们的城。）慰情聊胜无，我们就不时谈谈各人牙疼的风格。这也难得很。说来说去，不外是从发痒的小腹下升起一种狠，足够把桌上的砚台，自己的手指咬下一段来；腿那么蜷曲起来，想起弟弟生下来几天被捺下澡盆洗身子，想起自己也那么着过；牙疼若是画出来，一个人头，半边惨绿，半爿炽红，头上密布古象牙的细裂纹，从脖子到太阳穴扭动一条斑斓的小蛇，蛇尾开一朵（甚么颜色好呢）的大花，牙疼可创为舞，以黑人祭天的音乐伴奏，哀楚欲绝，低抑之中透出狂野无可形容。……以此为题，谈话不够支持两小时。此可见我们既缺乏自我观照，又复拙于言词，不会表现。至于牙疼之饶有诗意，则同人等皆深领默会的。曾经写过两行，写的是春天：

> 看一个孩子放也放不上他的风筝，
> 独自玩弄着一半天的比喻和牙疼。

诗写得极坏，唯可作死心塌地的承认牙疼的艺术价值的明证耳。我们接受上天那么多东西，难道不能尽量学习欣赏这个可遇而不可求的奇境吗？嚇。

但人不能尽在艺术中呼吸，也还有许多实际问题。首先，牙一疼影响作事。这个东西解又解不下来，摔又摔不掉，赶又赶不走像夏天黏在耳根的营营的蚊雷，有时会教人失去平和宁静的；想不得，坐不住，半天写不出两行。有一回一个先生教我做一篇文章，到了交卷限期，没有办法，我只有很惭愧的把一堆断稿和一个肿得不低的腮拿给他看。他一句话不说，出去为我买了四个大黄果，令我感动得像个小姑娘，想哭。——这回事情我那先生不知还记不记得？再有，牙疼了不好吃东西，要喝牛奶，买一点软和的点心，又颇有困难。顾此失彼，弄得半饱半饥，不大愉快。而且这也影响工作。最重要的，后来一到牙疼，我就不复心安理得，老是很抱歉似的了。因为这不复是我一个人的事情。有一个人要来干涉我的生活，我一疼，她好像比我还难过。她跟我那位先生一样好几个牙都是拔了又装过的。于是就老想，那一天一定去拔，去医。

这时两边的牙多已次第表演过，而左下第二臼齿则完全成了一口井。不时缤纷的崩下一片来，有的半透明，有的枯白色，有的发灰，吃汤团时常裹在米粉馅心之间，吐出来实不大雅观。而且因为一直不用左边的牙，右边嚼东西就格外著力，日子久了，我的脸慢慢显得歪起来。天天看见的不大觉着，我自己偶尔照镜，明白有数。到了有一次去照相馆拍照，照相技师让我偏一点坐，说明因为我的脸两边不大一样。我当时一想，这家伙不愧是个照相技师，对于脸有研究，有经验！而我的脸一定也歪到一个不容忽视的地步了。我真不愿意脸上有特色引人注意，而且也还有点爱漂亮的，这个牙既然总要收拾的，就早点吧。——当然我的脸歪或许另有原因。但我找得出来的"借口"是牙。

那个时候，我在昆明。昆明有个三一圣堂，三一圣堂有个修女，为人看牙。都说她治得很好，不敲钉锤，人还满可爱的；联大同学去，她喜欢跟你聊，聊得很有意思。多有人劝我一试。我除了这里不晓得有别的地方，颇想去看看那个修女去了。丕过我总觉得牙医不像别的医生。我很愿意我父亲或儿子是个医士，我喜欢医生的职业风度。可我不大愿意他们是牙医。一则医生有老的，有年轻的，而我所见的牙医好像总是那么大年纪，仿佛既不会大起来，也没有小过，富有矿物性。牙医生我总还以为不要学问，就动动家伙，是一种手艺人。我总忘不了撑个大布伞，挂个大葫芦，以一串血渍淋漓的（我小时疑心是从死人口里拔下来的）特别长大牙齿作招牌的江湖郎中。一个女的，尤其一个修道女做这种拿刀动钳子事情，我以为不大合适。"拔"，这是个多厉害的字！但这是她的事，我管不了。有时我脑子清醒，也把医牙与宗教放在一起想过，以为可以有连通地方。我记得很清楚，我曾经三次有叩那个颇为熟习的小门的可能。第一次，我痛了好几天，到了晚上，S陪着我，几乎是央求了，让我明天一定去看。我也下了决心。可第二天，天一亮，她来找我，我已经披了衣服坐在床上给她写信了。信里第一句是：

"赞美呀，一夜之间消褪于无形的牙疼。"

她知道我脾气，既不疼了，决不肯再去医的，还是打主意给我弄点甚么喜欢吃的东西去。第二次，又疼了，肿得更高，那一块肉成了一粒樱桃色的葡萄。不等她说，我先开口，"去，一定去。"可是去了，门上一把锁，是个礼拜天。礼拜天照例不应诊。我拍掌而叫，"顶好！"吃了许多舒发药片，也逐渐落了下去如潮，那个疼。我们那时住在乡下，进城一趟不容易，趁便把准备医牙的钱去看了一场电影。我向她保证，一定看得很舒服，比医医牙更有益，果然。第三次，则教我决定了不再去了，那位修道女回了国，换了另一个人在那里挂牌。不单是我，S也是，一阵子惆怅。她比我还甚，因为修女给她看过牙，她们认得。她一直想去看看她，有一个小纪念礼物想在她临走之前送她带去的。人走了，只有回去了。回去第一件事是在许多书里翻出那个修女所送的法文书简集，想找出夹在里头的她的本国地址。可是找来，找去，找不着。这本书曾经教一个人拿去看过，想是那时遗落了。这比牙疼令人难过得多。我们说，一本精致一点的通讯册是不可少的，将来一定要买。战争已经结束了，人家都已返国了，我们也有一个时候会回乡的吧。

还好，又陆陆续续疼了半年，疼得没有超过记录，我们当真有机会离开云南了。S回福建省亲，我只身来到上海。上海既不是我的家乡，而且与我呆了前后七年的昆明不同。到上海来干甚么呢？你问我，我问谁去！找得出的理由是来医牙齿了。S临别，满目含泪从船上扔下一本书来，书里夹一纸条，写的是：

"这一去，可该好好照顾自己了。找到事，借点薪水，第一是把牙治一治去。"

感激我的师友，他们奔走托付，（还不告诉我，）为我找到一个事。我已经做了半年多，而且我一个牙齿也拔掉了。

轻拢慢拨了几回，终于来了一个暴风式的旋律。我用舌头舔舔我那块肉，我摸不到我自己，肿把我自己跟自己隔开了。我看别人工作那么紧张，那么对得起那份薪水，我不好意思请假。我跟学生说，因为牙不大舒服，说话不大清楚，脑子也不顶灵活，请他们原谅我。下了课，想想，还是看医生。前些时我跟一个朋友的母亲谈起过我的牙疼，她说她认得一个牙医，去年给她治了好几回，人蛮好的，我想请她为我介绍一下。我支了二十万块钱理直气壮的去了。

哈，我终于正式做了个牙齿病人！也怪，怎么牙医都是广东人，不是姓梁就是姓麦，再不就姓甘！我这位姓梁。他虽然有一种职业的关心，职业的温和，职业的安静谦虚，职业的笑，但是人入世不很深，简直似乎比我还年轻些，一个小孩子。候诊室里挂几张画，看得过去。嘻！有一本纪德的书呢。我在沙发上坐了一会，看了几页书，叫我了。进去，首先我对那张披挂穿插得极其幽默的椅子有兴趣。我看他拉拉这，动动那，谨慎而"率"，我信任他。我才一点都不紧张。我告诉他我这个牙有多少年历史，现在已残败不可收拾，得一片一片的拊出来，恐怕相当麻烦吧。我微有歉意，仿佛我早该来让他医，就省事多了。他唯唯答应，细心的检视一遍之后，说"要拔，没有别的办法了。"那还用说！给我用药棉洗了洗，又说一句，两万块。别人要两万五，×老太太介绍，少一点。我简直有点欢喜又有点失望了，就这么点数目。我真想装得老一点，说"孩子，拔吧。"打了麻药针，他问我麻不麻。甚么叫"麻"呢，我没有麻过的经验，但觉得隔了一层，我就点头。他利利落落的动钳子了。没有费甚么事，一会儿工夫牙离了我，掉在盘子里。分两块，还相当大，看样子傻里瓜儿，好像没睡醒。我看不出它有甚么调皮刁钻。我猜它已经一根一根的如为水腐蚀得精瘦的桥桩，是完全错误。于此种种，得一教训，即凡事不可全凭想象。梁医生让我看了牙，问我"要不要？"唔？要它干甚么？我笑了笑。我想起一个朋友在昆明医院割去盲肠，医生用个小玻璃瓶子装了酒精把割下来的一段东西养在里头，也问他"要不要？"他斜目一看，问医生"可以不可以炒了吃？"我这两块牙不见得可以装在锦盒里当摆设吧，我摇摇头。"当"的一声，牙扔在痰盂里了。我知道，这表示我身体中少了一点东西了，这是无法复原的。有人应当很痛惜，很有感触。我没有，我只觉得轻松。稍为优待自己一下，我坐了三轮车回来。车上我想，一切如此简单，下回再有人拔牙，我愿意为他去"把场"。

第二天第三天我又去换了换药，梁医生说，很好，没有事了。原来有点零碎牙的地方，用舌尖探了探，空空的，不大习惯。长出一块新肉，肉很软，很嫩，有如蛤蜊。肉长得那么快，我有点惊奇。我这个身体里还积蓄不少机能，可以供我挥霍，神妙不可思议，多美！我好像还舍不得离开那张躺着很舒服的椅子，这比理发店的椅子合乎理想得多。他这屋里的阳光真好，亮得很。我半年没见过好好的太阳，我那间屋子整天都是黄昏。看一看没有别的病人，静静的，瓶里花香，我问梁医生"你没有甚么事吧？我可以不可以抽一枝烟？"他不抽烟，给我找了个火。我点着烟，才抽了一口，我决不定是跟他谈纪德的《地粮》对于病人的影响还是问问他到上海来多少时候，有时是不是寂寞。而梁开口了："你牙齿坏了不少，我给你检查检查看。"好嘞。他用一根长杆子拨拨弄弄，（一块不小的石粒子迸出来，）他说"你有八个牙须要收拾，一个要装，两个补；三个医一医，医了补；另外两个，因为补那个牙，须锉一锉，修一修。"他说得不错，这些牙全都表演过。他在一张纸上加加减减，改改涂涂，像个小学生做算术，凑得数凑不上来，我真想帮他一手。最后算出来了，等于 24 万。算着算着，我觉得真是不能再少了，而一面头皮有点痒起来。我既感激又抱歉。感激他没有用算盘，我最怕看人打算盘打得又快又准确。抱歉的是我一时没有那么多钱。我笑了笑，说"月底我再来吧。"我才抽了一口的那根香烟，因为他要检查牙，取下放在烟灰碟里的，已经全烧完了。看了它一眼，我可该走了。

出了门，我另外抽了根烟。梁说那个牙要是不装，两边的牙要松，要往缺口这儿倒；上头那个牙要长长。长长，唔，我想起小时看过些老太婆，一嘴牙落完了，留得孤仃仃的一个，长得伸出嘴唇外头，觉得又好玩又可怕。唔，我这个牙？……不至于。而且梁家孩子安慰我说短时间没有关系。我要是会吹口哨，这时我想一路吹回去。八年抗战，八颗

266

牙齿,怎么这么巧!

这又早过了好几个月底了,那个缺口已经没有甚么不惯,仿佛那里从来也没有过一个甚么牙齿。我渐渐忘了我有一件很伟大的志气须完成,这些牙须要拾掇一下。我没有理由把我安排得那么精美的经济设计为此而要经过一番大修改。我不去唱戏,脸歪不歪也不顶在意。我这人真懒得可以。只是这两天一向偏劳它的右臼齿又微有老熟之意,教我不得不吃得更斯文,更秀气,肚子因而容易饿了,不禁有时心里要动一动。我想起梁的话,牙齿顶好不要拔,可惜的,装上去总不是自己的了。但一切如在日光下进行的事,很平和,似有若无,不留痕迹,顺流而下。我离老还很远,不用老想到身体上有甚么东西在死去。

前天在路上碰着一个人,好面熟,我们点了点头,点得并不僵。——这是谁?走过好几步,我这才恍然想起,哦,是给我看牙齿的那个梁医生。我跟他约过,……不要紧,在他的职业上,这样的失信人是常常会碰到的。

战争到甚么时候才会结束?战争如海。哼,我这是说到那里去了,殆乎篇成,半折心始,我没想到会说了这么多。真不希望这让 S 看见,她要难过的。

**注　释**

① 本篇原载《文学杂志》1947 年第二卷第四期。初收《汪曾祺全集》第一卷,
　　北京师范大学出版社,1998 年 8 月。

# 囚　犯[①]

我们在河堤上站了一下,让跟我们一齐出城的犯人先过浮桥。是因为某种忌讳,不愿跟他们一夥走,还是对他们有一种尊重,(对于不幸的人,受苦难的人,或比较接近死亡的人的尊重?)觉得该让他们走在前头呢? 两者都有一点吧。这说不清,并无明白的意识,只是父亲跟我都自然而然的停下来了。没有说一句话,觉得要停一停。既停之后,我们才相互看了一眼。父亲和我离隔近十年,重相接处,几乎随时要忖度对方举止的意义。但是含浑而不刻露,因为契切,不求甚解。体贴之中有时不免杂一丝轻微嘲讽的,(不可药救的病症;嘲讽于那一段时间?)但像刚才那么偶然一相视却是骨肉之情的微波,风中之风,水中之水。这瞬间一小过程使我们彼此有不孤零之感,似乎我们全可从一个距离外看得到这里,父亲和儿子,差肩而立,凡此皆微妙不可具说。——看来自自然然,好像甚么都不为的站一站,好像要看一看对河长途汽车开来了没有,好像我要把提着的箱子放下来息一息力,我于此发现自己性格与父亲相似之处,纤细而含蓄。

我们差肩而立,看犯人过浮桥。

犯人三个,由两个兵押着。他们本来都是兵,现在一是兵,一是犯人了。一个兵荷老七九步枪,一个则腰里一根三号左轮,模样是个副班长。——凡曾度营伍生活者皆一眼可以看出副班长与班长举动神情之间有多大差异。班长是官,副班长则常顾此失彼的要维持他的官与兵之间的两难地位,有治人的责任感,有治于人的委曲,欲仰承,欲俯就,在矛盾挣扎之中他总站不稳,而显得窝囊可笑。犯人皆交叉着绑着肩胛,背后各有长绳一根牵出,捏在后面荷枪的兵的手里。犯人也都穿着灰布军服,不过破旧污脏得多。但兵与犯人的分别还在于一个有小皮带，一个没有皮带约束而更无可假借的显出衣服的不合身。——不合身的衣服比破烂衣服更可悲悯。我忽然想起一个朋友怎么样也不肯换医院的"制服"。人格一半是衣服造成的，随便给你一件衣服就忽视了你是怎么一个人了。人要人尊重。两个犯人有帽子，但全戴得不是地方。一个还好，帽舌子歪在一边，虽然这个滑稽样子与他全身大不相称，但总算包住了他的头。另一个则没有戴实在，风一吹，或一根树枝挂一下即会落去的，看着很不舒服，令人有焦躁着急感，极想给他往下拉一拉。还有一个，则是科头，头发长得极蓊郁，（小时懒于理发，常被骂为"像个囚犯"，）很黑很黑，跟他的络腮胡子连成一片。倒是他还有点生气。他比较矮，但看起来还壮，虽经过折磨，还不是一下子即打得倒的人。（他们看样子不是新犯，已在大牢里关了不少日子，移案到甚么地方，提出来的。）他脚步较重，一步一步还照着自己意志走，似乎浮桥因为他的脚步而有看得出的起伏。他眼睛张得大大的，坦率而稚气的，农民的眼睛，不很眷乱惊惶，健康正常的眼睛，从粗粗的眉毛下看出去。他似乎不大忧伤，不大想他作过的事和明天的运命。他简直不大想着他是个犯人。他甚么都不大想。一个简单淳朴的人。他现在若是想，想的是：我过浮桥。也许他还晓得到了对岸，坐一段汽车，过江，解到一个甚么地方去，其余他就不知道了，也不大想知道。这段路好像他曾经走过几次，很熟，也许就是生长于这一带的，所以他很有自信的走着。要是除去绳索和罪名，他像个带路人，很好的带路人。他平日一定有走在第一个的习惯。现在他们让他走在第一个也非偶然。但形式上他得服从身边那个副班长的指挥，正如平日在部队受指挥一样。副班长与他之间并无敌意，好像都是按照规矩来，你押人，我被押，大家作着一件人家派下来的事情，无从拒绝，全非得已。他们要共走一段路，共同忍受颠簸，耽误，种种不快，（到任何地方去总望能早点到达，）也许还有点同伴之谊。——他们常默默，话沉得很深，但一路上来，总有时候要谈两句甚么的吧。副班长没有一般下级军官的金牙，也没有那种可笑的狂傲。看样子他是个厚道人，他不时回头看看后面的犯人和那个荷枪的兵的眼色是可感的，好像问：走得动吗？哦，这两个犯人可不成了！他们面色灰败，一个惨白，一个蜡渣黄，折倒他们的细脖子，(领圈显得特别宽大，)已经撑不起他们的头。衰弱，虚乏，半透明，像是已经死过一次。他们机械的迁动脚步，踏不稳，不能调节快慢，每一脚都不知踏在甚么地方。恐怕用怎么节奏明显的音乐也无法让他们走得合拍，他们已经不能受感染。他们已经忘了走路的方法。他们脑子里布满破碎的，阴暗的意象，这些意象永不会结构成一串完整思想，就一直搅动，摧残，腐蚀他们淡薄的生命。他们现在并不在恐怖中，但恐怖已经把他们腌透，而留下杂乱的痕迹。脸上永远是那个样子，嘴角挂下来，像总要呕吐，眼睛茫茫瞆瞆，缩缩怯怯。一切全惨淡，没有一个形体能在他们眼睛里留一鲜明印象。除了皮肉上的痛痒之外，似乎他们已经没有感觉；而且即是痛痒也模糊昏暗了。帽子歪戴的那一个，衣服上有一大片血渍，暗赤，如铁锈，已经不少日子。荷枪的兵也瘦蒿蒿的。虽然他打着绑腿，但凄哀的神情使他跟那两个戴帽子犯人成了一组。他不时把枪往上提一提，显然不大背得动，枪托子常常要敲着他的腿。因为那个络腮胡子犯人比较吸引我，所以对后面三个人没有能细看。

岸上人多注目于这个悲惨的队列。

他们已经过了河。

我忽然记了记今天是甚么日子。

初春，但到处仍极荒凉。泥土暗。河水为天空染得如同铅汁，泛着冷冷的光。东北风一起，也许就要飘雪。汽车路在黑色的平野上。有两三只乌鸦飞。

城在我们后面，细碎的市声起落绸缪。好几批人从我们身边走下河堤。

父亲跟我看了一眼，不说话，我们过浮桥。

大家抢着上汽车。车站码头上顶容易教人悲观，大家尽量争夺一点方便舒服。但这样的场面见得也多了，已经不大有感触。等都上去了，父亲上去，然后是我。看父亲得到一个比较安稳站处，我看看有甚么地方可以拉一拉我的手。而在我后面上来了那几个犯人。他们简直弄不清楚人家怎么把他们弄上来的。车门关上，车上人窜窜动动，我被挤到一个人缝里,勉强把一只脚放平,那一只则怎么摆都不是地方,我只有伸手捞着上面的杠子,把全身重量用一只胳臂吊起来。我想把腰伸伸直,可是实在不可能。好吧,无所谓,半个多钟头就到江边。我试一回头,勉强可以看到父亲半面,他的颧骨跟一只肩膀。父亲点点头,答说:我很好,管你自己吧。我想,在人群中你无法跟要在一起的人在一起,一冲一撞,拉得多牢的手也只有撒开。我就我的头可以转动的方向一巡视,那个矮壮犯人不知在甚么地方。副班长好像没有上来,大概跟司机坐到一处去了,这点门槛他懂。那个荷枪的兵笔直的贴在车门犄角,一个乡下人的笠子刚刚顶在他的脸前面,不时要擦着他的鼻子,而逼得他一脸尴尬相。两个有帽子犯人,我知道,都在我身边。他们那里也不要在,既然已经关上了车,总就得有块地方,毫无主意的他们就被挤到这儿来了。甚么地方对他们全一样,他们没有求舒服的心,他们现在根本不知道在甚么地方。我面前是两个女客,她们是甚么模样我才不在乎,有一个好像是个老太太。我尝试怎么样可以把肋骨放平正一点,而车子剧烈的摇晃了一下,一个身体往我背上一靠,他的手拉了一下我的衣服。是我身后那个犯人。甚么样的一只手! 又生满了疥疮,我皮肤一紧,这感觉是不快的。我本能的有一点避让之意。似乎我的不快立刻传过他,拉了一下,他就放开了。他站不稳,我知道。他的胳臂无法伸直,伸直了也够不到杠子,而且这样英勇的生的争取的姿势根本就是他不会有的。他攀扶不到甚么东西,习于被播弄了。我正想我是不是不该避让,一面又向右顾看那另一个犯人的手无意识的画动了两下,第二下更大的晃动又来了,我蓦然有了个决定,像赌徒下出一注,把我的身体迎给他! 他懂得,接受了我的意思,一把抓住了。这不难,在生活的不断的抉择之中,这样的事情是比较易于成就的,因为没有时间让你掂斤播两的思索。我并没有太用力激励自己。请恕我,当时我对自己是有一点满意的。我如此作并非因为全车人都嫌弃他们,在这么紧密的地方还远之唯恐不及,而我愤怒,我要反抗。我是个不大会愤怒的人,我也能知道人没有理由把不愉快事情往身上拉,现在是甚么时代! 我知道他身后必尚有一点空隙,我跟他说:"你蹲下来"。

蹲下来他可以舒服些。我叫右边那一个也蹲下来。这只是半点钟的事,但如果可能,我想不太伤劳我的那一只胳臂,他们一蹲下来,好像松动了一点,我可以挪一挪脚步了。可是当我偏了偏腰时,一只手上来拉住了我的袖子。我这才看了看我面前那个女客,二十大几,也许三十出头,一个粉白大团脸。她皱着眉头用两个指头拉我,我看了看那两个指头,不大方的指头,肉很多,秃秃的,一个鸡心形赤金戒指。好像这两个指头要我生了一点气,我想不理她,我凭甚么要给你遮隔住这两个囚犯,一下了车你把早上吃的稀饭吐出来也不干我的事。然而我略偏了偏嘴,不大甘愿的决定了,就这么斜吊着身子吧,好在就是半个钟头的事。这才真是牺牲!我看了看那个老太太,真可怜,她偎在座位里,耗子似的眼睛看我的脸。那个梳着在她以为很时式的头发的女人(她一定用双妹老牌生发油!)这才算放了心,努力看着窗外。

这个倒楣女人叫我嘲笑自己起来。这半点钟你好伟大,又帮助犯人,又保护妇女,你成了英难!你不怕虱子,不怕疥疮,而且不怕那张俗气的粉脸,小市民的,涂了廉价雪花膏的胖脸!(老实说对着这样的脸比两个犯人靠在身上更不好受,更不幸。)——借了这半点钟你成了托尔斯泰之徒,觉得自己有资格活下去,但你这不是偷巧么?要是半点钟延长为一辈子,且瞧你怎么样吧。而且这很重要的,这两个犯人在你后面;面对面还能是一样么?好小子,你能够在他们之间睡下来么?……

我相信这个车里有一个魔鬼。不过幸好我得用力挂住自己,我的胳臂的酸麻给解了一点围,我不陷在这些挑拨性的思索之中。我希望时间快点过去。

好了,果然快,车停了。我一心下去取那只箱子,我们得赶上这一班过江轮渡。

一切都已过去,女人,犯人,我的胳臂的酸麻,那些无用的嘲讽,全过去了!外面的空气新鲜得多。我跟父亲又在一起。

在船上,父亲要了个小房舱。是的,我们要舒舒服服坐一坐,还可以在铺上歪一歪。父亲递给我烟,划了火,那一壶茶已经泡开了,他洗了洗杯子,给我倒了一杯。我看着他用他的从容雍与的风度作这一切,但不想起来叫他让我来。我的背上不快之感又爬上来,虽不厚重,可有黏性,有似涂了一层油。喝了一口茶,忽然我心里涌起了一股真情。我想刚才在车上,父亲一定不时看一看我。我非常喜慰于我有一个父亲,一个这样的父亲。我觉得有了攀泊,有了依靠。我在冥冥蠢蠢之中所作事情似乎全可向一个人交一笔账,他则看也不看,即收下搁起了。他不迫胁我,不挑剔,不讥刺我,不用锋利的或钝缺的是非锯解我。他不希望,指导我作甚么,但在他饱阅世故的眼睛,温和得几乎是淡漠的眼睛(我得坦白说,有时我为这种类似的淡漠所激恼,)远远的关注下,我成了一个人。我不过分胡涂,尤其重要的是也不太清楚,而且只能虽然有点伤心的捐弃了我的夸张,使我的行为不是文字,使我平凡。——虽然,我还不知道到底该怎么活下去。今天晚上,我就要离开我的父亲,到一个大城市中去。

那几个犯人现在不知在那里了,也许也在这只船上吧。我管不着了。那个科头犯人的样子我记在心里,大概因为他有一种美,一种吸力。我想他会在一个甚么地方忽然逃跑了。他跑不了,那个副班长会拔出左轮枪不加思索的向他放射。犯人会死于枪下。我仿佛已经看到那幅图像。这是注定的,没有办法的悲剧。我心里乱起来。想起一个举世都说他对于人,对于人生没有兴趣,到末了躲到禅悟中去的诗人的话:

"世间还有笔啊,我把你藏起来吧。"

**注　释**

① 本篇原载《人世间》1947 年第二卷第一期,署名"汪曾祺";初收《邂逅集》,
　文化生活出版社 1949 年 4 月,文字略有改动。

# 1948 年

## 白 松 糖 浆[①]

船开了,离岸已有一截子路。想下去的无法再下去,要上来的也上不来,岸边人看着船,船上人都已找到地方坐定了。人并不太多,空处尽有,不过半个多钟头即到对岸,随便哪里都行,又不是坐一辈子;常来常往的,谁说得出这船上最好的椅子是哪一张,只要没有别的原因,对于自己所占坐处都很容易满足。茶房沏茶水,打手巾,小贩叫卖吆喝,人一安定,他们开始活动起来。——进来了一个孩子。

他一身青布学生装,一顶学生常戴的军帽,青布的,不脏,也不是顶干净,大概是一星期前新洗的,但收拾得极见细心爱惜,每天晚上脱下时都好好的摺起挂好,绝不是随便往椅子上一团或顺手一摺盖在脚头被上。显然这是他最好的一件衣裳,他的一点荣光,他的财产,他的"资格"。帽舌子当然没有折断,戴得很正,比普通孩子戴得稍高一点,不扣在额头上。帽子不大挺括,好像淋过一场雨,这两天天阴,今天才放太阳。他大概……十三四岁,——不像——十六……,不,只有十三四岁! 他发育得还正常,身材不高也不矮。只是样子早熟,他走进舱来的几步绝不像个十三四岁的孩子,不怯也不野,老老到到,沉沉稳稳,仿佛颇能独立,很有主意,然而实在毕竟还是个孩子,稍一注意就知道那点早熟的皮层实在很微薄,轻轻不费事即可揭去,一个孩子,一个小学六年级或者初中一二年级的太守规矩,太世故一点的好学生,一个小道学家,并不是没有调皮淘气的时候,但明白得失利害,不致闯祸犯法。若在学校里,同学多半不大会喜欢他的,也许受先生的暗示而不得不对他表示一分敬重;但先生自己尽管表面奖励,心里未尝不想他把真的一面拿出来,只是先生似乎不可以劝学生调皮淘气!幸亏有这点调皮淘气处,也许他才不致孤单离索罢。他眉目颇清秀,浅浅一个酒涡。——他进来了,走到舱中那根柱子前头,在放茶壶的那条长桌上放下皮箱,(似乎这根柱子,这张桌子给他一点依傍,让他不悬在空中似的,)站定了,鞠了一个躬,用一种虚伪做作的,文明戏式的,有腔有调,然而孩子的声音,高声朗诵起来:

"各位,我们中国人,最爱咳嗽。中国人体质衰弱,营养不良,动辄容易咳嗽吐痰。中山先生说,随便吐痰是我国人的不良习惯。吐痰固然是不良习惯,咳嗽也有伤身体,如若一时不治,难免养病成灾,影响气管肺脏,在在都极其危险可畏。咳嗽有好多种。有新咳;有老咳。有伤风外感;有五劳七伤。有干咳;有痰咳。有吐白痰;有吐黄痰。有妇人胎咳;有小儿夜咳。有五更咳;有百日咳。有年青断伤,痰中时见血丝;有老年气弱,咳时痰难吐出。有呛咳,有喘咳。……"

他说了不止五分钟,口齿十分清楚,换气,提头,顿逗呼应的地方也没有错甚么。用的是带淮安味的扬州话,有几个字是国音,阴平特别高显,入声则一律还是保留,可是那些咳嗽他多半并未见过遇过,有些字句意义他不大懂得,说起来很难动情,很难声色俱茂。他一定没有落了一句,可听起来总觉得生,腔调中如有裂缝,不是倾瓶泻水,一气呵成,不够流利。背的次数该还不顶多,也不少了,他还得老是想着背,除了一点淡漠,一点困惑,我听不出里面真的或是假的感情。就像这样,学校演说竞赛会上他可以稳稳的得个第二了,假如第一为一个圆脸大眼睛女同学拿去。在评判单上他得分最少的当是"姿势"一项,级任先生应当多教他的手臂怎么运动,伸出去,举起来,摊开手掌,一个一个竖起指头,……他这五分钟甚至脚底下都没有移动几回,就是笔直的站着说的,这未免太僵了。——唉,怯场倒不怯场了,对着这么些人,还看不出畏缩不安,可是并不吸引人,没有那种抓住听众的力量,他不是个讲演的天才,而且嗓音太高,太窄,太直,太干,有点左。

"……现在,敝公司精制一种白松糖浆,专治各种咳嗽。白松糖浆是以纯白的松子炼制而成的糖浆,它能化痰止咳,滋补润肺。不论久咳新咳,小儿咳,妇人咳,……有病可以治病,无病可以预防。……"

于是把小皮箱打开,手里拿着一瓶,摇着,走到各人面前。

"白松糖浆在上海本公司门市部售价二万六千元,镇江药房卖三万。这是广告性质,只收回清本,无非是推广介绍,只卖两万,有哪位先生要一瓶罢?……"

"带一瓶罢,送送人也好的。"

"要罢?……"

可是怪,这船舱里竟然没有一个咳嗽的!至少这会儿没有一个人咳一声。

他还在一个一个问过去,态度彬彬有礼,熟习一切失望,都很含蓄,极其耐烦的一面摇着手中的瓶子,一面"劳驾","得罪",从人前走过去。从演讲一变而为说话了,语调之中颇多了一点江湖习气,但确确实实更看出他真还是一个孩子,一个十三四岁的孩子,一个小学初中之间的学生!

当然他不单纯是为公司做广告,推销一瓶货,一定有若干好处的,公司另外还给不给报酬呢?批一批货,要不要先付一点钱?有一个什么折扣可打?他就是单在这只船上还有别的地方可去么?一天能卖多少瓶?要是一瓶也卖不出去?他趁船,不用票罢?要不要常常送船上人一点钱,或是送一瓶白松糖浆?没有病也能吃的,船上人是否因此不伤风也得咳两声?他怎么爱惜他的钱,他的货,又怎样表示大方,漂亮?要是遇到莽撞冒失人一头碰撒了他的小皮箱呢?上公司里批货,总有些手续,得说好些话?没有问题,二万绝对不是最低的价钱,一定可以讲价的,他怎样跟人讲价,怎么察言观色,见风使舵,趁热打铁?总有许多许多麻烦他得应付的,许多许多意外逼得他要哭!自负和自卑熬炼得他长大起来。他有一身衣帽——他的新鞋,家制青布鞋,鞋底还很白!

"哎,白松糖浆,哎,纯白松子精炼所成,哎男女老幼通用,哎春夏秋冬咸宜,——"

什么时候果然进来了另外一个!一看脑袋就知道他的脚背一定很

高，——高鼻梁高颧骨，高牙床，前额到后脑长极了，而左眼跟右眼距离得很近，他的屁股当然很小很小，可是声音倒是扁的，仿佛是从小腹处发出来的。

他前年或是去年过了三十岁。他一百磅左右，有时他愿意自己胖一点。他胡子碴黄黄的，那倒没有甚么关系。脸上雀斑不少，似乎没有甚么办法可治。他认得字，会写信，他很喜欢"专此奉达敬请钧安"这一句，尤其是"钧安"，很能感动人。他读过千家诗，很羡慕解学士，自己也想能做做诗，他能看报，知道马歇尔杜鲁门，DDT，原子弹。他不抽烟，可是有时肯买一包，放在口袋里，到必须时拿出来请人，联络联络，他不会跟人打架，但可能有挨当兵的或甚么粗野人莫明其妙的打两个耳刮子的时候，他有时做梦得到一支自来水笔并且当了保长，眼前希望得最迫切的是有一个不管甚么样子的徽章别在身上，还有袜子后跟不要破得太大。不过公司虽然不发徽章，他现在的这个职业仍然是可感谢的，教他觉得屈辱的时候不比觉得矜骄的时候多。他老跟这个孩子搭挡，虽然当真遇到甚么事，他也不见得有办法，他没有能力，也没有胆量。不过他总以为他在提挈指导着他，他非他不可，一有机会他就训练他怎么做人，怎么处世，怎么怎么一篇大道理。他跟孩子只是职业上的关系？——有一点亲？像表兄弟？——堂兄弟？——都不像——是街坊？——是街坊？——大概。——哦，他想——孩子一定有一个寡母一个适年待字的姐姐，为他做脚上这双新鞋的姐姐，这个尖身子扁嗓子的人一定常往他家走动，看看老伯母，逢年过节还买一点礼物送去！看孩子面相他姐姐长得必不难看。她一点都不喜欢他，但当真以为弟弟会受到他好处也许——究竟她会不会嫁给他呢？

孩子也并不喜欢他，他有时甚至从心底觉得他讨厌，但他还不能看清楚他，反抗他，为了自己的利益，他宁可对他服从。也许这样的依仗是虚空的，然而一点朦胧的信任使他自己可以更坚强些，在没有遇到打击之前。

"要罢？"

"有哪位先生要，带一瓶送送人？"

然而客人兴趣更低,他手上那个瓶子反面正面都没有人再要看一眼了,阖起两只箱子,他们走出去。虽然这也许是最后一个舱了,可是他们的样子总像是还要赶到甚么地方去,匆匆忙忙,毫不颓唐懒散。只有出门的那一会他们倒极像是息息相关,合作无间的同伴,他们用同样的,经过配演的姿势走出去甚至脚步的起落都是同时的。

一个客人,——两个,咳起来,倒不定是有病,因为要想憋着憋着,于是憋不住了。另一个伏在窗口看对岸青山的客人正抽着烟,听到咳声,忍不住一笑,往里流的烟倒呛出来,也几乎咳出声音。

注　释

① 本篇原载 1948 年 4 月 12 日天津《民国日报》。

# 邂　　逅①

　　船开了一会,大家坐定下来。理理包箧,接起刚才中断的思绪,回味正在进行中的事务已过的一段的若干细节,想一想下一步骤可能发生的情形;没有目的的擒纵一些飘忽意象;漫然看着窗外江水;接过茶房递上来的手巾擦脸;掀开壶盖给茶房沏茶;口袋里摸出一张什么字条,看一看,又搁了回去;抽烟;打盹;看报;尝味着透入脏腑的机器的浑沉的震颤,——震得身体里的水起了波纹,一小圈,一小圈;暗数着身下靠背椅的一根一根木条;什么也不干,听而不闻,视而不见,近乎是虚设的"在"那里;观察,感觉,思索着这些,……各种生活式样摆设在船舱座椅上,展放出来;若真实,又若空幻,各自为政,没有章法,然而为一种什么东西范围概括起来,赋之以相同的一点颜色。——那也许是"生活"本身。在现在,则是"过江",大家同在一条"船"上。

　　在分割了的空间之中,在相忘于江湖的漠然之中,他被发现了,像从一棵树下过,忽然而发现了这里有一棵树。他是什么时候进来的呢?他一定是刚刚进来。虽没有人注视着舱门如何进来了一个人,然而全舱都已经意识到他,在他由动之静,迈步之间有停止之意而终于果然站立下来的时候,他的进来完全成为了一个事实。好像接到了一个通知似的,你向他看。

　　你觉得若有所见了。

　　活在世上,你好像随时都在期待着,期待着有甚么可以看一看的事。有时你疲疲困困,你的心休息,你的生命匍伏着像一条假寐的狗,而一到有甚么事情来了,你醒豁过来,白日里闪来了清晨。

　　常常也是一涉即过,清新的后面是沉滞,像一缕风。

　　他停立在两个舱门之间的过道当中,正好是大家都放弃而又为大家所共有的一个自由地带。——他为什么不坐？有的是空座位。——他不准备坐，没有坐的意思，他没有从这边到那边看一看，他不是在挑选那一张椅子比较舒服。他好像有所等待的样子。——动人的是他的等待么？

他脉脉的站在那里。在等待中总是有一种孤危无助的神情的，然而他不放纵自己的情绪，不强迫人怜恤注意他。他意态悠远，肤体清和，目色沉静，不纷乱，没有一点焦躁不安，没有忍耐。——你疑心他也许并不等待着甚么，只是他的神情总像在等待着甚么似的而已。

他整洁，漂亮，颀长，而且非常的文雅，身体的态度，可欣可感，都好极了。难得的，遇到这样一个人。

噂，——他是个瞎子，——他来卖唱，——他是等着这个女孩子进来，那是他女儿，他等着茶房沏了茶打了手巾出去，（茶房从他面前经过时他略为往后退了退，让他过去，）等着人定，等着一个适当的机会开口。

她本来在那里的？是等在舱门外头？她也进来得正是时候，像她父亲一样，没有人说得出她怎么进来的，而她已经在那里了，毫不突兀，那么自然，那么恰到好处，刚刚在点儿上。他们永远找得到那个千载一时的成熟的机缘，一点都不费力。他已经又在许多纷纭褶曲的心绪的空隙间插进他的声音，不知道甚么时候，说了一句简单的开场白，唱下去了。没有跳跃呼喝，振足拍手，没有给任何旅客一点惊动，一点刺激，仿佛一切都是预先安排，这支曲子本然的已经伏在那里，应当有的，而且简直不可或缺，不是改变，是完成；不是反，是正；不是二，是一。……

一切有点出乎意外。

我高兴我已经十年不经过这一带，十年没有坐这种过江的渡轮了，我才不认识他。如果我已经知道他，情形会不会不同？一切令我欣感的印象会不存在？——也不，总有个第一次的。在我设想他是一种甚么人的时候我没有想出，没有想到他是卖唱的。他的职业特征并不明显，不是一眼可见，也许我全心倾注在他的另一种气质，而这种气质不是，或不全是生成于他的职业，我还没有兴趣也没有时间来判断，甚至设想他是何以为生的？如果我起初就发现——为什么刚才没有，一直到他举出来轻轻拍击的时候我才发现他手里有一付檀板呢？

从前这一带轮船上两个卖唱的，一个鸦片鬼，瘦极了，嗓子哑得简直发不出声音，咤咤的如敲破竹子；一个女人，又黑又肥，满脸麻子。——他样子不像是卖唱的？其实要说，也像，——卖唱的样子是一个甚么样子呢？——他不满身是那种气味。腐烂了的果子气味才更强烈，他还完完整整，好好的。他样子真是好极了。这是他女儿，没有问题。

他唱的甚么？

有一回，那年冬天特别冷，雪下得大极了，河封住了，船没法子开，我因事须赶回家去，只有起早走，过湖，湖都冻得实实的，船没法子过去，冰面上倒能走。大风中结了几个伴在茫茫一片冰上走，心里感动极了，抽一枝烟划一枝洋火好费事！一个人划洋火成了全队人的事情。……（我掏了一枝烟抽，）远远看见那只轮船冻在湖边，一点活意都没有，被遗弃在那儿，红的，黑的，都是可怜的颜色。我们坐过它很多次，天不这么冷，现在我们就要坐它的。忽然想起那两个卖唱的。他们在那里了呢，雪下了这么多天了。沿河堤有许多小客栈，本来没有甚么人知道的，都有了生意了，近年下，起早走路的客人多，都有事。他们大概可以一站一站的赶，十多里，二三十里，赶到小客栈里给客人解闷去，他们多半会这么着的。封了河不是第一次，路真不好走。一个人走起来更苦，他们其实可以结成伴。——哈，他们可以结婚！

这我想过不止一次了，我颇有为他们做媒之意。"结婚"，哈！但是他们一起过日子很不错，同是天涯沦落人，彼此有个照应。可是怪，同在一路，同在一条船上卖唱，他们好像并没有同类意识，见了面没有看他们招呼过，谈话中也未见彼此提起过，简直不认识似的。不会，认识是当然认识的。利害相妨，同行妒忌？未必罢，他们之间没有竞争。

男的鸦片抽成了精，没有几年好活了，但是他机灵，活络得多，也皮赖，一定得的钱较多。女的可以送他葬，到时候有个人哭他，买一陌纸钱烧给他。——你是不是想男的可以戒烟，戒了烟身体好起来，不喝酒,不赌钱,做两件新蓝布大褂,成个家,立个业,好好过日子,同偕到老? 小孩子! 小孩子! ——不,就是在一个土地庙神龛鬼脚下安身也行,总有一点温暖的,——说不定他们还会生个孩子。

现在,他们一定结伴而行了,在大风雪中挨着冻饿,挨着鸦片烟,十里二十里的往前赶一家一家的小客栈了。小客栈里咸菜辣椒煮小鲫鱼一盘一盘的冒着热气,冒着香,锅里一锅白米饭。——今天米价是多少? 一百八?

下来一半(路程)了罢? 天气好,风平浪静。

他们不会结婚,从来没有想到这个上头去过。这个鸦片鬼不需要女人,这个女人没有人要。别看这个鸦片鬼,他要也才不要这个女人!他骨干肢体毁蚀了,走了样,可是本来还不错的,还起原来很有股子潇洒劲儿。那样的身段是能欣赏女人的身段,懂得风情的身段。这个女人没有女人味儿! 鸦片鬼老是一段《活捉张三郎》,挤眉瞪眼,伸头缩脖子,夸张,恶俗,猥亵,下流极了。没法子。他要抽鸦片。可是要是没法子不听还是宁可听他罢。他聪明,他用两枝竹筷丁丁当当敲一个青花五寸盘子,敲得可是神极了,溅跳洒泼,快慢自如,有声有势,活的一样。他很有点才气,适于干这一行的,他懂。那个黑麻子女人拖把胡琴唱"你把那,冤枉事勒欧欧欧欧欧欧欧……"实在不敢领教。或者,更坏,不知那里学来的一段《黑风帕》。这个该死的蠢女人!

他们秉赋各异,玩意儿不同,凑不到一起去。

真不大像是——这女孩子配不上他父亲,——还不错,不算难看,气派好,庄静稳重,不轻浮,现在她接她父亲的口唱了。

有熟人懂得各种曲子的要问问他,他们唱的这种叫甚么调子。这其实应当说是一种戏文,用的是代言体。上台彩扮大概不成罢,声调过于逶迤曼长了。虽是两人递接着唱,但并非对口,唱了半天,仍是一个人口吻。全是抒情,没有情节。事实自《红楼梦》敷衍而出,黛玉委委屈屈向宝玉倾诉心事。每一段末尾长呼"我的宝哥哥儿来",可是唱得含蓄低宛,居然并不觉得刺耳。颇有人细细的听,凝着神,安安静静,脸上恻恻的,身体各部松弛解放下来,气息深深,偶然舒一舒胸,长长透一

口气,纸烟灰烧出一长段,跌落在衣襟上,碎了,这才霍然如梦初醒。有人低语:

"他的眼睛——"

"瞎子,雀盲。"

"哦——"

进门站下来的时候就觉得,他眼睛有点特别,空空落落,不大有光彩,不流动。可是他女儿没有进来之先他向舱门外望了一眼,他一扬头,样子不像瞎眼的人。瞎眼人脸上都有一种焦急愤恨,眼角嘴角大都要变形的,雀盲尤其自卑,扭扭捏捏,藏藏躲躲,他没有,他脸上恬静平和极了。他应当是生下来就双眼不通,不会是半途上瞎的。

女孩子唱的还不如她父亲。——听是还可以听。

这段曲子本来跟多数民间流行曲子一样,除了感伤,剩下就没有什么东西了,可是他唱得感伤也感伤,一点都不厉害。唱得深极了,远极了,素雅极了,醇极了,细运轻输,不枝不蔓,舒服极了。他唱的时候没有一处摇摆动幌,脸上都不大变样子,只有眉眼间略略有点凄愁,像是在深深思念之中,不像在唱。——啊不,是在唱,他全身都在低唱,没有那一处是散涣叛离的。他唱得真低,然而不枯,不弱,声声匀调,字字透达,听得清楚分明极了。每一句,轻轻的拍一板,一段,连拍三四下。女儿所唱,格韵虽较一般为高,但是听起来薄,松,含糊,嫩嫩的,她是受她父亲的影响,摹仿父亲而没有得其精华神髓,她尽量压减洗涤她的嗓音里的野性和俗气,可是她的生命不能与那个形式蕴合,她年纪究竟轻,而且性格不够。她不能沉缅,她心不专,她唱,她自己不听。她没有想跳出这个生活,她是个老实孩子。老实孩子,但不是没有一些片片段段的事情足以教她分心,教她不能全神贯注,入乎其中。

她有十七八岁了罢? 有啰,可能还要大一点。样子还不难看。脸宽宽的,鼻子有一点塌,眼睛分得很开。搽了一点脂粉,胭脂颜色不好,桃红的。头发修得很齐,梳得光光的,稍为平板了一点,前面一个发卷于是显得像个筒子,跟后面头发有点不相连属。腰身粗粗的,眼前还不要紧,千万不能再胖。站着能够稳稳的,腿分得不太开,脚不乱动,上身不扭,然而不僵,就算难得的了。她的态度救了她的相貌不少。她神色间有点疲倦,一种心理的疲倦。——她有了人家没有？一件黑底小红碎花布棉袍,青鞋,线袜,干干净净。——又是父亲了,他们轮着来。她唱得比较少,大概是父亲唱两段,女儿唱一段。

天气真好,简直没有甚么风。船行得稳极了。

谁把茶壶跟茶杯挨近着放,船震,轻轻的磋出瓷的声音,细细的,像个金铃子叫。——嗳呀,叫得有点烦人！心里不舒服,觉得恶心。——好了,平息了,心上一点霉斑。——让它叫去罢,不去管它。

是不是这么分的,一个两段,一个一段？这么分法有甚么理由？要是倒过来,——现在这么听着挺合适,要是女儿唱两段父亲唱一段呢,这个布局想象得出么？打个比方,就像两种花色编结起来的连续花边,两朵蓝的,间有一朵绿的,(紫的,黄的,银红的,杂色的,)如果改成两朵绿的一朵蓝的呢？……甚么蓝的绿的,不像！干甚么用比喻呢,比喻不伦！——有没有女儿两段父亲一段的时候？——分开来唱四段比连着唱三段省力。——两个人比一个人唱好,有变化,不单调,起来复舒卷感,像花边。——比喻是个陷阱,还是摔不开！——接口接得真好,一点不露痕迹,没有夺占,没有缝隙,水流云驻,叶落花开,相契莫逆,自自在在,当他末一声的有余将尽,她的第一字恰恰出口,不颔首,不送目,不轻轻咳嗽,看不出一点点暗示和预备的动作。

他们并排站着,稍有一段距离。他们是父女,是师徒,也还是同伴。她唱得比较少,可是并不就是附属陪衬。她并不多余,在她唱的时候她也是独当一面,她有她的机会,他并不完全笼罩了她,他们之间有的是平等,合作时不可少的平等。这种平等不是力求,故不露暴,于是更圆满了。——真的平等不包含争取。父亲唱的时候女儿闲着,她手里没有一样东西,可是她能那么安详！她垂手直身,大方窈窕,有时稍稍回首,看她父亲一眼,看他的侧面,他的手,他的下颚,他的檀板,她的眼睛是一个合作的女儿的眼睛。——她脚下不动。

他自己唱的时候他拍板,女儿唱的时候他为女儿拍板,他从头没有离开过曲子一步。他为女儿拍板时也跟为自己拍板时一样。好像他女儿唱的时候有两起声音，一起直接散出去，一起流过他，再出去。不，这两条路亦分亦合，还是一条路，不管是他和她所发的声音都似乎不是从这里，不是由这两个人，不是在我们眼前这个方寸之地传来的，不复是一个现实，这两个声音本身已经连成一个单位。——不是连成，本是一体，如藕于花，如花于镜，无所凭藉，亦无落著，在虚空中，在天地水土之间。……

　　女孩子眼睛里看见甚么了？一个客人袖子带翻了一只茶杯，残茶流出来，渐成一线，伸过去，伸过去，快要到那个纸包了，——纸包里头是甚么东西？——嘻，好了，桌子有一条缝，茶透到缝里去了。——还没有，——还没有——滴下来了！这种茶杯底子太小，不稳，轻轻一偏就倒了。她一边看，一边唱，唱完了，还在看，不知是不是觉得有人看出了，有点不好意思，微低了头，面色肃然。——有人悄悄的把放在桌上的香烟火柴放回口袋里，快到了罢？对岸山浅浅的一抹。他唱完了这一段大概还有一段，由他开头，也由他收尾。

　　完了，可是这次好像只有一段？女儿走下来收钱，他还是等在那儿。他收起檀板，敛手垂袖而立，温文恭谨，含情脉脉，跟进来时候一样。

　　他样子真好极了。人高高的，各部分都称配，均衡，可是并不伟岸，周身一种说不出来的优雅高贵。稍稍有点衰弱，还好，还看不出有病苦的痕迹。总五十左右岁了。……今天是……十三，过了年才这么几天，风吹着已经似乎不同了。——他是理了发过的年罢，发根长短正合适。梳得妥妥贴贴，大大方方。头发还看不出有白的。——他不能自己修脸罢？也还好，并不惨厉，而且稍为有点阴翳于他正相宜，这是他的本来面目，太光滑了就不大像他了。他脸上轮廓清晰而固定，不易为光暗影响改变。手指白白皙皙，指甲修得齐齐的。——干净极了！一眼看去就觉得他的干净。可是干净得近人情，干净得教人舒服，不萧索，不干燥，不冷，不那么兢兢翼翼，时刻提防，觉得到处都脏，碰不得似的。一件灰色棉袍，剪裁得合身极了。布的。——看上去料子像很好？——是布的。不单是袍子，里面衬的每一件衣裤也一定都舒舒齐齐，不破，不脏，没有气味，不窝囊着，不扯起来，口袋纽子都不残缺，一件套着一件，一层投着一层，袖口一样长短，领子差不多高低，边对边，缝对缝。……还很新，是去年冬天做的。——袍子似乎太厚了一点，有点臃肿，减少了他的挺拔。——不，你看他的腮，他真该穿得暖些啊。他的胸，他的背，他的腰胁，都暖洋洋的，他全身正在领受着一重丰厚的暖意，——一脉近于叹息的柔情在他的脸上。

她顺着次序走过一个一个旅客，不说一句话，伸出她的手，坦率，无邪，不局促，不忸怩，不争多较少，不泼刺，不蘑菇，规规矩矩老老实实。——这女孩子实在不怎么好看，她鼻子底下有颗痣。都给的。——有一两个，她没有走近，看样子他也许没有，然而她态度中并无轻蔑之意，不让人不安。有的脸背着，或低头扣好皮箱的锁，她轻轻在袖子上拉一拉。——真怪，这样一个动作中居然都不包含一点卖弄风情，没有一点冒昧。被拉的并不嗔怪，不声不响，掏出钱来给她。——有人看着他，他脸一红，想分辩，我不是——是的，你忙着有事，不是规避，谁说你小器的呢，瞧瞧你这样的人，像么，——于是两人脸上似笑非笑了一下，眼光各向一个方向挪去。——这两个人说不定有机会认识，他们老早谈过话了。——在澡堂里，饭馆里，街上，隔若干日子，碰着了，他们有招呼之意，可是匆匆错过了，回来，也许他们会想，这个人好面熟，那里见过的？——大概想不出究竟是那里见过的了罢？——人应当记日记。——给的钱上下都差不多，这也好像有个行情，有个适当得体的数目，切合自己生活，也不触犯整个社会。这玩意儿真不易，够学的！过到老，学不了，学的就是这种东西？这是老练，是人生经验，是贾宝玉反对的学问文章，我的老天爷！——这一位，没有零的，掏出来一张两万关金券，一时张皇极了，没有主意，连忙往她手里一搁，心直跳，转过身来伏在船窗上看江水，他简直像大街上摔了一大跤。——哎，别急，没有关系。——差不多全给的。然而送给舱里任何一位一定没有人要，一点不是一个可羡慕的数目。——上海正发行房屋奖券，这里头一定有人买的，就快开奖了。你见过设计图样么？——从前用铜子，卖唱的多用一个小藤册子接钱，投进去磬磬的响。

都收了,她回去,走近她父亲,——她第一次靠着她父亲,伸一个手给他,拉着他,她在前,他在后,一步一步走出去了。他是个瞎子。——我这才真正的觉得他瞎,看到他眼睛看不见,十分的动了心。他的一切声容动静都归纳摄收在这最后的一瞥,造成一个印象,完足,简赅,具体。他走了,可是印象留下来。——他们是父女,无条件的,永远的,没有一丝缝隙的亲骨肉。不,她简直是他的母亲啊!他们走了。……

"他们一天能得多少钱?"

"也不多——轮渡一天来回才开几趟。夏天好,夏天晚上还有人叫到家里唱。"

"那他们穿的?"

"嗳——"

船平平稳稳的行进,太阳光照在船上,照在柔软的江水上。机器的震动均匀而有力,充满健康,充满自信。舱壁上几道水影的反光幌荡。船上安静极了,有秩序极了。——忽然乱起来,像一个灾难,一个麻袋挣裂了,滚出各种果实。一个脚夫像天神似的跳到舱里。——到了,下午两点钟。

**注　释**

① 本篇原载 1948 年 5 月 2 日《华北日报》,又载 1948 年 7 月 26 日、29 日《华美晚报》以及 1948 年 9 月 8 日、15 日香港《大公报》。初收《邂逅集》,文化生活出版社,1949 年 4 月;文字略有改动。

# 三叶虫与剑兰花[①]

把那一部份图书仪器送走了,心里空了好一大块。有一点感触,含浑,有重量,但是一点一点的加上来的,心理有个准备,知道总有这么一天,这么一刻,到底来了!仿佛倒很满意。怎么说,总完了一件事。相信徐之所觉所受跟我差不多。不过他似乎比我更深沉些。不敢说,这全是揣测。看一看他的眼睛,很暗,有一点纷乱。不过给我纷乱印象的也许是他的头发。今天事情忙,有几个箱子须要拆开重装,我们都没有好好梳头;公路上风也大。他的头发分开,向后。很后,好像总是逆风而行,像每根头发发根细而近末端处越来越粗,到发尖才又微收一点,好作一归宿。看起来他的脑门子就比实在的更高些了,而且头好像总向后扬一点的样子。我相当喜欢这样的头发,这至少比飞机头那种纨袴气有骨子得多,有一股子俊拔坚毅劲儿。不过头没有好好梳,刚才帮着搬抬那些箱子,无心顾到头发,忙乱中弄得他更乱,而且风把他的头发披下一片在额前了。风从我们身后吹来。——然而,大体上说,无损于他的深沉稳重。啊,我似乎太注意他的头发,我的眼睛那么巡视探究是非礼的。只因为我稍为觉得有点与平常不一样,有一点惊异。人到底不能天天是一样的!从他的密闭的嘴角上掠下来,我看看脚边车轮印子。

"走吧。"

"走吧。"

我们就向来的那条石子公路上走回去。

九月了,这个地方还是那么暖和。下雨天,早晚,凉些,晌午的太阳照在身上跟夏天差不多。多少做了点事,有点汗了。我把外衣脱了,搭在肩上。风吹得又真的和蔼殷勤,不尖不酸。徐额头也有点潮润,我看他掏出手绢擦过不止一次。也许这是他的习惯,有许多人做完了事总要擦擦的,即使不出汗。然而这会儿实在热了,十点多了。徐为甚么不脱衣服?他想着甚么,不大在意。这个人好像经常的想着甚么的,所以他的研究工作做得那么精细实在。这样的性格跟他的工作真合适。他做一切事总是那么从容不迫,有条不紊。我这会儿可是想说说话。我们所有的研究室也空了,许多习性真该随那些图书仪器一块运走了。我们有一段时间过另外一种日子,我们要旅行不少地方,回一趟家,见许多东西,吃吃,谈谈,⋯⋯我有跟人说点儿甚么的欲望,几次要开口了,想不到说甚么好。得了,随便,随便最好,抬一抬头:

"天是真蓝!"

"哎,真蓝。"

他看也没看,他低头走他的路。除非他由地上明亮的太阳知道,由路边黑白分明的尤加利树阴知道。不过他这两个字里有甚么感情?——我觉不出。他不想说话?——他应当看看这个天!

"真蓝!"

我微微叫喊,想把我的热烈传给他。

"哎,这样的蓝天真难得。"

他说这句话时我正点火抽烟,我没把全力集中在他声音高低上,不过从字面,从"真","难得",我以为他也颇有动于衷了。他一向不大说话,平日讲解时也是一个字一个字,清楚明白。不像我,我在指导实验时老是说了些不相干的话。说当初完成这个实验费多少日子,困难,艰苦,失望,终于来了个成功,一切的坚忍有了交待,说这多美,这些步骤是多好一个对称,有节奏的形式,这这,这那;即正经分析图解时也带了许多不必要的感情,分摄了学生的精神兴趣,使他们对过程重点,工具应用,计算较差反不能有深刻印象。我老是节制,节制,可想做到像他一样的不枝不蔓,简洁鲜明,绝无希望。——现在,把这些他跟我的分别全扔开吧。(试试看,也许办得到。)谈谈天,为了我们最后一趟从这条路上走回来!我不管徐是否需要说话,不管他,反正他听着就行。我们说话机会也不多了,我久有跟他多谈谈的愿望,看样子,他不大讨厌我，这就成。

这个地方的天真是蓝得怪！我们一来，首先看到这个，临走了时也都带着这片明丽颜色作一切辛酸喜悦回忆底子。想想看，我们在这里生活了七八年，人生中最精彩、最值得活、最有决定性的几年！战争把我们一下子掀翻了，泼出来，从原有设计中一丝一丝拆散，让你再换个样子编去。学校搬了家，落脚在这么个梦也没梦到过的山城里来，以一种特殊方式完成教育，吃些甚么离奇饮食，而且说得一口地道本地话，清清楚楚为从外县四乡来的人指路，小巷僻坡，莫不了如指掌；听他们听的戏，喝他们喝的酒，害他们害的病，种他们种的花；日常如此，不以为意，战争前途一片昏雾，从来渐渐，越来越没有想到甚么时候"回去"，而忽然惊天动地来了个消息，一个战争戛然收了梢，眼前一片明亮蓝天，不免楞住了。越来越是真的，越来越具体，路虽淤滞迴长，到底通了，布告贴出来，迁校有了日子。大家忙着整理。零落变卖，所余无几，收拾起来说快也快，甚么时候有车，扎了个小包就走。然而搁下甚么，捎点儿甚么，难起来真也难。问题是有个限制，你不能把舍不得的，挂肚牵肠的一股脑装上车。尽管是破烂寒伧，那怕是伤过你的心的也就有它的意义。……

好了，明天我们也走！一批一批的上了路，留一部照管着装箱。别人怎样我不知道，我本来是很乐意的接了这个差使的。可以多留一阵子，而且有个名目。事情有点忙，可因为与平常职务不一样，做的是告一结束工作，觉得有特殊意思，并不疲累。工夫尽有，不用太赶。把一本书从架上取下来，在放到箱子里去之前，可以翻开看看，也许里头有点甚么标记符号，夹个小条子，甚至一瓣干花，一点痕迹，或不可知，或可想象，令人一晌猜疑，半天微笑，全极好玩。一个一个玻璃瓶子包扎起来，摇一摇，幌一幌，亮处照一照；那些是后来添置的，那些还是从前带来的，自己尽可做一记认。这一盒子甚么？龙虾！豁嗌，这个标本怎么还是光绪年间剥制的？我这几年都没见过，恐怕系主任也忘了。这一大套仪器从美国订来，到了海防，刚好滇越路断了，绕了个大弯儿，整整三年六个月才运到！都检点完了，记下名称、数目，叫木匠来钉上，贴了封条。抽那一根烟，说不出是一个甚么味儿。我觉得人比较敏锐深细，比较精致，比较更能触到若干事物的内容含蕴，掂得着时间生命的意义价值，虽然比较孤单，但不寂寞。这个木匠这一阵就跟我混得极好，我们一处工作，同喝茶谈天，有时我还请他吃豆花米线，来一碟生拌螺蛳，椒盐芽豆下玫瑰重升。而且我也跟徐稍为熟一点了。……

明天，明天我们走了。我跟徐才稍为熟一点。我在生物系装箱，他在地质系。两个办公室相对，当中隔一个院子。院子里美人蕉正红，牛目菊白，种的竹子都高大得不认得了，人去了，路上草滋蔓起来，闲静之中充满生机，这在我看起来就是一分别意。派给生物系地质系钉箱的木匠是一个。有时他那边拾掇好了，就过来叫。有时我这儿已经没有事，就帮他做一点不紧要的小手续。我学的虽然是生物，但兴趣极广，（这个倒楣脾气害了我！）碰到甚么都要问问。他不爱说话，但一一为我解释。不敷衍，不不耐烦。扼要，清楚，但跟上课讲授时不大同，不那么硬性。而且他有时说得得了意，会把手里工作放下，翻书，检找同类标本，拿粉笔在地上画，说得兴奋动容。我看着他的眼睛，觉得这里头也燃烧，不过更深，不顶亮，但是热。有时，他也用手势，用手点着桌面划出语言的节拍。（自然不致像我一样简直要一把拉住学生的手了。）他说得时间比较长了，就会向我抱歉，说他忘形了。抱歉甚么，我真该感谢，我一点三叶虫的智识全是他传授的，他介绍了一堆书，送了我几件标本，直到现在我还搜集一批化石，作为我的本行以外的研究，可以增广我的天地，全是他之所赐。这个人作学问笃实恳切真是少见。不管怎么样有那么几天，我认识了一个值得认识的人。以前我看他坐在窗前工作，或在堂上讲书，我对他敬重，这一阵下来，我对他极有兴趣。……

我们还可以同一段路。到了长沙分手，他向北，我向东。这一路我们会同起居，同饮食，同车同渡。我希望更多了解他一点，他是怎么一个人，有些甚么事情。也怪，他简直没有甚么朋友。他毕业较早，得了地质调查所一笔津贴，一向一个人在滇西一带山里找寒武纪化石。去年一个教授因事去美，缺下一门功课没有人来讲，电邀他来，以研究助教名义代了那一个课程,还兼了一班普通实验。他上课,读书,开会也到,只是不大说话。系里人说他有点怪僻,很少跟他接近。我所知道的,起初,他有时下乡去,相当远的乡下,去看他唯一的朋友陈去,陈在一个地方性的研究室负责,与徐是同班同学,我也认得的,他太太是我的同乡。后来他们搬到外省去了,他有甚么地方可去呢?……

一个高大,坚实,强壮而孤独的人……

这一条路我们一齐走了多少次!学校车子一批一批开,一批带走一部份箱子。他们急于想走,有些把箱装好,托别人代交,反正每次都有押运的。我们带送了不少箱,物理系化学系都有,甚至还有一箱中国文学系的,而且连钉都由我代钉。我反正不着急,家乡回不去,学校开学早得很,不如在这里多搜几件缅漆盒子,烤茶罐子,老式陶器,便宜银器,钱要是够,还想买一把古宗人的刀!徐是甚么原因则不知道了。每回,我们送箱子上车,也送一批人走,回来,学校里就空得多了。一溜二十几辆卡车,一排,坐满了人,脸上全带情感,心中一串话,(这一早晨他们表现得最完全,最精粹,最有轮廓,)哨子一吹,开了。若在从前,小姐们定有流泪的。我跟徐就成了个送行专使,一次又一次,抬手,扬巾。虽然熟人很少,有时简直一个也无,但是车上人齐声说"再见,"你能把手埋在袋子里吗?一阵雷声,一阵烟,远了,留下黄土里一片车轮印子。一种浅的,算是浅的伤感,但是你不能否认伤感这个东西。这叫人心软。心一软,人就稍稍善良,那怕是一点点,是暂时的。徐每次也都招手。这是最末一次了,我似乎看见他没有。他拿着一张封条,黏得不结实,落了下来,封条上印着学校名称。也许,这是偶然。

我越是对徐不大清楚,就越想探究。他分明不是个无足轻重的人,我放不开他,何况又没有第三个人!我没有太大耐性,又不专注,甚么事上都未免浅尝,且又留连,顾盼,旁涉,断续,对于这样一个"整块"的人简直无所施其技。瞻之在前,忽焉在后,可是他就是那样,动也不动,不避让,不遮饰,不狡诡,不装模作样,不要你逗你,甚至没有在意你在窥伺他。我的时候不多了,我的急于下结论的老毛病就更厉害起来。

我喜欢投机取巧,走捷径,老想用一两句话说尽了一件事,一个人,我简直想把人生也笼括在几个整整齐齐的排句里。——我这份鬼聪明!当然,有时没有话找话说,为的应急。我像小孩子用帽子扣麻雀似的那么抓了几句:

这个人,他真是来"送行"了,他就是来做这么一回事,送是送了,可是不是送"人"。好像送行这回事可以单独存在,无借于行的人,即使有人吧,人是行的一部份,所有的人格只在行这一点上才有意义,或者说,一个象征。……

这一串字才成胚,我就知道不是我要的样子。我只是借题发挥。这倒是说了我自己。说出我的好高骛远的妄想。我从来不肯一步一步的走,不肯剥茧抽丝的拆开一个东西看,(我连一个表都修不好!)我记起有一次跟徐谈法布尔,我不能不承认他对这位孩子的朋友,昆虫的爱好者,比我知道得多得多,我跟他辩论过,(唯一的一次辩论;其实不是辩论,在他面前,我好像随时放弃一切我已持意见,尽找一块可以托足地位站一站,好跟他抗衡,他则以静待动的借了我而一层一层的往里说,)他说法布尔怎么样只好算个诗人,("孩子的朋友","昆虫的爱好者"是他用的字,)要说他是个科学家也可以,看你对科学家下的定义如何。他说,想象是好的,那也是另一种智慧。好吧,他说我也应当去学诗,连念生物都不顶合适。——幸好我学的是植物分类,我自以为与某些性格尚相调协。我说起这些,为的是表示他和我不同;为的是我因此而对他"没有办法"。因此,我有时有一种潜沉的愤怒。我刚才那么抓了几句满不相干的话,也是借以宣泄一点我的抗议。……

我说他不是送"人",是我简直怀疑他对于"人"没有兴趣。我的抗议又表示我当然并不相信如此,而且当真并不如此的。正如同我固然不是诗,他也不就是科学,人不是那么单纯的。我抗议是因为不知道他究竟对人是怎么一个看法,然而我相信他有一个看法;因为已经有,就不用说,倒好像我说了便表示实在少得很,近于没有。他又决非那种说说俏皮话自以为真轻蔑否定得了一切的人,或者许多口口声声说"一无所知",而表示自己真知道得清楚的人。我就是想象?我的家庭,我的朋友,我的如醉如狂感情,全是想象?……不知道为甚么,我因为他简直烦恼起来,好像我活得全不值得似的,特别是我看过他的黑的,大的,不动的,真不秀气而实在有热度的眼睛。……

我抗议,因为他是孤独的。我抗议,他们说他,"怪僻!"……

我因为我不能是他而困恼。他总是那么一整个,我真想把他拆开,搅得乱七八糟,再一点一点的凑起来。今天,我有点得意,因为他格外明显的露出他的纷乱了。当我一揭出,他就更可怜。他显得跟平常不大同。他显得矮了一点,肩膀也不那么方,不那么硬,脸上不那么一是一,二是二,不那么齐整,我甚至觉得他的腿有点虚软,大体上他好像萎了一点,皱了一点,雕刻性减少了一点,光和影含胡暧昧些。我曾经说"无损于他的深沉稳重",是的,他仍旧是深沉稳重,但你感觉得到他在那儿支撑。虽然只是一点点剥蚀,一点裂缝,正因为本来是那么坚固,你觉得这个石像不复像平日一样在座子上立得那么泰然了。走下一段路来,说了一阵子话,我相信不是错觉。因为虽然我明天要走,我没有觉得自己有甚么剧显的变。我相信,不是"想象"!我得意,因为我居然对他有一种从未有过的感情,怜悯。不知道为甚么,我觉得他今天比我弱,至少,跟我一样的弱。

我并不一直咬着他不放,我之所感远较我写出来的要朦胧得多,零碎,起落,正反,拾起又扔掉,迟疑中已为他事所乱,我的兴趣仍是在说说话。从车站到学校有一段路,又静又平,一棵一棵的尤加利,一粒一粒的石头,一步一步的走,脚下踹起萨萨的声音,间或一队从山里来的驮马摇着它们项下生铜铃,缓慢悠远,忽然紧碎起来,当那些马洒开四蹄飞奔的时候。我说得很多,说这里的风物,说这几年的生活,说书,说人,同学,教授。不知是甚么道理,我居然把这些东西牵连得起来,似乎还首尾相应,可以引出一个甚么来龙去脉来似的。我得到一种自由,不像平日一样的逡巡荡漾,因势利导,得心应手,时有神来之笔。直到我觉察徐原来那么听着是只须要我的声音,至于我说了些甚么,他没有在意,我于是骤然冷了下来,一种难堪的冷漠因为彼此乞求援手的旗语而更暴露了。于是话枯了,像泉水一旦见了底,我们闷着头走路我看到几次他的太阳穴耳下至颚骨颤动了一下，他想说话，这就更糟。这情形他以前极少有。我们走在这儿，像两条平行线，永不会相交。这是怎么回事？我们两个人都走得快起来，步子迈得大了，都感觉这最后一截太长。好了，前面就是墙，门，房子，我松了一口气，我简直是用了长途竞走到达终点的步子窜上了石阶，而且生怕他抢在我前头。——

忽然他从我肩后奔跑过去，这使我的心登登一阵跳。怎么回事！坐在校医室门口的一个乡下女人一团火似的向他扑了过来？他慌忙急促的开他的锁，越乱，锁一时越弄不开，于是我一面开自己的门一面可以回头看他的样子。两个门同时开了，他的门立刻关上，两个人消失；我轻轻推，推了一半，也用力一送。——

第一个思想：刚才我真不该那么看！然而我怎么办呢？立刻我好像完全明白这是怎么回事。我心里昏茫了一阵，不一会即恢复清醒。今天我所观测是确凿的，而且这一阵子我飘忽感觉原来都不该放过。我倒没有全神设想对面屋里的情形，只嚼着自己的孤单，因为无法助人。我不知道如何安排自己，我焦躁，不安，像一匹等待上鞍的马，忽然一下子我对他的印象全变了，而且根本没有印象。我构不出他的面容，只有他那对眉毛，平平黑黑的两道，在虚空中。我不晓得我现在对他感情是甚，好像小孩子玩积木，从底下抽去一块，哗啦啦整个倒了下来！这回事情来得太突兀，超乎我的经验。最后我只有锁了门出去，我还有许多东西要买，而且我已经饿了。我原来想约徐一齐到一个本地饭馆里去吃一顿饭的，我现在决定仍是去那一家，我一个人。我看了看对面那个门，看了看那些花，明红亮白，太阳好旺。

我睡得很晚，我有事担搁，而且也有意逗留。回来时满地月光，四处极静，看看对面屋子，没有灯。我在自己门前停了停，决定不走过去。东西都已经理好，房间里空空落落，把一本打算在车上看的小说看了三分之一，睡了，我想起前一个月一个展览会中的一幅油画，一个肥硕的女人，睡在猩红的毯子上。虽然没有衣服，正因为没有衣服，你一望而知是个乡下女人，一个夏娃一样的女人。……

第二天起来，推开窗户一看，木匠用两个木条子交叉着钉对面房间的门。我好像并不觉得惊异,好像这正合乎理想。我过去看看,好像去看一个老炮台,旧堡垒。没有甚么,地下几张废纸,一个耗子洞很清楚的露在墙角。时候还早,我各处去看看,关照木匠把数学系的门钉了再给我钉,请他把"生物系办公室"那块小木头牌子取下来,我想带了去。我得去把那几棵美国种的剑兰块根挖出来,我是否该带一点原地的土去?……

我一个人上了路没有人跟我招手。再见,我们住了八年的地方!

陈夫妇同时去美,未及一见,也许他们知道那个女人是怎么回事。那一门功课因为原教授已经回来,照样开班。学校已经上了半年课了,迁回战前的原址。我继续教我的书,而且我的剑兰又开花了,一天一天的记载花的发育生长的日记,今天,我用一种极其庄严的态度写下:——第一朵花。

注　释

① 本篇原载《文艺工作》1948 年第一号。初收《汪曾祺全集》第一卷,北京师范大学出版社,1998 年 8 月。

# 斑　鸠[①]

　　我们都还小,我们在荒野上徜徉。我们从来没有过那样的精致的,深刻的秋的感觉。

　　秋天像一首歌,溶溶的把我们浸透。

　　我们享受着身体的优美的运动,用使自己永远记得的轻飘的姿势,跳过了小溪,听着风流过淡白的发光的柔软的草叶,平滑而丰盈,像一点帆影,航过了一大片平地。我们到一个地方去,一个没有人去的秘密的地方,——那个林子,我们急于投身到里面而消失了。——我们的眼睛同时闪过一道深红,像听到一声出奇的高音的喊叫,一起切断了脚步。多猛厉的颜色,——一个猎人!猎人缠了那么一道深红的绑腿,移动着脚步,在外面一片阳光,里面朦朦胧胧的树林里。我们不知道我们那里也有猎人,——从来没有看见过,然而一看见我们就知道他是,非常确切的拍出了我们的梦想,即使他没有——他有一根枪。太意外又太真实,他像一个传说里的妖精出现在我们面前,我们怕。我忘不了我们的强烈的经验,忘不了——他为甚么要缠那么一道深红色的绑腿呢?他一步一步的走,秋天的树林,苍苍莽莽,重叠阴影筛下,细碎的黄金的阳光的点子,斑斑斓斓,游动,幻变,他踏着,踏着微干的草,枯叶,酥酥的压出声音,走过来,——走过去了。红绑腿,青布贴身衣裤。他长得瘦,全身收束得紧紧的。好骨干,瘦而有劲,腰股腿脚,处处结实利落,充满弹性。看他走路,不管甚么时候有一根棍子剧速的扫过来,他一定能跳起来避过去的。小脑袋,骨角停匀而显露,高鼻梁,薄嘴唇,眼目深陷,炯炯有光,锐利且坚定。——动人的是他的忧郁,一个一天难得说几句话的孤独的生活着的人才可能有的那种阴暗,美丽的,不刺痛,不是病态的幽深。冷酷么?——是的。我们从来没有见过一个这样的不动声色的人，这样不动声色对付着一个东西。一看就看出来，他所有的眼睛都向外看，所有耳朵都听，所有的知觉都集中起来，所有的肌肉都警醒，然而并不太用力，从从容容的，一步一步的走。树不密，他的路径没有太多折曲歪斜。他走着，时而略微向上看一看，简直像没有甚么目的。用不着看，他也确定的知道它在哪里。上头，一只斑鸠。我们毫不困难的就找到了那只斑鸠，他的身体给我们指了出来，这只鸟像有一根线接在他身上似的。是的，我们像猎人一样的在这整个林子里只看得见一只斑鸠了，除此之外一无所见。斑鸠飞不高，在参差的树丛里找路，时而从枝叶的后面漏出瓦青色的肚子，灰红的胸，浅白的翅胛，甚至颈上的锦带，片段的一瞥。但是不管它怎么想不暴露它自己，它在我们眼睛里还是一个全身，从任何一点颜色我们复现得出一个完整的斑鸠。它逃不出它的形体。它也不叫唤，不出一声，只轻轻的听到一点鼓翅声音，听得出也是尽量压低的。这只鸟，它已经很知道它在甚么样的境遇里了。它在避免一个一个随时抽生出来的弹道，摆脱紧跟着它的危机，它摆脱，同时引导他走入歧途，想让他疲倦，让他废然离去。它在猎人的前面飞，又折转来，把前面变后面，叫刚才的险恶变为安全。过去，又过来，一个守着一个，谁也不放弃谁。这个林子充满一种紧张的，迫人的空气，我们都为这场无声的战斗吸住了，都屏着气，紧闭嘴唇，眼睛集中在最致命的一点上而随之转动。勇敢的鸟！它飞得镇定极了，严重，可是一点没有失了主意，它每一翅都飞得用心，有目的，有作用，煽动得匀净，调和，渐渐的，五六次来回之后，看出来飞得不大稳了，它有点慌乱，有点踉跄了。——阿呀，不行，它发抖，它怕得厉害，它的血流得失了常规，要糟！——好快！我们简直没有来得及看他怎么一抬枪，一声响，哓极了，完了，整个林子一时非常的静，非常的空，完全松了下来。和平了，只有空气里微微有点火药气味，——草里有甚么小花开了？香得很。

猎人走过去，捡了死鸟，（握在手里一定还是热的）拈去沾在毛上的一小片草叶子。斑鸠的脖子挂了下来，在他手里微微晃动，肚皮上一小块毛倒流了过来，大概是着地时擦的。他理顺了那点毛，手指温柔抚摸过去,似乎软滑的羽毛给了他一种快感。枪弹从哪里进去的呢？看不出来。小小头,精致的脚,瓦灰肚皮,锈色的肩,正是那一只啊,甚么地方都还完完整整的,好好的,"死"在甚么地方呢？他不动声色的,然而忧郁的看了它一会,一回头把斑鸠放进胁下一个布袋子里,——袋子里已经有了一只野鸡,毛色灿烂的一照。装了一粒新的子弹,背上枪,向北,他走出了这个林子,红色的绑腿到很远很远还看得见。秋天真是辽阔。

现在我们干甚么呢,在这个寂寞的树林里？

**注　释**

①　本篇原载《新路周刊》1948 年第一卷第九期。

# 锁 匠 之 死①

　　我们城里总是铳人。"铳"就是枪毙。不说是枪毙,说铳。你如果不说铳而说枪毙,城里人就觉得你要不是外边来的,"外路码子";要不,假如知道你的底细,知道你的祖宗三代,你的"骨头渣子",你是本乡人而(他们以为)故意不说本乡话,撇"官腔",哈呀,了不起! 你这两个字触犯了他们,他们一定对你侧之以目,嗤之以鼻,努之以嘴,歧视你,恨你,对你有一种敌意。小城里的人都敏感得出奇,多疑善忌,脆弱的自尊心一来就碰伤了。他们随时听得出你声音里有些甚么意思,随时觉得你笑他,看不起他,为了跟你对抗,他们在他们的城垣上增了更多的石头,把他们的固执堆积得更高。如你往大街上一看,随便问一句,"甚么事情? ——是不是又枪毙人?"人丛之中一定有一个十分严厉的声音直撞撞的发出来"铳人"! 你没法奈何,你觉得他像是寻事找碴儿罢,他又可以说这是好意跟你答话。你皱一皱眉毛,他那儿心里可笑开了。准保事后他一定跟人添油加醋的讲一气,把你形容得狼狈不堪。……好罢,就说是铳人。我们城里是个铳人铳得最多的地方,这简直是她的最大的特色。要是把这个特色取去,我想不不出有甚么可以代替他的。每年要是没有那么些人枪毙,我们的城是甚么样子呢? 我怕我要不认得她了。我的那些尊贵的同乡们的一部分情感当然要没有搁处了。于是我们的城加给我一层阴暗。说"最多"不无有点问题,但无论如何比别的地方要"重要",影响要大。如果说我的印象不大准确,我告诉你,我的初级中学在县城东门城脚,东门外即是杀场。出东门有一木桥,桥下的水呼呼的流得很悲惨,本来叫做东门桥,但一般都称之为"掉魂桥",言死囚过此桥上魂即掉去也。我们在上课,忽然远远听见许多人奔跑的声音,听见那种凄厉的单调的号声,一会儿汹汹涌涌的过去了。我们的心就沉下来,沉沉的撞击,紧紧的压得难受。枪响了,听得清楚是几个人,一人挨了几枪。冲起一阵喝采的声音,再又是一阵杂沓的脚步,当中夹着一串整齐的,一队保卫团的兵,跑步,吹的号是凯旋号。有时适在下课时候,同学多随着去看。年纪都还小,很多在枪声一响的那一霎回过头来的。我则从未亲自去看过。不过有时进出东门,殷红的白,发了一点黑,破烂的尸首总会映到你眼晴里来。东门外有一个非常好的乘凉看书吹口琴放风筝的地方,有一棵极大的桑树,结了一树大紫桑椹,在摘下来要放进嘴的时候一想到枪一拨响的景象就会老大不自在,眼晴里涌出了恐怖。有一次,我刚从外面回到学校,要进校门,校门进不去了,全是人,堵得死死的,后面有人还拿了凳子爬上来看,就要来了,——又铳人。没有办法,只好站在前头。既然非看不可,我就好好的看一看。一共五个。我一个一个看过去。全是土匪。向来枪毙都是土匪。有一个,我认得!那是南门的一个锁匠。

　　这个锁匠有一个很好的百灵。我每次经过他门前时都要看一看。我记得他那个铺子的整个的样子。我记得他的样子。他有妻子老婆,有一个孩子。他家后头有个小院子,有一棵树,树长过屋脊,在外头就看得见。……现在,这是他。他就要去枪毙了。他坐在一个柳条篮子里,被两个扛夫抬着,这样子很滑稽。滑稽得教人痛苦。是他!他没有变样子,不,这不是他。他怎么会,怎么会。是这个样子呢。你猜我当时想的甚么? 我想做皇帝。我想九更天,闻太师,——我想我一点也不能救他。我白着脸站在那里。等门口人滚滚的插进跟在后面的队伍里去,松了,露出了大门,我走进去。我一个人坐在空空的学校里的空空的教室里,半天半天。一直到听见有人在隔壁弹风琴。我是个孩子!但是别笑我,那个锁匠是个了不得的人,了不得的锁匠。他的铺子,我傍晚经过时特为看了一看,果然,知道是,关上了。当然一定是关了多少日子了,我早就知道,早就听说,早就看见的。然而以前好像这是不可靠的,不真实,不明明白白的,现在,完了,划然的摆在我面前。排门上两道封条,十字交叉,白纸黑字,县政府封,月日,一颗大朱印。有一根柱子有点歪。

他的罪名是跟匪有来往，通匪。跟匪有来往不一定就是通匪。但在我们地方上人看起来没有甚么两样。至少愿意他没有两样。他的情形也比较特别一点。……主要是因为他住的地方。他住在简直是城中心，往南往北都没有几步即是闹市和富宅。这简直不得了，给他们的威胁太大了，不等于是匪都住在家里来了？随时就有危险，嘿！他们容不得这么一个大胆的人，而且那么一个聪明人，那么有心眼，机伶。而且，他倒真稳呐，一点都看不出来。看他那样子，哪里像个通匪的人，像个匪呢？（直截指之为匪了。）还怪和气的，怪规规矩矩，说话，待人，哪一样不好好的？天天还都见面呢！——个王八旦！谁料得到他里头是这么样的险！奸！他们气愤了，他们觉得他顶可恨的是他们被他蒙住了，他们像个三岁孩子似的被人欺负了，他们冤！于是从前对他的好感漫无节制的增高起来，他们简直把他说成了神，甚么不可能的，平常决不有人相信的事情大家全都相信了，临时现抓，越编越多，越编越长，越编越有声有色，委委曲曲，原原本本，一大套变成理由和证据，——杀他！因为，他们不为甚么也希望他被杀，希望有人被杀，他们要创造出这么一个人。这回花样翻新，异于往常，有趣。

他是个锁匠。姓王，一般称之为王锁匠，或锁匠小王。从前，他是个挑锁匠担子的。但锁匠担子常常也称为铜匠担子，锁匠也是一种铜匠，而且与真正的铜匠有一部分的工作是相同的简直大部是相同的。所以王锁匠未始不可以称为王铜匠。比如北平市口角有一个矮子铜匠，职业性质与王锁匠全无二致，而人不称之为矮子锁匠称之为矮子铜匠。王锁匠的"锁"字有一点标榜的意思，因为他配锁配得特别好。你见过那种锁匠担子么？长方的两个木箱子，底微阔大，渐上渐小，四边都是梯形。一边一个，挑着时咔——咔，咔——咔的响声，箱子上头有个架子，横挂一长串钥匙之类，互相擦击，发出声音，极有节奏。这种担子跟修洋灯洋伞的，补锅的，锡匠的担子都如同兄弟，有一种渊源，一种亲切的关系，都是小时候常常会让我把急切的脚步放缓，让我嗒焉如有所失，毫无目的跟着他看着他半天的。"补锅，——"丁达达丁，丁达达丁，丁达达丁达达丁达达丁，……有一种特殊响器，很多的精铁长片串在一起,撒开来一齐花喇喇放出去,又趁手一带收回来,折成一叠,这有个名字的,叫做甚么甚么子,……哎呀,我怎么会又想不起来呢,我都闹不清究竟该往谁的手上搁了。不过锁匠担子常常有的是固定的顿在一处,等人来就教。木箱的一头各有许多小抽屉。我多想把那些小抽屉一个一个的抽出来看看啊。这些小库房里简直是包罗万象,用之不竭。并不乱搁的,每一格都是一定有东西。那每一个锁匠担子都是完全一样的。这一个锁匠跟那个锁匠若是换一付担子用一两天绝对没有问题,没有甚么不方便。不,一两天是可以的,多了不成,器物各有不同性格,用惯了自己的用别人的不顺手,不如意。——都是这样,所有的这种担子都有一定的秩序。甚至皮匠担子。我从前以为皮匠担子总是砧子木板乱搁的,才不,刀是刀的地方,锤是锤的地方,麻线,黄蜡猪鬃都占一定角落,甚至篮子上竹架子上夹的上底的牛皮马皮,大大小小,都挨着差不多的层次!顶要紧的是一把大锉。大。锉身有二尺多长,四四方方。一头一个木柄,抓在手上。一头是锉头,木制,圆的,顶头饱出,作球状,套在一个固钉在木箱上的铁环里。锁匠坐在一个马扎子上,坑蚩坑蚩拉那锁。锉钥匙,锁匠,锉别的东西。磨锉金属的声音本来是不大好听的声音,但如果那个锁匠,我不讨厌,我听惯了,而且可以毫不勉强的说,我喜欢。是的,那是沉着痛快,锲而不舍,坚决而持实的声音,一锉下去,拉回来往下再一推,铜屑子灿烂的撒下来,那边,那个东西上一道槽子,生新的一条一条痕迹。锉高一点,低一点,偏一点,侧一点。手里控着的东西转着方向,嘎兹嘎兹,嘎兹嘎兹成了。这是最诚实的,最好的广告。"喂,拿过来试一试。"一把死了的锁,郭达,开了。再试试,锁起来,郭达,开了;郭达,开了。好。因此有多少人少做许多着急的梦了。一年丢了钥匙的倒也不少噢?这些钥匙都到哪里去了呢?锁匠有许多旧钥匙是哪里来的呢?只见人拿了锁来配钥匙,拿了钥匙来配锁的不多罢?锁匠开得的锁多,不一定钥匙,有一根铁丝弯。来弯去的大多数锁都不费事。据说一个小偷学习他的行业之前必先学作木匠,瓦匠,懂得房屋路径构造,撬椽子挖洞,爬高走险,还得,学两年锁匠。而捉到过好多小偷,说是都是由锁匠出身的。所以,王锁匠的事犯以后,有人说,他在没有"大做"之前一定还摸过几家子。偶尔捞一点外水,并不长做,不在地保面前挂号,手脚紧密,不露破绽,没有人知道。有两笔肥的呢,不然,就坑蛊坑蛊,他就开得起铺子来了?这么多锁匠呢,为什么他们都拉一辈子大锉?——害,你,你叫王锁匠给你配过钥匙没有?哈!你运气!你知道你担了多大的风险啊,他是,甚么锁到他手里就听他的话的啊,见过一把锁就忘不了的啊,弹簧弹子德国钢锁都开得开的啊!喷!你他妈的婊子不害×,——走局。你丢过东西?——没有?—— 可惜。

王锁匠后来开了个铺子。一个正式的铜匠铺子。这就是说他有三根铜苗子坐镇在橱架上。铜匠店总得有这个东西,也有一种义务,到附近邻居,这一坊一保有火灾,得把这几根铜苗子借出来,扛出去,帮同救火。铜苗子看见过没有?跟个大望远镜似的,构造原理与小孩子玩的水唧子同。这东西的威力当然不如水龙大,但有时小火,专对一个近身方向也甚有用。而且,轻,方便,灵活,火头转到哪里马上就迎得上去。铜匠店不知是不是因为整天丁丁东东吵扰了街坊,故做了这个东西,防其不测,作为补报?城里熟习掌故的不但说得出各坊老龙的性格,且亦能历历说出一家一家铜匠店的水苗子的历史,说得出他们的样子,说得出某次某天他所尽的力,建的功。跟那些龙一样,有些苗子都渐渐有了神性,供放在家里轻易不触动,甚至也烧香叩头,隔一个相当时候须"请"出来校验校验。王锁匠家的一根特长苗子,一两次之后即显出不凡。更值得感谢的是他亲自出没火场施救时的勇敢和机敏。对面那一家豆腐店,母女两个,不是他,不是那根苗子,早完了。……从此王锁匠的工作不是,不单是锉,而是打了。一块紫铜板,登登登登,能够打成一把水吊子,简直是不可想象的事!一个铁砧子,铜板放在上头,一锤子,一锤子,一锤子下去,红粉粉的铜上一个光溜溜的紫麻子。登,一锤;登,一锤。不是死命的砍,巧巧的,一着到立刻就反弹了回来,要要停停。手下铜板渐渐转转得每两点之间,距离一定,麻子都是整整齐齐的。转着转着圆了,转着转着窝过来,有意思!打水吊子,打铜盆,打水镟子,酒镟子,打脚炉,打五更鸡,莲子井。水吊子一把一把吊在屋梁上，水镟底朝外倚在架子上，又光又圆。他也做福禄寿喜字，立鹤芝鹿烛台。也磨松鼠葡萄双鲤鱼，赛银帐钩。做的油灯盏。做铜笔帽，做墨盒。我的墨盒，笔帽都是他家买的，笔帽是玉山号笔店买的，但是他家做的，他也还做锁，大大小小，各种各样的锁。还配钥匙，到他那里配钥匙的人多。他生意很好。可是新开的店也并不光鲜，老房子，比一般大铜匠铺子小，说正式也并不大正式，还是一样"小本营生"，只有两个小徒弟，另外就是他自己，店也没有什么陈设，暗暗的，墙上砖块的印子在薄薄一层石灰水后里骨露出来，木头上并未髹漆，碎砖地，招牌是纸写的，正面墙上有一个红福字。廊簷台阶有一两块砖头常常是缺的。我们一次一次从他的廊簷下走，一次一次脚下的路线为这个缺口一绊。一遇到这种缺口我们就想踩他两脚再踩下两块来的，可是王锁匠家的廊簷台阶总是缺那么两块。他那个百灵笼子在头子，鸭嘴铜钩，百灵在台子上珠子似的唱。一只好百灵。王锁匠一大早起来添食换水，铺沙，到东门外学田上溜一转。

门关着。有缝，往里看，黑曲曲的。台阶上还是缺那么两块。好像比平常高，可是狭了，得歪着一点肩膀走。门槛是个两截的。一点声音都没有。一个蜘蛛在上头结网，风吹得网鼓鼓的。

我们城里后来来了好些机器，抽水机，榨油机，碾米机。来了好些"老桂"，不知道为甚么管理机器的工头叫老桂。老桂也管修理机器。王锁匠斜对是一家米店，本来用骡子拉，后来改了，用机器。兴中公司三十二匹马力，很好。本来叫碾坊，改了名字叫了米厂了。老石碾子也在，不用了。起了一间房子，洋灰地。皮带盘，钢轴，车床，老虎钳，电磨石，螺丝洗，钢锯子，……王锁匠有兴趣极了。没有事他就溜到后头去看。老桂跟他混得很熟。老桂一个人，机器买了的时候由公司介绍跟了机器一起来的，没有一个朋友。他那一口话就没有人完全懂。他无聊极了，脾气大，动不动大发，要跟老板辞生意了。王锁匠听呀听的，他的话懂得八九成了。他试着撇着一点腔跟他攀谈，知道他许多事情，懂得他喜欢甚么，讨厌什么。米厂里人多奇怪，嘻，这个机器人跟小王聊得挺好，不晓得说些甚么，一聊一半天，指手画脚，点头磕脑！畜生也服一个人管，好了,这以后他要是再发脾气要小王跟他讲讲看。一讲,行!没事。于是只要老桂一毛了,赶紧,着人到对过叫小王。百试百验。小王把那些钳子锯子螺丝老虎渐渐的摸熟了。有时他在架子上拧,转,推,捺,老桂刁根烟卷笑眯眯的在一边看,"呱呱叫!呱呱叫!"店里哪一个人都学得像他那个"呱呱叫"。有时,机器出了毛病,老桂修,小王也挨肩跟他蹲着弄得两手黑油,一鼻子灰。机器开着,他也能拿个油壶添添油,抓一把纱衣这里那里擦擦。甚至他也在耳朵上夹一根铅笔,能够用半尺画简单的图。他有些东西借老桂的家伙做。老桂有些零件还得请他照样子配。托老桂他还订了几件简单工具,在店堂里装了起来。有一天老桂跟老板说想请假。老板慌了,赶紧叫小王来,没有甚么事情他不高兴,这一阵子他样样都满意,不是胖了吗?他说他谢谢老板,他说店里上上下下他也知道,都是好人。不过他要请假,人家家里有事情。甚么事情?——人家有个太太呀,来你们这儿两年多了,太太一个人睡!他说,回去看看,两个礼拜,就来。决不误你的事,说哪一天来就哪一天来。他的脾气,你们还不都知道?板板六十四,说一句是一句,准保,不会错。"那怎么行,怎么行!机器谁管,机器谁管!这玩意又不是骡子,不通人情,他要是发起蹶子来你又不能打他。不行,不行!""老王呱呱叫,老王可以管,老王跟我一样的一样的。"试验了一两天,老桂只看,不动手,老王果然弄得妥妥当当。好了,老王管!王锁匠管了两个礼拜,——果然老桂说一是一,一点没有出事。从此,老桂请假的回数就多起来,老板越来越答应得容易。他太太给他一年生一个孩子。

王锁匠实际上把他那爿铜匠店已经变成一个小工场。陆陆续续老桂帮他买。他自己也四处去趸摸,日增月累的,简直很像个样子了。他也装了一个小柴油马达,一根钢轴,小皮带,咕噜咕噜,八答八答见天的转。城里城外的老桂常上他那里坐,简直成了他们聚会的中心。他们有生意也多照顾他,要配个甚么零件,他的许多老法子老工具倒还补这个城里机械实件不足。有的地方机器发生故障也来叫他去修。他忙得很,好精神。也有不少人不叫他王锁匠,叫他"老桂"了,"王老桂"。这是一个为很多人谈论的人物了,识与不识,都羡慕他。他那两个铜苗子还放在那里,放在老地方。大大的出了名则是在那一次。保卫团的一个连长的二膛盒子不知哪里坏了,不知怎么有一次在他店里喝茶谈起来,说可惜极了,这根枪还是徐大文的。——徐大文是这一带著匪,作案之多,枪法之准,子孙徒弟之广遍,在他死后近十年还常有人谈起。王锁匠好奇,说看怎么样?他也不知道怎么给他拆开来,七锉八挫配好了!那个连长兴喜若狂,无以为谢,当场在他店前放了三枪!且让王锁匠也放三枪玩玩。这六枪!

王锁匠有一阵忽然不见了几天,后来又回来了还是一样,一样作他的事情。问他,说是乡下请他去修抽水帮浦的。后来隔这么三两个月就要出一次门。据说,哪里是下乡修水帮浦去了!乡下有水帮浦的不过是那么几处,也不能挨着个儿啊。坏,也不能尽来找他啊。正正经经的宅老桂有的是,要你……你个半路出家,似通不通的冒牌老桂!他啊是叫土匪摇去的,给他们修枪去了!听说他还会造。既能修,就能制!还会造砲,迫击砲!有那广大本领么?人倒是真鬼巧。嘻,用到歪路上去了?人不能聪明,聪明人就不安份,再不,难保他不会造反。这种人,甚么事情做不出来?天地君亲师,仁义理智信,一样都没有。既有今日,何必当初。当初挑个小铜匠担子,恍仓恍仓,也就不会有些朝了。人啊……真是:愚而安愚。既与土匪有来往,他就是匪,你能说他没有作过案?财迷心窍,心都横过来了,跟个挑子似的,放在桌上,嘴子朝着一边。——说起来,这几个匪也不义气,不值价,怎么就把他攀出来呢?既做了这事,怎么也不避一避?几个保卫团弟兄,走了去一搭就搭住了。没有话说,五花大绑,扎起来就走。

有的人又说,这件事内里有一桩风流案子,豆腐店那个女儿,进门寡,嫁过去没有几天,丈夫死了,在家里,哼,好不了。小王跟她有一手,米店老板也跟她有一腿子,一个钱,一个人。这就……

他那个百灵挂在保卫团团部里,只听见叫,看不见。

**注　释**

① 本篇原载 1948 年 7 月 18 日《平明日报》。

# 卦　摊[①]

——阙下杂记之一

初到北平，哪儿都不认识——充满了新鲜。从东安市场到沙滩不是最普普通通的一条路么？住在沙滩的人都熟，我后来也都熟透了。可是刚到的那一天，他们带我上市场吃晚饭，晚上回来，那天没有灯，黑黑的，我觉得这条路上充满了东西，全都感动我，我有点恍恍惚惚，我心里不停的有一个声音：我到了一个地方，我到了一个地方。我一点不认识，而且我根本没有要去认识路，他们告诉我"哎，转弯。""哎，哎，曾祺。"……全都殷勤极了，我像一个空船，一点担负都没有。……我们上公园去。从沙滩坐三轮。我在三轮车上不觉路之远近，我放开眼睛看，觉得这条路很好。车子一转，"这条路好！"从街市转入冷巷，像从第一页（书）到了第二页，前面的多方的印象流入统一的，细致的叙述。车在城墙下平路上走，城墙，河水，树，柏树，胶皮轮子丝丝的响，天气好，爽快，经过一个地方，又是城墙，河水，柏树，稍为杂乱一点，一点人工，一点俗，——到了。很难找到甚么话说出我对公园的初次印象。很像一个公园。——这就是说很难产生一个印象，一个比较具体的，完整的，肯定，毫不犹豫，不由理智整理过的印象。公园总有点乱，一点俗，一点人为的痕迹。回来，我倒是记得那条路。城下的路。我记得那条路上有好些测字摊子。那条路我说不出来，我说"那条路上有好些测字摊子"，就代表了我对路的感情了，我觉得很表达出来了，听着，看到我说话的样子，他们也都懂了。这条路是一个喜悦。

那条路是东华门至西华门，太庙后河沿至公园后门的路，紫禁城下的路，当中所经过的那"一个地方"是午门的前面，阙左门与阙右门之间，即我现在所在的地方。我对于这个地方，这条路可以说是很熟的了。我现要说那些测字摊，卦摊。——这种摊子我一直都称之为测字摊，这也许是我的家乡土话，或者是因为我们那里这种摊子乃是以测字为主，虽其所业类皆不以测字为限，且或有根本就不给人测者，我们则一律名之为"测字摊子"了。按测字当作拆字，拆析字画，加以添减，附会阴阳时日之数为说，为人剖置疑信灾祥之术也，但小时看测字先生放置字卷的铜制或木制小斗的正面所写的正是"测字"这两个字，遂深深的记下了。"测"自较"拆"字更深一筹。"测"者猜测之谓，许多事情本就是猜测猜测而已，哪能就当得真呢，拆字若是直白，测字似更宛转，各有所长，难可抑扬之也。我唯在昆明翠湖公园昆华图书馆前的石凳上看到过一个，那真是"拆（！）字"的。一个老头子，一个普普通通的老头子，他坐在石凳上你以为他就是坐在那里而已，是个坐在那里休息休息的人，不以为他是干甚的。他没有布匾桌帷，没有桌子，没有八卦太极之类东西，没有一点神秘的，巫术的，没有神秘与巫术被否定了之后的漂泊的存在的嘲笑空气，使人相信的热心已经失去，但不得不对自己的热心作无望的乞怜的难堪的无力的挣扎，没有那种露出了难看的裸体，希望人家不必细看的悲哀的声音，没有"混碗饭吃吃"的最卑下的生活态度，没有"江湖气"，他有一个墨盒一枝笔，你甚至连一个墨盒一枝笔都不觉得他有，一点都不惹你注意。

他的唯一的特点是：质朴。质朴是他的一切。我们不知道怎么知道他是个测字的，事实上我至今仍找不出甚么理由能够断定他是，除非是我们看见过他拆过。我们很少看见过。我们都看见过，但是都很少，仿佛每个人都有机会看到一次，不同的一次，那简直是滑稽！他根本不"会"，不像，不是那么一回事。如果有最不适于作这样的事的，那是他。我们任何一个人都可以比他作得更好的。简单到不能再简单，写一个字，三五句话就完了，来拆字的还不走，等着，看看他：完了吗？——完了！看他样子，不想再说一句话，也没有一句话说了。他也没有觉察到他的顾主还没有满足，还在等。像从一个瓶子里倒出一粒豆子，没有了。给下钱，不走还干甚么呢？走，这位先生心里实在莫名其妙。测字算卦也者，本来就是把你心里的话给你说出来，把你的路理一理，给你的纷纭一个暂时的秩序，把某些话颜色加深，加深而且联系起来，让原有的趋势成为一个趋势，淤滞的流得更畅，刷带两岸泥沙，成为欢乐的奔赴，叫你听见你的声音，你的颤摇的，吃吃的，钟情的语言，你的泪和你的笑，让你甜蜜的作一次梦。是的，作一次梦，让你得到安慰于是有勇气。温暖的，抒情的职业，体贴，想象，动人的语言，诗人啊，不是甚么"哲学家"！可是他是质朴的，他一点没有说"到"他的心里去；他没有得着他想要的：感动。他走在林荫路上，他的脸对着风景，他觉得渴，他为一种东西燃烧起来了，他的虚有所待的肉体满是欠缺，一窝嗷嗷的黄口（的鸟）。他质朴的穿着青布衣服，质朴的坐着，毫无所"动"。从从事职业到从职业里退出来没有分别，没有界线，没有过程。说话的多少有甚么关系呢，他没有说话，没有话，除了一句：他是永久的质朴。他坐在那儿，不想。他不是空洞的，他有他的存在，一个本然的，先于思想的存在，一个没有语言的形象。我们觉得很奇怪，我们奇怪他怎么会是一个拆字的。这是不可能的，正如我不可能"是"你。他之能够继续在那里，是因为他已经在那里很多年了。（这也不是个拆字的地方。）我们常常有一阵，天天，看见他，从石桥上下来，他一定"在"。有一天不在，比如下了大雨之后，我们一定会觉得他的不在的。——可是北平不叫拆字摊子也不叫测字摊子，北平叫"卦摊"，"卦——摊儿"，我听白书痴先生说，"我们这个卦摊（儿）……"好的，"卦摊（儿）！"我们照他念。

翠湖的雨后。那些树，树在路上的影子，水的光。东边那条堤，郁塞的，披纷的水草，过饱的欲望，忧愁。有时一只白鹭把一切照亮了。昆华图书馆后面盈盈的水上的一所空空的，轩敞的，四边是窗户的，将要欹圮的楼……

昆明的卦摊都是在晚上出来。是的，"出来"了。这是两个再好没有的字。白天都没有的。白天有的是另一种。白天的多半是外来的。所谓外来是因为抗战而从本来与云南没有密切的关系的外省地方而来的术士。这些术士本来大多在南京上海汉口长沙等大都市为往来客商，达官贵人，姨太太，军官看相算命的。——否则来不了，也不来昆明。多半可以住在旅馆里，在街上贴了贴子，某日起在某大旅舍候教，旅馆外面挂一长方镜框，白纸黑字，浓墨大书甚么居士，甚么甚么子，字体多为颜柳，用笔必重。虽有于名号上冠以"峨眉"字者，实以江南与湖北人为多。阔的很阔，且势所必然，与政治(!)与走私运鸦片等类事有关系，盖已是一"要人"，不可复以命相家目之也。可是也有潦倒下来，只能借半开半闭的店肆檐下一角地摆一个卦摊子的。护国路护国门内有一个"奇门遁甲"。我们都对这个"奇门遁甲"有颇深的印象。一者，云南没有奇门遁甲，那么复杂的家具好些本地人或许还没有见过。一个大木盘，堆着简直有两三百小茶杯口大的象棋子样的刻着各样的字的木饼子，劈劈帕帕搬来搬去，实在是很了不得的样子。我们认得他，不知道他叫甚么名字，名之为"奇门遁甲"。再者，我们所以为他吸引，主要是因为他的感情，因为他的综杂的客意。他不得意，他有屈辱之感，他的艰难的衣食反激他本来有的优越之感时时高张。初到云南的外省人都有一种固执的优越感对着他同等级的本省人。工人对工人，学生对学生，算卦的对算卦的以及与算卦有关甚至无关的人。他的屈辱与优越不停的解结造成他的冷淡。这在他的白白的瘦脸上表现得很清楚，在他的瘦白的脸上发一点黄，在他的眼珠里发紫，在他的削薄的悲苦的上唇上生几根根淡淡的胡子。他终日笼着手，淡淡的对着长街。他不跟人说话，因为他的下江口音和他的扁扁的干燥的嗓子。有时有一个生意，他劈劈帕帕搬动木饼子，他有点急切，一点兴奋，他的指头又瘦又长，神经质的伸出去，翘起来。没有人，有时，他也忽然热心的，念念有词，目光灼烁的搬动一阵，于是又是冷冷的了。也许因为他的了不得的，教人猜不透，不知道是怎么回事，因而总觉得它一定有道理的那套家具；更可能就因为他那种神情，那种失败的，怨懑的，冷冷淡淡，呼求然而又蔑视的不平衡的，戏剧的情绪的泄露，最有力的或者是蔑视，人会向蔑视走过去的，他的生意一天一天的好，后来简直非常的好起来了。他使这条街改了样子。他阔了。对面一家湖南馆子常给他送一碗面作点心。他本来虽然一直是整洁，(整洁是他的标帜，他的骄傲)可是不可掩饰的寒微的灰布长衫换成了好质料的袷袍、棉袍，……

311

是二手货，从拍卖行里买来的，都有点旧，然而是化了细心挑来的，料子好，除了一两处（可惜的一两处）不完全合身之外，全都妥帖，他很在意衣服，包含爱美的与功利的目的。是旧货，但是别忙，他就要新起来，卖旧的，买新的，他会穿得到哪里都走得出去的，到他那些要到的地方！于是他说话了，他跟街坊邻舍男男女女搭讪了，他笑了，他脸上好看多了，他发了一点胖，虽然指头仍是瘦长瘦长的。我不再看他，我对他已经完全失去兴趣。……他年纪不大，三十多岁，至多不过四十，头发留得很长，总是梳得很整齐，有点女人气，像个唱旦角的票友。

　　树挪死，人挪活，抗战八年，多少人到内地活了一遭过来了。现在我们要说那些本土旧有的，那些老卦摊子。像一切乡土的东西一样，时间对他们没有多大的影响，从我们来，到我们走，他们简直没有变动，第一次看见跟最后一次看见没有甚么两样，完全是那"一个"，八年在他身上不过是两天，没有意义的两天。甚么都已经定了，就像茶杯已经是茶杯，除非唯一的变，是死，——没有了。世间没有永恒，永恒常近于虚设。这种土卦摊有的规模较大，设肆挂牌，栽花养猫，是卦铺不是卦摊了。我们说卦摊。我们晚上出来蹓街，在大光明影戏牌前头，青年会外面，崇仁街新亚酒店的不像是酒店，像仓库，像从小山脚下旷野之中移来的朴拙的石砌建筑的外面，在繁华的夜市的旁边，在铁匠铺，麻绳水桶铺，卖宝石顶子珊瑚朝珠，老光水晶眼镜的小古董铺子的檐前人行道上；在光华街云瑞公园对面，我们就看见这些卦摊了。——是的，有卦铺，卦铺多有玻璃槅扇，玻璃擦得很亮，充满太阳，白粉墙，各种照片，菊花。……卦铺属于白天，卦摊属于夜。白天也有卦摊，但至若存若亡，无足轻重，没有颜色，没有生命，犹如道旁一张废纸。晚上来了，星星在都市的长街上空亮起来，天上有一点淡淡的，不动的，发光的云，底下，——人；慢慢的洄转着，发出水的声音，泡沫的声音，绸缪而轻软，酝酿着一种不可知的，微带喜剧气味的朦胧的意义，卦摊一个一个点起了它们的灯。于是，这才醒了，"充满"了，是的，"出来"了。六七点钟以后，云瑞公园前头描写一个失去的时代，一章温柔的，无力的，晚期的历史，一个梦。云瑞公园对面是甬道街，路的交口形成半月形，留出一块不小的场子。当中一圈冬青围着一个水池，最初也许是伞一样的喷着水的，现在则总是不断的汩汩的涌出不到半尺高。晚上喷泉只汩汩的响，跟场子后面许多地方都被灯光遮没了，看不见了。一个梦，梦一样的灯。水池前面，路边，摆满了一长列摊子，卖烟，卖蜜饯，卖米花，铁豆，葵瓜子，卖麦粑粑，卖糖，卖羊血豆花米线，卖猫菜（牛马碎肉切之为末），卖煤鱼，卖甘蔗，梨，橘，或柿子，柿饼子，卖馄饨，卖烧饵块，……或为男，或为女，或为满面辛劳的脸，或为稚嫩柔软的脸，衣着姿势，各有不同，吆喝着，敲击着锅瓢或特有的响器，嘈嘈切切，热闹非常，然而又合成一种无比的静意。声音并不堆积起来，一面升起，一面失去，所以总维持一定的密度，如鱼在水，各不相及。他们大都点着灯，有不带灯的则把货物摆在别人有余的光底下。一盏一盏的灯。电石灯，丝丝的响，——管子别塞住了。一打开就不得了，甚么样的气味呀！没有一个闻不到；锡座子高罩的煤油灯，桅灯——或曰马灯，诸葛灯，鸦片烟灯。——烟灯拿来拿去以作各种用处，此地独多。我住在民强巷每天在外面游荡到很晚回去，每天为我开门的驼背老头子手上拿的正是这种灯。他拿着这个灯就跟拿着一个象征似的。这些灯都有足够的亮，而且彼此融合起来，造成一段连绵的辉映，不停的有一点摇移。有时一阵风，麦浪似的往一边一涌，每个灯焰都拉长了一点，然后又回来，恢复不变的多情的看望。然而这一段光永远既不能高，也不能远，为天，为影子，为更强的光封锁在地面上，每天一度，到十二点，逐渐阑珊失去。在这片灯的沟蒿中，在微黄，雪白，昏暮，皓洁的流汇之中历历的点出一朵一朵红光来的是卦摊的纸灯。木制为架，作长方形，高可一尺，四边糊以梅红纸，纸上写字，不外文王神课之类，注明卦金若干，或兼带写家信，里面点的是甚么呢，看不出来，但可以知道一定有的是烟灯，亮是不怎么亮的，但也一样的是"足够"了。十分鲜明的，热心的，有精神的，安定甚至快乐的照满了方寸之地。灯的后面，测字先生低着头在工作，他兴致很好，脑筋灵活，身体不疲倦，心地平和，不为甚么焦虑煎急，不为绝望所苦，他简直是幸福的。一切像梦，他唯在梦里真实，唯在梦里是"醒"的。——喔，我的老天爷，他的长衫里没有衬裤，他的裤子没有屁股,他的脚直接的接触着大地,他既没有穿袜子也没有穿鞋呀！一切在充满感情的红灯下面,在桌帷底下。风摇动着灯,摇动着桌帷。

这些卦摊是本土旧有的,但他们几乎全数是四川人。云南在某个意义上是四川的殖民地。有好些行业完全是川人包办,如在茶馆里"送看手相不要钱"的,蹲踞在凳子上放鞭似的拍着醒木,也放鞭似的用高亢尖锐的声音说书的,卖"白糖糕,太平糕",卖粉蒸牛肉,牛肉面,担担面的,……他们构成了一部分"四川",也成了"云南"的一部分,他们从一个土地生长,而是另一个土地的颜色。像一切侨居多年的人,他们早已把"家""搬"到这里来了。他们没有那种客意。——啊,他们的客意是多少年前的,这种客意已经混入他的人格,不会退落,于是也不浮现,他们的固定是他们的漂泊。他们漂泊,且使土地漂泊。——四川人是很容易看出来的,个子大都矮一点,腮没有云南一般人宽厚,嘴比较尖,脑门子稍稍高出,比较精利,比较倔强;而摆卦摊的四川人眼睛常常比较黑一点,因为他们的眼窝子深,因为他们瘦。

……不得不说这一个。这个"云大的老头子"。——语言的价值在它的共通性,同样有价值的是它的区别性。有些话在某些人之间通行,对另一些人则完全没有意义。这些特别的,而在那一些人是极其普通的说法是他们的一个连锁。他们在跟别人说不通的时候,于是,想起从前,想起他们的共通的生活来了。是的,有些说法是独创的,有意的,比如绰号,暗语,简称,……多少经过一种努力,为了一种目的,多少是一种契约的行为。这是一种标榜,是倒因为果,不因说法而产生连锁,倒是为了企图缔结连锁而"采取"某些说法的;当日或可予那个"团体"一种快感,但比起那些未经意识,自然而然,不知不觉中产生的在日后所引起的惆怅,实在轻浮多了,楚人以虎为"於菟",非知於菟者虎也,而别为之说;於菟是於菟,虎是虎,楚人是楚人也。于是乎楚之人出于楚之国,其怀乡之情是无可假借的是真的。我说这个"云大的老头子"你们怎么会懂得呢？云大是云南大学。但这个"云南大学"并非是一个教育机构,或一堆建筑,或其他甚么。我们从文林街下来,过玉龙堆,于是是"云大"了。我们的身体降下来,走斜坡,履平地,下雨时水流的声音,避让汽车的姿态,逶迤的墙,夜行的星,我们的饥饿和口袋有钱时的平安感,……这都是"云大"。云大向南,翠湖东路,一棵大尤加利树沙沙的响。有时我们焦急的在云大门口等公共汽车,我们一个约会也许会误了时刻了,好些晚上我们在云大学唱昆曲,我们从柏树下面走过,借着一点远处来的灯光。我们在冬天的时候,去看花,看看那些麻叶绣球,我们认定的迎春花第二年开了。一个很好的女孩子,他们叫她"无所谓",被人砍了一刀,因为衰弱,TB 菌猖獗起来,死了。……我们用一种不愿意提起的,痛苦的心情,不得不想起闻一多先生。……但是我不想在现在哭。

"云大"是我们的生活,要把它下一个定义正如同一个盆子里把漆抓出来一样的不可能。——云大门口,左边,有一个小茶馆,我们叫它"老板娘",因为管理业务的是一个女人,一个白胖白胖的像一个煮熟的果子一样的,虽然已经超过了年龄,然而极其富于母性的女人。——母性过多有时叫人难过,好像已经很饱了去吃一种黏黏的甜食一样。她的儿子,在茶馆的一角开一个雕字铺,用一种奇怪的兴趣,奇怪的笑容从事工作,用浓墨在虎皮宣上描了好些各种篆隶字体屏条,贴得一墙都是,……我们在这里用高高的,印着福禄寿喜图的粉白粉白的瓷杯子喝过好些时候茶。但是对我们的年龄,对我们的浪子凄怆的心与对于凄怆的热爱不相容,我们在对面,右边,那个很知道甚么是生活,从来没有对任何事物,任何语言表示过兴趣的老头子开设的茶馆里喝茶的时候更多。一个老的,最富地方色彩的,下等的茶馆。墙上一边贴一张红纸告白,我们每次都要这边看看,那边看看的,一边吃着南瓜子,葵瓜子。记不全了:

"走进来……
一坐下桃园结义,
……
要账时三请孔明。"
"……

……

　　任你说得莲花现，

　　不赊不赊硬不赊！"

　　好的，不赊！我们没有想到要他赊过。我们中意他的"无情"，他的无牵挂，中意他不给我们一点负担。如果这个茶馆失火烧掉了，我们的惋惜也不致成为是痛苦的，不致使我们"哀毁"。我们记得的是我们自己而已。我们"信步"而来喝茶，有时很早很早，有时时间很长，迟到晚间十一二点，一点，到我们不得不回去的时候。我们用空洞又恳切的，懒散之中溶有不安的眼睛看看这，看看那。看我们知道的，认得的，很熟很熟的人一个一个走过来或走过去。有时沈××先生挟了一大堆书呼拉呼拉的往青云街走，李××先生高高的从对面丁字坡下来了；如果他是赶去吃饭，匆匆的一点头；如果不是，点头用另外一个微微不同的方式，而蟹螯似的举起两只手，来了。……就在这里，我们看见那个老头子。不是看见，是"在他的里面"，就像在一棵树底下一样。

　　他本来在云大，在云大当女生宿舍的门房。——他当另有个名字，或许有人不叫他门房，叫另外的叫法。但也许所有的人都叫他"门房"，人以他为一个门房而已，老门房了。他不知在云大当了多少年的女生宿舍的门房了。可是云大的女生都怕他。他对她们都很不客气。很严厉。他说："我是熊校长派我来管她们的！"于是他就管她们，小姐们对他一点办法都没有，他根本不懂得现实。我们对一个猴子，对一只公鸡，对耗子，对金鱼，我们有一些尽管是错误的了解，但是照着这点了解我们可以用一种方法让它怎么怎么，我们可以训练它，有一个结果。我们不必懂得它的性，但可以处理它，或加给它一个性。可是一个人，在没有把他说通之前你绝不可能使他有所改变。说不通！你可以想得到的，比如有一位先生来找一位小姐来了，他觉得这是不应当的事，于是……他按照他自己的办法处理这些事，把自己参加到里头去，不但态度离奇，且因此误了许多事，造成许多麻烦纠纷，添出许多不必要的痛苦折磨。他没有甚么过错，但是他这么忠实于自己可是不行的。这个人在意识上多少是一个疯子，于是他只有离开了。这种疯狂我们是可以了解的,他要不是当了这么多年女生宿舍的门房也许不致如此。这个人的身体里有些东西塞住了,是的,不通了,扭结起来,拧了。我们的身体里有一个深埋的,不可测的危险,每个人有一个危险的老年。——这是可怕的,这种惧怕属于一种原始情绪。也许他的离开云大不是为了这个,也许他根本不是甚么"门房",与云大一点关系也没有,不过我听到的故事是如此,而且我相信。

于是他就出来摆了一个摊子。我们叫他"云大的老头子"。他需要一个名字,于是有了一个。我们自然而然的,不约而同的这么称呼他,在提起他的时候。不用一点说明,毫无困难的就在我们之间通行起来了。这是他的唯一的,当然的名字,我们共有的印象的名字。我们从来没有想到这里头有甚么意义,于是他保全了所有的意义。

他最初在茶馆的檐下摆了个摊子,卖书。我们很难想象得到这两个老头子,这个云大的老头子和茶馆的老头子怎么商谈这件事,商谈关于他把摊子摆在他门前这件事的。也许没有谈过,他想到这里好摆,就摆了。第一天摆了来,他也许想:你怎么摆到我这里来了呢? 一个人嘀嘀咕咕,嘀嘀咕咕着就出了声音:你个老狗×的,你那点不好摆,你要摆来我这点! 他想象自己跟他吵起来了,声音很大,还想象他们扭打起来,旁边围了好些人,狗在叫,巡警穿了黑衣服赶来了。他做了个梦……他笑了,他发现他其实已经同意他了,他没有想把他从自己的身边逐开。老人都很爱自己,于是爱其余的老人。这是真的老吾老以及人之老。可是两老人的关系是很微妙,是超于语言的,他们从不交谈,他们都不爱说话。他们从不孩子似的坐在一排。永远一个屋里,一个门外。两个都曾经是固执的生命! 他们一定认识了多年,是"发孩"了。他们小的时候,大了的时候一定同吃过酒,在月夜下同过路,他们相骂,相轻蔑过,他们有过恩也有过仇,都曾是火喇喇的,而在一切都硬化,全都枯槁的时候,他们在一个屋顶之下来消耗他们的余生。一个说:这是我的,而满意了;一个说:是你的,我不进去! 这所房子不正跟他们相合适么? 一座老房子。椽子都黑了,木料要是劈开来颜色一直到里头都是烟黄烟黄的,这些墙,这些石头,一一全是时间的痕迹。这里的声音,这里的光线都似乎经过揉和,经过过滤了。这里的地土(云南普通房屋多不铺砖)已经踏实了,下雨天不易起泥;板凳的角都圆溜溜的,碰着了也不痛。东西随着人一起老下来了。——常来喝茶的多是那几个老客人,在一定的时候聚散。……这两个老头子有极相似的地方。有时外边一个席地坐在草垫子上,里边的曲脚坐在炉边,他们所表现的实在是同一个意象,不是一个合影,是一个影子里走出来的。随便找一个地方,比方他们的嘴,一样是那么柔软,那么休息着——那么天真,不带情感的痕迹,细细的看一半天,实在是很有意思的事。有时,茶馆的老头子提茶倒水,张罗生意,有时他把一张桌子翻过来,有点摇晃了,用一把斧子,钉钉敲敲,塞进一片楔子,有时他吃东西,嚅嚅的嚼动,……而云大的老头子则总是坐着,晒着太阳。太阳仿佛一直透到他的身体里,溶解于他的血,带一点极细极细的沙,缓缓的流过他的全身,周而复始;时间在进行。

　　隔壁烟纸店墙壁上钉一只大凤蝶,乌黑乌黑的一身,尾部碧绿碧绿两块翠斑,一点极细绿点子,光色炎炎,如在燃烧,如在轻轻抖颤,而又非常的,非常的安静。我哭了。我很少有这样的剧烈的经验,这样为美所感动过,我觉得冷,我一身缩得紧紧的,不晓得从甚么地方涌出一股痛楚的眼泪。我一生从未见过这么美的蝴蝶。一个奇迹! 生命的奇迹! 掌柜的说出在广南,他女婿从广南带回来的。

　　啊不,这两个老头子自有不同的地方。茶馆掌柜有他的茶馆,茶馆有客人。有广黄烟,有羊血豆花米线。有买,有卖。有挑水的来挑水,泥水匠抹炉子,虽然难得,偶尔也换一两把锡壶,有城防捐,营业执照,有晚上的数钱,月终的结帐,有摇会,有作保,有断续零落的老花灯调,有飘忽绰约的新闻,有过节空气,有纪念日警察就来叫挂上的国旗,有亲戚的生死,甚至有一两天他居然不在茶馆里! 茶馆或者关了起来,或者由别人代管。老头子哪里去了? ——做客去了! ……总之,他有操作,有经营,有生活,有人事。在生活,在人事中他变得柔软了,温和了,他有时颇是陶然自得的样子了。他有个儿子! 整天甚么事情不管,平常不大在家,在家则多坐在里面堂屋里,三朋四友,脚搁在板凳上,泡几碗茶,吸着烟筒,大声的说笑,装扮神色,一如帮会中人。有时在里面喝酒,则声音格外高大,把小屋的空气都震动起来,叫每个喝茶的人都觉得不安。最近结了婚。茶馆热闹了一天,扎了彩,两个鼓手吹着唢呐。可是外面茶座上还照样卖茶,喝茶的少了一点,喝茶的多做了客人了。于是多了个年青女人,穿了绿缎子鞋子,一只眼睛通红的,时常格格的笑,摇摆着新烫的头发,一头油,不停的走进走出,扭着腰,不停的吃东西,花生,铁豆,葵瓜子……可是,以为老头子要不高兴的,不,高兴着呢!这种年青的,妖荡的空气给老头子一种兴奋,他不那么霉霉懂懂的了,他活泼起来了。而云大的老头子不久就搬了家。

为甚么来了,为甚么又走了?怎么走的?怎么完成这一个决定的?怎么发了誓,怎么拿起刀来,不可救药的那么一割?是偶然么?像我们做许多事一样,无所谓,说不出甚么理由,高兴怎么样,便怎么样了?可是宁可是荒谬吧,我知道他跟我们不同。他可以被歪曲,不可以被抹杀。我们既不能像他那样一直枯坐在那一个地方,我们就不当把这件事说得那么轻易。是这个羽翼已成的储君说了甚么话,用他的眼角,他的鞋尖,他吐的痰,泼的水对他示了意?不会。一个缝穷的老女人,一个卖山林果的孩子也许早被威严的手势赶开了,可是没有人可以赶他。他是强大的,坚持的,不可侵犯的。与其说他被排斥了不如说他排斥了这个地方,排斥了这个空间。

后来我们才对他的摊子有比较真切的认识,不是书摊是卦摊。他的摊子也卖书,也卖卦。但起初实在很不"正式",大概有一个样子,一个雏形而已。几本本书,疏疏的排成两列。书也很不像是一个书,都非常破旧了,不单是纸色黄暗,失去浆性,脆了硬了,卷了边,缺了角,短了书皮,失去遮护;不单是外貌,它们已经失去那种可以称之为书的本质。里面的语言已经死了,哑了,干涸了,而且也完全失去交易价值。既不是可读的,不是读物,也不可以买卖,不是商品,是我们不知道把它丢到这个世界的哪一个地方是好的"废物"、一些陈旧的形式而已。是的,形式,这是他所需要的。这个摊子就是一种形式,他的形式。他的目的不在买卖,他只须要摆那么几本书在身边,他可以靠它下来。——也不知道从哪里捡来的这么几本破纸！不是职业，是玩具。他另外一种玩具是一枝笔。——偶尔居然有人为了对于这个"形式"的兴趣，对于向"他"买，买他这个形式的一部份的兴趣而来，试一问价钱，——大得惊人！我还从未看他开过张。而且讲价都很少，多半只站着看一看而已。看一看的也很少。他整天没有事，木然的坐着而已。除了木然的坐着，他有时伏在地上写字。用纸，用拆开的香烟盒子，用薄薄的小版，因材就用，各取所宜，长短大小不一，都把它写得满满的。字体很怪，虽然是一个一个的字，而且是很认真的写，但送带之间，不依常法，扭来扭去，有如蛇行，实近乎是一种符箓。字与字连缀起来，既无语气，也无文法，牵牵挂挂，不可了解。然而似乎自有一种意义，不可了解，超乎了解的意义。——他后来搬到云大墙外，公共汽车站的后面一块空地上去了。日积月累，惨淡经营，渐渐的很有规模了，很是那么一回事，很不可忽略，很"丰富"了。书多了，占了不小一块地方。还是写字，每本书皮上都题了极大的字，题字的纸板木片已经积了好些好些，而且都用砾笔密密圈点起来，依照一种奇怪排列，有的插在地上，有的拉了好些绳子挂起来。从前本有的一个小木盒子也供得高高的了。从前不知道这是干甚么用的，现在则很明显了，这里头有一个神或一个魔。听说他会算卦。

日本飞机把钱局街的一段炸成一片瓦砾，渐渐成了一块荒地，黄土堆得高高的，长了好些草。于是有耍猴子的来敲锣，玩傀儡戏的吹哨子，春天搭台唱了几天花灯，平常则经常有一个"套圈子"的摊子，有一两个人耐心的拿一把竹圈子一个一个的往地上排列着的瓷碗，泥娃娃，香烟，水果糖上投掷。才不到半年的事，简直都认不出来了，认不出当初有房屋时是甚么样了，倒塌时是甚么样子的了。有一棵小石榴树，居然开花，一个孤立的门框附了几块砖头居然还在，不知道为甚么没有推倒。而门里的一块地非常的平整，平整得令人哀伤。甚么时候老头子看上了这块地，于是把他的摊子，他的道场，他的坛，他的庙，搬了过来。他的龛子供得更高，字写得更多，布置得更繁复，而且插了一些小红旗子，他完全围在一种神秘的，妖黑的，——而凄厉悲惨的空气之中了。

他完全疯了，他可以走到水里去火里去。大家知道有这么一个老头子，在那儿给人算卦。他用一种甚么方式给人家算卦呢？——喔，没有关系，他甚么都不用，凭他自己，这就够了。是的，这也还是一种玩具。可是我们还是玩点别的罢，这实在玩不起。——他大概会在那里住定下来，一直到死。

**注　释**

① 本篇原载 1948 年 11 月 1 日、8 日天津《益世报》，文末标有"未完，待续"。因报上的《文学周刊》终刊，本篇未能再续。